LA PLUS SECRÈTE MÉMOIRE DES HOMMES

Né en 1990 au Sénégal, Mohamed Mbougar Sarr a fait ses études secondaires au prytanée militaire de Saint-Louis du Sénégal avant de venir en France où il a étudié à l'École des hautes études en sciences sociales. Son premier roman, *Terre ceinte*, a été récompensé entre autres par le Grand Prix du roman métis de Saint-Denis de La Réunion en 2015 ; son deuxième roman, *Silence du chœur*, par le prix Littérature-Monde au festival Étonnants Voyageurs en 2018. *De purs hommes*, son troisième roman, a également été très remarqué à sa parution. Son quatrième roman, *La Plus Secrète Mémoire des hommes*, a quant à lui obtenu le prix Goncourt en 2021.

Paru au Livre de Poche :

De purs hommes

MOHAMED MBOUGAR SARR

La Plus Secrète Mémoire des hommes

ROMAN

PHILIPPE REY | JIMSAAN

Contenus pédagogiques à l'intention des enseignants
disponibles sur livredepoche.com

L'auteur exprime toute sa reconnaissance à la Fondation Lagardère, qui a soutenu l'écriture de ce roman en lui accordant sa bourse de création littéraire en 2018.
Ce livre a également bénéficié de l'aide de la région Île-de-France en 2019. L'auteur la remercie, et tient particulièrement à témoigner sa gratitude au Musée national de l'histoire de l'immigration, qui l'a accueilli dans le cadre d'une résidence d'écriture.

ISBN : 978-2-253-93771-5 – 1re publication LGF

Pour Yambo Ouologuem

« Un temps la Critique accompagne l'Œuvre, ensuite la Critique s'évanouit et ce sont les Lecteurs qui l'accompagnent. Le voyage peut être long ou court. Ensuite les Lecteurs meurent un par un et l'Œuvre poursuit sa route seule, même si une autre Critique et d'autres Lecteurs peu à peu s'adaptent à l'allure de son cinglage. Ensuite la Critique meurt encore une fois et les Lecteurs meurent encore une fois et sur cette piste d'ossements l'Œuvre poursuit son voyage vers la solitude. S'approcher d'elle, naviguer dans son sillage est signe indiscutable de mort certaine, mais une autre Critique et d'autres Lecteurs s'en approchent, infatigables et implacables et le temps et la vitesse les dévorent. Finalement, l'Œuvre voyage irrémédiablement seule dans l'Immensité. Et un jour l'Œuvre meurt, comme meurent toutes les choses, comme le Soleil s'éteindra, et la Terre, et le Système solaire et la Galaxie et la plus secrète mémoire des hommes. »

Roberto BOLAÑO, *Les Détectives sauvages*[1]

1. Traduction de Robert Amutio, Christian Bourgois éditeur, 2006.

LIVRE PREMIER

PREMIÈRE PARTIE

La Toile de l'Araignée-mère

27 août 2018

D'un écrivain et de son œuvre, on peut au moins savoir ceci : l'un et l'autre marchent ensemble dans le labyrinthe le plus parfait qu'on puisse imaginer, une longue route circulaire, où leur destination se confond avec leur origine : la solitude.

Je quitte Amsterdam. Malgré ce que j'y ai appris, j'ignore toujours si je connais mieux Elimane ou si son mystère s'est épaissi. Je pourrais convoquer ici le paradoxe de toute quête de connaissance : plus on découvre un fragment du monde, mieux nous apparaît l'immensité de l'inconnu et de notre ignorance ; mais cette équation ne traduirait encore qu'incomplètement mon sentiment devant cet homme. Son cas exige une formule plus radicale, c'est-à-dire plus pessimiste quant à la possibilité même de connaître une âme humaine. La sienne ressemble à un astre occlus ; elle magnétise et engloutit tout ce qui s'en rapproche. On se penche un temps sur sa vie et, s'en relevant, grave et résigné et vieux, peut-être même désespéré, on murmure : sur l'âme humaine, on ne peut rien savoir, il n'y a rien à savoir.

Elimane s'est enfoncé dans sa Nuit. La facilité de son adieu au soleil me fascine. L'assomption de son ombre me fascine. Le mystère de sa destination m'obsède. Je ne sais pas pourquoi il s'est tu quand il avait encore tant à dire. Surtout, je souffre de ne pouvoir l'imiter. Croiser un silencieux, un vrai silencieux, interroge toujours le sens – la nécessité – de sa propre parole, dont on se demande soudain si elle n'est pas un emmerdant babil, de la boue de langage.

Je vais fermer ma gueule et te suspendre ici, Journal. Les récits de l'Araignée-mère m'ont épuisé. Amsterdam m'a vidé. La route de solitude m'attend.

I

Aux auteurs africains de ma génération, qu'on ne pourrait bientôt plus qualifier de jeune, T.C. Elimane permit de s'étriper dans des joutes littéraires pieuses et saignantes. Son livre tenait de la cathédrale et de l'arène ; nous y entrions comme au tombeau d'un dieu et y finissions agenouillés dans notre sang versé en libation au chef-d'œuvre. Une seule de ses pages suffisait à nous donner la certitude que nous lisions un écrivain, un hapax, un de ces astres qui n'apparaissaient qu'une fois dans le ciel d'une littérature.

Je me souviens d'un des nombreux dîners que nous avions passés en compagnie de son livre. Au milieu des débats, Béatrice, la sensuelle et énergique Béatrice Nanga dont j'espérais qu'elle m'asphyxie un jour entre ses seins, avait dit toutes griffes dehors que les œuvres des vrais écrivains seules méritaient qu'on débatte à couteaux tirés, qu'elles seules échauffaient les sangs comme un alcool de race et que si, pour complaire à la mollesse d'un consensus invertébré, nous fuyions l'affrontement passionné qu'elles appelaient, nous ferions le déshonneur de la littérature.

Un vrai écrivain, avait-elle ajouté, suscite des débats mortels chez les vrais lecteurs, qui sont toujours en guerre ; si vous n'êtes pas prêts à caner dans l'arène pour remporter sa dépouille comme au jeu du bouzkachi, foutez-moi le camp et allez mourir dans votre pissat tiède que vous prenez pour de la bière supérieure : vous êtes tout sauf un lecteur, et encore moins un écrivain.

J'avais soutenu Béatrice Nanga dans sa charge flamboyante. T.C. Elimane n'était pas classique mais culte. Le mythe littéraire est une table de jeu. Elimane s'y était assis et avait abattu les trois plus puissants atouts dont on pût disposer : d'abord, il s'était choisi un nom à initiales mystérieuses ; ensuite, il n'avait écrit qu'un seul livre ; enfin, il avait disparu sans laisser de traces. Il valait, oui, qu'on mît son nez en jeu pour s'emparer de sa dépouille.

Si on pouvait douter qu'ait réellement existé, à une époque, un homme appelé T.C. Elimane, ou se demander si ce n'était pas là le pseudonyme qu'un auteur s'était inventé pour se jouer du milieu littéraire ou s'en sauver, nul, en revanche, ne pouvait mettre en doute la puissante vérité de son livre : celui-ci refermé, la vie vous refluait à l'âme avec violence et pureté.

Savoir si, oui ou non, Homère a eu une existence biographique demeure une question passionnante. À la fin, cependant, elle change peu de chose à l'émerveillement de son lecteur ; car c'est à Homère, qui ou quoi qu'il fût, que ce lecteur rend grâce d'avoir écrit l'*Iliade* ou l'*Odyssée*.

De la même façon, peu importait la personne, la mystification ou la légende derrière T.C. Elimane, c'était à ce nom que nous devions l'œuvre qui avait changé notre regard sur la littérature. Peut-être sur la vie. *Le Labyrinthe de l'inhumain* : ça s'intitulait comme ça, et nous allions à ses pages comme les lamantins vont boire à la source.

À l'origine, il y avait une prophétie et il y avait un Roi ; et la prophétie dit au Roi que la terre lui donnerait le pouvoir absolu mais réclamerait, en échange, les cendres des vieillards, ce que le Roi accepta ; il se mit aussitôt à brûler les aînés de son royaume, avant de disperser leurs restes autour de son palais où, bientôt, poussa une forêt, une macabre forêt, qu'on appela le labyrinthe de l'inhumain.

II

Comment nous étions-nous rencontrés, ce livre et moi ? Par hasard, comme tout le monde. Mais je n'oublie pas ce que l'Araignée-mère m'a dit : un hasard n'est jamais qu'un destin qu'on ignore. Ma première lecture du *Labyrinthe de l'inhumain* remonte à une date très récente, un peu plus d'un mois. Dire qu'Elimane m'était tout à fait inconnu avant cette lecture serait pourtant faux : au lycée, déjà, je connaissais son nom. Il figurait dans le *Précis des littératures nègres*, une de ces increvables anthologies qui, depuis l'ère coloniale, servaient d'usuels de lettres aux écoliers d'Afrique francophone.

C'était en 2008, classe de première, dans un internat militaire situé au nord du Sénégal. La littérature commençait à m'attirer et je formais le rêve adolescent de devenir poète ; ambition tout à fait banale quand on découvrait les plus grands d'entre eux et qu'on vivait dans un pays que hantait toujours l'encombrant spectre de Senghor ; un pays, donc, où le poème demeurait l'une des plus fiables valeurs à la coterie des séductions. C'était l'époque où les filles se draguaient aux quatrains, mémorisés ou composés.

Je commençai par conséquent à me perdre dans les anthologies poétiques, les dictionnaires de synonymes, de mots rares, de rimes. J'en commis d'affreuses, qui ponctuaient de branlants hendécasyllabes pleins de « larmes blettes », de « ciels déhiscents », de « hyalines aurores ». Je pastichais, parodiais, plagiais. Je feuilletais avec frénésie mon *Précis des littératures nègres*. Et c'est là que, pour la première fois, à côté des classiques des lettres noires, entre Tchichellé Tchivéla et Tchicaya U Tam'si, je tombai sur le nom, inconnu, de T.C. Elimane. Le commentaire qui lui était consacré était si singulier dans l'anthologie que je m'attardai sur sa lecture. Ça disait (j'ai gardé mon manuel) :

T.C. Elimane est né au Sénégal. Il obtint une bourse d'études, vint à Paris et y publia, en 1938, un livre dont le destin a été frappé au coin de la singularité tragique, Le Labyrinthe de l'inhumain.

Et quel livre ! Le chef-d'œuvre d'un jeune nègre d'Afrique ! Du jamais vu en France ! En naquit une de ces querelles littéraires dont ce pays seul a le secret et le goût. Le Labyrinthe de l'inhumain *compta autant de soutiens que de détracteurs. Mais alors que la rumeur promettait à l'auteur et à son livre de prestigieux prix, une ténébreuse affaire littéraire brisa leur envol. L'œuvre fut vouée aux gémonies ; quant au jeune auteur, il disparut de la scène littéraire.*

La guerre éclata ensuite. Nul n'a plus eu de nouvelles de ce T.C. Elimane depuis la fin de l'année 1938. Son sort reste un mystère malgré d'intéressantes hypothèses (sur cette question on lira par exemple avec profit le bref récit de la journaliste B. Bollème, Qui était vraiment le Rimbaud nègre ? Odyssée d'un fantôme, *Éditions de la Sonde, 1948). Éclaboussé par la polémique, l'éditeur retira le livre des ventes et détruisit tous ses stocks.* Le Labyrinthe de l'inhumain *ne fut plus jamais réédité. L'ouvrage est aujourd'hui introuvable.*

Redisons-le : cet auteur précoce avait du talent. Peut-être du génie. Il est regrettable qu'il l'ait dédié à la peinture du désespoir : son livre, trop pessimiste, alimentait la vision coloniale d'une Afrique de ténèbres, violente et barbare. Un continent qui avait déjà tant souffert, qui souffrait et souffrirait encore, était en droit d'attendre de ses écrivains qu'ils donnassent de lui une image plus positive.

Ces lignes me jetèrent aussitôt sur la piste de poussière d'Elimane, ou plutôt, sur la piste de son fantôme. Je passai les semaines suivantes à essayer d'en savoir plus sur son destin, mais Internet ne m'apprit rien que le manuel ne m'eût déjà dit. Il n'existait aucune photo d'Elimane. Les rares sites qui l'évoquaient le faisaient de manière si allusive que je compris bientôt qu'ils n'en savaient pas plus que moi. Tous ou presque parlaient d'un « auteur africain honteux de l'entre-deux-guerres » sans dire en quoi, précisément, consistait sa honte. Je ne parvins pas non plus à être mieux renseigné sur l'œuvre. Je ne trouvai aucun témoignage qui l'abordât dans le fond ; aucune étude ou thèse qui lui fût consacrée.

J'en parlai à un ami de mon père, qui enseignait la littérature africaine à l'université. Il me dit que l'éphémère vie d'Elimane dans les lettres françaises (il insista bien sur « françaises ») n'avait pas permis la découverte de son œuvre au Sénégal. « C'est l'œuvre d'un dieu eunuque. On a parfois parlé du *Labyrinthe de l'inhumain* comme d'un livre sacré. La vérité est qu'il n'a engendré aucune religion. Plus personne ne croit à ce livre. Personne n'y a peut-être jamais cru. »

Ma situation dans cet internat militaire perdu en brousse limitait mes recherches. Je les arrêtai et me résignai à cette vérité simple et cruelle : Elimane avait été effacé de la mémoire littéraire, mais aussi, semblait-il, de toutes les mémoires humaines, y compris celles de ses compatriotes (mais il est bien connu que ce sont les compatriotes qui vous oublient toujours les premiers). *Le Labyrinthe de l'inhumain* appartenait à l'autre histoire de la littérature (qui est peut-être la *vraie* histoire de la littérature) : celle des livres perdus dans un couloir du temps, pas même maudits, mais simplement oubliés, et dont les cadavres, les ossements, les solitudes jonchent le sol de prisons sans geôliers, balisent d'infinies et silencieuses pistes gelées.

Je me détachai de cette triste histoire et retournai écrire des poèmes d'amour avec mes vers bancals.

Tout compte fait, ma seule découverte majeure fut, sur un obscur forum du web, la longue première phrase du *Labyrinthe de l'inhumain*, comme si elle était l'unique rescapée de son anéantissement soixante-dix ans plus tôt : *À l'origine, il y avait une prophétie et il y avait un Roi ; et la prophétie dit au Roi que la terre lui donnerait le pouvoir absolu mais réclamerait, en échange, les cendres des vieillards*, etc.

III

Voici maintenant comment *Le Labyrinthe de l'inhumain* revint dans ma vie.

Après ma première rencontre avec lui au lycée, un temps passa sans que j'aie de nouveau affaire à Elimane. Il m'arrivait bien sûr de repenser à lui, mais de loin en loin et, toujours, avec un peu de tristesse, comme on se souvient d'histoires inachevées ou inachevables – un vieil ami perdu, un manuscrit détruit dans un incendie, un amour auquel on avait renoncé par crainte d'être enfin heureux. J'obtins le bac, quittai le Sénégal et vins poursuivre mes études à Paris.

Là, je rouvris brièvement le dossier Elimane, sans succès : le livre, même chez les bouquinistes dont on m'avait vanté le fonds, demeura introuvable. Quant à l'opuscule de B. Bollème, *Qui était vraiment le Rimbaud nègre ?*, on m'apprit qu'il n'était plus réédité depuis le milieu des années 1970. Mes études et ma vie d'immigré m'éloignèrent bientôt du *Labyrinthe de l'inhumain*, livre-fantôme dont l'auteur semblait n'avoir été qu'un craquement d'allumette dans la profonde nuit littéraire. Peu à peu, ainsi, je les oubliai.

Mon cursus universitaire en France me mena vers une thèse de littérature que je vécus assez vite comme un exil de l'éden de l'écrivain. Je devins un doctorant fainéant, bientôt détourné de la noble voie académique par ce qui n'était plus une tentation passagère mais un désir aussi prétentieux que certain : devenir romancier. On m'avertissait : peut-être ne réussiras-tu jamais en littérature ; peut-être finiras-tu aigri ! déçu ! marginalisé ! raté ! Oui, possible, disais-je. L'increvable « on » insistait : tu pourrais finir suicidé ! Oui, peut-être ; mais la vie, rajoutais-je, n'est rien d'autre que le trait d'union du mot peut-être. Je tente de marcher sur ce mince tiret. Tant pis s'il cède sous mon poids : je verrai alors ce qui vit ou est crevé en dessous. Et puis je suggérais à « on » d'aller se faire mettre. Je lui disais : en littérature on ne réussit jamais, alors prends le train de la réussite et plante-le-toi où tu pourras.

J'écrivis un petit roman, *Anatomie du vide*, que je publiai chez un éditeur plutôt confidentiel. Le livre fit un four (soixante-dix-neuf exemplaires écoulés les deux premiers mois, ceux que j'avais achetés de ma poche inclus). Mille cent quatre-vingt-deux personnes avaient pourtant liké le post que j'avais publié sur Facebook pour annoncer la parution imminente de mon livre. Neuf cent dix-neuf avaient commenté. « Félicitations ! », « Fier ! », « *Proud of you !* », « *Congrats bro !* », « Bravo ! », « Ça m'inspire ! » (et moi j'expire), « Merci, frère, tu fais notre fierté », « Hâte de le lire In Sha Allah ! », « Il sort quand ? » (j'avais pourtant indiqué la date de sortie dans le post), « Comment se le procurer ? » (c'était aussi dans le post), « Il coûte combien ? » (idem), « Titre intéressant ! », « Tu es un exemple pour toute notre jeunesse ! », « Ça parle de quoi ? » (cette question incarne le Mal en littérature), « On peut le commander ? », « Dispo en PDF ? », etc. Soixante-dix-neuf exemplaires.

Il m'avait fallu attendre quatre ou cinq mois après sa publication pour qu'on le tirât du Purgatoire de l'anonymat. Un journaliste influent, spécialiste des littératures dites francophones, l'avait chroniqué en mille deux cents caractères espaces comprises dans *Le Monde* (Afrique). Il émettait quelques réserves sur mon style, mais sa dernière phrase m'avait accolé la locution redoutable, voire dangereuse, diabolique même, de « promesse à suivre de la littérature africaine francophone ». J'avais certes échappé à la terrible et mortelle « étoile montante », mais sa louange n'en demeurait pas moins assassine. Elle suffit, par conséquent, à me valoir une certaine attention dans le milieu littéraire de la diaspora africaine de Paris – le Ghetto, comme l'appelaient avec affection certaines langues de pute, dont la mienne. À compter de cet instant, même ceux qui ne m'avaient pas lu et ne me liraient sans doute jamais savaient, grâce à l'entrefilet du *Monde Afrique*, que j'étais l'énième nouveau jeune écrivain qui arrivait, dégoulinant de promesses. Je devins, dans les festivals, rencontres, salons et foires littéraires où l'on m'invitait, le préposé naturel à ces inusables tables rondes intitulées « nouvelles voix » ou « nouvelle garde », ou « nouvelles plumes » ou je ne sais quoi d'autre de prétendument neuf mais qui, en réalité, semblait déjà si vieux et fatigué en littérature. Ce petit écho parvint chez moi, au Sénégal, et l'on commença à s'intéresser à moi puisque Paris l'avait fait, ce qui tenait lieu d'imprimatur. *Anatomie du vide* fut commenté à compter de ce moment (commenté ne signifiant pas : lu).

Malgré tout cela, le roman m'avait laissé insatisfait, peut-être malheureux. J'eus bientôt honte d'*Anatomie du vide* – que j'avais écrit pour des raisons que je détaillerai plus tard – et, comme pour m'en purger ou l'ensevelir, commençai à rêver d'un autre grand roman, ambitieux et décisif. Ne restait qu'à l'écrire.

IV

C'était donc cela, écrire mon *magnum opus*, que je tentais de faire depuis un mois quand, une nuit de juillet, incapable de trouver la première phrase, je m'enfuis dans la rue parisienne. J'y déambulais, à l'affût du miracle. Il se présenta à moi derrière la vitrine d'un bar, quand j'y reconnus Marème Siga D., une écrivaine sénégalaise d'une soixantaine d'années, que le scandale de chacun de ses livres avait transformée, pour certains, en pythonisse malfaisante, en goule, ou carrément en succube. Moi, je la voyais comme un ange ; l'ange noir de la littérature sénégalaise, sans qui cette dernière serait un mortel cloaque d'ennui où barbotent, semblables à des étrons mous, ces livres qu'ouvrent fatalement des descriptions d'un soleil éternel « dardant ses rayons à travers les feuillages », ou des vues sur ce visage romanesque universel dont les pommettes sont « saillantes », le nez « aquilin » (ou « épaté »), le front « bombé » ou « proéminent ». Siga D. sauvait la récente production littéraire sénégalaise de l'embaumement pestilentiel des clichés et des phrases exsangues, dévitalisées comme de vieilles dents pourries. Elle avait quitté le Sénégal pour écrire d'ailleurs une œuvre dont la seule obscénité était d'être radicalement honnête. Cela lui avait valu un certain culte – et quelques procès auxquels elle se rendait toujours sans avocat. Elle les perdait souvent ; mais ce que j'ai à dire, affirmait-elle, se trouve là, dans ma vie, alors je continuerai de l'écrire et d'emmerder vos attaques minables.

Je reconnus Siga D., donc. J'entrai dans le bar et m'assis non loin d'elle. Hormis nous, il y avait trois ou quatre clients disséminés dans la salle. Le reste cherchait un peu d'air en terrasse. Siga D. était seule à sa table, immobile. On aurait dit une lionne qui guette une proie, tapie dans les hautes herbes, déchiquetant la steppe avec de grands yeux jaunes. La froideur apparente de son attitude jurait avec le feu de son œuvre dont le souvenir – pages somptueuses et péléennes, pages de silex et de diamant – me fit douter, un temps, que ce fût cette femme, si impassible, qui les avait écrites.

À ce moment précis, Siga D. agita le bras pour relever la manche de son grand-boubou. Par le bâillement de l'habit alors, quelques secondes, j'entraperçus ses seins. Ils se profilaient comme au bout d'un tunnel ou d'un couloir d'attente, le couloir d'attente du désir. Siga D. avait écrit à leur sujet des paragraphes mémorables, des blasons dignes des plus torrides anthologies de textes érotiques. J'étais donc devant une poitrine passée à la postérité littéraire. De nombreux lecteurs l'avaient vue par l'esprit et, sur ses rondeurs, beaucoup parmi eux avaient érigé de solides fantasmes. Je réactivai les miens. Le bras retomba et renvoya la poitrine à son secret.

Je pris mon courage à une main, l'autre vida mon verre d'un trait, puis j'abordai Siga D. Je me présentai, Diégane Latyr Faye, je dis mon amour pour son œuvre, mon émotion de la voir, ma fascination pour sa personnalité, mon impatience de lire son prochain livre, bref, le potage d'éloges convenus que ses admirateurs devaient lui servir à longueur de rencontres ; puis, comme son visage afficha la politesse agacée des gens qui veulent congédier un importun sans avoir à le lui dire, je jouai mon va-tout et lui parlai de sa poitrine, que je venais de voir et qu'il m'aurait plu de revoir.

Elle plissa les yeux de surprise, une faille s'ouvrit, je m'y engouffrai : Cette poitrine m'a tant fait rêver, madame Siga. — Ce que tu as entrevu d'elle te plaît ? dit-elle calmement. — Oui, ça me plaît beaucoup et je veux plus. — Plus ? — Plus. — Pourquoi ? — Parce que je bande. — Sérieusement, Diégane Latyr Faye ? Il ne t'en faut pas beaucoup, jeune homme ! — Oui, je sais, madame Siga, votre poitrine me hante depuis si longtemps, si vous saviez. — Cesse de me vouvoyer, cesse de m'appeler Madame Siga, c'est ridicule, et cesse aussi de bander, dégonfle-moi-ça, *mënn na la jurr*, je pourrais être ta mère,

Diégane. — *Kone nampal ma*, alors fais-moi téter comme une mère, répliquai-je, comme au temps de l'adolescence, quand des filles rejetaient mes avances (ou ne comprenaient rien à mes hendécasyllabes), estimant, puisqu'elles avaient quatre ou cinq années de plus que moi, qu'elles auraient pu m'enfanter.

Siga D. m'avait regardé un temps et, pour la première fois, avait souri.

— Je vois que Monsieur a de la répartie. Je vois que Monsieur a de la bouche. Tu veux téter ? Très bien. Suis-moi. Mon hôtel est à quelques minutes. In Sha Allah Monsieur va téter.

Elle s'apprêta à se lever avant de s'interrompre : À moins que tu ne préfères que je te *nampal* ici et maintenant ?

Elle concrétisa la proposition et tira presque aussitôt, bas sur sa gorge, le col de l'ample boubou ; et alors un sein lourd, le gauche, jaillit du corsage défait. Tu veux ? dit Siga D. Voilà la chose. La grande médaille de l'aréole éclata dans sa nuance brune, île au milieu d'un océan d'abondance aux teintes plus claires. Siga D. me regardait, la tête inclinée vers sa droite, impassible et comme indifférente à tout le reste. Bien qu'elle eût pu jouer d'effets crève-l'œil et un peu vulgaires, cette obscène volupté s'exhibait au contraire avec une force retenue, à laquelle je trouvai même bientôt de l'élégance. Alors ? Tu veux ou tu veux pas ? Elle se prit le sein. Elle le pétrit avec lenteur. Après quelques secondes, je dis que je préférerais téter dans l'intimité de l'hôtel. Dommage, répondit-elle avec une inquiétante douceur, et elle rangea la mamelle avant de se lever. Des arômes de myrrhe et de cinname emplissaient l'air. Je payai. Je la suivis.

V

Nous arrivâmes à l'hôtel où elle logeait pendant les quelques jours qu'elle passait à Paris pour assister à un colloque consacré à son œuvre. Mais c'est ma dernière nuit ici, m'avait-elle dit en appelant l'ascenseur. Je retourne dès demain chez moi, à Amsterdam. Alors c'est ce soir ou jamais, Diégane Latyr Faye.

Elle entra dans l'ascenseur, un terrible sourire aux lèvres. Notre montée vers le treizième étage fut une douloureuse chute dans ma déconfiture. Le corps de Siga D. avait tout connu, fait, goûté : que pouvais-je lui apporter ? Où l'emmener ? Qu'imaginer ? À quoi jouer ? Ces philosophes qui vantent les vertus inépuisables de l'inventivité érotique n'ont jamais eu affaire à Siga D., dont la seule présence effaçait mon historique d'amant. Qu'entreprendre ? Déjà le quatrième étage. Elle ne sentira rien, elle ne te sentira même pas entrer, ton corps se liquéfiera contre le sien, il coulera et sera absorbé par les draps, le matelas. Septième. En elle, tu ne vas pas seulement te noyer : tu vas disparaître, te désintégrer, te désagréger, elle va t'a.to.mi.ser, et tu dériveras dans le clinamen des matérialistes antiques, celui de Leucippe, de Démocrite d'Abdère (qui n'eut d'égal sur le plan philosophique qu'Empédocle), sans oublier Lucrèce, le noble commentateur d'Épicure le Jouisseur béni dans le *De rerum natura*. Dixième. L'ennui, le mortel ennui, voilà ce que tu lui promets.

Il faisait chaud, je transpirais de froid et Siga D. pouvait m'envoyer au vent d'une chiquenaude, d'un souffle, comme un fragile épillet. Je pensai, pour me redonner de la vigueur, à la rabelaisienne tétée à venir, à la poitrine littéraire. Mais cette image, au lieu de m'aider, me plongea dans une plus grande faiblesse : mes mains m'apparurent ridiculement inoffensives et petites devant les seins de l'écrivaine, de fichues mains incapables de désir, des moignons. Quant à ma langue, je ne songeais même pas à l'utiliser : les mamelons poétiques la plombaient déjà. J'étais foutu.

Treizième étage. La porte de l'ascenseur s'ouvrit, Siga D. sortit sans me regarder, tourna à gauche et, pendant quelques secondes, je n'entendis plus ses pas, qu'absorbait l'épaisse moquette du couloir ; puis il y eut le bruit d'un verrou qui s'ouvrait au contact d'une carte magnétique, avant que ne revienne le silence. J'étais resté dans la cabine de l'ascenseur, où je lâchai enfin les gaz que je retenais depuis le rez-de-chaussée au nom de la dignité. J'hésitai à fuir. Ce n'eût même pas été une fuite, puisque nous savions tous deux que j'avais déjà perdu avant même d'avoir livré bataille. Ce n'eût été, si j'étais parti, que l'issue triste mais prévisible de ma débâcle, le couronnement de ma défaite annoncée. L'ascenseur fut appelé à l'accueil. Les portes commencèrent à se fermer. Je les retins *in extremis* et sortis, moins mû par le courage que par l'obscur désir de subir une complète déroute.

J'avançai donc dans le couloir. Une porte était restée ouverte. De son entrebâillement, invitation ou alerte, s'échappaient les mêmes effluves de myrrhe et de cinamme. Je ne la poussai pas, comme s'il s'était agi de l'entrée des Enfers. Je me tins là, bête et immobile. La lumière du couloir finit par s'éteindre. Je fis un pas en avant ; elle se ralluma ; je franchis le seuil. Une pièce aux tons pastel m'accueillit, luxueuse et impersonnelle. Par une grande baie vitrée qui ouvrait sur un balcon, j'aperçus un instant Paris scintiller. Un bruit d'eau : Siga D. prenait sa douche. Je respirai : un peu de répit avant l'heure de vérité.

La taille du lit, invraisemblablement grand, me frappa cependant moins que le kitsch du tableau qui plastronnait au-dessus. Aucun artiste ne devrait survivre après avoir si superficiellement embelli, c'est-à-dire défiguré le monde, pensai-je. Puis je détournai les yeux, m'affalai sur le gigantesque lit et envoyai mes pensées se noyer au plafond. Devant moi, se jouèrent plusieurs scénarios possibles quant à la suite des événements. Tous se terminaient de la même manière : j'enjambais la balustrade du balcon et sautais dans le vide, sous le rire impitoyable de Siga D. qui n'avait rien senti. Elle sortit de la douche au bout d'un quart d'heure. Une serviette blanche, qui lui arrivait aux cuisses, était nouée autour de sa poitrine ; une autre ceignait sa tête comme le turban d'une sultane.

— Ah, tu es encore là, toi.

Je ne sus, au ton de sa voix, si c'était une constatation froide, une découverte surprise, une remarque d'une dévastatrice ironie, ou même une question. Chacune de ces options pouvait recouvrir de terribles sous-entendus. Je ne répondis rien. Elle sourit. Je la regardai faire des allers-retours entre la chambre et la salle de bains. Siga D. avait bien le corps d'une femme mûre qui n'avait jamais reculé ni devant le plaisir ni devant la souffrance. C'était une beauté emmêlée de douleur ; un corps impudique, éprouvé, réprouvé ; un corps sans rudesse, mais que la rudesse du monde n'effrayait pas. Il suffisait de le voir vraiment pour le connaître. Je regardais Siga D. et je savais la vérité : ce n'était pas un être humain que j'avais devant moi, c'était une araignée, l'Araignée-mère, dont l'immense ouvrage croisait des milliards de fils de soie, mais aussi d'acier et peut-être de sang, et moi j'étais une mouche empêtrée dans cette toile, une grosse mouche fascinée et verdâtre, prise dans Siga D., dans le lacis et la densité de ses vies.

Il s'écoula ces longues minutes au cours desquelles, après leur douche, certaines femmes font mille choses qui semblent de la plus haute importance, sans qu'on sache exactement quoi. Elle finit par s'asseoir sur un fauteuil devant moi, toujours couverte de sa seule serviette. Celle-ci remonta, je vis le haut de ses cuisses, puis ses hanches et, enfin, le tertre du pubis. Je ne cherchai pas à détourner le regard et fixai un instant sa toison. Je cherchais son Œil. Elle croisa les jambes et le souvenir de Sharon Stone pâlit tout d'un coup dans ma mémoire.

— Je parie que tu es écrivain. Ou apprenti écrivain. Ne t'étonne pas : j'ai appris à reconnaître les gens de ton espèce au premier coup d'œil. Ils regardent les choses comme s'il y avait derrière chacune d'elles un profond secret. Ils voient un sexe de femme et le contemplent comme s'il renfermait la clef de leur mystère. Ils esthétisent. Mais une chatte n'est qu'une chatte. Il n'y a pas à baver votre lyrisme ou votre mystique en y noyant vos yeux. On ne peut pas vivre l'instant et l'écrire en même temps.

— Bien sûr que si. On peut. C'est ça, vivre en écrivain. Faire de tout moment de la vie un moment d'écriture. Tout voir avec les yeux d'un écrivain et…

— Voilà ton erreur. Voilà l'erreur de tous les types comme toi. Vous croyez que la littérature corrige la vie. Ou la complète. Ou la remplace. C'est faux. Les écrivains, et j'en ai connu beaucoup, ont toujours été parmi les plus médiocres amants qu'il m'ait été donné de rencontrer. Tu sais pourquoi ? Quand ils font l'amour, ils pensent déjà à la scène que cette expérience deviendra. Chacune de leurs caresses est gâchée par ce que leur imagination en fait ou en fera, chacun de leurs coups de reins, affaibli par une phrase. Lorsque je leur parle pendant l'amour, j'entends presque leurs « murmura-t-elle ». Ils vivent dans des chapitres. Un tiret de dialogue précède leurs paroles. *Als het erop aan komt* – c'est du néerlandais, ça veut dire « en fin de compte » –, les écrivains comme toi sont pris dans leurs fictions. Vous êtes des narrateurs permanents. C'est la vie qui compte. L'œuvre ne vient qu'après. Les deux ne se confondent pas. Jamais.

Intéressante et discutable théorie que je n'écoutais plus. La serviette de Siga D. était maintenant presque défaite. Elle avait décroisé les jambes. Son drap de bain ouvert me révélait presque tout son corps : son ventre, sa taille, toutes les inscriptions sur sa peau… Seuls ses seins demeuraient cachés par deux ultimes bouts de serviette. Quant à l'Œil, je le voyais désormais nettement, et il était hors de question que le mien cillât le premier.

— Voilà : tu penses à des phrases en cet instant même. Mauvais signe. Si tu veux écrire un bon roman, oublie-le pour le moment. Tu veux me baiser, non ? Oui, tu le veux. Je suis là. Ne pense qu'à ça. À moi.

Elle se leva du fauteuil, s'approcha, pencha son visage sur le mien. Sa serviette se défit totalement ; la poitrine apparut ; elle la plaqua contre la mienne.

— Sinon, dégage d'ici et va écrire un autre petit roman de merde.

Je trouvai cette provocation un peu puérile et renversai Siga D. sur le lit. L'expression que révéla son visage, de triomphe, volupté, défi, m'emplit d'un furieux désir. Je commençai d'embrasser ses tétons. Je m'appliquai et lui arrachai des soupirs ou, plus justement, des proto-soupirs. C'est du moins ce que je me plus à croire. Réels ou rêvés, ils me galvanisèrent. J'étais proche du centre de la toile, moi la mouche, proche du centre létal et obscur de la demeure de l'Araignée-mère. Je voulus glisser vers l'Œil. Elle me retint alors et me fit rouler sur le côté tel un enfant, avec une humiliante facilité, dans un éclat de rire ; puis elle se leva et commença à se rhabiller.

Traversé par le souffle d'une violente colère, je voulus revenir à la charge. Mais la conscience du ridicule tableau que je devais offrir à ce moment me retint. Je la fermai et demeurai coi. Siga D. se mit alors à chanter en sérère avec lenteur. Je m'allongeai pour l'écouter et, peu à peu, la chambre, qui n'avait jusqu'alors rien exprimé qu'un confort glacial, devint vivante et triste et peuplée de souvenirs. La chanson parlait d'un vieux pêcheur qui préparait son embarcation pour aller défier une déesse-poisson.

Je fermai les yeux. Siga D. finit de se vêtir en fredonnant le dernier couplet. La barque s'éloignait sur l'océan calme et le pêcheur scrutait l'horizon avec des yeux durs et brillants, prêt à affronter la fabuleuse déesse. Il ne se retourna pas vers le rivage, où sa femme et ses enfants le regardaient. À la toute fin, *Sukk lé joot Kata maag, Roog soom a yooniin, Sa pirogue passa derrière l'océan et Dieu fut sa seule compagnie*. À l'instant où Siga D. se tut, une térébrante tristesse imprégna toute la chambre.

Elle dura quelques secondes, et j'en sentais presque le poids et l'odeur quand Siga D. m'invita à m'asseoir au balcon, où nous nous trouverions mieux. Elle avait rapporté d'Amsterdam une excellente herbe, dont elle garnit elle-même, avec l'indolente agilité de l'habitude, un gros joint, assez intimidant, je n'en avais jamais vu de semblable, et nous le fumâmes en discutant de choses graves et légères, des mille masques de la vie, de la tristesse au cœur de toute beauté, un joint vraiment énorme et une herbe de qualité. Je lui demandai si elle connaissait la suite de l'histoire du pêcheur et de la déesse fabuleuse.

— Non, Diégane. Je ne crois pas qu'il y ait une suite. C'est une de mes belles-mères, Ta Dib, qui me la chantait dans mon enfance. Elle l'a toujours interprétée comme ça.

Siga D. avait marqué une petite pause, puis elle dit qu'une suite n'était pas nécessaire, car chacun de nous, *als het erop aan komt*, connaissait la fin de cette histoire, qui ne pouvait se terminer que d'une seule manière. J'étais d'accord avec elle, il n'y avait qu'une fin possible. Le brasillement du joint s'éteignit à ce moment-là entre mes doigts. Je m'étais rarement senti, de toute ma vie, aussi détendu. J'avais levé les yeux vers le ciel, un ciel sans étoiles, que voilait quelque chose – pas la procession des nuages, non, mais une autre étendue, démesurée et profonde, qui ressemblait à l'ombre d'une gigantesque créature survolant la Terre.

— C'est Dieu, avais-je dit. Je m'étais tu un moment avant de poursuivre, d'une voix tranquille et basse (je crois n'avoir jamais plus éprouvé la sensation inédite et injustifiable que j'avais ressentie alors, la sensation de toucher la Vérité du doigt) :

C'est Dieu. Il est tout près ce soir, je pense même qu'Il n'a pas été aussi proche de nous depuis longtemps. Mais Il sait. Il sait que venir L'anéantirait pour de bon. Il n'est pas encore assez armé pour faire face à Son plus grand cauchemar : nous, les Hommes.

— Tu fais donc partie de ceux que la consommation d'herbe transforme en métaphysiciens théologiens, murmura Siga D.

Après un nouveau silence elle dit : Attends. Elle rentra alors dans la chambre, fouilla dans son sac, puis revint avec un livre en main. Elle se rassit, ouvrit l'ouvrage au hasard et dit : on ne peut pas finir cette soirée sans lire un peu de littérature, sans sacrifier quelques pages au dieu des poètes, puis elle commença à lire : trois pages suffirent à faire de moi un grand frisson.

— Je sais. C'est meilleur qu'un joint, dit-elle en refermant le livre.

— Qu'est-ce que c'est que ça ?

— *Le Labyrinthe de l'inhumain*.

— Impossible.

— Pardon ?

— Impossible. *Le Labyrinthe de l'inhumain* est un mythe. T.C. Elimane est un dieu eunuque.

— Tu connais Elimane ?

— Je le connais. J'avais le *Précis des littératures nègres*. J'ai cherché ce livre pendant… Je…

— Tu connais l'histoire de ce livre ?

— Le *Précis* disait que…

— Oublie le *Précis*. Tu as cherché toi-même ? Oui, tu as dû essayer. Mais tu n'as pas trouvé.

Évidemment. Personne ne peut trouver. Moi j'ai failli trouver. Je m'en suis rapprochée. Mais la route est tortueuse. Longue. Parfois mortelle. On cherche T.C. Elimane, et un précipice silencieux s'ouvre soudain sous nos pieds comme un ciel à l'envers. Comme une gueule sans fond. Devant moi aussi ce gouffre s'est ouvert. J'ai basculé. La chute a eu lieu… la chute…

— Je ne comprends rien à ce que tu racontes.

— … et je l'ai vécue. La vie a pris des directions inattendues, mon fil s'est perdu dans les sables du temps et je n'ai plus eu le courage de partir à sa recherche.

— Retrouver qui ? Quoi ? Et d'abord, comment t'es-tu procuré ce livre ? Qu'est-ce qui prouve que c'est bien *Le Labyrinthe de l'inhumain* ?

— … je n'ai jamais raconté ce que j'ai vécu ou failli vivre avec lui. Je sens que c'est le point aveugle de ma vie, son angle mort…

— Tu as trop fumé.

— … mais aussi son angle le plus vivant, son point lucide… et si je parviens à retrouver le fil de cette histoire, je serai allée plus loin que je n'ai jamais été dans le pays étranger qui est en moi et qu'il habite…

— Tu délires sévère.

— … et je serai descendue au cœur de ce que je dois réellement écrire : mon livre sur Elimane. Mais pour l'instant, je ne suis pas prête. Quant aux circonstances dans lesquelles j'ai eu ce livre… Ce n'est pas une histoire que je peux te raconter, Diégane Faye. Pas aujourd'hui en tout cas. Pas encore.

Siga D. s'était tue et avait tourné la tête vers la ville, mais il me paraissait évident qu'elle ne voyait aucune des lueurs qui saillaient çà et là, comme une joaillerie précieuse, sur le corps de Paris. C'était vers elle-même, vers les lueurs ou les crépuscules de son passé, que son regard était dirigé. Je ne cherchai pas à la tirer de la mélancolie du souvenir. Au contraire, je la laissai s'y enfoncer, tentant de mesurer, dans les ombres de ses yeux, la profondeur de sa coulée dans la mémoire. L'Araignée, alors même qu'elle s'éloignait dans le temps, me parut plus présente, plus proche, plus réelle. Sur le rouet du passé, elle filait en silence des motifs inconnus, complexes et beaux des blessures qu'ils semblaient rouvrir. Je me sentis soudain comme emporté par sa mémoire, ses pensées ; elles irradiaient, si intenses qu'elles paraissaient jaillir de son enveloppe physique et transpercer, ravir toute présence alentour. Je compris, après quelques secondes passées sous cette pesanteur (une pesanteur chaotique et irrésistible, invisible mais palpable : la pesanteur d'une pensée concentrée, et dont on essayait d'extraire un sens, peut-être une vérité), je compris que j'assistais à un spectacle dont la scène m'avait jusqu'alors semblé ne devoir jamais être qu'intérieure, reléguée au secret de la conscience, réservée à une expérience mystique, possible seulement dans un tableau symboliste ou un cauchemar : *je voyais une introspection*. Une âme autre invitait la mienne en elle, tournait son regard vers ses profondeurs, et s'apprêtait à se juger impitoyablement. C'était une autopsie dont le légiste était aussi le cadavre ; et le seul témoin de cette vision, de cette sensation qu'on aurait pu qualifier de belle ou d'horrible, de belle et d'horrible, c'était moi.

— C'est un fantôme, dit soudain Siga D., et dans sa voix je perçus celles de toutes les Siga D. qu'elle avait croisées dans son souvenir. On ne rencontre pas Elimane. Il vous apparaît. Il vous traverse. Il vous glace les os et vous brûle la peau. C'est une illusion vivante. J'ai senti son souffle sur ma nuque, son souffle surgi d'entre les morts.

À mon tour, alors, je regardai simplement la ville assoupie et, la contemplant, songeai que cette nuit ressemblait tout de même à un putain de rêve. Je me dis que je devais me tenir prêt à me réveiller à tout moment sur le canapé déglingué de l'appartement que je partageais avec Stanislas. C'était plus probable que d'être là, debout au balcon d'un hôtel de luxe, en compagnie d'une grande romancière qui possédait *Le Labyrinthe de l'inhumain*.

— Tiens, dit Siga D.

Elle me tendait le livre. Je réprimai un mouvement de peur.

— Lis-le, puis viens me voir à Amsterdam. Prends-en soin. Je ne sais pas pourquoi je te fais ce cadeau, Diégane Latyr Faye. Je te connais à peine, et pourtant je te donne ce que je possède sans doute de plus précieux. Peut-être devons-nous le partager. Notre rencontre est insolite, elle est passée par de curieux chemins de traverse, mais elle tend vers ça : ce livre. C'est peut-être un hasard. C'est peut-être le destin. Mais les deux ne s'opposent pas nécessairement. Le hasard n'est qu'un destin qu'on ignore, un destin écrit à l'encre invisible. Une personne m'a dit ça un jour. Elle n'avait peut-être pas tort. Je vois dans notre rencontre une manifestation de la vie. Et c'est toujours elle qu'il faut suivre : la vie et ses imprévisibles voies. Elles tendent toutes vers le même endroit, notre destination à tous, mais empruntent, pour y aller, des itinéraires qui peuvent être beaux ou terribles, pavés des fleurs ou d'ossements, des chemins nocturnes qu'on parcourt souvent seul, mais où nous avons l'occasion de mettre notre âme à l'épreuve. Et puis… il est si rare de rencontrer quelqu'un à qui ce livre dise quelque chose. Prends-en soin. J'attendrai ta visite à Amsterdam, écris-moi quand tu te seras décidé, que je m'organise pour t'accueillir. Je te laisse mes coordonnées sur le rabat. Comme ça. Voilà. Tiens.

Je me dis alors : le réveil va intervenir maintenant, quand tu toucheras le livre. Je tendis donc la main, prêt à ouvrir les yeux sur le décor de mon salon. Mais la scène continua : je tenais *Le Labyrinthe de l'inhumain*. Il avait la sobriété d'un autre temps : sur un fond blanc, figuraient, de haut en bas, le nom de l'auteur, le titre, l'éditeur (Gemini), encadrés par un liséré bleu anthracite. Sur le prière d'insérer, je lus deux phrases : *T.C. Elimane est né dans la colonie du Sénégal.* Le Labyrinthe de l'inhumain *est son premier livre, le premier chef-d'œuvre authentique d'un nègre d'Afrique noire qui affronte et dit librement la folie et la beauté de son continent.*

Je tenais le livre entre mes mains. J'avais déjà rêvé de cet instant et m'attendais qu'il se produisît autre chose ; mais il n'arriva rien et, lorsque je relevai la tête, Siga D. me regardait.

— Va, va lire. Tu en as pour longtemps. Je t'envie. Tu vas découvrir ce livre. Mais je te plains aussi.

Elle ne cacha pas l'ombre triste qui passa alors dans ses yeux. Je ne lui demandai pas le sens de ses dernières paroles et glissai *Le Labyrinthe de l'inhumain* dans la poche arrière de mon jean après un timide merci. Siga D. dit qu'elle ne savait pas s'il fallait la remercier ou la maudire. Je lui rétorquai qu'elle en faisait peut-être un peu trop dans la dramatisation. Elle me baisa la joue et dit : Tu verras bien.

La grosse mouche sortit ainsi de la toile. Chez moi, je trouvai un épais silence que craquelait toutefois un souffle pugnace et conquérant : Stanislas, mon colocataire, ronflait. Il était traducteur de polonais et travaillait depuis quelques mois à donner une nouvelle version de *Ferdydurke*, le grand roman de son illustrissime compatriote Witold Gombrowicz.

Je gagnai ma chambre avec le fond d'une bouteille et lançai sur mon téléphone une sélection personnelle de morceaux de Super Diamono, mon groupe préféré. Je tâtai le livre dans ma poche, le sortis, l'examinai un instant. Je ne pouvais affirmer n'avoir pas cru à son existence : il y eut des nuits où je lui avais appartenu corps et âme, et des nuits où je le récitai d'une traite sans l'avoir jamais vu ; mais il y en eut aussi beaucoup d'autres où son existence se réduisait à moins qu'un mythe : à sa seule projection, à sa fragile espérance. Saloperie de Labyrinthe ! Mais voilà : l'objet d'obsessions que je croyais puériles et mortes à jamais resurgissait des décombres en sang de mes rêves.

Le Super Diamono jouait et la voix d'obsidienne en fusion d'Omar Pène cinglait vers le jour sur la calme mer nocturne. Dans son sillage, tranquille et splendide, glissait *Mujjé*, un *memento mori* en forme de joyau unique, forgé dans la lave de douze minutes de jazz. *Da ngay xalat ñun fu ñuy mujjé*, disait-il, souviens-toi de notre fin, pense à la grande solitude, songe à la promesse du crépuscule, qui sera tenue pour tous. Rappel aussi redoutable qu'essentiel, aussi vieux que le temps, mais dont je crus mesurer la vertigineuse gravité pour la première fois de ma vie. C'est donc livré à cet abîme ouvert par le Diamono et Pène que je commençai la lecture du *Labyrinthe de l'inhumain*.

Il faisait encore sombre même si l'écume du jour moussait déjà derrière le fil de l'horizon. Je lus ; la nuit expira sans un cri ; ensuite je relus et la bouteille se vida ; j'hésitai à en ouvrir une autre et finis par me raviser, et continuai à lire en écoutant les chansons du Diamono, jusqu'à ce que toutes les étoiles s'effacent dans le rai de lumière qui perforait ma fenêtre et que s'épuisent toutes les ombres et tous les silences blessés et le ronflement de Stanislas et la plus ancienne mélopée de cette triste terre et tout ce que je croyais connaître des hommes ; puis, alors que le jour était levé depuis un moment et que ma sélection musicale avait pris fin (mais le silence après Pène est le testament poétique de Pène), je m'endormis, prêt à retrouver dans mon sommeil la transfiguration hallucinée des événements de la nuit, à me réveiller dans un monde qui paraîtrait inaltéré au premier regard, mais où tout, sous la surface des choses, sous la peau du temps, aurait changé à jamais.

Tels furent, après ma soirée dans la toile de l'Araignée, mes premiers pas sur le cercle de solitude où glissaient *Le Labyrinthe de l'inhumain* et T.C. Elimane.

DEUXIÈME PARTIE

Journal estival

11 juillet 2018

Journal, je ne t'écris que pour une seule raison : dire combien *Le Labyrinthe de l'inhumain* m'a appauvri. Les grandes œuvres appauvrissent et doivent toujours appauvrir. Elles ôtent de nous le superflu. De leur lecture, on sort toujours *dénué* : enrichi, mais enrichi par soustraction.

Au réveil, vers treize heures, je l'ai relu en entier, à jeun, sans les drogues ni le magnétisme de Siga D. Le bouleversement fut encore tel que je restai dans ma chambre, mou et anéanti. Aux alentours de seize heures, mon coloc vint s'assurer que je vivais toujours. Je prétextai des migraines pour justifier ma torpeur. Stanislas, qui s'y connaît (il a du sang polonais), me donna une kyrielle d'astuces pour se remettre d'une gueule de bois. Même celle que provoque un livre ? Quel livre ? Je lui tendis *Le Labyrinthe de l'inhumain*. C'est ce que tu lis en ce moment ? Oui. C'est lui qui te met dans cet état ? Peut-être. Parce que c'est bien ou mauvais ? Et sans attendre ma réponse il l'ouvrit au hasard.

Deux, trois, quatre pages lues. Il s'arrêta. Je l'interrogeai du regard : alors ? Il dit : Y a une langue, j'aurais bien continué, mais j'ai une AG politique. Je dis : Les anars vont enfin prendre le pouvoir ? Il dit : Non, le renverser. Je dis : Et après ? Il répondit : Le rendre. Je répliquai : À qui ? Il affirma : Au peuple. Je demandai : Qui est le peuple ?

Le traducteur partit sans me dire qui était le peuple. J'ai alors relu le livre jusqu'à l'épuisement. Lui me toise, inépuisable, et brille comme un crâne dans la nuit d'un cimetière. *Le Labyrinthe de l'inhumain* se referme en ouvrant la promesse d'une suite, une suite que je ne lirai peut-être jamais.

Il me suffirait de rappeler Siga D. pour avoir le fin mot de l'histoire. Je ne céderai pas à cette facilité tout de suite. Le livre se dévoilera lui-même. Je revois le regard triste de l'Araignée-mère lorsqu'elle me l'a donné. Je réentends ses mots : Je t'envie, mais je te plains aussi. Je t'envie signifie : tu vas descendre un escalier dont les marches s'enfoncent dans les régions les plus profondes de ton humanité. Je te plains signifie : à proximité du secret, l'escalier se perdra dans l'ombre et tu seras seul, privé du désir de remonter car il t'aura été montré la vanité de la surface, et incapable de descendre car la nuit aura enseveli les marches vers la révélation.

J'ai refermé le livre, puis j'ai commencé à te tenir, Journal.

12 juillet

Ce matin, pointage rituel au consulat sénégalais, à la direction des bourses universitaires, pour renouveler la mienne. Elle sera valable jusqu'à juillet prochain. Au-delà de cette échéance, il faudra que je me démerde : trouver un vrai travail, ou reprendre et finir ma thèse, ou vivre dans la rue, ou devenir l'amant d'une riche rombière qui aime les mystères de l'Afrique et m'entretiendra en leur nom, ou écrire un livre de régression personnelle déguisé en manuel de développement personnel. Ou crever. D'ici là, vive la charitable patrie qui pourvoit aux nécessités de ma survie !

Je suis ensuite passé à la bibliothèque, pour jeter un œil aux parutions remarquables de l'an 1938. Elles m'ont révélé une promotion littéraire, poétique et philosophique française de premier plan : Bernanos, Alain, Sartre, Nizan, Gracq, Giono, Aymé, Troyat, Ève Curie, Saint-Exupéry, Caillois, Valéry… Rien de moins. Mais pas l'ombre d'un T.C. Elimane ni d'un *Labyrinthe de l'inhumain*.

Rentré chez moi, j'ai trouvé Stanislas et n'ai pu m'empêcher de lui en reparler. Il m'a alors demandé ce que racontait le livre. Je ne m'attendais pas à cette question qu'au reste je hais. J'ai réfléchi un moment puis, comme il fallait bien que je réponde, j'ai dit quelque chose de grandiloquent, des phrases saturées de mots à majuscules, quelque chose comme : C'est l'histoire d'un homme, un Roi sanguinaire ; ce Roi cherche le Pouvoir et est prêt à commettre le Mal absolu pour l'obtenir, mais il découvre que même les voies du Mal absolu le ramènent à l'Humanité.

Le traducteur, après ma lyrique péroraison, m'a regardé quelques secondes, puis a dit : Ça ne veut rien dire. Je vais te donner un conseil : n'essaie jamais de dire de quoi parle un grand livre. Ou, si tu le fais, voici la seule réponse possible : rien. Un grand livre ne parle jamais que de rien, et pourtant, tout y est. Ne retombe plus jamais dans le piège de vouloir dire de quoi parle un livre dont tu sens qu'il est grand. Ce piège est celui que l'opinion te tend. Les gens veulent qu'un livre parle nécessairement de quelque chose. La vérité, Diégane, c'est que seul un livre médiocre ou mauvais ou banal parle de quelque chose. Un grand livre n'a pas de sujet et ne parle de rien, il cherche seulement à dire ou découvrir quelque chose, mais ce seulement est déjà tout, et ce quelque chose aussi est déjà tout.

15 juillet

La France a remporté la Coupe du monde de foot et le pays a célébré sa deuxième étoile sous un ciel qui en débordait. J'ai regardé le match avec Musimbwa, puis nous sommes allés dîner dans un petit restaurant africain où la cuisine était correcte, le service médiocre et l'ambiance assurée par un vieux koriste dont le répertoire se limitait à une longue et itérative ballade mandingue.

Musimbwa est l'ancien locataire du fauteuil du « jeune écrivain africain prometteur ». Il est R.D. congolais, a trois années de plus que moi, et son œuvre compte déjà quatre livres que le Ghetto et la critique du monde extérieur avaient immédiatement salués. Après le succès de son premier roman, il a quitté son travail de barman pour se donner à la littérature comme une nonne à Dieu.

Je me rappelle l'avoir suspecté, voire détesté au début, lorsqu'en aérolithe brut il avait fait irruption dans le milieu des lettres, collectionnant prix, admiration et lauriers avec un détachement dont je ne savais s'il confinait à l'humilité ou à l'arrogance. Ce Musimbwa, disais-je, n'est qu'une mode, et à force d'être dans l'air du temps il finira enrhumé, comme tant d'autres que l'époque avait fini par moucher après l'encensement sacramentel. Je n'avais évidemment pas encore lu une seule phrase de lui à ce moment-là. Il m'avait suffi de le faire pour passer de la jalousie à l'envie, puis de l'envie à l'admiration, et l'admiration muait parfois en désespoir absolu devant la certitude que je n'aurais jamais son talent. Je le tiens sans conteste pour notre *primus inter pares*, le meilleur de notre génération.

Lorsque j'avais publié *Anatomie du vide*, il avait, sans me connaître, été le premier écrivain à en parler. Il en commit une lecture enthousiaste, puis le recommanda et, bien que sa prescription n'eût pas le poids du micro-article du *Monde Afrique*, c'était à sa parole, la parole d'un écrivain, que j'attachais le plus de prix. Nous nous rencontrâmes et notre amitié commença ainsi : dans la forge des lectures communes, des rejets partagés, des désaccords mineurs, de l'affinité des passions, de la saine émulation, de la rivalité amicale et nécessaire et virile et parfois orageuse, de la proximité des âges, des déambulations infinies parmi l'hétéroclite et surprenant cortège de la nuit. Mais, par-dessus tout, ce qui m'avait lié à lui était la même foi désespérée qu'on plaçait dans l'entéléchie de la vie qu'incarnait pour nous la littérature. Nous ne pensions pas du tout qu'elle sauverait le monde ; nous pensions en revanche qu'elle était le seul moyen de ne pas s'en sauver.

Je mangeai donc avec lui après le match et, très vite, lui parlai de mon homme.

— Répète ?

— T.C. Elimane.

— Non, ça ne me dit vraiment rien. Et le livre ? *Le Labyrinthe inhumain*, c'est ça ?

Le Labyrinthe de l'inhumain ! Je citai et récitai l'incipit, *À l'origine, il y avait une prophétie et il y avait un Roi ; et...* Rien à faire : Musimbwa ne le connaissait pas. Je voulus lui raconter son histoire, l'insignifiante part que j'en connaissais, du moins. Mais je compris aussitôt qu'elle ne se laisserait pas faire : elle formait un récit cannibale dont les dents me rongeaient de l'intérieur. C'est une histoire qu'il est à la fois impossible de raconter, d'oublier, de taire. Mais que faire de ce qui n'est ni oubliable ni racontable ni réductible au silence ? Wittgenstein a-t-il écrit quelque chose à ce propos ? Il a dit que sur ce dont on ne peut parler, il faut garder le silence ; oui, admettons, mais si on ne peut ni parler ni se taire ni oublier, que faire, Herr Wittgenstein ? Je l'ignore, mais je sais ceci : ce qu'il ne peut ni oublier ni raconter ni taire, l'homme en souffre et finit par en mourir ; or je n'avais aucune envie de l'un ou de l'autre. Je dis donc ce que je savais, peu de chose en fin de compte, mais lorsque je me tus, je ne me sentis pas soulagé ou triste, plutôt endolori de corps et d'âme, comme si ce fragment d'existence pesait des tonnes, des millénaires, et que sa masse d'âge s'était abattue sur mon être tandis que je tentais de le raconter. Après mon récit, Musimbwa, avec la gravité de l'aveu, dit qu'il n'avait jamais cru à ces histoires de génies littéraires maudits, qui avaient écrit en cherchant le cœur du silence, ou le fond de l'oubli. Il laissa passer un temps, puis, en regardant à travers la vitre, comme s'il ne s'adressait pas à moi, mais à la nuit, à une créature invisible de la nuit, il poursuivit :

— Chercher à s'anéantir dans son œuvre n'est pas toujours un signe d'humilité. Même le désir du néant peut être une vanité… Mais attends : as-tu déjà lu ce *Labyrinthe de l'inhumain* ? Je suppose que non : tu me dis que le livre est introuvable depuis plusieurs décennies.

— Je l'ai trouvé.

Je lui racontai la nuit avec Siga D., puis sortis le livre de ma poche et le lui tendis. Musimbwa m'a regardé un moment, comme pour s'assurer que je ne lui faisais pas une mauvaise plaisanterie, avant de le prendre. Je lui dis que j'allais traîner un peu dehors en attendant qu'il le lise. Il l'a aussitôt ouvert.

Je le laissai et allai provoquer la nuit parisienne, son incandescence, ses flots de bière, sa joie pure, ses rires purs, sa drogue dure, ses illusions d'habiter l'éternité ou l'instant. Mais, très vite, le spleen de la fête m'envahit et m'éteignit. Je n'avais jamais su faire la fête longtemps. Les joies collectives, les célébrations de masse, les grandes ferveurs jaculatoires finissaient très souvent par m'ensevelir sous une mélancolie sans recours. À peine entrais-je dans l'ivresse ou la joie que leur envers misérable éclatait devant moi. Je ne me réjouissais en conséquence jamais si longtemps que la tristesse des choses me fût épargnée : la tristesse avant la fête, la tristesse après la fête, la tristesse de la fête qui allait irrémédiablement finir (ce moment est aussi hideux que celui où un sourire s'efface d'un visage), la part de tristesse de toute humanité, avec laquelle chacun se débat comme une ombre et comme il peut. Je m'accommodais quelquefois de cette fatalité. D'autres fois, je l'ignorais tout bonnement et ruais, avec une insouciante fureur, dans le cercle de danse et de feu. Plus souvent, cependant, la basse marée intérieure l'emportait. C'était le cas ce soir. Je m'assis sur un banc, sans autre ambition que de m'en relever le moins abattu possible, voire de m'en relever tout court. Ensuite, j'inspirai profondément et m'enfonçai sans difficulté, comme un suppositoire, dans le trou du cul déjà lubrifié du monde – on a les expériences pascaliennes qu'on peut.

La littérature m'apparut sous les traits d'une femme à la beauté terrifiante. Je lui dis dans un bégaiement que je la cherchais. Elle rit avec cruauté et dit qu'elle n'appartenait à personne. Je me mis à genoux et la suppliai : Passe une nuit avec moi, une seule misérable nuit. Elle disparut sans un mot. Je me lançai à sa poursuite, empli de détermination et de morgue : Je t'attraperai, je t'assiérai sur mes genoux, je t'obligerai à me regarder dans les yeux, je serai écrivain ! Mais vient toujours ce terrible moment, sur le chemin, en pleine nuit, où une voix résonne et vous frappe comme la foudre ; et elle vous révèle, ou vous rappelle, que la volonté ne suffit pas, que le talent ne suffit pas, que l'ambition ne suffit pas, qu'avoir une belle plume ne suffit pas, qu'avoir beaucoup lu ne suffit pas, qu'être célèbre ne suffit pas, que posséder une vaste culture ne suffit pas, qu'être sage ne suffit pas, que l'engagement ne suffit pas, que la patience ne suffit pas, que s'enivrer de vie pure ne suffit pas, que s'écarter de la vie ne suffit pas, que croire en ses rêves ne suffit pas, que désosser le réel ne suffit pas, que l'intelligence ne suffit pas, qu'émouvoir ne suffit pas, que la stratégie ne suffit pas, que la communication ne suffit pas, que même avoir des choses à dire ne suffit pas, non plus que ne suffit le travail acharné ; et la voix dit encore que tout cela peut être, et est souvent une condition, un avantage, un attribut, une force, certes, mais la voix ajoute aussitôt qu'essentiellement aucune de ces qualités ne suffit jamais lorsqu'il est question de littérature, puisque écrire exige toujours autre chose, autre chose, autre chose. Puis la voix se tait et vous laisse dans la solitude, sur le chemin, avec l'écho d'autre chose, autre chose qui roule et s'enfuit, autre chose devant vous, écrire exige toujours autre chose, dans cette nuit sans certitude d'aube.

Deux heures plus tard, je bougeais encore. L'épreuve finissait. Je trouvai les forces de me secouer comme un fauve au ressui et m'arrachai à la marinade métaphysique du banc. Je revins au restaurant africain. Le koriste déroulait ses éternelles gammes. Musimbwa prenait racine à la même table. Il lui restait une poignée de pages à lire. Je commandai un café serré et attendis. Vingt minutes plus tard, il a levé les yeux vers moi, des yeux tout à la fois effrayés et admiratifs, puis il a dit Merde alors, où est la suite ? Je lui ai dit qu'il n'y avait pas de suite connue. Une grande ombre triste s'est étendue dans son regard, et je ne savais pas si c'était l'inachèvement douloureux ou la beauté suspendue du *Labyrinthe de l'inhumain* qui l'y projetait. Nous sommes restés ainsi un moment, silencieux et graves. Le gérant s'excusa de devoir bientôt fermer, le koriste rangea son instrument, Musimbwa paya, on sortit.

Dans la rue, alors que nous marchions sans prononcer un mot depuis deux ou trois minutes, Musimbwa me dit soudain, avec exaltation, comme s'il sortait d'une épiphanie, qu'il fallait absolument faire lire *Le Labyrinthe de l'inhumain* à ceux de notre génération. Il allait nous libérer. Je n'avais pas répondu mais c'était tout comme : dans mon silence vibrait un immense oui.

Mais pourquoi continuer, tenter d'écrire après des millénaires de livres comme *Le Labyrinthe de l'inhumain*, qui donnaient l'impression que plus rien n'était à ajouter ? Nous n'écrivions ni pour le romantisme de la vie d'écrivain – il s'est caricaturé –, ni pour l'argent – ce serait suicidaire –, ni pour la gloire – valeur démodée, à laquelle l'époque préfère la célébrité –, ni pour le futur – il n'avait rien demandé –, ni pour transformer le monde – ce n'est pas le monde qu'il faut transformer –, ni pour changer la vie – elle ne change jamais –, pas pour l'engagement – laissons ça aux écrivains héroïques –, non plus que nous ne célébrions l'art gratuit – qui est une illusion puisque l'art se paie toujours. Alors pour quelle raison ? On ne savait pas ; et là était peut-être notre réponse : nous écrivions parce que nous ne savions rien, nous écrivions pour dire que nous ne savions plus ce qu'il fallait faire au monde, sinon écrire, sans espoir mais sans résignation facile, avec obstination et épuisement et joie, dans le seul but de finir le mieux possible, c'est-à-dire les yeux ouverts : tout voir, ne rien rater, ne pas ciller, ne pas s'abriter sous les paupières, courir le risque d'avoir les yeux crevés à force de tout vouloir voir, pas comme voit un témoin ou un prophète, non, mais comme désire voir une sentinelle, la sentinelle seule et tremblante d'une cité misérable et perdue, qui scrute pourtant l'ombre d'où jaillira l'éclair de sa mort et la fin de sa cité.

Nous avions ensuite longuement commenté les ambiguïtés parfois confortables, souvent humiliantes, de notre situation d'écrivains africains (ou d'origine africaine) dans le champ littéraire français. Un peu injustement, et parce qu'ils étaient des cibles évidentes et faciles, nous accablions alors nos aînés, les auteurs africains des générations précédentes : nous les tenions pour responsables du mal qui nous frappait : le sentiment d'être incapables ou de n'avoir pas le droit (c'était pareil) de dire d'où nous venions ; puis nous les accusions de s'être laissé enfermer dans le regard des autres, regard-guêpier, regard-filet, regard-marécage, regard-guet-apens qui exigeait d'eux, à la fois, qu'ils fussent authentiques – c'est-à-dire différents – et pourtant similaires – c'est-à-dire compréhensibles (autrement dit, encore : commercialisables dans l'environnement occidental où ils évoluaient) ; notre lancée critique était bonne, c'est-à-dire impitoyable, et nous ne devions pas nous arrêter en si bon chemin, donc nous déplorions que certains d'entre nos anciens aient versé dans les négreries de l'exotisme complaisant et d'autres dans les autofictions où ils n'arrivaient pas à transcender leur petite existence, eux qu'on sommait d'être africains mais de ne l'être pas trop et qui, pour obéir à ces deux impératifs aussi absurdes l'un que l'autre, oubliaient d'être des écrivains, ce qui était une faute capitale, une faute suffisante pour que nous continuions à instruire leur procès dans l'odeur commençant à se répandre de leur sang, et nous affirmions qu'ils n'avaient pas pris le risque d'être provisoirement dans la marge poétique, et nous leur reprochions de s'être caricaturés et fourvoyés dans les prétentions mortes de l'engagement comme dans les parnasseries un peu bourgeoises de l'écrivain-tout-court, et nous incriminions leur réalisme exsangue qui se contentait de reproduire le monde sans l'interpréter ou le recréer, et nous vomissions leur égoïsme dissimulé sous le droit à la liberté de l'artiste, et nous fauchions à larges andains les têtes de nos prédécesseurs qui avaient écrit beaucoup de romans injuriant la littérature par leur banalité, et nous prononcions des sentences de mort contre ceux qui avaient renoncé à se demander ensemble ce que signifiait être dans leur situation littéraire, impuissants à créer les conditions pour des esthétiques novatrices dans nos textes, trop paresseux pour penser et se penser par la littérature, trop asservis aux prix littéraires, aux flatteries, aux dîners mondains, aux festivals, aux chèques, aux circuits pour chercher à grimer ou gripper la littérature convenable, trop mauvais lecteurs ou trop copains pour se lire mutuellement et se dire avec courage ce qui n'allait pas, trop pusillanimes pour oser une rupture par le roman, par la poésie, par rien d'autre : journaux intimes zéro, essais zéro et demi, science-fiction et polar, double zéro pointé, le théâtre s'en tirait beaucoup mieux, heureusement, mais les correspondances zéro, zéro, zéro, un néant primal, comme si les questions de leur aventure mortellement ambiguë, les problèmes de leur cul entre deux chaises les laissaient de marbre, ah, nos aînés tant salués tant célébrés tant récompensés, tant décrits comme le sang neuf de la littérature francophone, ah, ces aînés, génération dorée mon cul : on mettait leur œuvre sous la lumière crue, on la rapprochait du feu et sitôt alors le précieux métal fondait et coulait faux, contreplaqué, boue poisseuse entre les doigts, et on voyait que nombre de leurs livres valaient moins que ce qu'on en avait dit ou espéré, on voyait que ceux qui résisteraient au temps se compteraient sur les doigts de la main de Maître Yoda, on voyait qu'ils n'avaient publié que les bons petits livres qu'on attendait d'eux, on découvrait qu'ils avaient fait de nous des héritiers sans testament, qu'ils avaient tous écrit en se croyant libres quand de robustes fers enserraient leurs poignets leurs chevilles leurs cous et leurs esprits, ah, ces glorieux aînés, ah, ah, mais étaient-ils les seuls coupables ? nous demandions-nous soudain dans une dramatisation rhétorique, avaient-ils des circonstances atténuantes ? lancions-nous dans un geste magnanime, et alors on appelait à la barre leurs ignobles complices : d'abord une part de leur lectorat africain, que nous assassinions aussitôt d'un verdict lapidaire : pire lectorat du monde, qui ne lit pas, qui est paresseux, caricatural, intransigeant comme seule une minorité pouvait l'être, toujours avide d'être représenté alors qu'il est irreprésentable ; ensuite venaient leurs lecteurs occidentaux (osons le mot : blancs), parmi lesquels beaucoup les lisaient comme on fait charité, aimant qu'ils les divertissent ou leur parlent du vaste monde avec cette fameuse truculence naturelle des Africains, les Africains qui ont le rythme dans la plume, les Africains qui ont l'art de conter comme au clair de lune, les Africains qui ne compliquent pas les choses, les Africains qui savent encore toucher au cœur par des histoires émouvantes, les Africains qui n'ont toujours pas cédé au fat nombrilisme où s'embourbent tant d'auteurs français, ah, les merveilleux Africains dont on aime les œuvres et les personnalités colorées et les grands rires remplis de grandes dents et d'espoir ; puis un détachement de la critique (universitaire, journalistique, culturelle) avançait vers l'échafaud, et notre guillotine tombait tout aussi lourde sur son gracile cou : critique la plus ennuyeuse de la terre, accrochée à ses *problématiques* ou à ses *thématiques*, tunnels généraux, étroits, où les œuvres cheminaient comme du gros bétail et certaines mouraient étouffées sous la lourdeur des concepts, la graisse du jargon, la fadeur des sujets ; et ainsi, sous un ciel paisible, un ciel à l'éclat nivéen, les têtes mêlées de nos aînés écrivains, de leurs lecteurs et de leurs critiques toutes origines et couleurs de peau confondues flottaient au-dessus des nôtres comme une constellation macabre ou une nuée de petits étourneaux, et à ce moment seulement, fumants de sang, ruisselants de sang comme d'antiques barbares au milieu de la plaine rougie et soudain silencieuse de la bataille, à ce moment seulement, exténués et encore un peu ivres de violence, regardant autour de nous la terre que jonchaient les cadavres des uns qui avaient cessé d'être des écrivains et des autres qui lisaient de plus en plus mal si tant est qu'ils aient su bien lire un jour, nous ressentions la culpabilité d'avoir été si cruels : qui étions-nous pour proférer des critiques si dures, intransigeantes, péremptoires envers ceux et celles sans lesquels nous n'existerions pas ? qui, pour prétendre ne rien devoir aux devanciers à l'égard desquels, pourtant, nous avions une immense et impayable dette ? qui, qui, qui, répétions-nous dans un écho infini même si nous connaissions la réponse, qui ?, eh bien, seulement de jeunes imbéciles qui arrivaient à peine en littérature et qui se croyaient tout permis ; des nouveaux qui seraient bientôt anciens et que les futurs louveteaux déchiquetteraient alors, puisque ainsi tourne le monde, oui, le monde allait ainsi et nous n'y représentions rien, sinon des poussières dans l'infini de la littérature, nous le savions, mais alors pourquoi étions-nous si arrogants, si prétentieux, si injustes alors que nous ne valions sans doute pas mieux ? nous demandait notre conscience, et nous de répondre : parce que nous éprouvons, comme tous les écrivains sans doute, l'angoisse de ne rien trouver et de ne rien laisser, et qu'au fond c'était nous-mêmes que nous critiquions, c'était notre crainte de n'être pas à la hauteur que nous exprimions, car nous nous sentions comme dans une caverne sans issue et nous avions peur d'y mourir faits comme des rats.

Nous nous sommes installés à la terrasse d'un autre bar, où nous avons continué à parler du livre. On s'est quittés, sur la promesse titubante de nous retrouver chez l'un de nous, quelques jours plus tard, pour faire découvrir T.C. Elimane aux autres écrivains africains de notre génération.

23 juillet

De notre classe littéraire – je parle de la jeune garde des écrivains africains vivant à Paris – celle que je préférais, hormis Musimbwa, était Béatrice Nanga.

Certes, il y avait Faustin Sanza, un colosse congolais que je pris, la première fois que je le vis, pour un annonciateur de l'Apocalypse. Mais Faustin était bien plus terrible que ça : c'était un poète confidentiel. Il avait publié cinq ans auparavant une œuvre de soixante-douze pages, *Le Badamier barbare*, grand poème épique écrit en hexamètres dactyliques (à césure trochaïque) et rempli de vocables oubliés. Mais ce goût du rare n'était pas superficiel chez lui. Un poète qui use d'archaïsmes par afféterie se repère vite : c'est comme les femmes au lit, on voit tout de suite quand elles simulent (je crois). *Le Badamier barbare* ne fut pas lu. Sanza était ressorti meurtri de cette expérience, non point parce que le lectorat l'avait ignoré – de ce point de vue Sanza était même comblé, qui croyait qu'un poème qui avait plus de cent vingt lecteurs était suspect –, mais parce qu'il ne croyait plus au verbe poétique. Rien ne peut être dit. Voilà ce qu'il disait. Il cherchait désormais la vérité dans son premier amour, la pure abstraction des mathématiques, qu'il enseignait au lycée. Il n'écrivait plus que des critiques, souvent pour exécuter avec savoir et goût et cruauté nombre d'impostures littéraires. Son modèle critique est Étiemble.

(Je me rappelle l'article qu'il avait signé après la publication de *Noir d'ébène*, le dernier livre de William K. Salifu, un des écrivains les plus connus de la littérature africaine contemporaine. Deux décennies auparavant, il avait publié *La Mélancolie du sable*, grand roman qui lui valut une reconnaissance mondiale. On le traduisit en quarante langues, dont le silbo. Hollywood en acquit les droits dans la foulée. Vargas Llosa et Rushdie, Toni Morrison et Coetzee, Le Clézio, Susan Sontag, Wole Soyinka, Doris Lessing : toutes et tous avaient salué en *La Mélancolie du sable* un chef-d'œuvre. Même l'irascible et génial Monsieur Naipaul admit qu'il ne pensait pas un jour lire un roman d'une telle profondeur sous la plume d'un Africain.

Deux ans plus tard, Salifu publia un deuxième livre. Devant l'étendue de la catastrophe, les plus magnanimes plaidèrent l'accident : après tout, les maîtres eux-mêmes se rataient parfois. Mais vinrent coup sur coup deux autres romans, tout aussi consternants. Aussi rapidement qu'il publiait, la cote de Salifu décrut : on le suspecta d'avoir recouru à un nègre pour son premier livre. Salman

Rushdie fit un tweet laconique et assassin, que Stephen King et Joyce Carol Oates retweetèrent. Le vieux et nobélisé Naipaul ricana et eut une phrase qui commençait par : « J'avais été surpris par la qualité du premier livre de l'Africain Salifu », et s'achevait quelques cruautés plus loin, selon le vieux principe *in cauda venenum*, par : « La médiocrité littéraire est comme la nature : elle revient toujours au galop, même si on réussit à la cacher le temps d'un livre. » Les livres de Salifu, mélanges de plus en plus indigents, indigestes de thriller et de romance, continuaient, certes, d'être lus : nul n'avait oublié la somptueuse *Mélancolie du sable* ; mais de moins en moins de gens le prenaient au sérieux. Je lisais chacun de ses nouveaux livres en espérant y retrouver la beauté du premier ou, au moins, une trace de celle-ci. Mais la splendeur de *La Mélancolie du sable* semblait s'être comme à jamais évanouie.

Alors que le dernier roman de Salifu recevait l'habituel et hypocrite concert d'éloges de ceux qui n'avaient plus besoin de lire un auteur installé pour le célébrer, Sanza publia une rugueuse critique. Pavé dans le marigot. Tout le monde en prit pour son grade : le pauvre Salifu et son *Noir d'ébène*, bien sûr, mais aussi les journalistes et les critiques, qui n'évaluaient plus les livres mais les recensaient, entérinant l'idée que tous les livres se valent, que la subjectivité du goût constitue l'unique critère de distinction et qu'il n'y a pas de mauvais livres, seulement des livres qu'on n'a pas aimés ; et les écrivains, qui avaient banni de leur travail toute exigence de langue ou de création, se contentant de produire de plates copies du réel qui ne demandaient aucun effort poussé à l'abstraction omnipotente et tyrannique qui s'appelait le « Lecteur » ; et la masse des lecteurs, qui cherchaient dans les livres un plaisir facile, divertissant, cousu d'émotions simples moulées dans des phrases simplifiées – celles, disait Sanza, qui excédaient rarement neuf mots, ne s'écrivaient toujours qu'au présent de l'indicatif et bannissaient toute subordonnée ; et les éditeurs, valets du marché, occupés à susciter et vendre des produits formatés plutôt que d'encourager la singularité littéraire. Critiques déjà vieilles, mais que Faustin Sanza renouvela avec talent. Évidemment, il ne fut pas épargné ; les offensés ripostèrent avec promptitude et vigueur à son propos. Élitiste ! Réac ! Méprisant ! Bête ! Essentialiste ! Aigri ! Intolérant ! Snobinard ! Réducteur ! Fasciste ! Intello ! Caricatural ! Jaloux ! Cérébral ! Hypocrite ! Mais Sanza encaissa les coups avec le même courage qu'il les avait donnés.)

Dans le groupe, il y avait aussi Eva (ou Awa) Touré, une influenceuse franco-guinéenne au sujet de laquelle il y a à la fois beaucoup et peu à dire. Eva Touré milite pour toutes les bonnes causes morales du temps, en plus d'être entrepreneure, coach en self-empowerment, mannequin de la diversité, exemple galactique. Évidemment, comme c'était à craindre, et puisque l'incontinence littéraire est une des maladies les plus répandues de l'époque, elle n'a pu se retenir d'écrire. Ainsi surgit des ténèbres *L'amour est une fève de cacao*, que je tiens pour une négation méthodique de l'idée même de littérature. C'était un roman hypnotique et nul. Il marcha du feu de Dieu. Il faut dire qu'avec ses deux cent mille abonnés sur Instagram, Eva Touré disposait d'un public fidèle, pour qui tout ce qui émanait d'elle était une onction divine. Ce lectorat étendu et fanatique, prêt à mourir pour elle, faisait reculer les plus valeureux critiques. Même Sanza, pour ne pas essuyer dans les réseaux sociaux les cyclones de merde que les disciples de la déesse déchaînaient contre tout hérétique qui relativisait son œuvre, avait renoncé à publier le compte rendu qu'il avait fait de *L'amour est une fève de cacao*.

Il y avait ces deux-là, donc, mais il y avait surtout Béatrice Nanga. Musimbwa et moi pensions qu'elle avait, d'entre nous tous, l'univers littéraire le plus singulier. Je m'empresse de préciser qu'aucun de nous n'avait couché avec elle, du moins à ma connaissance, bien qu'il soit apparu lors de nos discussions que nous n'attendions que de le pouvoir. Béatrice Nanga a trente ans et un fils dont elle partage la garde. Elle est d'origine camerounaise. J'ignore si elle est belle, mais une lourde aura de sensualité l'enveloppe en permanence. L'ample tessiture de sa voix me fige les cellules. La vue de son généreux corps me renverse le cours du sang. Elle a publié deux romans érotiques : *L'Ogive sainte*, titre tiré d'une phrase du *Con d'Irène*, et *Journal d'une pygophile*, que j'ai lu d'une main et aimé de toute mon âme. Béatrice est une fervente catholique. Elle m'a dit un jour que sa position sexuelle préférée était l'ange cubiste, et que nous l'essayerions un jour. Toutes mes recherches sur cette position n'ont mené à rien. Il y a bien une sculpture de Dalí qui porte ce titre, mais sa posture est invraisemblable sur le plan sexuel. Peut-être Béatrice l'a-t-elle inventée ? L'ange cubiste est-il du bluff ? Mystère.

Voilà la bande. Je ne sens pas chez nous de conscience ou de désir d'une aventure esthétique collective ; nous ne sommes pas un mouvement ; chacun de nous marche seul vers son destin littéraire ; et pourtant j'ai l'impression que quelque chose d'invisible nous lie tous solidement, et à jamais. Je ne saurais dire de quoi il s'agit. Peut-être le sentiment diffus que nous allions vers une catastrophe. Peut-être l'impression vague que nous devions vite redonner une vigueur à notre littérature ou subir l'humiliation d'être à jamais désignés comme ses assassins ou, pire, ses fossoyeurs (tuer est simple, mais enterrer !...). Peut-être la redoutable prescience que certains d'entre nous affronteraient longtemps le monstre de la littérature alors que d'autres se perdraient ou renonceraient en chemin. Peut-être le constat silencieux que nous étions des Africains un peu perdus et malheureux en Europe, même si nous faisions semblant d'être partout chez nous. Mais peut-être aussi étions-nous seulement liés par la certitude (ou l'espoir) que tout cela pourrait un jour finir en partouze.

Hier, donc, après que nous eûmes passé en revue les potins du milieu et barboté avec alacrité dans une insignifiance un peu cultivée, Musimbwa a évoqué la vraie raison de cette rencontre : Elimane.

Sanza seul connaissait vaguement son nom. Musimbwa m'a demandé de raconter son histoire, ce que j'ai fait devant un auditoire mi-fasciné, mi-perplexe, puis, dans le silence qui suivit mon récit, il commença sans sommation à lire *Le Labyrinthe de l'inhumain*. Et pendant trois heures Musimbwa lut sans faiblir. À la fin de sa lecture, la sidération dura une longue minute silencieuse, puis les débats s'ouvrirent dans le fracas. On débattit avec rage et outrance. On fut de mauvaise foi. On jura.

La discussion s'est enfoncée dans la nuit, âpre, passionnée, sans concession. Je me suis dit qu'un monde où on pouvait encore débattre ainsi d'un livre jusque tard n'était pas si perdu, même si j'avais bien conscience de ce que des personnes discutant de littérature toute une soirée avaient de profondément comique, vain, ridicule, peut-être même irresponsable. Des conflits faisaient rage, la planète étouffait, des meurt-de-faim et des assoiffés crevaient, des orphelins contemplaient le cadavre de leurs parents ; il y avait tout le peuple des vies minuscules, des microbes, des rats, le peuple de l'égout promis à l'éternité pestilentielle de canalisations immondes et bouchées ; il y avait le réel ; il y avait tout cet océan de merde dehors, et nous, écrivains africains dont le continent nageait dedans, nous parlions du *Labyrinthe de l'inhumain* au lieu de nous battre *concrètement* pour l'en sortir.

Un soir que nous nous étions épuisés à examiner la réelle valeur de la poésie de Senghor, j'avais fait part à Musimbwa du sentiment de honte qui me poissait parfois le cœur lorsque je nous voyais parler littérature comme si notre vie en dépendait ou que ce fût la chose la plus importante sur terre. Mon camarade, après un petit moment de silence, m'avait alors dit : Je te comprends, Faye, et je ressens parfois la même chose. Le sentiment d'être indécent, un peu sale. Il s'était tu quelques secondes avant d'ajouter : Et puis on peut nous soupçonner de ne parler autant de littérature que parce qu'on ne sait pas en faire, ou que notre univers littéraire est vide. Il y a tant de soi-disant écrivains qui se révèlent plus doués pour commenter la littérature que pour écrire vraiment, tant de poètes qui cachent la pauvreté de leur création derrière des gloses littéraires savantes, des références, une citationnite aiguë, une érudition creuse… C'est vrai, Faye, c'est vrai : passer nos soirées à parler de livres, à discuter du milieu littéraire et de sa petite comédie humaine, peut paraître suspect, malsain, ennuyeux, voire triste. Mais si les écrivains ne parlent pas de littérature, je veux dire, s'ils n'en parlent pas de l'intérieur, en praticiens, en hantés et en habités, en amoureux, en fous, en folles furieuses, ceux et celles pour qui elle signifie l'essentiel, même si l'essentiel se déguise parfois en anecdote ou en futilité, qui le fera ? C'est peut-être une idée insupportable, dégueulasse et bourgeoise, mais il faut l'accepter. C'est ça notre vie : essayer de faire de la littérature, oui, mais aussi en parler, car en parler est aussi la maintenir en vie, et tant qu'elle sera en vie, la nôtre, même inutile, même tragiquement comique et insignifiante, ne sera pas tout à fait perdue. Il faut faire comme si la littérature était la chose la plus importante sur terre ; il se pourrait parfois, rarement mais tout de même, que ce soit le cas et que certains doivent en attester. Nous sommes ces témoins, Faye.

Ces mots ne suffisaient pas toujours à me consoler, mais je les gardais près de moi.

Nous avons continué à débattre. Musimbwa et moi estimions le livre magistral ; Béatrice le jugeait trop intelligent ; Sanza le trouvait détestable tout en lui concédant de géniales fulgurances ; Eva Touré ne disait pas grand-chose, mais je voyais dans son regard qu'elle ne pensait pas grand-chose non plus. Vers trois heures du matin, elle a demandé que nous posions pour un autoportrait de groupe qu'elle avait aussitôt publié sur ses réseaux sociaux avec les légendes #écriture #newgeneration #lecture #staytuned #dînerlittéraire #labyrinthe #empowerment #Afrique #auboutdelanight #bookaddict #nofilter #Evafamily.

La soirée se termina, mais on se revit plusieurs fois les jours suivants, chez l'un de nous, ou dans des bars, pour échanger nos réflexions sur le livre, et nous confier nos rêves d'écrivains.

31 juillet

J'ai fait ce soir ce que je redoute le plus au monde, Journal : j'ai appelé mes parents. Ma mère : Tu as des problèmes ? Moi : Non, tout va bien. La mère : Vraiment ? Le fils : Vraiment. Elle : Tu appelles comme ça ? Lui : Oui, pour prendre des nouvelles. Ma mère : Anh, Latyr, c'est ça qui m'inquiète. Ça va, tu es sûr ?

Lorsque nous nous passons un appel vidéo, mes parents, côte à côte, tiennent l'appareil en sorte que je voie sur l'écran une partie du visage de chacun. Je regarde ainsi le visage parental réunifié. Les signes de son vieillissement m'ont serré le cœur et donné l'envie de couper l'image. Mais cela n'aurait rien changé ; leurs voix aussi avaient vieilli : des lézardes profondes sur les murs du temps. Je me suis promis, comme chaque fois, de les appeler plus souvent. Je savais pourtant que je ne le ferais pas. Je continuerais de les appeler rarement. Ma mère soulignait toujours, en plaisantant, mon faible sens de la famille. Amères plaisanteries : elles portaient une silencieuse accusation. Mon père ne disait jamais rien à ce propos et cela voulait tout dire. Aucun d'eux ne s'expliquait mes longues périodes de silence. La chose me paraissait pourtant simple : je remplissais l'office dont beaucoup d'enfants devaient s'acquitter vis-à-vis de leurs parents à un moment de leur vie : l'office de l'ingratitude.

Il y avait aussi la part de la naïveté : celle qui me faisait croire que je disposais de mes parents à volonté. Si je repoussais chaque fois le moment de leur passer un coup de fil, c'était peut-être parce que, avec une confiance aveugle, j'étais sûr de les retrouver bientôt, et qu'il n'était donc pas nécessaire de les appeler tous les jours, puisque celui où je rentrerais définitivement à leurs côtés viendrait rapidement. Mirage que ce jour dans le désert de l'exil. Ainsi chaque appel reporté, sous l'illusion de retrouvailles prochaines qui justifiaient son annulation, marquait en réalité un éloignement plus grand. J'ai atteint le stade terminal de l'immigration : je ne crois plus simplement à la possibilité du retour : je me suis convaincu de son imminence et persuadé de regagner le temps passé loin des miens. Ces tragiques espérances me font vivre autant qu'elles me tuent : j'affecte de croire que je rentrerai bientôt chez moi, que tout y sera inchangé et que je pourrai *rattraper*. Le retour qu'on rêve est un roman parfait – un mauvais roman donc.

Quelque chose se meurt. Le monde que j'ai quitté a disparu dès que je lui ai tourné le dos. J'ai cru, l'habitant et y ayant enterré, comme un trésor, mon enfance, qu'il était devenu indestructible par la seule grâce de ce don. J'ai cru à sa loyauté éternelle pour mon existence passée. Rien n'était plus chimérique : le monde jadis aimé n'a pas signé de pacte de fidélité. Sitôt m'en étais-je absenté qu'il s'éloignait déjà dans le tunnel du temps. Je regarde sa ruine : ce qui m'attriste dans ces moments-là n'est pas le fait que ce monde ait été détruit : ce monde était vivant, c'est-à-dire mortel ; ce qui me chagrine, c'est qu'il ait été détruit si facilement quand je pensais lui avoir donné les ressources pour tenir.

L'exilé est obsédé par la séparation géographique, l'éloignement dans l'espace. C'est pourtant le temps qui fonde l'essentiel de sa solitude ; et il accuse les kilomètres alors que ce sont les jours qui le tuent. J'aurais pu supporter d'être à des milliards de bornes du visage parental si j'avais eu la certitude que le temps glisserait sur lui sans lui nuire. Mais c'est impossible ; il faut que les rides se creusent, que la vue baisse, que la mémoire flanche, que des maladies menacent.

Comment raccorder nos vies ? Par l'écriture ? Récit, écrit : j'invoque la gémellité, l'anagramme absolue de ces vocables où s'incarne la puissance présumée de la parole. Sauront-ils réduire notre éloignement intérieur ? Pour l'heure, la distance se creuse, indifférente au verbe et à ses sortilèges.

À certains qui sont partis, il faut souhaiter qu'ils ne rentrent jamais, bien que ce soit leur plus profond désir : ils en mourraient de chagrin. Mes parents me manquaient mais je craignais de les appeler ; le temps passait ; et, autant j'étais triste de ne pas les entendre me raconter ce qui arrivait dans leur vie, autant m'effrayait l'idée qu'ils me le disent, car je savais au fond ce qui arrivait vraiment dans leur vie. C'était ce qui arrivait dans toute vie : ils se rapprochaient de la mort. Je ne les appelais pas et j'en souffrais ; je les appelais et j'en souffrais aussi, peut-être même davantage.

Mes parents voulaient me parler de mille choses, des petits riens heureux ou contraignants, de mes turbulents jeunes frères, de la situation politique tendue du pays. Mais je n'avais pas le cœur à écouter tout cela. Sur la seule question qui vaille, ils gardaient le silence. Ils faisaient semblant et je faisais aussi semblant. Jeu de dupes. Avec un peu de sécheresse et beaucoup de lâcheté, j'ai écourté l'appel.

4 août

Mon colocataire, qui refusait de se mêler à notre cénacle d'écrivains (il nous trouvait mentalement trop bourgeois), avait enfin lu *Le Labyrinthe de l'inhumain*. Son jugement a été lapidaire : « difficilement traduisible », ce qui, dans sa grille critique, correspondait à l'éloge maximal.

Il m'a posé des questions sur le livre et l'auteur. Je lui ai raconté ce que je savais. L'histoire l'a intrigué, et il m'a dit que je devrais aller voir du côté des archives de la presse. Si j'arrivais à avoir accès à certains journaux de 1938, peut-être parviendrais-je, croyait-il, à découvrir quelque chose. Je lui dis qu'à mon arrivée à Paris, huit ans auparavant, j'avais déjà tenté d'accéder aux journaux d'époque pour y chercher trace du *Labyrinthe de l'inhumain*. J'avais surtout désiré lire l'enquête de Bollème (Brigitte) que le *Précis* mentionnait dans la notice de T.C. Elimane. Mes tentatives s'étaient toujours soldées par des échecs. J'avais néanmoins découvert, au sujet de Brigitte

Bollème, qu'après avoir achevé une longue carrière de journaliste littéraire à la *Revue des deux mondes* et publié quelques monographies, elle avait siégé au jury du prix Femina, qu'elle présida de 1973 à sa mort en 1985.

— Oui, dit Stanislas après m'avoir écouté, mais maintenant que tu as publié un livre dont a parlé un grand journal, peut-être que les archives de la presse s'ouvriront plus facilement, non ?

— Non. Je ne suis absolument pas connu comme auteur hors du Ghetto africain. Les archives de la presse se fichent que je sois un jeune écrivain africain prometteur qui a eu un article dans un journal célèbre. Comme écrivain africain, je n'ai aucune notoriété littéraire dans le monde extérieur.

— Et c'est ce que tu veux ? Accéder à la notoriété littéraire dans ce monde extérieur ?

Oui. Aucun écrivain africain établi ici ne l'avouera publiquement. Chacun niera, en accompagnant sa déclaration d'une pose rebelle. Mais au fond, cela fait partie des rêves de beaucoup d'entre nous (pour certains, c'est même LE rêve) : l'adoubement du milieu littéraire français (qu'il est toujours bon, dans sa posture, de railler et conchier). C'est notre honte, mais c'est aussi notre gloire fantasmée ; notre servitude, et l'illusion empoisonnée de notre élévation symbolique. Oui, Stan, voilà notre triste réalité : le contenu misérable de notre rêve misérable, la reconnaissance du centre – la seule qui comptât.

Mais parce que c'était trop désespéré, trop cynique, trop amer, trop injuste (ou, à l'inverse, trop vrai), je renonçai à répondre ça au traducteur et me contentai de lui dire ceci, qui n'était pas moins exact :

— Je veux simplement écrire un bon livre, Stan, un livre qui me dispenserait d'en faire d'autres, qui me libérerait de la littérature, un livre comme *Le Labyrinthe de l'inhumain*, tu vois ?

— Oui, je vois. Mais méfiez-vous, vous écrivains et intellectuels africains, de certaines reconnaissances. Il arrivera bien sûr que la France bourgeoise, pour avoir bonne conscience, consacre l'un de vous, et l'on voit parfois un Africain qui réussit ou qui est érigé en modèle. Mais au fond, crois-moi, vous êtes et resterez des étrangers, quelle que soit la valeur de vos œuvres. Vous n'êtes pas d'ici. Mais j'ai aussi cru comprendre, et arrête-moi si je me goure (à ce moment-là j'avais pensé que quand une personne vous disait *arrête-moi si je me trompe*, c'est qu'il était probablement déjà impossible de l'arrêter), j'ai cru comprendre que vous n'étiez plus vraiment de vos pays d'origine. Mais alors… d'où ?

Il s'est tu, et ce n'était pas pour me laisser répondre. Il réfléchissait à ce qu'il venait de dire ou à ce qu'il allait ajouter, et ne tarda d'ailleurs pas à reprendre :

— Bien sûr, je sais, certains d'entre vous le disent : vous êtes citoyens du monde… Universels ! Ah, l'universalité… Une illusion tendue par ceux qui la brandissent comme une médaille. Ils la mettent autour du cou de qui ils veulent. S'ils la mettent autour du vôtre, c'est pour vous pendre. S'ils ne l'y mettent pas, la réclamer en pleurant ne changera rien. Il n'y a d'universel que l'enfer. Brûlez les médailles. Et les mains qui les tiennent. Arrachez les derniers lambeaux de l'ère coloniale et n'attendez rien ! Au feu toutes ces vieilleries ! À la braise, à la cendre, à la mort ! Écrivez au pétrole !

— Tout ce que tu dis est peut-être juste, Stan. Mais les écrivains africains ne l'ignorent pas. Ce sont des êtres humains, pas des héros politiques ou des idéologues. Tout écrivain devrait pouvoir écrire librement ce qu'il veut, où qu'il soit, quelles que soient son origine ou sa couleur de peau. La seule chose à exiger des écrivains, africains ou inuits, c'est d'avoir du talent. Tout le reste, c'est de la tyrannie. Des conneries.

Stan me regarda quelques secondes, un sourire de commisération aux lèvres. Je savais ce qu'il s'apprêtait à dire, et ce fut exactement ce qu'il fit un instant plus tard : « Tu es naïf. »

5 août

Journal, il s'est passé des choses ce soir. Béatrice Nanga nous a invités, Musimbwa et moi, à dîner. Nous la trouvâmes comme à son habitude : une femme puissante, comme dit le cliché.

— Je ne voulais voir que vous, a-t-elle dit en ouvrant une bouteille. Sanza et Eva Touré sont intéressants, mais j'ai l'impression qu'avec vous deux, c'est différent. On se comprend, non ?

J'ai dit oui de façon un peu distraite : toute mon attention était retenue, comme chaque fois que je venais chez Béatrice, par un grand crucifix qui dominait le séjour. J'ai regardé Jésus, et la même pensée qui me revenait toujours quand je le voyais ainsi, en croix et en pleine absorption du mal des hommes, me traversa encore : *Il se demande ce qu'il fiche là*. J'ai plusieurs fois rêvé que je l'interrogeais : deux millénaires ont passé depuis que vous avez souffert et péri sur cette croix, Seigneur, ça vous honore, mais vous avez vu le résultat ; maintenant je vous pose la question : *si c'était à refaire ?*

Aucune réponse. On passa à table. Béatrice servit son *ndolè* et nous parla très vite du sort que nous devrions réserver au *Labyrinthe de l'inhumain*. Elle trouvait qu'on ne pouvait pas le garder dans notre cénacle prétentieux de jeunes écrivains, et qu'il fallait chercher à le rééditer pour que le grand public le découvre. Musimbwa était opposé à cette idée. Ils se querellèrent. Je me gardai de prendre parti.

Au dessert, l'ambiance se détendit et Béatrice mit de la musique. Ritualités, spiritualités : on s'offrit d'abord aux secousses galvaniques de la nuit à peine nubile, verte comme une jeune mangue. Puis tout s'adoucit ; la lune mûrit, prête à tomber du ciel. Nous pendions aux bras d'heures cotonneuses, vestibules de somptueux rêves qu'on ne faisait qu'à condition de rester éveillés. Dans l'appartement, de moins en moins de mots se dirent. Il n'y eut bientôt plus même – entre les tintements de verres tardifs ou de vaporeux rires hissés de la rue, et dans les quelques secondes de prose impeccable qui séparaient deux chansons –, il n'y eut bientôt plus même que l'archaïque parole : souffles et lenteur, regards et frôlements, incitations suspendues, appels, contre-feux, signes celés, langages en attente du Langage ; il n'y eut bientôt plus même que les lucidités de l'ivresse. J'entendis peut-être le bris d'un verre qu'un corps – le mien ? – avait fait chuter en dansant. Ensuite, il n'y eut plus d'heures ; ce fut cela, la vraie nuit.

Ce qui devait arriver arriva alors : la maîtresse des lieux a proposé ou suggéré (à moins qu'elle n'ait exigé, je ne suis plus sûr) qu'on baise. Mais pas ici, dit-elle. Ici il y a le Christ. Venez. Et elle a tourné les talons et s'est dirigée vers la chambre. Musimbwa a fait quelques pas à sa suite, comme un chien somnambule. Je ne bougeai pas. Il s'arrêta, se retourna vers moi et devina mes intentions.

— Déconne pas, camarade. Pas maintenant. Viens. On va enfin voir la gueule de l'ange cubiste. On va lui refaire le portrait. On va enfin savoir s'il s'appelle Michel ou Djibril ou Lucifer. Un *threesome* fabuleux nous attend. Viens.

Je fis non de la tête, et m'assis pour signifier que c'était un refus irrévocable. Musimbwa a paru hésiter une demi-seconde, puis il m'a dit, sur un ton qui tenait à la fois du conseil et de la menace : Faye, les femmes pardonnent parfois à celui qui brusque l'occasion, jamais à celui qui la manque.

— Rocco Siffredi ?

— Non.

— Robert Mugabe.

— Non.

— Je sais : DSK !

— Bien tenté. Mais non. Talleyrand.

Il est ensuite allé vers son destin dans la chambre de Béatrice et je suis resté seul dans le salon, mollement enfoncé dans le fauteuil, ivre et légèrement triste, en pensant que je ne savais rien de Talleyrand hormis qu'il boitait comme le diable et qu'on lui prêtait beaucoup d'esprit ; quelques minutes ont ainsi passé et j'ai voulu changer d'avis et les rejoindre, mais mon orgueil me retint : c'eût été ridicule, voire honteux, de revenir sur une telle décision, une décision qui engageait mon honneur et ma parole, or celle-ci était déjà posée ; je n'ai donc pas bougé et, un instant plus tard, j'ai commencé à entendre, à intervalles réguliers, mais jamais au même moment, Béatrice soupirer et Musimbwa feuler, et j'en déduisis que les préliminaires étaient lancés, puis je n'ai plus entendu que Béatrice geindre, et ses chairs (ses puissantes cuisses, en l'occurrence) étouffer Musimbwa, qui réussissait toutefois, de temps en temps, à sortir la tête de l'étau pour remplir ses poumons d'air avant de replonger dans l'inconnu, vers les réserves liquides de Béatrice qu'il gamahuchait gourmandement, et tout cela était bien clair dans mes oreilles, sous mes yeux : leurs deux corps qui s'échauffaient, leurs respirations de plus en plus courtes et brutales, la fine sueur et les cristaux de sel sur leur peau, oui, je voyais tout cela sans le vouloir, alors j'ai dit qu'il fallait lutter, que je devais me ressaisir et penser à des choses qui m'absorberaient tellement que j'échapperais aux bruits en provenance de la chambre, résolution qui sembla avoir provoqué mes amis, car à peine avais-je commencé à chercher un sujet où j'aurais pu enfouir mon esprit que Béatrice commença à gémir et Musimbwa à haleter et le lit à grincer et les chairs à s'entrechoquer en faisant le bruit de deux babouches qu'on frappe l'une contre l'autre, et merde j'ai dit, ça commence, et à compter de cet instant j'ai essayé de me concentrer pour trouver une question qui m'aurait diverti ou fait réfléchir, mais rien ne marchait, tous les voiles dont je tentais de couvrir mon esprit se déchiraient comme du papier à cigarette par la présence bruyante de Béatrice (qui hululait désormais) et Musimbwa (qui gueulait en lingala de poétiques obscénités auxquelles je comprenais quelques mots qu'il m'avait appris : *Nkolo, pambola bord oyo. Yango ne mutu eko sunga mokili…*) ; en tout cas ils sont bien lancés, me disais-je, ils ont un bon rythme, pas monotone du tout, varié tout en restant accessible, mais il faut que tu te reprennes, Diégane, il faut que t'arraches ton esprit à tout ça, essaie de lire par exemple, rentre dans un livre, tiens, et là j'ai eu la tentation d'ouvrir *Le Labyrinthe de l'inhumain* pour m'y perdre, c'est-à-dire m'y abriter, mais je me suis ravisé car je savais que c'était peine perdue : je n'arriverais pas à lire avec ce bruit, d'autant plus qu'il ne s'amenuisait pas, il gagnait au contraire en intensité : le bruit de l'amour physique, la cantilène des corps jeunes et vigoureux, la vrombissante salle des machines de la baise radicale, et je l'entendais, ce bruit, je l'entendais pour sûr, Béatrice qui barrissait et Musimbwa qui glapissait, *Bomanga, Béa, Bomanga*, et moi qui regrettais d'être ainsi, toujours trop timide, trop compliqué, trop retenu, trop détaché, trop cérébral, trop Edmond Teste, trop enfoncé dans une fière et bête solitude, j'ai donc fermé les yeux, décidé à subir ma souffrance, résigné à attendre que ça passe et finisse, car tout finit par passer, tout fuit, tout s'en va, tout s'écoule, πάντα ῥεῖ, a dit le sage Héraclite, alors soit, me dis-je, fermons les yeux et attendons que *panta rhei*, mais aussitôt m'étais-je retiré sous mes paupières comme un enfant sous sa couette qu'une idée, ou plutôt une envie, puissante, me vint : il fallait que je les tue, il fallait que j'entre dans la chambre armé d'un couteau et que j'enfonce la lame dans ce corps, car il n'y avait de toute évidence plus qu'un seul corps dans la chambre, réunifié par le grand désir dont j'étais exclu et qu'il fallait donc que je crève, avec méthode et patience et précision, comme un assassin professionnel, là dans le cœur, là dans le ventre, là dans l'aorte, et de nouveau dans le cœur pour être bien sûr que cette saloperie tenace qui fait tant de mal aux hommes cesse de pulser, puis dans le sexe, et au flanc aussi ; bien sûr j'éviterais de toucher au visage car le visage est un territoire sacré, un temple qu'aucune violence ne doit profaner, le Visage est le signe de l'Autre, l'image de son interpellation souffrante lancée, à travers moi, à toute l'Humanité, j'ai un peu lu Levinas à une époque, mais je frapperais ce corps partout ailleurs jusqu'à ce qu'il arrête de jouir ou jouisse vers la mort, dans les transports suprêmes de l'épectase ; voilà l'envie que j'avais pour me délivrer du bruit qui me torturait – Béatrice mugissait et Musimbwa mugissait aussi – et, justement, voyez comment la providence divine pourvoyait à mes lugubres desseins, il y avait un gros couteau qui traînait sur la crédence de la cuisine, il me suffisait de m'en emparer pour reprendre le contrôle des choses, et je commençai à sourire à l'idée de ce qui allait se passer, j'élaborai de complexes scénarios macabres dignes du meilleur fait divers, mais alors, au moment même où je m'apprêtais à me lever pour aller prendre mon arme, j'ai senti une présence proche, vivante ; je rouvris les yeux et vis devant moi Jésus-Christ qui bougeait sur la grande croix fixée au mur et, par réflexe, même si je ne suis pas chrétien, même si je suis un pur animiste sérère qui croit d'abord aux Pangols et à Roog Sèn (*Yirmi inn Roog u Yàl !*), je me suis signé et j'ai attendu, je n'avais étrangement pas peur, j'étais simplement un peu surpris, mais je croyais aux apparitions et à la manifestation physique de la transcendance, alors j'ai attendu que Jésus finisse de se déclouer et de descendre de sa croix, ce qu'il fit avec beaucoup d'élégance et d'agilité vu les circonstances, après quoi il s'assit sur le canapé qui me faisait face, releva le diadème d'épines ensanglantées qui lui tombait sur les paupières, et jeta sur moi son regard doux et bleu, havre où je me suis aussitôt réfugié ; cependant la tête du lit cognait avec fureur contre un mur, *To liama ti nzala ésila, Nzoto na yo na yanga, etutana moto epela, maman*, mais je n'y accordais plus d'importance, car seul comptait celui qui était là, et sans ouvrir la bouche il m'a parlé, il m'a parlé par la *vox cordis* et cela me consolait de toute la misère de l'âme, renvoyait au néant mes pulsions de meurtre, ma détresse, ma minable petite jalousie, ma solitude ; c'étaient des phrases simples mais profondes dont lui seul avait le secret, et je les ai écoutées malgré les cris que cadençaient les claques d'une fessée, j'ai écouté le Christ et profité de son enseignement, de ses paraboles que tout écrivain eût aimé écrire ; il a parlé longtemps puis il s'est tu et on a tous deux pris des nouvelles de la chambre, le point d'orgue semblait proche et on n'arrivait plus à distinguer qui faisait quoi dans le concert aigu des hurlements, j'ai regardé Jésus et, une demi-seconde, j'ai cru voir dans son regard l'envie d'aller lui aussi dans la chambre, mais j'ai dû rêver ou être possédé par le diable pendant cette demi-seconde, d'autant que le Fils de l'Homme a dit dans la tierce suivante qu'il devait partir, que d'autres âmes égarées requéraient sa présence ; il s'est donc levé, sa lumière divine m'a ébloui, je lui ai demandé s'il avait besoin d'aide pour retourner sur la croix qu'il occupe depuis deux mille ans, je proposai de lui faire la courte échelle par exemple, mais il a ri (que le rire du Christ est balsamique et bon) et il a dit : Je crois que je peux y arriver, et en effet il y arriva, il parvint à se recrucifier seul, qu'on ne me demande pas comment mais il a fait ça, je l'ignore, après tout il est capable d'étonnantes choses, en tout cas il s'est recloué sous mes yeux et, au moment même où Béatrice et Musimbwa atteignaient le sommet dans un tonnerre déchaîné, le Christ, avant que son visage ne retourne à son expression douloureuse, passionnée et doublement millénaire, m'a regardé et m'a dit (cette fois il a ouvert la bouche) : *Je l'aurais refait*.

Sur ces mots sublimes, sans même me laisser le temps de lui poser d'autres questions (j'aurais bien aimé qu'il me donne des précisions sur l'art de la transsubstantiation, par exemple, ou qu'il me décrive la vue au sommet du Golgotha), il est reparti, et l'appartement fut plongé dans un horrible vide, l'angoissant vide du monde que venait de quitter Dieu. Combien de temps s'est-il écoulé pendant sa visite ? Il m'est impossible de le dire, comme j'étais incapable de savoir la durée de ma silencieuse immobilité dans le fauteuil après son départ. Plus aucun bruit n'arrivait de la chambre. Le corps était peut-être déjà endormi. Ou mort. On verra, j'ai dit. Puis je me suis levé, j'ai pris *Le Labyrinthe de l'inhumain* et je suis rentré chez moi.

6 août

Réveil brumeux. En début d'après-midi, Musimbwa m'a appelé. On a parlé de la soirée et, comme je m'y attendais, il m'a demandé pourquoi je ne les avais pas rejoints dans la chambre. J'ai dit que le *ndolè* m'avait barbouillé l'estomac, il m'a répondu que je mentais, et que je devrais apprendre à réfléchir moins et baiser plus, ce à quoi je répondis : J'y réfléchirai, puis on s'est tus. Je faillis poser des questions sur l'ange cubiste mais me ravisai, certain que Musimbwa refuserait de révéler quoi que ce fût. J'ai alors préféré changer de sujet en lui demandant s'il avait un contact haut placé aux archives de la presse. Il promit de me mettre en relation avec l'une de ses connaissances dans quelques jours, puis dit :

— Je ne suis plus sûr de vouloir savoir qui était cet Elimane. On ne devrait jamais approcher de trop près les artistes qu'on aime. Admirer de loin, en silence : c'est l'élégance qu'il faudrait avoir. Tu ne crois pas ? Le *Labyrinthe* me suffit, même inachevé... Mais je comprends que tu veuilles le chercher. Je crois que je viens de comprendre.

— Qu'est-ce que tu as compris ?

Musimbwa dit : J'ai compris qu'en réalité, derrière la suite du livre, c'est la littérature même que tu crois chercher. Mais chercher la littérature, c'est toujours poursuivre une illusion. Chercher la littérature, c'est chercher la merde. Crois-moi, Faye : chercher la littérature, c'est, c'est, mais il ne termina pas cette phrase-là, qu'il conclut avec précipitation ou tristesse ou agacement par : bref, bref, bref.

Je n'ai pas insisté et on a parlé d'autre chose avant de raccrocher. J'ai ensuite décidé, après une longue hésitation, que je n'écrirais pas à Béatrice. Je n'aurais su lui expliquer qu'à un certain degré d'alchimie, l'amour physique devient un tragique serment. Deux corps se parlent, s'entendent, se reconnaissent, puis, sans le vouloir, sans même s'en rendre compte, ils se jurent fidélité en silence. Mais parce que rien n'est injuste comme l'amour, il arrive qu'un seul des corps fasse cet inviolable serment. Bien sûr, la rupture se produit un jour ; et alors le corps engagé se retrouve seul avec le poids de sa parole donnée à un souvenir. Il hérite d'un serment encombrant comme un cadavre, mais aucun ami ne peut l'aider à s'en débarrasser en pleine nuit. Il erre de corps en corps avec ce fardeau sans jamais trouver la paix et, bientôt, désespère d'y jamais parvenir. Ses partenaires n'existent plus qu'en comparaison avec l'idéal disparu. Dans les corps qu'il rencontre, la déception l'attend d'autant plus fatalement qu'il l'attend aussi. Vient un temps où la conscience de cette déception certaine lui fait renoncer à toute expérience ailleurs ; mais plus que la conscience de cette désillusion, l'angoisse d'être un parjure, de trahir ce serment qu'il a prêté seul à un corps qui, peut-être, l'a déjà oublié, le retient sur le quai et le paralyse alors que l'océan du désir s'étend devant lui et l'appelle. Seul, il craint encore d'être infidèle. Pour décrire l'amour de sa mère, qu'il n'a plus jamais retrouvé dans aucun autre, Romain Gary parlait d'une promesse de l'aube. Pour l'amour charnel, je dis, moi, qu'il y a quelquefois un serment de la nuit. Je l'ai prêté à une autre femme il y a plus d'un an.

Non, je n'aurais pas su expliquer cela à Béatrice Nanga. Elle m'aurait vomi son rire au visage.

Cette femme n'est plus là. Son sceau est puissant et je n'en possède pas la clef. Depuis son départ, tout corps féminin m'effraie. Et même mes plus profonds fantasmes cèdent devant cet intraitable fantôme. Tant que j'avais désiré coucher avec Béatrice, mon corps la réclamait. Il avait pourtant suffi que l'occasion se présente pour que mon corps se rappelle sa loyauté passée, et s'éteigne.

Je l'ai rencontrée dans un cliché de décor parisien : sur le banc public d'un square, boulevard Raspail, au pied d'un monument du capitaine Dreyfus au sabre brisé. À ses pieds, grouillait un amas de pigeons. Elle leur lançait des miettes de son sandwich et je n'avais trouvé d'autre moyen, pour engager la conversation, que de lui dire : Nourrir ces volatiles est prohibé par la mairie, mademoiselle. Elle a levé les yeux vers moi, le regard plein du mépris le plus superbe. Je me fichais de son mépris puisque j'avais enfin tout son visage. J'essuyai une réplique bien sentie et embrayai sans attendre sur des banalités qui ouvrirent la brèche d'un échange. Je lisais alors le dernier roman de Kundera. Un des personnages expliquait que pour séduire les femmes, souvent plus intelligentes qu'eux, les hommes gagneraient à être insignifiants plutôt qu'à s'épuiser, se ridiculiser en voulant être brillants à tout prix. J'appliquai la leçon et ne tentai jamais de l'épater. Je veillai à ne pas l'ennuyer non plus. Entre les deux, le défilé serpente, obscur et dangereux, mais il existe. Je l'empruntai et mis toute mon agilité à ne pas m'en écarter.

Elle s'en alla après quelques minutes. Je ne connaissais ni son nom ni son numéro de téléphone, mais pariai sur de probables retrouvailles. Ce n'était pas la première fois que je la voyais dans ce square proche de mon université, où je venais souvent lire. J'escomptais que ce ne fût pas la dernière. Trois jours plus tard, au même endroit, c'est elle qui me vit sur le banc et m'interpella. La discussion fut plus longue, moins défensive, et, cette fois, quand on se quitta, je savais son nom : Aïda. Nous n'échangeâmes nos numéros de téléphone que bien plus tard, lorsque le hasard devint insuffisant à couvrir nos rencontres dans ce square, qui ressemblaient de plus en plus à des rendez-vous ou des espoirs de rendez-vous.

Suivirent les étapes ordinaires, presque banales, des prolégomènes d'une liaison possible. Le premier dîner permit de collecter les informations biographiques élémentaires sur l'autre. J'appris qu'elle était photojournaliste, spécialiste des insurrections urbaines et des mouvements de résistance citoyenne ; elle découvrit que je traînais depuis longtemps une thèse de littérature. Elle était métisse – père colombien, mère algérienne – et cadette d'une famille de trois enfants. J'étais l'aîné d'une fratrie qui en comptait cinq. Elle mangeait vegan ; je ne jurais que par les entrecôtes saignantes. Elle votait communiste ; je cohabitais avec un anar. Elle voulait devenir grand reporter ; moi, seulement écrivain. Les échanges fiévreux de SMS continuèrent, soutenus, à toute heure du jour. Puis ce fut le deuxième dîner (vegan), les premières pudeurs, les premiers silences, les premiers rires francs, peut-être les premières gravités. Le premier baiser peut arriver là. Ce ne fut pas notre cas. Nous jouâmes à nous faire attendre. Vinrent les premières confessions. Qui dit tu me manques en premier ? Ce fut moi. Elle y répondit habilement : toi aussi, mais allons-y lentement, pas plus vite que la musique. Premier concert. Première étreinte des mains devant la grande scène de la Fête de L'Huma, sous la bénédiction de Manu Chao. *La vida es una tómbola*, chantait-il, et moi, en l'écoutant, je pensais avec niaiserie oui, c'est vrai, la vida es una tómbola, et parfois on y gagnait un miracle : l'odeur, le corps qui bouge et nous frôle, la voix d'une femme qui fredonne, Aïda, dont rien ne justifiait la présence à notre côté à ce moment, rien, ni la chance ni le mérite ni l'espoir, pas même les rêves les plus complaisants. Notre premier baiser survint, lent, parfait en cela que rien ne l'avait imposé que sa maturité atteinte. Il dura tout un couplet, puis on se raccrocha au refrain en marche, comme si de rien n'était, alors que rien n'était plus. *Me gustas tú*, l'ultime morceau de la prestation, s'acheva alors que tombaient la nuit et une pluie verticale. On n'eut pas besoin de parler, de se dire le concert était génial, de revenir à la sensation du baiser qui piquait encore nos lèvres, de se demander où va-t-on ? en prenant le RER B. Nous y sommes montés en sachant où on allait : vers l'autre, sans un mot mais dans une conversation intense de doigts entrelacés et de débuts de sourires si chargés que toute phrase se serait brisée qui eût tenté d'en porter le poids. Nous nous sommes rendus chez elle. Je me rappelle sa chevelure trempée, mouillant son visage, et le mien, quand nous avons défait l'amour en fragments étincelants, et ils nous encerclèrent comme les anneaux une planète.

Les vraies métamorphoses ontologiques ne sont pas si nombreuses qu'on le croirait au cours d'une existence. J'en ai connu deux et la lecture du *Labyrinthe de l'inhumain* ne fut que la seconde. En matière de crise mystique, Pascal eut sa Nuit de feu et Valéry sa Nuit de Gênes ; pour moi ce fut la première nuit d'amour avec Aïda. Jamais personne n'en atténuera la lueur de vérité en moi ; le voile du temps lui-même y échouera. Ce soir-là, je m'étais prosterné dans la lumière et j'avais prêté serment. Je promis la fidélité de mon âme à une autre. Je le fis seul.

10 août

J'ai passé la journée aux archives de la presse, où une connaissance influente de Musimbwa avait pu m'obtenir une autorisation. Mon téléphone m'a été retiré à l'entrée, mais j'ai pris des notes. J'ai lu l'enquête de B. Bollème, dont un exemplaire était disponible aux archives. J'ai relu *Le Labyrinthe de l'inhumain* à la lumière de ce que les critiques de l'époque ainsi que l'enquête de cette journaliste m'en ont appris.

*

Les éditions Gemini viennent de publier un étonnant premier roman dont l'auteur serait un homme de couleur, un Africain du Sénégal. Le livre s'intitule *Le Labyrinthe de l'inhumain,* son auteur se nomme T.C. Elimane.

Soyons francs : on se demande si cette œuvre n'est pas celle d'un écrivain français déguisé. On veut bien que la colonisation ait fait des miracles d'instruction dans les colonies d'Afrique. Cependant, comment croire qu'un Africain ait pu écrire comme cela en français ?

Voilà tout le mystère.

Mais de quoi est-il question, dans ce livre qui appelle une suite ?

On nous raconte l'histoire d'un Roi sanguinaire, une sorte de Néron noir qui [...]

Il reste maintenant à découvrir qui se cache derrière cet étrange nom : T.C. Elimane. S'il s'agit, improbablement, d'un des nègres de nos colonies, il y aurait là de quoi commencer à croire à la puissante magie qu'on leur prête.

B. Bollème

La Revue des deux mondes

11 août

Le silence fut peut-être la réponse d'Elimane à cette affaire. Mais qu'est-ce qu'un écrivain qui se tait ?

*

La Revue des deux mondes signalait dans sa livraison d'hier la parution, chez un petit éditeur qui se lance, d'un « étonnant premier roman dont l'auteur serait un homme de couleur, un Africain du Sénégal ».

Point de conditionnel sceptique pour notre part : cet admirable livre qu'est *Le Labyrinthe de l'inhumain* est le chef-d'œuvre d'un Noir : tout y est africain jusqu'à la moelle [...]

Car M. Elimane est bien poète et bien nègre. [...] Sous les horreurs apparentes que l'ouvrage décrit, se trouve en réalité une profonde humanité [...]

Cet auteur, dont M. Ellenstein, son éditeur, nous a dit qu'il était âgé d'à peine vingt-trois années, va compter dans nos lettres. Osons la formule : par sa jeunesse et l'éclat stupéfiant de ses visions poétiques, c'est une manière de « Rimbaud nègre » que nous avons là.

Auguste-Raymond Lamiel
L'Humanité

Il y a un an, j'éprouvais la félicité des jours, la plénitude des semaines, la jubilation ardente des grands commencements : je me voyais tomber amoureux et priais que la chute durât éternellement. Aïda m'avertit, à temps selon elle, du danger que je courais. Mais cet « à temps », évidemment, arrivait trop tard : je l'aimais depuis longtemps déjà quand elle me dit ne pouvoir se permettre le luxe d'un attachement. Elle dit : Mon travail m'appellera ailleurs, peut-être pour longtemps ; je partirai.

C'était honnête, donc cruel. Je l'aimais avec la rage d'un enfant impuissant à trouver le langage de ses émotions, une colère dont je ne savais qui de nous deux était l'objet. Puisque chaque journée passée avec elle, ou chaque nuit, pouvait être la dernière, je la vivais avec exaltation, douleur et, parfois, même si je luttais contre ce sentiment, espoir : celui qu'elle restât auprès de moi plutôt que d'aller photographier en quelque lieu du monde les étincelles d'une révolution. La plus grande de toutes se déroule sous tes yeux : je tombe amoureux de toi, regarde. Elle détournait la tête. Je n'en faisais qu'à la mienne et refusais de renoncer.

Un jour, désespéré ou fou d'espoir, je prononçai les trois mots fatidiques. Rien, pas même un prudent moi aussi, pas même un cinglant moi non plus, ne lui fit écho. Aïda ne répondit pas et je savais qu'il était injuste de le lui reprocher : j'avais accepté qu'en la matière la réciprocité ne fût pas assurée. Je crois même, s'il faut être sincère absolument, qu'au fond de moi j'aimais l'incertitude de cette attente. J'étais peut-être un masochiste de l'amour, un de plus. Je pratiquais sur le court des sentiments une partie de tennis avec un partenaire invisible. J'envoyais mes « je t'aime » par-dessus le filet. Ils disparaissaient dans la nuit de l'autre bord ; j'ignorais s'ils me seraient renvoyés – et c'était précisément du supplice de ce doute que je tirais un obscur plaisir. Car incertitude ne signifiait pas désespoir ; et du silence d'Aïda, comme du chaos primitif, pouvait jaillir en quelques mots la lumière de la vie. J'avais assez de balles. Je resservais. J'étais prêt à un match marathon.

Il n'eut pas lieu. Aïda m'annonça une nuit qu'elle partait en Algérie, son pays maternel, où grondait une révolution historique, populaire. Il nous resta soudain six mois à vivre. Je l'appris comme on apprend la détection d'un cancer déjà trop avancé pour être traité. C'est cette nuit-là que, secrètement, j'entamai l'écriture d'*Anatomie du vide*. Un roman d'amour, une déclaration d'adieu, une lettre de rupture, un exercice de solitude : c'était tout cela à la fois. Pendant trois mois, j'écrivis, et nous continuâmes de nous voir. Pour quelle raison ? L'idée qu'elle fût dans la même ville que moi sans que je la visse m'était plus insupportable que celle de notre séparation à venir. J'aimais l'aimer, j'aimais aimer, *amare amabam*, je m'aimais l'aimer, je l'aimais me regardant l'aimer. Vertigineuse mise en abîme d'une existence soudain réduite à une seule de ses dimensions. Ce n'était pas un appauvrissement, mais une concentration de mon être, tout entier dévoué à une seule chose. M'eût-on demandé à ce moment-là ce que je faisais dans la vie que j'aurais répondu avec une modestie fière et tragique : je ne suis qu'amoureux. Je vivais déjà scellé ; et un corps scellé est une servitude aveugle.

J'avais écrit *Anatomie du vide* à part moi, en très peu de temps. Je l'adressai à la maison d'édition confidentielle. Elle me répondit trois semaines plus tard, à ma grande surprise (car elle ne répondait jamais avant trois mois au moins), qu'elle souhaitait sortir le texte le plus vite possible. Trois jours avant le départ d'Aïda, je publiai *Anatomie du vide*. Je le lui avais dédié. Cela ne la retint pas. Elle partit couvrir la révolution en Algérie. Je lui avais demandé, avant son départ, si on pouvait garder contact. Réponse bartlebyenne : elle préférerait ne pas. Même si on ne se l'avouait pas, m'avait-elle expliqué, garder contact serait encore espérer qu'une histoire, un jour, soit possible entre nous. Or elle ne voulait pas que nous nous empêchions d'aimer ailleurs, d'aimer d'autres visages. C'était le sien que je voulais, mais par amour, ou faiblesse, je respectai son choix. Elle supprima ses comptes sur les réseaux sociaux, ferma sa boîte mail, me dit qu'une fois arrivée sur le terrain elle changerait de numéro et qu'il était inutile de lui écrire. Je dis oui à tout. C'était elle qui avait toujours mené notre danse. Un beau jour, ainsi, je fus seul sur une piste avec le fantôme de la musique et le souvenir dissipé au vent de ma cavalière. Il n'y eut pas de gradation dans la solitude, à laquelle on ne se prépare jamais bien : je fus immédiatement jeté en son fond. Mais j'avais prêté serment.

13 août

Elimane a été une sorte de premier homme qui, banni du paradis, n'a pu trouver refuge qu'en ce même paradis, mais en sa face cachée. En son revers. Et quel est le revers du paradis ? Hypothèse : le revers du paradis n'est pas l'enfer, mais la littérature. Signification : il ne restait à Elimane qu'à mourir (ou ressusciter ?) par l'écriture après qu'on l'avait tué comme écrivain.

*

Il faut être un plaisantin socialiste comme Auguste-Raymond Lamiel pour voir dans *Le Labyrinthe de l'inhumain* l'œuvre d'un « Rimbaud », fût-il nègre. Ce livre est la bave d'un sauvage qui, se prenant pour le maître-artificier d'une langue dont il ne domine qu'insuffisamment le feu subtil, finit par s'y brûler les ailes.

[...] La barbarie des Africains n'est pas qu'imaginaire : nous avons pu la voir au front, durant la

Grande Guerre, chez ces braves mais terribles phalanges de nègres qui horrifièrent les Allemands mais aussi les Français ; nous la constatons encore dans ce *Labyrinthe de l'inhumain*. L'Afrique nous effrayait déjà un peu. Elle nous répugne proprement désormais. La colonisation doit continuer, et la christianisation de ces âmes malheureuses et damnées se poursuivre. Autrement, nous aurons encore d'autres livres de cette main.

[…] Toutes ces pages sans grâce montrent que la civilisation n'a pas encore pénétré les veines de ces négrillons, qui ne sont bons qu'à piller, ripailler, trousser, brûler, s'enivrer, forniquer, idolâtrer des arbustes, tuer […]

Édouard Vigier d'Azenac
Le Figaro

14 août

Sanza nous a invités chez lui ce soir. J'y suis allé sans réelle envie, en pensant à la vanité de ce que j'écrivais, au mensonge de ce que j'écrivais, à l'écart entre ce que j'écrivais et la vie. Siga D. avait raison : du perchoir de mes discours sur ce qu'était ou devait être la littérature, je m'élançais en grands vols de faucon au-dessus du monde ; mais ce n'étaient que des vols de parade et non de combat, de divertissantes exhibitions circassiennes au lieu de luttes à mort. Je m'abritais derrière la littérature comme derrière une vitre ou un bouclier ; et de l'autre côté se tenait la vie : sa violence, sa corne, ses coups de bélier à l'estomac. Il faudrait bien se découvrir et faire face, se tenir prêt à encaisser les gnons et, peut-être, à les rendre. Il allait bien falloir un peu de courage ; pas de marchandages, pas de trucs, pas d'arrangements ; du courage seul. C'était le prix.

Chez Faustin Sanza, je n'ai pas beaucoup touché à la discussion, qui m'a paru insipide. Béatrice m'avait à peine dit bonsoir, puis rien d'autre du reste de la soirée. Chacun semblait avoir la tête ailleurs. Sanza a bien tenté de lancer quelques sagaies polémiques, mais elles ripèrent sur notre cuirasse d'indifférence et d'ennui. Eva Touré ne prit aucune photo pour Instagram. Tout allait de travers dans cette soirée. Nous l'abrégeâmes. Béatrice m'a fusillé du regard avant de partir en Uber. Eva a appelé son taxi personnel. Musimbwa et moi avons marché. En route, je lui fis part de mes découvertes dans les archives de la presse. Il me demanda si j'allais me rendre à Amsterdam. Je répondis que c'était probable.

— Tout ça mérite un livre, dit-il. Tu le sais. J'aurais aimé t'accompagner dans cette aventure, mais je ne peux pas. J'ai beaucoup réfléchi ces derniers jours. C'est un autre livre que j'ai en tête. Je retourne en RDC. J'ignore si je suis prêt, mais je dois y aller.

Je sais qu'il aurait fallu, à ce moment, que je dise quelque chose de grave ou de réconfortant ou de beau, ou simplement une plaisanterie qui aurait allégé le poids de l'instant, mais rien n'est venu : mes lèvres sont restées closes et l'instant a gardé son poids de silence. Chacun de nous allait vers son livre.

Musimbwa parlait rarement de son pays d'origine. Je savais seulement qu'il avait fui la guerre, enfant, en compagnie d'une tante, décédée l'année dernière. Il ne m'avait jamais parlé des circonstances de sa fuite, de ses parents, de sa vie avant la France. Je lui avais un jour demandé la raison pour laquelle il n'évoquait jamais directement son passé. Je n'oublierai jamais sa réponse :

— Parce que je n'ai que des souvenirs malheureux du Zaïre. J'y ai passé les moments les plus heureux de ma vie. Mais y penser me rend toujours malheureux. Leur souvenir me confirme qu'ils ne sont pas seulement passés, mais bel et bien détruits, et avec eux tout un monde. Je n'ai que des souvenirs malheureux du Zaïre. Les mauvais, bien sûr. Mais aussi les bons. Je veux dire que rien n'attriste un homme comme ses souvenirs, même quand ils sont heureux.

Je n'avais jamais plus osé lui reparler de cette période de sa vie. Je sentais pourtant qu'elle renfermait les clefs des énigmes de son œuvre. Dans tous ses livres, par exemple, on trouvait un personnage sourd, ou de puissantes métaphores de la surdité. Il ne s'était jamais expliqué à ce sujet, mais j'avais l'intuition, en ce qui concernait Musimbwa, que *tout était là*.

Nous marchions toujours. Ce fut lui qui rompit le silence :

— À partir de quoi es-tu devenu écrivain, Faye ? Saurais-tu identifier un événement dont tu dirais, en y repensant : voilà l'origine de l'écriture chez moi ?

— C'est difficile à dire. Peut-être mes lectures. Mais je ne sais pas si ça compte. Je n'ai pas un puissant récit fondateur. Pas comme chez Haruki Murakami, par exemple. Tu connais l'histoire de l'origine fabuleuse de sa vocation d'écrivain ? Non ? Il est à un match de base-ball. Une balle fend l'air avec pureté et harmonie, Murakami regarde la trajectoire parfaite de cette balle, et sait en la voyant ce qu'il doit faire, ce qu'il doit devenir : un grand écrivain. Cette balle était son épiphanie littéraire, son signe. Moi, je n'ai pas eu de balle. Je n'ai pas eu de signe. C'est ce qui me fait dire que mon origine comme écrivain, ce sont mes lectures, je crois. Et toi, tu sais pourquoi tu es devenu écrivain ?

Il me dit que oui. Mais nous arrivions au carrefour où nos chemins se séparaient et il n'a pas pu (ou voulu) m'en dire davantage sur l'origine de sa vocation. Il m'a simplement demandé quelle serait la prochaine étape de mes recherches. Je répondis que je ne savais pas encore précisément, même s'il était vraisemblable que j'aille bientôt chez Siga D., à Amsterdam. Lui prévoyait de partir dans une semaine en République démocratique du Congo. Il voulait s'y rendre avec le moins de préparation possible. Presque à l'aventure, a-t-il dit en souriant. Mais ce sourire m'a un peu attristé.

Nous nous sommes promis de nous voir une dernière fois avant son départ, pour boire comme jamais et lire nos poètes et romanciers favoris. Il n'y a qu'ainsi, avons-nous dit, que deux jeunes écrivains, devenus amis et sur le point de s'élancer dans l'inconnu, pouvaient convenablement se dire au revoir. Je crois cependant que nous savions, au fond de nous, que cette beuverie d'adieu littéraire n'aurait jamais lieu. C'était la dernière fois que nous nous voyions avant longtemps. Nous n'avions fait semblant de croire à cette prochaine soirée que pour alléger la manière dont s'achevait celle-ci. On s'appellerait certainement, mais on ne se verrait pas. Lorsqu'on se retrouverait, nous serions d'autres hommes. Peut-être même serions-nous seulement devenus des hommes.

*

On entend depuis quelques jours dire que le désormais fameux *Labyrinthe de l'inhumain*, de M. Elimane, aux éditions Gemini, est une illustration de la civilisation africaine. Des adversaires idéologiques dont les lectures respectives du livre s'opposent en tout point s'accordent au moins sur celui-là : le livre est africain. Pour notre part lecture ne saurait être plus erronée : ce livre est tout ce qu'on voudra, sauf africain.

Nous attendions plus de couleur tropicale, plus d'exotisme, plus de pénétration dans l'âme purement africaine [...]. L'auteur a des lettres. Mais où est l'Afrique véritable dans tout cela ?

La grande faiblesse de ce livre est d'être trop peu nègre. Et il est dommage qu'un auteur manifestement doué ait préféré s'enfermer dans un vain exercice de style et d'érudition plutôt que de donner à entendre ce qui nous eût davantage intéressé : les pulsations de sa terre. Espérons que celles-ci résonnent dans son prochain livre, qui devrait être le dénouement du *Labyrinthe de l'inhumain*.

Tristan Chérel
La Revue de Paris

15 août

Que peut-on vraiment savoir d'un écrivain ?

*

Face aux réactions nombreuses et contrastées que suscite Le Labyrinthe de l'inhumain, *nous avons souhaité nous entretenir avec Charles Ellenstein et Thérèse Jacob. Ces deux jeunes éditeurs ont fondé et dirigent Gemini, la maison qui publie le roman controversé.*

Brigitte Bollème : Il se raconte que *Le Labyrinthe de l'inhumain* est le livre d'un auteur masqué…

Charles Ellenstein : Il se raconte bien des choses à Paris. C'est d'ailleurs souvent vous, les journalistes, qui les racontez. Toutes ne sont pas vraies. Tous les auteurs portent des masques. Si vous voulez parler de la rumeur qui veut que le livre n'ait pas été écrit par Elimane, mais par un auteur établi qui aurait pris un alias, elle est ridicule.

BB : Pourquoi ?

Thérèse Jacob : Parce qu'il existe. Elimane existe.

BB : Est-il bien africain ?

TJ : C'est un Africain du Sénégal, comme cela est indiqué dans le prière d'insérer du livre.

BB : Il paraît qu'il a le même âge que vous, à peu près…

CE : N'exagérons rien : il est un peu plus jeune. De toutes les manières, ce n'est pas l'âge qui fait l'écrivain.

BB : Où est-il ? Pourquoi n'est-il pas là, avec vous ?

CE : C'est un solitaire. Il sait, en plus, que le fait qu'il soit africain l'exposerait à toutes sortes de commentaires, et pas des plus obligeants.

BB : Cet ouvrage suscite beaucoup de passion dans la presse, notamment à cause de la figure originale et mystérieuse de son auteur. Vous comprenez, il faudrait la preuve que c'est bien ce T.C. Elimane qui l'a écrit… Son silence jette une ombre suspicieuse sur son travail.

TJ : Elimane en a conscience et c'est un risque qu'il est prêt à courir.

BB : Pouvez-vous au moins, vous, nous en dire un peu plus sur lui ? Que fait-il ? Comment l'avez-vous connu ? Comment est-il ? Où vit-il ?

CE : Nous l'avons rencontré dans un café, par hasard, l'an dernier. C'est un café où nous allions souvent, et où nous voyions chaque fois Elimane à l'une des tables, en train d'écrire avec fureur, sans prêter attention à rien ni personne. On voyait qu'il était un écrivain. Ces choses-là se sentent. Un jour nous avons engagé la conversation. Elimane est un homme farouche, qui n'accorde pas facilement sa confiance. Mais nous sommes devenus amis. Il a fini par nous faire lire ce qu'il écrivait. Le manuscrit nous plaisait. L'aventure de ce livre a débuté comme ça.

BB : Que pense-t-il de tout le bruit autour de son livre ?

TJ : Il ne me semble pas qu'il y en ait tant que cela. Quoi qu'il en soit, il n'y prête pas attention, à ma connaissance. Ce n'est pas ce qui l'intéresse.

BB : Qu'est-ce qui l'intéresse ?

TJ : Ce qui devrait intéresser tout écrivain : écrire. Lire et écrire.

BB : Et il est vraiment africain ? Pardon d'insister, mais comprenez que pour nos lecteurs, il ne soit pas commun qu'un Africain...

TJ : ... écrive comme cela ?

BB : ... écrive tout court. Et fasse autant parler dans le petit monde littéraire. D'ailleurs, saviez-vous qu'Auguste-Raymond Lamiel, dans *L'Humanité*, a surnommé Elimane le « Rimbaud nègre » ?

TJ : Nous lui laissons la liberté et la responsabilité de ce rapprochement.

BB : Peut-on espérer voir T.C. Elimane prochainement ?

CE : Tout dépendra de lui. Mais cela m'étonnerait.

L'entretien s'est terminé ainsi. Il est difficile de dire ce qu'il faut penser de tout cela. Charles Ellenstein et Thérèse Jacob cherchent tous deux à garder secrète l'identité de leur mystérieux ami. Tel est le paradoxe : nous en savons un peu sur ce dernier, mais son mystère reste entier.

B. Bollème

La Revue des deux mondes

18 août

Que peut-on vraiment savoir d'une œuvre ?

*

À lire certains commentaires autour du *Labyrinthe de l'inhumain*, le doute ne subsiste plus : c'est la couleur de l'écrivain qui gêne. C'est sa race qui fait scandale. M. Elimane est apparu trop tôt dans une époque qui n'est pas encore prête à voir les Noirs exceller dans tous les domaines, y compris celui de l'Art. Ce temps viendra peut-être un jour, qui sait. Pour l'heure, M. Elimane doit être un précurseur courageux, un exemple. Il doit se montrer, parler et prouver à tous les racistes qu'un Nègre peut être un grand écrivain. Nous lui apportons notre soutien le plus ferme et le plus fidèle. Nos colonnes lui sont ouvertes.

Léon Bercoff

Mercure de France

19 août

J'ai écrit un mail à l'Araignée-mère. J'étais prêt à aller la voir à Amsterdam. Elle m'a répondu immédiatement : *Je t'attends, Diégane Faye*.

J'ai pris des billets de train pour le week-end suivant, vive la bourse de la République.

J'ai ensuite cherché quelques photos de Brigitte Bollème sur Internet. Elles dataient pour la plupart des années 1970, décennie au cours de laquelle Bollème, jurée influente du prix Femina, la soixantaine solide (elle est née en 1905), accédait aux sommets littéraires et médiatiques. Sur les photos, Brigitte Bollème regardait toujours droit vers l'objectif, comme si elle voulait, par ce regard franc, envoyer un message vers le futur.

*

Le Labyrinthe de l'inhumain
ou la vraie source d'une imposture

par Henri de Bobinal
Professeur d'ethnologie africaine au Collège de France

J'ai effectué plusieurs séjours en Afrique, et plus précisément dans la colonie du Sénégal, entre 1924 et 1936. C'est durant l'un d'eux, entre 1929 et 1934, que j'ai découvert et étudié un étrange peuple, les Bassères. J'ai passé assez de temps avec les Bassères pour le dire avec assurance : l'ouvrage de T.C. Elimane est une réécriture honteuse d'un des récits de la cosmogonie bassère. La trame du *Labyrinthe de l'inhumain* reprend dans ses grandes lignes, en y mêlant des épisodes romanesques, le mythe fondateur de ce peuple. J'ai entendu ce mythe en 1930.

Il raconte comment un Roi ancien avait fondé le royaume bassère. Ce Roi, cruel et sanguinaire, brûlait ses ennemis et parfois ses propres sujets. Il mêlait ensuite leurs chairs à de l'engrais pour planter des arbres dont les fruits le rendaient plus puissant. En un temps très court, ces arbres devinrent une immense forêt, et le Roi eut assez de fruits pour régner à jamais. Un jour qu'il se promenait seul dans la forêt, le Seigneur a rencontré une femme (ou une déesse : le mot est le même en langue bassère) dont la beauté l'a saisi. La femme-déesse s'est enfoncée dans la forêt, le Roi l'a suivie et a fini par s'y perdre. Il y a erré des années, au milieu des arbres qui avaient poussé grâce au fumier macabre du Roi. Celui-ci dut donc affronter ses anciens crimes, puisque dans chaque arbre l'âme d'une personne brûlée vive lui parlait. Le Roi y a frôlé la folie, puis, au moment où il allait mourir après avoir écouté le récit de chaque arbre, la femme-déesse a refait son apparition et lui a rendu la raison et la vie. Les deux sont ensuite ressortis de la forêt. Le Roi croyait avoir disparu des années ; mais, lorsqu'il fut hors de la forêt, il retrouva sa cour et ses sujets lui dirent qu'il avait seulement disparu quatre ou cinq heures. Le Roi comprit alors que les dieux l'avaient éprouvé. Il épousa la femme-déesse et rebaptisa son peuple « Bassères », mot qui signifie « ceux qui vénèrent les arbres ».

J'ai raconté ce mythe extraordinaire à Marcel Griaule et Michel Leiris quand ils vinrent en pays bassère en 1931, à la tête de la célèbre expédition ethnologique Dakar-Djibouti. Ils avaient été fascinés. Leiris me cite d'ailleurs vaguement dans *L'Afrique fantôme*.

Vous voyez bien les troublantes ressemblances du mythe avec le livre de M. Elimane. Il est clair qu'il a repris, sans presque rien y changer, ce récit. Cela s'appelle un plagiat. Il l'a peut-être fait dans une noble intention (faire connaître la culture bassère), mais alors, pourquoi ne mentionne-t-il pas ce peuple qui est peut-être le sien ? Pourquoi écrit-il comme s'il ne devait cette histoire qu'à son imagination ou à son talent ?

J'en appelle donc à l'honnêteté de M. Elimane. S'il lui en reste, il s'honorerait à battre publiquement sa coulpe. Il n'en sortira sans doute pas lavé, mais grandi, certainement. Et le peuple bassère avec lui.

Henri de Bobinal

21 août

Stanislas et moi déjeunions dans un pakistanais quand il me dit, en finissant ses samoussas :

— J'ai oublié de te parler d'un truc. Hier, je feuilletais le *Journal* de Gombrowicz. C'était au début des années 50. Il vivait alors en Argentine, comme tu le sais peut-être. Dans une note, il écrit : « Sábato m'a présenté un écrivain africain récemment arrivé ici. Un type étrange. Je verrai ce que vaut son livre. Sábato me l'a offert. » Deux pages plus loin, il avait lu le livre en question. Voilà ce qu'il écrit : « Fini le livre de l'Africain. On se perd dans son *Labyrinthe* (même s'il est inhumain) avec bonheur, malgré toutes ses inutiles virtuosités de premier de la classe qui a tout lu. » C'est peut-être une coïncidence. Peut-être qu'il parle d'un autre texte, d'un autre Africain. Mais tout de même : *Labyrinthe... inhumain*. Y a-t-il une chance pour que... Sais-tu si ton Elimane a séjourné à Buenos Aires dans les années 50 ?

— Je ne sais pas. Je ne sais pas encore. Mais Siga D. doit savoir. Elle me le dira.

*

L'article de M. Henri de Bobinal vient le confirmer : l'affaire Elimane n'est pas près de s'arrêter. En effet, intrigué par l'intervention de son collègue d'ethnologie, M. Paul-Émile Vaillant, titulaire d'une chaire de littérature au Collège de France, nous a contactés après lecture du livre de M. Elimane.

Cet érudit a été surpris d'y trouver des « pillages littéraires » aussi subtils que flagrants. Il a découvert cousues, à même le texte comme une grande doublure, des phrases récrites, tirées d'auteurs européens, américains, orientaux du passé. Aucun grand texte ne semble avoir échappé à la réécriture, de l'Antiquité à l'époque moderne [...]

M. Vaillant a évidemment condamné un tel procédé, mais il s'est aussi dit impressionné par la capacité qu'a eue l'auteur de mettre tous ces fragments de livres bout à bout, en les mêlant à sa propre prose et au récit d'une histoire originale, sans pour autant que cela rende le texte incompréhensible.

Albert Maximin

Paris-Soir

22 août

Dernier jour de Musimbwa ici avant son retour en RDC. Il m'a téléphoné et j'ai tout de suite compris : il éprouvait cette peur subite qui étouffe la poitrine la veille des grands départs. Son appréhension, cependant, me rassura : elle signifiait que le voyage à venir répondait à un véritable *appel.* Il me dit qu'il aurait aimé emporter le *Labyrinthe* avec lui, puis me souhaita bonne chance dans ma quête de T.C. Elimane. Je l'ai remercié, puis supplié de ne pas écrire un énième *livre sur le retour au pays natal.* Il jura d'éviter cet immonde bourbier que l'exil ouvrait aux pieds de tous les écrivains qui croyaient rentrer chez eux. On en a ri, puis ce fut tout. On s'est dit au revoir. On a raccroché.

J'ai alors ouvert mon ordinateur et commencé à saisir *Le Labyrinthe de l'inhumain.* Je suivis les mots à la piste, comme un chien de chasse, un détective, un jaloux. Ma filature de scribe se déroula au cœur moléculaire de la phrase d'Elimane. Je n'ai pas recopié ce texte. *Je l'ai écrit* ; j'en suis l'auteur, comme le Pierre Ménard de Borges fut l'auteur du *Quichotte*. Quatre heures plus tard j'avais terminé. J'ai envoyé le fichier par mail à Musimbwa avec ces mots : « pour la route ». Il répondit aussitôt : « T'es timbré, mec, mais merci. » Je suis ensuite allé manger dans le restaurant africain. Le koriste reprenait des tubes à la mode. Cela m'a attristé et je me surpris, en mangeant mon mafé, à regretter la vieille et monotone ballade mandingue.

*

Il faut le reconnaître : T.C. Elimane, dont nous avons tant aimé le livre, est un plagiaire. Nous maintenons, malgré tout, que nous tenons là un auteur de très grand talent, quoi qu'en pensent des imbéciles comme Vigier d'Azenac. Toute l'histoire de la littérature n'est-elle pas l'histoire d'un grand plagiat ? Qu'eût été Montaigne sans Plutarque ? La Fontaine sans Ésope ? Molière sans Plaute ? Corneille sans Guillén de Castro ? C'est peut-être le mot « plagiat » qui constitue le vrai problème. Sans doute les choses se seraient-elles déroulées autrement si, à la place, on avait employé le vocable plus littéraire, plus savant, plus noble, en apparence au moins, d'innutrition.

Le Labyrinthe de l'inhumain affiche trop ses emprunts. C'est son péché. Être un grand écrivain n'est peut-être rien de plus que l'art de savoir dissimuler ses plagiats et références [...].

Auguste-Raymond Lamiel
L'Humanité

23 août

J'ai rêvé d'Elimane cette nuit. Il me disait : Que fais-tu ici, sur cette route en orbite autour de la solitude et du silence, que fais-tu ici ? Je sais que je lui ai répondu quelque chose de beau : une phrase spirituelle et désespérée, de celles qu'on ne trouve qu'en rêve, ou à la fin d'une lettre de Flaubert, ou dans la bouche de certains chauffeurs de taxi sénégalais lorsqu'en plein embouteillage, entre un juron ordurier et un crachat par la vitre, ils profèrent de lumineuses maximes philosophiques. C'était une phrase de ce genre, je le sais. Évidemment, je l'avais oubliée au réveil. Ça m'a rendu malheureux toute la journée.

*

La maison d'édition Gemini vient de retirer de la vente tous les exemplaires du *Labyrinthe de l'inhumain*. Elle a également annoncé qu'après dédommagement de certains auteurs pillés, elle déposerait le bilan.

Charles Ellenstein et Thérèse Jacob, les deux fondateurs de la maison, n'ont toujours rien dit sur T.C. Elimane. L'auteur aura marqué « son » affaire par son absence, son bruyant silence. [...]

Dans le milieu littéraire, la mystification amuse autant qu'elle gêne : un temps, elle a marché. Des jurés s'y sont laissé prendre. T.C. Elimane, d'une certaine façon, a jeté un doute sur leur crédibilité, leur sérieux, peut-être leur culture.

La chose devient plus gênante si ce T.C. Elimane s'avère bien africain. Il aurait alors infligé un camouflet retentissant aux dépositaires d'une culture qui a prétendu le civiliser.

Espérons que la vérité soit un jour dite sur cette affaire.

Jules Védrine
Paris-Soir

24 août

Stanislas est allé passer quelques jours en Pologne. Il y a encore de la famille. Il m'a demandé de le tenir au courant de mes recherches sur Elimane.

Puisque j'étais seul, j'ai invité Béatrice Nanga à dîner. Ce que je craignais se produisit : elle a accepté. Elle arriva, et les premières minutes furent épouvantables, pavant un long calvaire de malaise. Plusieurs anges passèrent au-dessus de nous, pas cubistes du tout. Elle m'a demandé si j'avais des nouvelles de Musimbwa. Non, et toi ? Non. J'espère qu'il est bien arrivé. Moi aussi. Nouveau silence. J'ai resservi à boire. J'ai vidé mon verre aussitôt. On passe à table ? Oui. J'ai servi. Elle a goûté et n'a rien dit. Je me suis réfugié au fond de l'assiette creuse. Mais il ne servait à rien de faire semblant : il fallait parler et la parole pouvait être rude, blessante. Crever l'abcès, comme on dit. J'ai attaqué sabre au clair :

— Tu m'en veux de n'être pas venu dans la chambre la dernière fois, Béa ?

— Tu n'es pas le seul homme pourvu sur terre, ricana-t-elle. Et celui qui est venu ce soir-là était plutôt béni par la nature, en plus de savoir s'y prendre. Tu as bien dû m'entendre. (Elle planta son regard dans le mien, un regard qu'elle voulait cruel, qu'elle pensait cruel, mais qui n'était qu'attristé selon moi.) Mais je t'en veux, oui. Il ne s'agissait pas seulement de corps ou de désir.

— De quoi s'agissait-il alors ?

Elle s'est élancée vers moi comme une torpille.

— Tu n'assumes jamais ce que tu penses. Tu parles toujours de nuance, de complexité. Tu crois que c'est ça, être intelligent, être mûr, avoir une pensée ? Sur les sujets les plus graves comme sur les plus ordinaires, ta pensée est un balancement permanent. Tu veux. Et la seconde d'après tu ne veux plus. Tu crois et tu doutes dans la même phrase. Une vie de peut-être ! C'est ce que tu veux ? On ne sait jamais ce que tu penses. Le monde pour toi est une fine ligne de crête entre deux abîmes. Au départ, oui, cette nuit-là, quand j'ai vu que tu n'étais pas venu, je t'en ai voulu pour ça, j'ai été déçue car j'en avais envie avec toi aussi et tu disais également en avoir envie. Mais en y réfléchissant, c'est ton attitude générale dans le monde ou devant le monde qui est frustrante. À quoi tiens-tu ? À quel désir es-tu soumis ? À quoi es-tu fidèle ? Même dans les débats sur *Le Labyrinthe de l'inhumain*, tu sembles indifférent, comme si c'était nous voir nous enflammer qui t'intéressait. Mais toi, où est ton feu ? Je t'en veux de traverser les choses et les gens comme les fantômes traversent les murs. On s'attache à toi, pendant un temps tu sembles t'attacher aussi. Mais une nuit, tu pars, on se réveille, ta place à côté de nous est froide et on ne sait ni la raison de ton départ ni ta destination. On sait seulement que tu ne reviendras pas. Les gens ne sont pas des essais, pas des bêtes de laboratoire, je ne suis pas un putain de rat d'expérience, Diégane. Les gens ne sont pas de la matière littéraire toujours disponible, de la phrase en devenir que tu tricotes dans ton esprit avec un sourire ironique. Tu sais ce que Musimbwa a de plus que toi ? Vous vous ressemblez sur de nombreux points, mais lui sait voir les gens. Il est sur terre avec eux. Il baise quand il faut baiser, boit quand faut boire, réconforte quand il peut, ne craint pas de se livrer, de se tromper. C'est un homme. Il n'en est que meilleur écrivain. Il est chaleureux. Toi, tu es froid. Aveugle aux gens, au monde. Tu te crois écrivain. L'homme en toi en meurt. Tu comprends ?

Elle avait dit tout cela sans respirer, comme une performance, mais je voyais bien que tous ces mots remontaient de son ventre. Sa voix avait tremblé, j'y avais senti des larmes. Quand elle s'est tue, j'ai regardé par la fenêtre le ciel nocturne. Je me suis senti soudain très fatigué et j'ai soupiré.

— Tu as peut-être raison.

— C'est tout ce que tu trouves à dire ?

— Il n'y a rien d'autre à dire. Tu as raison.

— Tu ne comprends vraiment rien.

Sur ces paroles elle s'est levée et a pris ses affaires. Je suis désolé, Béatrice. Elle ne répondit pas à ces mots que j'avais d'ailleurs seulement pensés. Elle se tourna et partit.

Je sortis sur le balcon et regardai en bas. D'habitude animée, ma rue, ce soir, était vide. Je ne vis que la silhouette de Béatrice qui s'éloignait, et cette image me donna envie de pleurer.

25 août

Aïda, au cours de notre dernière nuit, m'avait dit dans son style caractéristique, bref et tranchant :

— J'ai lu *Anatomie du vide* hier. Je voulais t'en parler avant mon départ. Pardonne-moi si je suis brutale. Je suis flattée que tu m'aies dédié ton premier livre publié. Mais il est évident que tu n'es pas encore un écrivain. Ou plutôt : tu ne sais pas encore quel type d'écrivain tu désires être. Je ne te sens nulle part dans ton livre. Tu en es absent. Tu ne le hantes pas. Il ne te hante pas. Il n'y a ni mal ni mélancolie dans ce livre. Il est trop pur. Trop innocent.

J'avais répondu que je trouvais poseuse l'idée d'écrire pour être du côté du mal. Le mal véritable, ai-je dit, ne s'écrit pas mais se commet. Ce sont des gestes qu'il faut, Aïda, pas des paroles, pas des livres, pas des rêveries : des gestes. Aïda ne dit rien. Je poursuivis et dis que je n'écrivais ni à partir de la mélancolie ni pour l'atteindre. J'écrivais, quoi qu'elle en pensât, pour trouver la dernière route de l'innocence sur terre.

Aïda avait souri sans rien ajouter, permettant ainsi que nous consacrions le peu de temps qu'il nous restait à l'amour plutôt qu'aux paroles. Les siennes m'étaient pourtant restées.

Aujourd'hui, plus d'un an après cet échange, m'accable la bêtise de mes réponses. Le mal est la grande question. L'innocence ne passe pas en littérature. Rien de beau ne s'écrit sans mélancolie. On peut la jouer, la travestir, la prolonger en tragédie absolue ou la transmuer en infinie comédie. Tout est permis dans les variations et combinaisons qu'offre la création littéraire. On soulève une trappe de tristesse, et la littérature fait remonter un grand rire du trou. Vous entrez dans un livre comme dans un lac de douleur noir et glacé. Mais au fond de celui-ci, vous surprenez soudain l'air joyeux d'une fête : tangos de cachalots, zouks d'hippocampes, twerks de tortues, moonwalks de céphalopodes géants. Au commencement est la mélancolie, la mélancolie d'être un homme ; l'âme qui saura la regarder jusqu'à son fond et la faire résonner en chacun, cette âme seule sera l'âme d'un artiste – d'un écrivain.

J'écris ces quelques lignes chaotiques et péremptoires du train qui m'emmène à Amsterdam, Siga D. m'attend. J'ai emporté *Le Labyrinthe de l'inhumain*. J'ai également mon carnet, où figurent mes notes prises aux archives de la presse. Dès ce soir, ou demain, j'en saurai plus. Mais sur quoi ? Sur qui ?

Le Labyrinthe de l'inhumain ? Son hypothétique suite ? Elimane ? Siga D. ? Moi-même ?

Ce qu'on cherche, mon vieux Journal, n'est peut-être jamais la vérité comme révélation, mais la vérité comme possibilité, lueur au fond de la mine où nous creusons depuis toujours sans lampe frontale. Ce que je poursuis, c'est l'intensité d'un rêve, le feu d'une illusion, la passion du possible. Qu'y a-t-il au bout de la mine ? Encore de la mine : la gigantesque muraille de houille, et notre hache, et nos cognées, et notre han. Voilà l'or.

Je lève les yeux : il n'y a pas d'étoile brillante que je pourrais suivre ; il n'y a qu'un ciel mouvant, parfois orageux, toujours silencieux, qui tourne au-dessus du monde. Les cartes stellaires ne se laissent plus lire : le ciel aussi est un labyrinthe, et il n'est pas moins inhumain que le labyrinthe de la terre.

PREMIER BIOGRAPHÈME

Trois notes sur le livre essentiel

(extraits du journal de T.C. Elimane)

Tu voudrais n'écrire qu'un livre. Tu sais au fond de toi qu'il n'y en a qu'un seul qui compte : celui qui engendre tous les autres ou que ceux-ci annoncent. Tu voudrais écrire le biblicide, l'œuvre qui tuerait toutes les autres, effaçant celles qui l'ont précédée et dissuadant celles qui seraient tentées de naître à sa suite, de céder à cette folie. En un geste, abolir et unifier la bibliothèque.

Mais tout livre visant à l'absolu s'élit à l'échec ; et c'est dans la vision lucide de cet échec prochain que bat le cœur ardent de l'entreprise. Désir d'absolu, certitude du néant : voilà l'équation de la création.

La funeste prétention du livre essentiel est de cercler l'infini ; son désir, d'avoir le dernier mot face au long discours dont il est la plus récente phrase. Mais il n'y a pas de dernier mot. Ou, s'il y en a un, il ne lui appartient pas, puisqu'il n'appartient pas aux hommes.

*

À quelle encre s'écrit le livre dont l'absence forme la prétention ? Dans quelle parole se dé-

ploiera l'œuvre qui a dévoilé son ambition de faire silence ?

Vide de l'ignorance. Vide de la bêtise. Vide de la peur. Mais le vide est ce qui ne finit pas de se donner fin, et c'est toujours dans le cillement qui sépare un de ses suicides du suivant que l'écrivain, s'il y cherche demeure, éprouve l'aveuglante et mortelle lame des intuitions et des clairvoyances :

Le livre essentiel s'écrit avec la langue des morts ;

Le livre essentiel s'inscrit dans le temps de l'oubli ;

Le livre essentiel souscrit à l'imprésence (ni présence ni absence).

À ce moment le vide se trancha la gorge, et dans le cri muet qu'ouvrit sa lame dans sa chair, tu crus entendre s'écimer, chue de la tête pantelante, une dernière hypothèse, terrible et terriblement calme :

Le livre essentiel ne s'écrit pas.

*

Sur le chemin du livre essentiel, la tentation de se taire est parfois aussi vaine que celle de parler. Un cénobitisme vide, pour la même raison, tue aussi sûrement qu'un bavardage énergique : tous deux croient faire dépendre l'essentiel d'une pose qu'on prend devant le langage ou le monde, quand il provient d'une soumission à une langue de l'interstice. Pour provoquer le séisme intérieur, il faut trouver la faille, et la travailler.

Tu saisis la vérité de tout cela : s'il ne s'agissait que de complaire, par le mutisme ou le verbe, à la mystique de la solitude, mais sans lui donner une substance, ou mieux encore, une vérité, choisis encore de mourir immédiatement. Il existe des retraites vides et des compagnies creuses. Certains silences enflés ne portent rien, comme s'effondrent sur eux-mêmes des mots qui se voudraient décisifs mais dont les fondations tremblent au moment crucial, quand vient l'heure de soutenir le vrai cœur des choses. Armé de silence ou de mots, aller à la vérité, au livre essentiel, demande surtout du courage.

En auras-tu assez, pour commencer ton livre maintenant que l'ombre de ton père ne te hantera plus ? Auras-tu son courage, le courage d'écrire ce que tu portes dans ton cœur ? Arrête ici ce journal, et commence ton livre : entre dans Le Labyrinthe de l'inhumain.

DEUXIÈME LIVRE

PREMIÈRE PARTIE

Le testament d'Ousseynou Koumakh

I

La chambre : tu n'y étais pas encore entré qu'elle t'envoyait à la gueule son ventre : l'odeur de la vieillesse et de la maladie et de la faiblesse du corps dont toutes les pudeurs lâchent lorsque approche la fin. Je n'ai connu mon père que vieux. Je ne l'en ai que mieux haï, comme j'ai haï cette chambre qu'il ne quittait presque plus les dernières années de sa vie. Elle et lui avaient fini par faire corps. Je repense à mon père : avant que son visage d'aveugle apparaisse, c'est d'abord cette odeur que je sens. Je la vois. Je la touche. Elle me saisit les tripes et me les retourne. Ensuite seulement l'odeur prend chair et cette chair devient le visage de mon père. Il m'a imposé son odeur de son vivant ; il me l'inflige encore depuis sa tombe. Fétide haleine. Crachats visqueux. Incontinence urinaire. Sécrétions anales. Hygiène sommaire. Inévitable pourrissement de l'ensemble. Mon père était une vieille charogne irregardable. De mon enfance à cette nuit où il m'avait fait appeler, je l'ai toujours connu ainsi. Nous étions en 1980, j'avais vingt ans, lui quatre-vingt-douze.

J'avais frappé six fois à la porte en zinc de sa chambre, comme l'exigeait la règle. Trois fois d'abord – attente – trois autres fois. S'il n'avait toujours pas répondu après cette dernière salve, on s'en allait : il était endormi ou occupé. Il fallait revenir plus tard. C'était la loi de la maison. Seules les épouses de mon père pouvaient y contrevenir. Mame Coura, Yaye Ngoné et Ta Dib s'autorisaient à entrer dans la chambre de mon père à tout moment, pour le changer ou nettoyer les lieux. Les trois femmes de mon père se relayaient à son chevet avec un dévouement qui m'a longtemps paru incompréhensible. Pour me l'expliquer, je me disais dans mon enfance et mon adolescence qu'elles se précipitaient dans cette immonde chambre moins pour en prendre soin ou s'occuper du moribond qui l'habitait, que pour voir si ce dernier était encore en vie. Et chacune d'elles espérait annoncer la bonne nouvelle à ses coépouses. J'imaginais leur conclave à voix basse après chaque excursion de l'une ou l'autre :

— Alors ? disait Yaye Ngoné, sa voix vibrant d'espérance.

— Toujours pas, répondait avec impuissance Mame Coura, qui venait de le quitter. Il respire encore.

— J'irai voir tout à l'heure, ajoutait Yaye Ngoné après quelques secondes pour digérer cette nouvelle déception. Dieu lui aura peut-être épargné ces inutiles souffrances…

— Dieu t'entende, concluait Ta Dib. Dieu nous entende.

(Mais Dieu n'entendait rien car Dieu s'était crevé les tympans pour survivre et sauver sa santé mentale.)

Ces fictions m'ont longtemps servi à justifier l'attitude des trois femmes envers mon père. Mais peut-être que je me trompe. Peut-être que je prête à ces femmes que je n'ai pas vraiment connues des raisonnements sans prise sur leur expérience, que des gouffres immenses séparaient de la mienne. Il est possible qu'elles l'aient seulement aimé. Après tout, c'était leur mari : la porte de leur paradis, comme la tradition le leur avait enfoncé dans la cervelle depuis leur naissance. Mame Coura, Yaye Ngoné et Ta Dib étaient mes marâtres. Elles m'ont élevée, puisque ma mère, quelques minutes après m'avoir donné la vie, avait perdu la sienne.

Mais je reviens au seuil de la chambre. Trois coups. Attente. Silence. Trois autres coups. Prières pour qu'il fût endormi ou mort, et qu'aucune réponse ne me parvînt.

— Entre.

Raté. Je pris une grande inspiration, puis enlevai mes sandales devant la porte et entrai. Une petite lampe-tempête projetait sa lumière faible et sale dans la pièce. En réalité elle n'éclairait que les abords immédiats du lit. Au-delà de ce cercle, c'était la pénombre d'un pays autre. Voici la charogne du père. Je le revois encore au milieu de sa couche et de sa pestilence, immobile comme un gisant. Avait-il encore une conscience claire de ce qui l'entourait ? Son odorat fonctionnait-il encore, ou avait-il fini par s'émousser à l'épreuve de cette senteur écœurante ? J'étais entrée depuis quelques secondes dans son repaire quand il bougea pour se redresser sur ses coudes. Il gémit sous l'effort. Tout le poids de ses quatre-vingt-dix ans révolus le ratatina au milieu du lit, soudain trop grand pour l'athlète à l'imposante stature qu'il fut. Il rejeta la couverture sur ses maigres cuisses. Je vis dans la pénombre son profil décharné, son torse nu et faible, ses épaules affaissées, le dessin saillant de chaque côte. Il rejeta la tête en arrière un instant et je crus qu'elle allait se détacher sous son poids, tant son cou semblait fragile et dénué de force. Un fort relent d'urine m'envahit quand il bougea pour se tourner du côté où je me trouvais. D'un geste instinctif je portai la main au visage pour me boucher le nez. Un instant, oubliant qu'il était aveugle, j'eus peur qu'il me vît. Il tendit un bras noueux et sec vers le pied du lit, où il attrapa un grand pot en fer-blanc à moitié rempli de sable. C'était son crachoir. Il se racla la gorge. Je détournai les yeux pour ne pas voir ce qui allait venir. Pudeur inutile, puisque le bruit me donna une idée de la profonde et glaireuse expectoration qui suivit. J'entendis le pot se reposer au sol et, à ce moment seulement, ramenai mes yeux sur lui. Les siens, vides mais ouverts, m'attendaient déjà.

— Tu me trouves répugnant, Marème Siga ?

Parler lui était devenu difficile. Lorsqu'il le faisait, sa bouche se tordait en une grimace qui eût été comique si elle ne transformait pas son visage en projection de la souffrance et de la faiblesse qui pouvaient atteindre toute personne – y compris moi – que le grand âge torture et avilit parfois. Dans le rictus douloureux de cet homme, mon père que je haïssais, je voyais mon visage futur.

— Je te dégoûte, c'est ça ?

Le ton, cette fois, était plus agressif. Je ne répondis pas et tentai de soutenir son regard mort. C'était la seule chose de tout son être qui exprimât de la vitalité. Ses yeux ne voyaient plus depuis ses jeunes années. Mais lorsqu'il les ouvrait et les posait sur toi, Diégane, tu réprimais un tremblement. Tout autour croulait sous la vieillesse et la puanteur, mais ce regard, lui, tenait au milieu de cette carcasse. C'était comme le dernier orgueil de mon père face à la ruine du reste du corps. Sa bouche se tordit encore une fois, mais l'agressivité avait disparu. Une sorte de gratitude triste et résignée la remplaça :

— Oui, je te dégoûte, Siga. Mais toi, contrairement aux autres, tu n'as plus l'hypocrisie de le dissimuler. Ça, je n'ai pas besoin de mes yeux pour le voir.

Il se rallongea. Soulagée d'être délivrée de son regard, j'inspirai l'âcre parfum de la pièce, qui me brûla la gorge. Mon père respirait péniblement. Un lent sifflement montait de sa poitrine.

— Mame Coura m'a dit que tu souhaitais me voir.

— Oui, dit-il. Elle m'a appris que tu voulais poursuivre tes études dans la capitale, maintenant que tu as eu ton examen. Je ne m'y opposerai pas. Ça ne servira à rien. Tôt ou tard, tu seras partie. Tôt ou tard, répéta mon père, tu vas t'en aller.

Je le sais depuis le jour où tu es venue au monde. J'ai lu ton avenir et je le connais. Tu peux partir quand tu voudras. J'ai déjà transmis mes instructions à Coura. Elle te donnera de l'argent dès que tu seras fixée. On a aussi des parents dans la ville. Tu pourras habiter chez eux. Ils sont prévenus. Mais je voulais te dire certaines choses avant ton départ. Tu es mon dernier enfant, le seul que j'aie eu avec ta mère. Tu es venue au monde à un âge où j'aurais déjà largement pu être ton grand-père. C'est vrai : cet éloignement par l'âge ne nous a pas aidés. Mais ce n'est pas pour ça que j'ai été si peu proche de toi. Il y a une autre raison. Je veux t'en parler avant ton départ. Je sais qu'on ne se reverra pas dans cette vie.

Ni dans aucune autre, j'espère, avais-je pensé. Je me souviens clairement d'avoir pensé ça, et je le pense encore, Diégane.

Siga D. se tut. On approchait deux heures du matin. Une heure plus tôt, j'avais sonné chez l'Araignée-mère. Mon GPS m'avait guidé jusque chez elle. Lorsque Siga D. ouvrit, j'étais resté paralysé quelques secondes sur les marches. Le souvenir de ma dernière nuit avec elle me clouait là comme un chêne. Elle avait vite désamorcé ma gêne en faisant une plaisanterie, puis m'avait embrassé au coin des lèvres, très simplement. Elle s'écarta ensuite. J'entrai en frôlant la poitrine littéraire.

— Ce que je veux, lui avais-je aussitôt dit, c'est écouter le reste de la nuit tout ce qu'il me reste à savoir au sujet de T.C. Elimane. Tout ce que tu pourras me dire.

Elle avait moqué mon ambition et ma hâte. Nous nous étions installés dans le salon. Elle m'avait obligé à lui parler de choses que je jugeais sans réelle urgence, l'avancée (quelle avancée ?) de mon deuxième roman, par exemple, avant de consentir enfin, alors que je trépignais d'impatience, à m'emmener dans la chambre de son père. Elle m'avait averti : c'est une longue histoire, tu dois être patient, mais elle commence dans cette chambre.

L'Araignée-mère observait toujours le silence. J'avais déjà rencontré la silhouette de son père dans quelques-uns de ses textes, mais c'était autre chose de lui faire face ce soir et d'affronter l'odeur. Je le voyais désormais, étendu sur le canapé au pied duquel le pot en fer-blanc rempli de sable attendait ses gluantes humeurs. Siga D. le regardait et ses yeux flamboyaient. Elle reprit :

— Peu d'écrivains sont restés fidèles à la haine de leurs parents. Dans les livres où ils règlent leurs comptes, ou interrogent simplement une relation difficile avec eux, il finit toujours par apparaître un peu d'amour, un peu de tendresse qui atténue le pur élan de leur pure violence. Quel gâchis ! La vie leur offre un cadeau inespéré, et ils bazardent tout dans le sentimentalisme idiot qu'on a pour nos géniteurs. Quel gâchis immonde ! J'espère, moi, que je continuerai à haïr mon père, et que je ne faiblirai pas. Lui n'a jamais faibli. Jusqu'à la fin, il m'a privée de son amour. Il m'en jugeait indigne. C'était sa leçon et je l'ai bien retenue. Si je ne hais plus mon père, que restera-t-il de lui en moi ? C'est son legs profond. C'est mon héritage et je dois en être digne. Tu peux compter sur moi, Ousseynou Koumakh. Tu peux compter sur ma haine longtemps encore, mon père.

Sur le canapé, en guise de réponse aux propos de sa fille, une violente toux secoua le corps souffreteux d'Ousseynou Koumakh, mais il n'eut pas le temps de saisir le crachoir, et la salive visqueuse, roussâtre, jaillit de sa poitrine et fut expulsée avec tant de force qu'elle vint s'écraser aux pieds de Siga D. Elle ne bougea pas et poursuivit :

— Tu crois peut-être que je ne t'aime pas parce que tu as volé la vie de ta mère, m'a-t-il dit. Je ne trahis pas, ce sont bien ces mots-là que tu as prononcés, n'est-ce pas ? lui ai-je répondu.

Siga D. continua :

— Non, je ne trahis rien, c'est bien cela qu'il m'avait dit : Tu crois peut-être que je ne t'aime pas parce que tu as volé la vie de ta mère. Et en effet, Diégane, c'est ce que je pensais. Mon père m'avait très tôt appris que je devais traiter Mame Coura, Yaye Ngoné et Ta Dib comme mes mères, mais qu'aucune d'elles ne l'était, puisque ma vraie mère, ma génitrice, était morte quelques minutes après ma naissance. Il me l'avait dit sur un ton accusateur et froid. J'avais six ans et, depuis ce jour, je me suis dit que, s'il ne m'aimait pas, s'il me punissait, s'il ne me parlait pas, s'il me traitait différemment de ses nombreux autres enfants, c'était parce que j'avais pris la vie de ma mère. La mienne ne m'avait pas suffi. Il avait encore fallu que je vole celle de ma mère pour être satisfaite. Je me suis accrochée à cette explication de longues années. Elle était peut-être cruelle, mais avait l'avantage d'être simple et crédible pour justifier la distance de mon père, sa dureté à mon égard, son refus délibéré de répondre à mes jeux d'enfant, à mes bêtises d'enfant, à mes sollicitations, à tout ce que j'inventais ou faisais pour avoir droit à sa seule attention, pas à sa tendresse, qu'il manifestait avec la parcimonie d'un avare, mais à sa seule, simple, banale attention à mon existence. Parfois, j'y arrivais, il me grondait avec violence ou me battait sans retenue, et ces jours-là faisaient partie des plus rassurants de mon enfance. C'étaient les jours où il me voyait, où il se rappelait que j'existais et me montrait son désamour avec force. Je m'accrochais à cette violence, puisqu'elle permettait les rares contacts physiques que j'avais avec lui. J'exagérais donc mon insolence. Je testais ses limites. Je violais ses règles. Je cultivais l'impolitesse de mes manières. L'impudeur de mon langage. Je me battais. Je volais. Tout ça pour qu'il me voie. Il me frappait. J'allais plus loin. Je le provoquais. Qu'il me voie. Pourvu qu'il me témoigne son manque d'amour. Il me battait parfois à mort. Les voisins ne venaient même plus à mon secours. Dans le village, on me pensait possédée, et si mon père, réputé avoir des pouvoirs de guérisseur, ne réussissait pas à me soigner, nul ne le pouvait. Mes marâtres ne comprenaient pas les raisons de mon comportement. Elles faisaient tout pour combler l'absence de ma mère ; elles me traitaient même parfois mieux que leurs propres enfants (ce qui m'a fait apparaître aux yeux de ces derniers comme la brebis noire de la fratrie), elles essayaient de m'arracher à la condition d'orpheline. Mais leurs efforts restaient vains : je portais la mort de ma mère en moi, j'étais cette mort, puisque je lui devais ma vie. Mon père me le rappela souvent, si souvent que, jusque dans mes rêves les plus heureux, ce n'était pas le soleil qui se levait, mais un autre astre : la tête de ma mère, flottant sans corps dans le ciel. J'ai écrit dans mon premier livre que ma mère m'avait appris la solitude. C'est vrai. Mais, paradoxalement, je n'ai jamais pu être seule. Au fond de moi, elle est là. Je l'ai avalée pour pouvoir vivre. Je l'ai toujours sentie dans mon ventre. C'est cette affaire-là qui me liait à mon père. Et rien ne l'enlèverait. Ni son indifférence mâtinée de haine, ni les efforts de mes marâtres pour que je sois moins sauvage. C'était impossible. Dès mon premier vagissement, j'ai été destinée à ça : être haïe par mon père pour avoir coûté si cher. C'est du moins ce que je croyais jusqu'à ce soir-là. Et c'est ce que je lui ai répondu. J'ai dit : Oui, je le crois. Je crois que tu ne m'as jamais aimée parce que ma mère a dû mourir pour que je vive.

— Tu t'es trompée, crus-je entendre le père gémir, du canapé, même si Siga D. continuait à parler. J'ai aimé ta mère, mais seul Dieu lui a ôté la vie. Je savais qu'elle mourrait et j'ai accepté ce destin. Je l'avais vu. Mais j'avais aussi vu ce que tu serais. Et ça, je l'ai moins accepté.

— Qu'est-ce que ça veut dire ? ai-je demandé à Siga D.

— Ça veut dire, Diégane, que mon père m'a haïe avant même que je vienne au monde, car il avait deviné ce que serait ma vie.

— Deviné ?

— Il prétendait avoir des visions, parfois. Des sortes de révélations nocturnes. Je n'y ai jamais cru. J'étais la seule dans ce cas. Toute la région, voire tout le pays, le connaissait et venait le consulter pour lire l'avenir. Il a gagné sa vie ainsi, en disant aux autres leur avenir et en formulant pour eux des prières et des recommandations mystiques. Des hommes politiques. Des chefs d'entreprise. Des lutteurs. Des femmes cocues. Des maris trompés. Des chômeurs. Des malades. Des fous. Des vieilles filles. Des impuissants. Tous types de gens passaient à la maison pour s'entretenir avec le grand et puissant Ousseynou Koumakh et repartir en emportant ses prières ou amulettes. Mais il faut croire que même les devins finissent en agapes pour lombrics. Regarde-le, dans sa puanteur, si faible, si humain, si vulnérable. Est-ce qu'il avait vu ça aussi ? Les devins peuvent-ils voir leur fin, leur misérable fin ? Regarde-le !

Sur le canapé le fantôme du père se mourait, et j'ai détourné la tête de cette triste image tandis que Siga D. riait. Quand son rire s'est éteint, elle a poursuivi avec une détermination renouvelée, comme si ce rageur éclat d'hilarité l'avait électrisée.

— Il m'a dit : J'ai perçu ce que tu serais, et ce qu'on m'a révélé disait vrai. Ce que tu étais dans mon songe, tu es en train de le devenir dans la réalité, et c'est ce que je ne pardonne pas à l'univers :

de m'avoir donné une fille qui me rappelle tout ce que je hais, tout ce que je pensais avoir à jamais laissé dans le passé. À ce moment-là, j'ai oublié l'odeur, la mort, la chambre. J'étais seulement accrochée au sifflement de la voix qui s'échappait du corps de mon père. Il m'a alors dit… (Siga D. s'est tue un instant, comme pour fixer les plus cruciaux détails du récit qu'elle s'apprêtait à faire. Je fermai les yeux. Une voix se mit à parler. Je ne sus si c'était celle de Siga D. ou celle de son père qui, du canapé, voulait raconter lui-même sa propre histoire. Je ne sus si nous étions toujours dans le salon de la première, à Amsterdam, ou dans la chambre puante du second. Mais pourquoi fallait-il que nous soyons nécessairement dans un lieu précis, où une voix identifiée nous parlerait, à un moment clairement défini ? Nous nous trouvons toujours, dans un récit – mais peut-être, plus généralement, à tout moment de notre existence – entre les voix et les lieux, entre le présent, le passé, le futur. Notre vérité profonde est plus que la simple somme de ces voix, temps, lieux ; notre vérité profonde est ce qui court sans cesse et sans fatigue entre eux, dans un double mouvement d'aller et retour, de reconnaissance et de perte, de vertige et d'assurance. Je n'ai pas ouvert les yeux et la voix parlait.)… tu es comme eux. J'ai su avant ta naissance que tu serais une source de malheur, que tu prendrais la vie de ta mère et ferais de la mienne un enfer en me rappelant à chaque respiration que tu n'aurais rien à voir avec moi, mais avec eux. Comment est-ce possible ? Demande au sang ! Demande à la chair ! Demande au mystère des gènes, qui traversent le temps et désignent en deux points éloignés de son long cours une ascendance et une descendance, des aïeuls et des héritiers ! Tout commence avec la grande aïeule. Tout commence avec Mossane.

II

Tout commence avec Mossane. Tout commence avec son choix. À la fin des événements que je vais te raconter, devant le cimetière, sous le manguier, j'avais reposé ma question à Mossane. Elle s'était depuis longtemps enfoncée dans un monde de solitude et d'ombre et de silence. Mais je lui avais tout de même reposé mon éternelle question : pourquoi lui ?

Ce jour-là, une fois de plus, j'avais parlé sans espoir de réponse. Cela faisait bien longtemps que je n'adressais plus seulement cette question à Mossane. Elle était aussi destinée à Dieu. Mais, par-dessus tout, elle m'était destinée. Chaque homme sur terre doit découvrir sa question, Marème Siga. Je ne vois pas d'autre but à notre présence ici. Chacun de nous doit trouver sa question. Pourquoi ? Obtenir une réponse qui lui dévoilerait le sens de sa vie ? Non : le sens de la vie ne se dévoile qu'à la fin. On ne cherche pas sa question pour trouver le sens de sa vie. On la cherche pour faire face au silence d'une pure et intraitable question. Une question qui ne posséderait aucune réponse.

Une question dont le seul but serait de rappeler à celui qui la pose la part d'énigme que sa vie porte. Chaque être doit chercher sa question pour toucher du doigt l'épais mystère au cœur de son destin : ce qui ne lui sera jamais expliqué, mais qui occupera pourtant dans sa vie une place fondamentale.

Des hommes meurent sans avoir trouvé leur question. D'autres l'identifient tard dans le cours de leur vie. Moi, j'ai eu la chance et la malédiction de trouver assez jeune la forme de ma question. Délivré pour le reste de mes jours de l'angoisse de la chercher, je me suis en même temps chargé d'une autre angoisse : être hanté à jamais par le silence ouvert devant mon interrogation. Mais ce silence n'est pas un vide. Il est toujours peuplé par le tumulte des hypothèses infinies, des réponses possibles et des doutes immédiats qui lui sont attachés.

Pourquoi lui ?

Ce jour-là, une fois de plus, je m'étais attendu que Mossane réagisse à mon interrogation comme à son habitude : un silence aux mailles serrées, où rien ne rentre, d'où rien ne sort. Ma question était devenue un rituel. Une salutation. Elle opérait comme un schibboleth dont nous étions les deux seules personnes au monde à connaître le sens. Après sa formulation, côte à côte, nous nous enfoncions chacun dans son monde. Moi dans le mien, empli de souvenirs, de douleur, d'humiliation, de rage et d'incompréhension. Elle dans le sien, dont je ne savais plus rien depuis qu'elle s'y était enfermée quelques années auparavant.

Je savais pourtant qu'elle m'entendait. C'est cette certitude qui m'a ramené à ses côtés, inlassablement, chaque matin. Rien chez elle, c'est vrai, ne laissait penser qu'elle m'entendît ou s'aperçût même que je me trouvais là. Je ne la voyais pas, mais son image apparaissait clairement dans mon cœur. Son regard ne cillait pas et demeurait fixement jeté sur les tombes. Les coins de sa bouche ne se pliaient pas d'amertume, de compassion ou même d'agacement. Immobile, silencieuse, aussi distante qu'une autre planète : voilà ce qu'était Mossane. On aurait dit que le cimetière devant nous l'avait déjà accueillie. Mais je savais qu'elle m'entendait chaque fois que je lui posais ma question. Je le savais. Comment ? Parce que sa question, la question de sa vie, était aussi celle-là. Nous étions unis par l'expérience d'avoir pour châtiment et pour clef la même question : pourquoi lui ?

Cela faisait longtemps que Mossane vivait nue sous le vieux manguier en face du cimetière, sans prononcer une parole. Je m'étais assis à ses côtés, comme d'habitude, et avais posé près d'elle un petit baluchon contenant de la nourriture. J'avais renoncé à lui porter des vêtements : elle ne les mettait jamais. Un jour (des années avant), je lui en avais mis en usant de la force. Elle les avait retirés et déchirés aussitôt que je l'avais laissée.

Aux premières heures de son silence, j'avais tenté de la garder chez moi. Je la ligotais dans un lit le soir pour l'empêcher de s'enfuir. Elle criait alors toute la nuit. Elle poussait des hurlements lugubres, qui donnaient l'impression qu'on lui infligeait de répugnantes tortures. Je fus obligé, après quelques jours, de la laisser partir. Elle parlait encore un peu à l'époque. Face à ma détermination à la garder près de moi, elle me répondait : Toutes les personnes malades ne veulent pas guérir, toutes les personnes jetées à terre ne veulent pas se relever, car se relever leur promet parfois une rechute cette fois mortelle, tout le monde ne souhaite pas retourner à une vie normale à laquelle la mort n'envie parfois rien. Se relever ne me concerne pas, se relever est pour moi une chimère dangereuse. Je ne désire pas être sauvée, Ousseynou. Je ne désire pas revenir. Laisse-moi partir.

Ces mots de Mossane, ses horribles cris nocturnes, ses fugues répétées vers le même endroit, le vieux manguier en face du cimetière, finirent par me décider. Je n'avais pas le pouvoir de la retenir. J'ai donc assisté dans une impuissante rage à sa descente progressive dans la démence.

Après qu'elle avait commencé à y sombrer, mon impuissance à la garder et à la sauver, même contre sa volonté, m'a tourmenté. Je m'étais alors juré de ne plus jamais perdre un être aimé sans avoir mieux lutté pour le sauver. Je me replongeai avec détermination dans l'étude et l'exégèse du Coran et dans l'initiation à la mystique traditionnelle. Je cherchais dans ces deux sagesses la force du soin, les secrets de la seconde vue, la puissance de la révélation. J'effectuai quelques mois plus tard un séjour dans un village voisin. Je me rendis auprès d'un mystique soufi qui accepta de parfaire ma formation religieuse. Il m'initia aux mystères de ce qui ne peut être perçu que par l'œil du dedans, le seul dont je disposais. J'appris à voir et lire le monde sous une invisible lumière. Le temps n'eut plus aucun secret pour moi. Il s'ouvrait derrière moi. Il s'ouvrait devant moi. Et dans les deux directions je fus en mesure de suivre longtemps sa trame tortueuse. J'acquis les connaissances nécessaires pour soulager toutes les blessures des hommes. Celles de la chair, celles de l'esprit, celles de l'être. À mon retour, un an plus tard, j'étais devenu celui que tout le pays connut bientôt sous le nom et le titre de Cheikh Ousseynou Koumakh *yal xoox lé*, Cheikh Ousseynou Koumakh le savant.

Mossane était toujours là, sous le manguier, immobile devant les tombes. Je savais ce qu'elle attendait. Mais je savais aussi que ce qu'elle attendait n'adviendrait pas. J'essayai, avec mes nouvelles connaissances, de la faire revenir. J'échouai : elle s'était engagée trop loin dans l'ombre pour que j'eusse une seule chance de la ramener vivante. Je préférai donc, puisqu'il était trop tard pour l'en tirer, l'accompagner dans son monde. Ça, c'était en 1940, si je me souviens bien. Cela faisait deux ans que Mossane avait sombré dans le grand puits qui s'était ouvert en elle.

Je me résignai alors à ne pas faire ma vie avec elle. Je me décidai enfin à me tourner vers d'autres femmes. Ce fut une affaire aisée que d'en trouver. Ma réputation de guérisseur et d'homme de Dieu avait commencé à déborder les frontières du village. Certaines familles considéraient comme un honneur et une chance de m'offrir une de leurs filles en mariage, malgré mon âge avancé. Cette alliance représentait pour eux, je le savais, une sorte d'assurance contre la mauvaise fortune, les maladies, ou certains fléaux dont je les aurais protégés par mes prières. C'est ainsi que j'ai très vite épousé Mame Coura à la fin de l'année, alors qu'elle était âgée de dix-huit ans.

J'aurais pu être le père de toutes mes femmes. J'aurais pu engendrer Mame Coura, Ya Ngoné, Ta Dib et ta propre mère, Siga. Mon amour pour elles en a gagné en force, puisque je les aimais doublement. Je les aimais comme épouses et les chérissais comme filles possibles. Avoir été mari et père à un âge assez avancé fut pour moi une chance : certains égarements de la jeunesse m'ont été épargnés au moment de faire face à ces expériences. Je les vécus avec la maturité d'un homme qui avait déjà profondément aimé une femme, et pour qui la paternité n'avait pas de secrets. Mon initiation récente m'avait également donné une tranquillité d'esprit et de la sagesse. Seule Mossane les troublait.

J'avais renoncé à faire ma vie avec elle, certes, mais pas à la sentir près de moi. Ainsi, même marié, même père de mes premiers enfants, même proche de mes épouses, j'allais retrouver Mossane chaque jour sous son manguier. Et chaque jour, sa proximité me procurait le même bonheur et la même douleur. Elle était une blessure vivante en moi et j'aimais la raviver. Je ne voulais pas qu'elle devînt une cicatrice. Je voulais qu'elle brûle à vif, à jamais. C'est la raison pour laquelle je suis allé vers elle tous les jours, avec mes souvenirs heureux et malheureux, mes espoirs déçus, et mon éternelle question.

Avant que je ne parte pour mon initiation auprès du Cheikh soufi, Mossane s'exprimait quelquefois, entre deux crises. Elle le faisait avec assez de clarté et de cohérence pour qu'on la comprît. Il arrivait même, à de rares occasions, qu'elle tînt une conversation parfaitement limpide. Ces occasions laissaient croire qu'elle avait décidé de revenir. Mais elle ne revenait jamais. On le comprenait quand, un quart d'heure après cet éclair de lucidité, elle replongeait avec plus de lourdeur dans une confusion désarmante ou un silence morbide. Chaque lueur de raison avait un prix : une rechute plus profonde dans l'obscurité.

À mon retour d'initiation, Mossane ne disait plus rien. Les villageois m'apprirent qu'elle avait cessé de parler quelques jours après mon départ. Désormais Mossane se taisait devant les tombes. Dans mon obscurité d'aveugle, je la voyais. Rien n'aurait pu me faire oublier sa beauté. Son image était le don que mes yeux m'ont fait avant que je ne les perde. Aujourd'hui, même si les années ont passé, je la vois encore.

L'aura que j'avais acquise dans le village rejaillissait sur elle. Les habitants crurent qu'elle possédait quelque pouvoir et que je m'asseyais à ses côtés pour des raisons mystiques. Même les enfants, qui sont d'ordinaire impitoyables avec les légers d'esprit, la laissèrent tranquille. On ne la vit jamais courir à travers le village pour échapper à une bande de mômes cruels qui la pourchassaient armés de pierres et d'injures. Elle avait vieilli, je le sentais. Ses cheveux blanchissaient et de profondes rides s'étaient creusées sur son visage.

Ce n'était pas le temps qui passait qui avait principalement frappé son corps. C'était la souffrance. Une souffrance intérieure, qui ne s'attaquait à la chair qu'après avoir complètement rongé l'âme de longues années. Et pourtant, j'étais sûr que Mossane demeurait belle. Sans la crainte naturelle qu'inspirait son état, plusieurs hommes auraient déjà tenté de la posséder. Elle livrait son corps nu aux regards de tous. Mais nul n'osait approcher et encore moins toucher ce corps. On disait que les morts la protégeaient. On surnomma Mossane l'amante des morts ou la folle du manguier.

J'étais le seul à pouvoir l'approcher sans qu'elle se mît à hurler. Ce n'était pas parce que j'avais une aura mystique, comme le racontaient les habitants de notre village. Je n'avais aucune emprise sur elle. Simplement, elle me reconnaissait. J'étais le dernier lien avec l'époque qui expliquait son présent, notre présent. Mais surtout, je le répète, nous avions la même question. Les plus anciens du village, ceux qui connaissaient notre histoire, savaient une partie de notre secret. Nous formions un curieux couple sous ce manguier : une folle nue et un sorcier aveugle, côte à côte en face d'un cimetière. C'était suffisant pour effrayer les indiscrets et les intrus.

Mais je reviens à ce fameux jour dont je ne cesse de parler depuis tout à l'heure. Nous étions en 1945. Mossane était dans son monde depuis presque huit ans. 1945, oui, c'est ça. Je m'en souviens bien. On disait que la guerre prendrait bientôt fin. Les informations arrivaient de loin, portées par le vent. Et ce jour-là, ce fameux jour, comme tous les autres jours depuis dix ans, j'ai reposé à Mossane ma question : Pourquoi lui ? Je l'ai entendue bouger, puis j'ai senti sa main contre la mienne. Je n'ai pas été surpris par sa réaction : cette nuit-là, dans mon sommeil, j'avais vu qu'elle reviendrait. Dieu m'avait envoyé un signe. Et Mossane était en effet revenue. Elle avait consenti, une dernière fois, à revenir, pour répondre.

III

Tu entendras plus tard la réponse de Mossane, Marème Siga. Ce que je veux te dire maintenant concerne autre chose, l'origine de mon désamour pour toi. Mais ces deux histoires sont une seule et même histoire. La première fois que j'ai posé ma main sur le ventre de ta mère alors qu'elle te portait, il y a eu un éclair aveuglant dans ma tête. Et dans ce bain de lumière, j'ai vu ton visage entre les leurs. Tu n'étais pas encore née mais je savais déjà que tu serais de leur côté. Ils revenaient en toi.

Je n'ai jamais su qui de nous deux était l'aîné. D'après ma mère je suis sorti avant lui. Mais il paraît que dans notre culture le temps s'inverse lorsque des jumeaux viennent au monde : on considère comme l'aîné celui qui sort le dernier du ventre maternel. Mère Mboyil, dans notre enfance, me disait toujours la même histoire : Ousseynou Koumakh, ton frère t'a laissé sortir le premier pour que tu sois content, il s'est ainsi comporté comme un grand frère qui cherche à faire plaisir à son jeune frère. Assane Koumakh est venu au monde neuf minutes après toi, tu es donc plus jeune de neuf minutes. Voilà ce que me disait notre mère. Je ne me suis jamais débarrassé de l'impression qu'Assane Koumakh, mon frère jumeau, m'avait volé plus que ces neuf minutes. Il m'avait enlevé la possibilité, le droit d'être en dehors de son ombre.

Nous sommes nés en 1888. Je précise – mais tu le sais peut-être déjà – que je ne suis pas né aveugle. J'ai vu. Les vingt premières années de ma vie, j'ai vu. Mais c'est une autre histoire qui arrivera plus tard. Nous sommes nés en 1888, donc. Nous n'avons pas connu notre père. Il était mort à la pêche entre les mâchoires d'un grand crocodile dont la légende terrifiante a traversé toute notre enfance. Notre mère, Mboyil, ta grand-mère, nous portait depuis six mois quand notre géniteur, on ignore pour quelle raison, était allé pêcher seul dans la plus dangereuse partie du fleuve. C'était le territoire du monstre. Mboyil ne nous a jamais vraiment parlé de notre père. Et les rares fois qu'elle se laissait aller à le faire, je surprenais toujours, même si elle tentait de le cacher, du soulagement devant son absence. C'était comme si elle était reconnaissante à l'énorme crocodile qui régnait sur le fleuve d'avoir emporté notre père. Du corps de ce dernier, il n'était rien resté. Il n'y avait donc pas de tombe sur laquelle on aurait pu se recueillir, du moins pendant les premières années de notre vie.

À la fin de l'année 1898 – nous avions donc dix ans –, un groupe d'hommes, parmi lesquels celui qui nous a élevés, a mené une expédition de trois jours sur le fleuve. Le but de cette chasse était de tuer le crocodile qui terrorisait la région, et auquel on attribuait toutes les morts inexpliquées et disparitions du pays, même quand elles n'arrivaient pas sur le fleuve. Mais il fallait un bouc émissaire : ce fut le crocodile. Les hommes organisèrent une campagne fluviale et réussirent à tuer le monstre, après une lutte âpre et violente. Trois chasseurs furent tués et dévorés ; deux autres, amputés (l'un d'un bras, l'autre d'une jambe). Mais on tua finalement l'animal.

Celui qui lui avait porté le coup de grâce fut notre oncle Ngor, Tokô Ngor, comme nous l'appelions. C'était lui qui, par la loi du lévirat, nous avait élevés et recueillis, notre mère et nous, après la mort de notre père, son grand frère. Tokô Ngor était très proche de lui. Sa mort, nous avait-il dit dès que nous fûmes en âge de comprendre ces choses-là, l'avait peiné. Mais ce qui le peinait encore plus, croyais-je, était de savoir que le crocodile était toujours vivant. Pendant dix ans, il avait nourri une rancune tenace contre l'animal, qu'il essaya d'abattre seul de nombreuses fois, en risquant sa vie. Cette fois-là il réussit. Quand il est revenu, vengé et victorieux, j'ai senti, même si j'étais un enfant, qu'il avait changé. Il ressemblait à un malade guéri après de longues années de souffrance. Mais j'ai surtout compris cette nuit-là que je me trompais : ce qui avait le plus peiné Tokô Ngor toutes ces années n'était pas que le crocodile fût toujours vivant ; c'était que son frère n'eût pas de tombe où il pût aller le pleurer.

Après leur expédition victorieuse, les chasseurs durent se partager l'immense carcasse du saurien, un impressionnant spécimen mâle de presque sept mètres et une tonne. Certains hommes voulaient un bout de sa peau, d'autres ses dents ou ses yeux, quelques-uns encore, simplement ses chairs. Oncle Ngor, lui, ne voulait qu'une chose : les viscères de l'animal. Rien, disait-il, ne reste du corps de mon frère, mais il a été dans le ventre de cet animal. C'est ce ventre que je veux, l'intérieur du ventre. On le lui accorda. Il éviscéra donc la bête et enterra ses entrailles non pas dans le cimetière (une telle chose n'était pas possible, on n'enterre pas le contenu du ventre d'un crocodile dans un cimetière humain), mais au pied du manguier qui lui faisait face, le manguier sous lequel Mossane, des années plus tard, allait venir s'asseoir. Mossane ne connaissait pas cette histoire que tout le monde avait oubliée et que je ne lui avais pas racontée. Mais je te le dis tout de suite, Siga : quand je venais rejoindre Mossane, ce n'était pas pour mon père. Je ne l'avais pas connu. Je venais pour Mossane seule. Mais je n'oubliais pas, même trente ans après, que ce manguier était le tombeau de mon père (il s'appelait Waly). Le tombeau que Tokô Ngor lui avait érigé avec l'estomac du crocodile où avait été englouti puis dissous son corps depuis très longtemps.

Assane et moi avons été élevés comme deux petits princes par Tôko Ngor et notre mère. Nous étions tous deux aimés, mais ne nous aimions pas l'un l'autre. Moi, en tout cas, je n'aimais pas mon frère. Je crois que c'était réciproque, quoi qu'il prétendît. Devant les autres, il jouait à l'aîné protecteur et aimant. Il feignait, quand nous étions regardés, une complicité que nous n'avions pas en réalité. Il suffisait que nous soyons seuls pour que son vrai caractère réapparaisse : il se désintéressait de moi, me méprisait et ne m'adressait la parole que pour m'humilier ou se moquer de moi.

Nous n'avions rien en commun. Physiquement, certes, nous étions de vrais jumeaux, semblables en presque tous points. Mais pour ce qui était du caractère, tout nous opposait, tout nous éloignait. Je n'ai jamais senti entre nous la relation forte et fusionnelle qu'on prête aux jumeaux. Assane envoyait tous les signes d'un enfant séducteur. Il charmait, riait, obéissait, parlait beaucoup, prenait la pose avec une joyeuse santé et un bonheur évident. Il recherchait l'approbation et l'admiration des adultes. Il avait l'obéissance fascinée du groupe d'enfants de notre âge. Il était notre coqueluche, notre chef. Moi, j'étais plus taciturne. Renfermé. Angoissé. Ombrageux. Je ne possédais rien de la lumière de mon frère, de son aisance naturelle, de sa gaieté. Secrètement, je souffris très tôt de l'incessante comparaison que les gens établissaient quand ils nous voyaient. Il n'y avait qu'au jeu de dames que j'arrivais à prendre le dessus sur lui. Pour tout le reste, il était le plus fort, le plus rapide, le plus rusé, le plus intelligent, le plus courageux.

Quelques jours après l'enterrement de l'abdomen du crocodile, notre oncle Ngor nous réunit, avec notre mère. Il nous avait dit qu'il fallait commencer à penser à l'avenir.

— Vous avez, dit Tokô Ngor en nous regardant tour à tour, mon frère et moi, vous avez commencé à aller à l'école coranique ici. C'est important. Il faut connaître l'islam, qui est une part essentielle de ce que nous sommes devenus. Il faut aussi connaître notre culture traditionnelle, ce qui était là avant l'islam. Mais il faut également voir ce qui arrive. Il faut penser à votre avenir. Et ce qui arrive, c'est que ce pays va appartenir aux Blancs. Peut-être qu'il leur appartient déjà. C'est triste à dire, mais ils nous dominent. Ils ont eu ce qu'ils voulaient, par la force et par la ruse. On se libérera peut-être, mais pour l'instant ceux qui viennent de *Kata maag*, de derrière l'océan, sont là. J'ai le pressentiment que ça va durer longtemps. Je ne serai pas là pour voir le jour où ils partiront pour de bon et où on redeviendra ce que nous étions. Peut-être que vous-mêmes, qui êtes si jeunes, vous serez déjà morts depuis longtemps sans que ce jour soit encore arrivé. Peut-être que ce jour n'arrivera jamais et qu'il est impossible de remonter le temps pour redevenir ce que nous étions. Après tout, l'homme ne remonte pas le cours de l'histoire comme certains poissons remontent le cours de la rivière ; il ne peut que descendre vers le grand delta, l'extrémité de son destin, avant de se jeter dans la grande mer. On sera autre chose. Notre culture est atteinte. L'épine est dans sa chair et il est impossible de la retirer sans mourir. Mais on peut vivre avec elle et la laisser dans notre corps, pas comme une médaille, mais comme une cicatrice, un témoin, un mauvais souvenir, comme une mise en garde contre les épines futures. Il y aura d'autres épines, avec d'autres formes, d'autres couleurs. Mais cette épine-là fait désormais partie de notre grande blessure, c'est-à-dire de notre vie.

Oncle Ngor se tut et leva la tête vers le ciel. Je ne comprenais rien à ce qu'il racontait. Il reprit :

— Ce qui est certain, c'est qu'il faut se préparer à cet avenir où on ne sera plus jamais seuls, plus jamais comme avant. J'en avais souvent parlé avec Waly, votre père, Dieu ait son âme. C'était son souhait le plus profond. Que ses futurs enfants, un d'eux au moins, aille à l'école des toubabs, pas pour faire comme eux, mais pour se défendre quand ils diront que leur façon de voir est non seulement la meilleure, ce qui est discutable, mais la seule, ce qui est faux.

Tout ça s'embrouillait dans ma tête. Je ne voyais pas où il voulait en venir. Oncle Ngor s'était encore tu et nous avait regardés tous les deux avec gravité :

— Vous comprenez ?

— Oui, dit Assane.

Pour ne pas passer pour un idiot je mentis :

— Oui, Tokô Ngor.

Notre mère avait dû remarquer mon air désemparé et, avec douceur, comme si elle mesurait le poids de ses paroles et cherchait à les atténuer par sa tendresse, elle dit :

— Ce que votre oncle veut dire, *néné* (c'était l'affectueux surnom qu'elle nous donnait), c'est que l'un de vous doit aller à l'école des Blancs.

Je jetai un regard terrifié vers mon oncle. Il gardait la même expression grave et nous sondait du regard. Je tournai ensuite la tête vers Assane. Comment pouvait-il être si tranquille quand on nous annonçait quelque chose d'aussi terrible ?

— Alors, vous ne dites rien ? demanda oncle Ngor.

— Je ne veux pas partir, sanglotai-je.

— Très bien. Alors j'irai, dit Assane dès que je me tus. J'irai à l'école des Blancs.

Il s'écoula quelques secondes, puis Tokô Ngor dit :

— Loué soit Roog Sèn. C'est ainsi que nous voyions les choses, votre mère et moi : Assane Koumakh, tu iras vers le monde extérieur pour y chercher d'autres connaissances, et toi, Ouşseynou Koumakh, tu resteras ici, et protégeras les connaissances de notre monde.

Cette nuit-là, les sentiments les plus contradictoires me traversèrent et je ne pus dormir. D'un côté, j'étais heureux de me débarrasser de mon frère, puisqu'il devrait partir, mais de l'autre, j'avais le pressentiment que son départ annonçait de grands malheurs. C'était une brèche qui s'ouvrait dans notre monde, et on ne savait pas encore ce qui pourrait entrer par là, ni ce qui pouvait en sortir.

IV

Je dois aller vite. Ma poitrine me fait souffrir. Tu entends le sifflement qui en monte.

Les années qui ont suivi furent pour moi des années heureuses. Assane n'était pas là la plupart du temps. Il étudiait à l'école des Blancs, dans la grande ville du nord du pays, dans un internat de missionnaires. Il ne revenait qu'au début de l'hivernage et repartait quand il s'achevait. Le reste de l'année, j'étais seul avec oncle Ngor et ma mère. Je pus les aimer pleinement, sans l'ombre de mon frère. Quand ma mère disait *néné*, je savais qu'elle s'adressait à moi seul. Ce sentiment d'être l'unique destinataire de son affection, à cet instant précis, me remplissait le cœur. J'étais le seul visage sur la photo. Assane était exclu. En grandissant, ce dernier ne changea pas de caractère. Au contraire, l'instruction qu'il recevait à l'école des Blancs augmenta chez lui le goût de la séduction. Mais il avait de nouvelles armes.

Il était l'un des premiers, au village, à aller à l'école des Blancs dans la grande ville. Lorsqu'il revenait, il était l'attraction. Il racontait la ville.

Il décrivait les Blancs et leurs habitudes. Il évoquait leur savoir et leurs secrets merveilleux. Il cultiva l'élégance, la coquetterie, l'éloquence. Il parlait notre langue en y introduisant quelques mots de français. Ils donnaient à ce qu'il disait, même quand c'était insignifiant, une aura d'importance. Cela fascinait les autres. Assane était déjà un enfant doué et curieux. L'école française en fit un adolescent et un jeune homme instruit, cultivé, sûr de lui. Mais, d'abord, l'école française (c'était sa mission, après tout) en fit un petit Noir blanc.

En 1905, Tokô Ngor mourut de septicémie après une vilaine blessure à la cheville, mal soignée. Il nous dit cependant, avant de partir, qu'il était fier de ce que nous devenions, Assane Koumakh et moi : lui, un homme instruit par le savoir occidental, et moi, Ousseynou Koumakh, un bon pêcheur, solide et responsable, ancré dans notre culture. Il nous chargea de prendre soin de notre mère. Mais mère Mboyil ne lui survécut qu'un an. En 1906, une banale fièvre l'emporta aussi.

De nouveau, Assane et moi fûmes seuls sur scène. J'ai espéré que la mort de notre oncle et de notre mère nous rapprocherait, que le commun chagrin nous réunirait. Cet espoir fut déçu. Assane avait souffert, comme moi, de la mort de Ngor et de mère Mboyil. Mais il le fit seul, de son côté, et moi aussi. On ne partagea rien qu'un deuil impartageable. L'écart entre nous s'était creusé. Il ne se mesurait plus en minutes, mais en mondes. À notre différence, s'ajouta une sorte d'animosité mutuelle et profonde. Je trouvais qu'il s'éloignait du monde où il était né ; lui, pensait que je m'y enlisais et m'y enfermais. Il n'y eut bientôt plus aucun dialogue possible. Et c'est à peine si, après la mort de notre mère, il venait me saluer quand il revenait pendant ses séjours au village.

Lorsqu'il n'était pas plongé dans les nombreux livres européens qu'il rapportait, il s'adonnait aux plaisirs faciles que lui ouvraient son instruction et l'admiration qu'elle suscitait. Il se mit à boire. Il oublia la religion. D'ailleurs, il me dit s'être converti au christianisme chez les missionnaires et s'appeler maintenant Paul. Je lui dis que ça le regardait, mais que je ne connaissais pas de Paul. Il serait toujours Assane Koumakh pour moi. Il a oublié nos ancêtres. Je ne l'ai jamais vu aller sur la tombe d'oncle Ngor ou de notre mère. Il préférait courir les filles. Ou plutôt, c'étaient celles-ci – certaines, du moins – qui lui couraient après.

De notre classe d'âge, seules quelques-unes lui résistaient. La plus belle et la plus farouche d'entre elles, celle qu'il n'impressionnait pas, était Mossane. Pour cette raison, elle lui plut. Pour cette raison, parmi d'autres raisons, elle me plut aussi. Mossane avait deux ans de moins que nous, mais elle en paraissait trois de plus. À la sortie de l'enfance, sa beauté avait éclaté comme une sédition de soleil après une dictature millénaire de nuit. Elle était femme, pleinement femme déjà, quand nous lambinions au bout de l'adolescence. Assane et moi n'étions pas les seuls hommes à la vouloir. Je peux dire sans crainte de me tromper que tous les hommes capables du village la désiraient.

À cette époque sa splendeur était un sujet de conversation quotidien. Mossane en jouait. Elle se savait belle ; elle se sentait désirée, enviée, jalousée. Elle avait appris à se comporter comme un fantasme, c'est-à-dire comme un rêve qu'on croit à portée de main mais qui recule comme l'horizon vers lequel on court. C'est en jouant de sa séduction qu'elle apprit ce que vivre libre voulait dire. Mossane n'appartenait à personne ; chacun croyait donc qu'elle serait à lui. Je le croyais aussi.

Qu'est-ce qui m'attirait chez Mossane, qui semblait si impudique, si insolente, si joueuse, si farouche, tout ce que je n'étais pas ? Il ne s'agissait pas d'une banale attraction pour une nature que je pensais opposée à la mienne. Chez Mossane, ce que j'ai d'abord aimé, c'est ce qu'elle ne paraissait pas. C'est ce que je l'imaginais être *derrière*. Je suis peut-être tombé amoureux de l'idée que je me faisais d'elle. Mais n'est-ce pas de ça, souvent, qu'on tombe amoureux chez les autres ? On les connaît ensuite. Et alors, soit l'idée qu'on se faisait d'eux ou d'elles est juste – et on les aime plus encore de lui correspondre –, soit cette idée est différente – et notre amour se nourrit d'être surpris, mis au défi de l'étrangeté.

J'aimais Mossane. Mais je n'étais pas le seul. Il a fallu, pendant deux ou trois ans, être patient, faire mes preuves, la séduire, écarter avec méthode et sans pitié les autres concurrents. En 1908, nous n'étions plus que deux : mon frère et moi. Il avait puisé dans l'indifférence qu'il inspirait d'abord à Mossane les ressources d'une séduction redoublée.

C'était un conquérant : seul l'obsédait le territoire qui lui résistait.

J'avais l'avantage du temps et du terrain. Lorsque Assane Koumakh repartait en ville, je prenais tout le temps qu'il fallait pour séduire Mossane, qui vivait au village. Je fis de la patience le seul atout de ma cour. Je ne tentais ni d'impressionner Mossane ni de lui promettre des illusions. Je me montrais à elle tel que j'étais, dans ma vérité la plus nue : modeste, sans privilèges, sans autres richesses que mes angoisses, mes silences, mes doutes, mais aussi quelques qualités morales, mon attachement à notre terre, mon honnêteté simple. Je n'avais pas les talents ou l'intelligence de mon jumeau. Mais je pensais avoir autre chose qu'il n'avait pas, et qui pouvait aussi avoir une valeur dans une vie. Assane, quant à lui, accaparait Mossane lorsqu'il rentrait. Il la couvrait de présents, l'emportait avec ses paroles délicieuses dans les rêves de la grande ville, lui apprenait à lire et compter dans la langue de ses nouveaux maîtres blancs. En Mossane, les deux mondes que nous incarnions, que tout opposait, se sont encore affrontés.

À vingt-deux ans, je devins aveugle. C'est arrivé à la pêche. J'étais seul ce jour-là, et je me trouvais sur un bras du fleuve craint par la plupart des pêcheurs pour une raison toute simple : c'était le lieu où vivait jadis le crocodile qui avait tué mon père, Waly. La légende de l'animal avait survécu à sa mort. Certaines rumeurs racontaient qu'il avait fait des enfants, que quelques pêcheurs auraient aperçus. D'autres rumeurs disaient que le crocodile était en réalité l'un des génies de ces eaux, et qu'il était impossible, même quand on l'avait tué, de le tuer. Des femmes qui lavaient leur linge sur un wharf avaient, rapportait-on, entendu ses vagissements inquiétants. Rien de tout cela n'était vérifié. Il se pouvait bien qu'un autre crocodile vécût là, mais je ne pensais pas qu'il eût quelque chose à voir avec celui qu'oncle Ngor avait dépecé devant nous pour vider ses entrailles. Je croyais (j'y crois encore) aux *pangols* des eaux. J'étais attaché à nos traditions. J'étais un pêcheur. Et tout pêcheur d'ici sait qu'on voit parfois dans l'eau des choses surnaturelles.

Je me trouvais donc dans ces eaux remplies de mythes et de souvenirs. Je m'apprêtais à lancer mon filet quand quelque chose, quelque chose de massif, a heurté mon bateau. Le choc a été si fort et brusque que j'en ai perdu l'équilibre. Je suis tombé à l'eau. Pendant quelques secondes, j'ai eu la sensation d'être entraîné dans les profondeurs par une force invisible. Rien de massif ne se trouvait autour de moi, la vase assombrissait l'eau, mais je pus voir après quelques instants que j'y étais seul avec cette force puissante qui m'attirait vers le bas.

Je compris. C'était donc aujourd'hui. Je repensai à mon oncle Ngor, et aux mots qu'il m'avait dits en m'initiant à la pêche alors que j'avais dix ou onze ans :

— Le fleuve finit toujours par tester ceux qui le fréquentent, Ousseynou Koumakh. Lorsqu'il te testera, tu croiras mourir, tu auras peur, tu seras tenté de te débattre, mais n'oublie pas : les eaux à ce moment-là sont comme un marécage, chaque mouvement paniqué t'enfoncera dans la boue, alors ne lutte pas.

— Et qu'est-ce qui arrivera si je lutte, Tokô Ngor ?

— L'eau te jugera indigne d'elle et te tuera.

Je ne résistai donc pas et m'abandonnai à l'eau. Je fermai les yeux et m'endormis. Je fis un long rêve où je vis tour à tour mon oncle, une créature monstrueuse à corps d'homme et à tête de crocodile, ma mère, Assane. Avec certains d'entre eux, je parlai ; avec d'autres, j'échangeai seulement un regard ou un sourire ou une pensée. Impossible, cependant, de me souvenir des discussions que j'ai eues, même si je sais que c'était important. Mossane apparut aussi dans ce rêve au fond de l'eau, en une image divine. Elle était nue et je l'avais longuement regardée en rêvant d'être de l'eau pour envelopper son corps dans une caresse et m'introduire au plus profond d'elle.

À mon réveil j'étais de nouveau sur ma barque, comme si rien ne s'était passé et que je ne l'aie jamais quittée. Une seule chose avait changé : je ne voyais plus rien. Il m'a fallu quelques secondes pour m'en rendre compte puis, très naturellement, je l'acceptai. Tel était le prix de ma survie à une épreuve où, je le compris, j'aurais dû mourir. Certains éléments du rêve que j'avais fait dans l'eau prirent un sens plus ou moins clair. Il paraissait évident, par exemple, que l'homme-crocodile était l'incarnation hybride de mon père et du saurien qui l'avait dévoré. Je réussis, malgré l'obscurité, à rentrer au village. Je savais que rien ne m'arriverait plus sur ces eaux. Lorsque les villageois me virent, ils furent persuadés que la chose qui avait provoqué ma chute était le fantôme du monstre légendaire ou sa descendance, et qu'en échange de ma survie il avait pris mes yeux. Ils avaient peut-être raison, mais je me fichais de ce qu'ils racontaient. Tout ce qui m'importait était de savoir si j'avais encore mes chances avec Mossane malgré ce handicap nouveau. Lorsque je la trouvai, la nouvelle de ma mésaventure lui était déjà parvenue (le village était petit et le vent des rumeurs le traversait vite). Elle me dit :

— Tu ne verras plus.

— Je ne te verrai plus, ai-je répondu.

Elle a ri et a dit que ça ne changeait rien, qu'elle serait mes yeux désormais.

— Je ne te verrai plus, ai-je répété.

C'est alors que la tristesse et la rage d'être aveugle se sont abattues sur moi pour la première et seule fois depuis mon épreuve. J'ai fondu en larmes.

Les années qui suivirent, elle fut si proche de moi que je crus avoir gagné la bataille amoureuse contre mon frère. Elle venait me voir chaque jour, et m'aida à apprivoiser le noir. Elle ne se donna pas à moi, mais se dédia à moi. Assane revenait de temps en temps. J'ignore si c'est parce qu'il me prit en pitié, ou parce que son visage m'était désormais caché, mais il me sembla à cette époque qu'il m'était plus supportable. Il avait eu son bac et se formait désormais pour être enseignant. Il disait vouloir revenir plus tard au village pour instruire tous les enfants de chez nous. En ville, il habitait une petite maison coloniale dans le quartier blanc. L'administration coloniale la lui avait allouée après ses résultats exceptionnels aux examens. Il disait vouloir devenir un écrivain. Quant à moi, je m'étais reconverti en fabricant et réparateur de filets de pêche. Les affaires marchaient plutôt bien. Je mis de l'argent de côté. En 1913, le jour de mes vingt-cinq ans, je demandai Mossane en mariage.

— Je ne peux pas, Ousseynou. Pardonne-moi mais je ne peux pas me marier avec toi.

— Tu me trahis. Et notre promesse ?

— La tienne. Elle n'a été faite qu'à toi par toi-même.

Je l'accusai de perfidie. Elle me dit qu'elle m'aimait assez pour ne pas avoir à se marier avec moi ; qu'elle ne désirait d'ailleurs se marier avec personne pour l'heure ; qu'il n'y avait rien pour elle ici, dans ce village ; qu'elle souhaitait aller dans la grande ville du nord, pour découvrir autre chose.

— Découvrir quoi ?

— D'autres possibilités de la vie.

— Va le rejoindre, dis-je avec fureur. Lui ne te demandera pas de l'épouser. Il ne veut que ton corps. Et tu le lui donneras. C'est ce que tu veux, c'est ce que tu as toujours voulu. Tourner le dos à toute tradition au nom de ta liberté pour mieux embrasser et justifier la luxure. Il l'a compris et t'a retourné la tête avec ses histoires de Blancs. Tu n'es pas libre. Tu n'es qu'une négresse aliénée, une fille sans honneur.

Mossane me quitta sur ces paroles laides et sans pagne. Elle partit sans rien me répondre, ce qui était pire qu'une réponse injurieuse à mon injure.

Pendant un temps je n'eus plus de ses nouvelles. Mon frère ne revint plus au village. J'en déduisis qu'ils vivaient ensemble dans la grande ville. Cette pensée commença à me tourmenter. Je passais des nuits entières à les imaginer, couple épanoui au milieu des lumières et des rêves de la ville. Je les imaginais enlacés et cette image me tuait tout en me refusant la facilité de la mort. En pleine nuit, je me mettais à hurler, tantôt pour maudire Mossane, tantôt pour la supplier comme un enfant de revenir.

Je fus plusieurs fois tenté de partir à leur recherche, évidemment. Mais j'étais un homme orgueilleux. L'absence de Mossane me plongeait dans un état proche de la folie. Cependant, le sourire satisfait de mon frère, le sourire que j'imaginais sur ses lèvres s'il me voyait chez lui, pitoyable et suppliant dans ma solitude et mon chagrin, l'idée de ce sourire, Marème Siga, m'était insupportable. Plutôt mourir fou que lui offrir ce plaisir. J'avais beau aimer Mossane, je ne pouvais m'humilier ainsi. Que lui aurais-je dit après les mots venimeux que je lui avais adressés avant son départ ? M'excuser ? Cela n'aurait pas effacé les mots. Les mots non plus ne remontent pas le cours du temps pour s'empêcher de naître. Je regrettais de les avoir dits. Mais au fond de moi, même à ce moment-là, je les pensais encore : Mossane se donnait à une illusion de liberté. C'était une femme africaine qui croyait qu'il lui suffirait de vivre de façon provocante et de fumer en public pour être comme ces femmes blanches qu'Assane lui montrait dans les magazines. Elle croyait pouvoir être comme ces personnages féminins des livres que mon frère lui lisait et lui traduisait. Elle se donnait à du vent. Mais je l'aimais ainsi. J'étais pris en tenaille entre la jalousie, la peine, la solitude, l'orgueil et l'amour. C'est à cette époque que j'ai commencé à me dire : pourquoi lui ?

V

Un jour, trois ou quatre mois après le départ de Mossane, la douleur fut trop forte et je lui cédai : je partis pour la grande ville. Je ne connaissais rien d'elle et ignorais où Mossane et mon frère habitaient, mais j'y allai néanmoins.

J'y arrivai après un jour et une nuit de voyage. Elle était animée et bruyante. Ce que je sentais autour de moi était une énergie chaotique et généreuse, furieuse et belle, qui pouvait épuiser jusqu'à la mort ou redonner vie à un cadavre. Moyennant une pièce de monnaie, un enfant qui traînait dans la rue accepta de me guider. Je posai ma main sur son épaule et on commença à marcher. Il me demanda où je voulais qu'il m'emmène. Je lui dis d'aller vers le quartier des Blancs. Des odeurs de dépotoir et de pourriture m'écœuraient avant que celle de la mer, trouant parfois l'épais tumulte urbain, vînt me soulager. La ville me fascina. Pendant le trajet, j'oubliai l'objet de ma venue et me laissai happer par ce qui m'entourait. L'enfant marchait à mon rythme, trop content d'avoir gagné de l'argent à ne rien faire qu'accompagner un aveugle. On passa par des marchés où vendeurs et clients, policiers et malfrats, chiens, ânes, moutons et chats faisaient communauté. Odeurs de viande. Senteurs de poissons fraîchement pêchés. Relents d'épices. Le sel de la mer dans le vent. Et de nouveau les dépotoirs et les eaux usées. Et les voix, et les discussions : sérieuses, gaies, grivoises, philosophiques.

On causait du temps, on priait pour que le mauvais hivernage annoncé soit contrarié par les ancêtres, on louait le Serigne faiseur de miracles qui arriverait bientôt en ville, on décrivait le roulement de fesses d'une fameuse Salimata Diallo, puis on parlait du prochain combat de lutte, de tel génie qui avait emporté un enfant dans la mer, des sacrifices qu'il fallait faire à la déesse pour qu'elle n'en prenne pas d'autres, des frasques amoureuses du gouverneur blanc qu'on avait retrouvé ivre, la moustache tissée à la toison pubienne d'une *dryanké* locale, de la mansuétude divine, de la fatalité du destin des hommes. J'entendis, sur une place, entre des disputes animées, les coups secs de pions de dames qui s'écrasaient contre un plateau. Je m'arrêtai un temps pour écouter les querelles, les moqueries, les défis, les promesses de revanche. Mon ancienne passion pour ce jeu me fut rappelée.

Sirènes d'ambulance ou de gendarmerie. Agitation. Jurons et commentaires. On s'arrêta. Un incendie ? Un vol ? Non, l'arrestation d'un homme, un clochard magnifique qui semblait aussi haï et craint qu'adulé. Une femme me dit de me joindre à la foule qui allait le libérer. Je répondis que mon chemin ne passait pas par cette histoire. Elle tchipa comme une mégère et me traita de lâche, déplorant, dans une langue de piment vert, qu'il n'y eût plus d'hommes. Ou alors de plus en plus ramollis ! Efféminés ! Des paons ! Hommes-femmes ! Chiffes molles ! Où sont les virils et les braves ? Les hommes de jadis ! Qu'ils viennent nous aider à libérer le Prince de notre ville ! Je répondis que je ne leur serais pas utile : j'étais aveugle et je n'étais pas d'ici. Elle affirma que dans la vie, un homme, surtout s'il était jeune comme moi, n'avait pas besoin d'avoir des yeux ou d'être de quelque part. Ah bon ? Oui, *Silmaxa*, je te le dis ! Où qu'il soit, d'où qu'il vienne, un homme a uniquement besoin de ses couilles pour travailler et se battre. Dans le dialogue j'avais relâché mon attention et l'épaule de mon jeune guide. Il s'était sauvé dans la foule. Alors qu'elle s'éloignait, je demandai à la mégère, à la volée, où se trouvait le quartier des Blancs. Traverse le pont et va au nord ! Et fais attention le soir venu, toi qui n'es pas d'ici ! Faire attention ? À quoi ? À qui ? Sa réponse se perdit dans le brouhaha autour.

Un bon samaritain accepta de me faire traverser le pont. On arriva dans le quartier colonial. Un autre monde. Du silence, de l'ordre, du calme. Je m'entendais marcher sur le bitume. Je commençai aussi à entendre la langue des toubabs. Et je perçus, dans leur voix, de la sérénité. De la sérénité et rien d'autre. J'étais ici chez eux, ils étaient chez eux ici – et pour longtemps encore. Tokô Ngor l'avait dit… Je tentai de me renseigner, mais aucun de ceux qui parlaient notre langue ne put d'abord m'aider. Je m'obstinai pourtant. On finit par me parler d'un Africain qui était instituteur depuis peu, et qui vivait avec sa femme plus loin au nord de l'île. Ils ne savaient pas son nom, mais quand ils disaient l'avoir déjà vu, je leur demandais s'il me ressemblait. Certains dirent oui sans aucune hésitation, d'autres affirmèrent que non, pas du tout. C'était la seule piste que j'avais et je comptais la suivre jusqu'au bout. Je réussis, alors que le soir venait, à trouver la maison de l'homme. Il y avait devant elle un gardien, quelqu'un de chez nous. Il répondit froidement à mes salutations et, quand je lui demandai si c'était bien ici qu'habitait Assane, me dit qu'il n'y avait pas d'Assane ici. Je réussis à me souvenir difficilement du prénom catholique qu'Assane m'avait dit porter désormais.

— Que veux-tu à Moussé Paul ?

— J'aimerais le voir, je suis de sa famille. C'est mon frère.

— *Sa Waay*, Moussé Paul n'a pas de frère.

— Puisque je te le dis ! Tu ne vois pas qu'on se ressemble comme deux demi-lunes d'une fesse ?

— Possible.

— À la bonne heure !

— Ne t'enflamme pas si vite. Toutes les moitiés de fesse ne se ressemblent pas. La raie du cul n'est pas un miroir.

— On est jumeaux !

— Peut-être, mon frère. Mais Moussé Paul ne m'a jamais parlé d'un frère. De toute façon il n'attend pas de visite. Je ne peux laisser entrer que les visites qu'il a prévues.

— Où est-ce qu'on a besoin d'annoncer sa visite à un parent pour aller le voir ?

— Ici c'est comme ça. Il faut prévoir. Pour être sûr de le trouver là. En ce moment, tu vois, il n'est pas là. Si tu avais prévenu, tu serais venu au bon moment.

— Je vais l'attendre à l'intérieur.

— Non, il faut que tu partes.

— Je vais l'attendre ici alors.

— Impossible !

— Comment ? Eh bien ! Où va-t-on raconter ça ? La rue n'est ni à toi ni à ton père ni à ton bisaïeul. Elle n'appartient pas à ton Moussé Paul. Elle n'appartient pas au toubab. Tu connais la sagesse populaire : *mbedd mi, mbeddu buur la.* C'est la rue du roi, et tout le monde est un roi, dans la rue. J'attendrai si je veux.

— *Mbokk*, je sais, mais tu dois partir. Je ne veux pas de problèmes et toi non plus.

— Sa femme !

— Quoi sa femme ?

— Elle s'appelle Mossane.

— Et alors ? Tu ne m'apprends rien.

— Tu vois bien que je les connais. Je ne mens pas. Je suis son frère. Dis à Mossane que je suis là. Je m'appelle Ousseynou.

— *Saa Waay*, pars ou je te ferai partir par la force. Tu ne me vois pas, mais crois-moi, je peux te soulever de terre avec un bras, un seul.

— Mossane me connaît !

— Madame Mossane n'est pas là non plus. Ils sont partis en voyage avec deux de leurs amis toubabs. Je garde la maison jusqu'à leur retour. Voilà la vérité.

— Quand reviennent-ils ?

— Ça, ils ne me l'ont pas dit.

Je suis resté silencieux un long instant, sans savoir quoi faire. Je ne pouvais me permettre de rester en ville longtemps. J'avais mes affaires au village, et même si, grâce à l'argent que j'avais épargné, je pouvais séjourner un petit moment ici, je savais que la ville n'était pas faite pour moi. Je m'y sentais en proie à une impalpable menace. Devant mon attitude soudain pensive le gardien me pressa encore de m'en aller. C'est à ce moment-là que je sentis un violent élan de colère embraser ma poitrine. Elle n'était pas dirigée contre le vigile, mais contre moi-même, ma stupidité, le spectacle pathétique que j'offrais. Qu'espérais-je vraiment en venant là ? Pourquoi étais-je venu m'humilier ? L'amour d'une femme qui en avait choisi un autre valait-il tout cela ? Où étaient ma dignité et mon honneur ? Je maudis Mossane et Assane et partis sans un mot pour la sentinelle.

Il faisait plus froid, je sentais, dans mon obscurité, que l'ombre rongeait lentement le jour dehors. Au loin, j'entendis un appel à la prière. Il était trop tard pour regagner la gare et repartir au village. Je devais me trouver un endroit où dormir. Or je ne connaissais personne. Je retraversai donc le pont, sans aucune aide cette fois, et pris la direction des faubourgs. On m'avait dit que là je pourrais trouver un lit pour rien. On m'indiqua une auberge. Prix modique. Confort sommaire mais honnête. La maison proposait même un dîner, que je pris sans appétit. Je m'apprêtais à regagner ma chambre quand le gérant, en me remettant la clef, me demanda de but en blanc si je souhaitais de la compagnie. Je dis oui sans y réfléchir. Je demandai même la compagnie la plus réclamée par les clients, la plus chère. J'y mis le prix. À l'époque, je croyais que j'agissais ainsi par tristesse ou désespoir. Aujourd'hui, je sais surtout que c'était par colère. Je voulais passer cette colère sur quelqu'un d'autre. Une prostituée, m'étais-je dit, ferait l'affaire. Celle qui vint ce soir-là subit ma fureur. Je la pénétrai avec cruauté et violence. Avant son départ je lui demandai son nom. C'étaient les premiers mots que je lui adressai.

Elle : Salimata. Moi : Salimata comment ? Elle : Salimata Diallo. Moi : C'est toi dont les fesses alimentent les discussions de la ville ? Elle : Oui, c'est moi, et maintenant tu sais pourquoi. Moi : C'est vrai.

Elle partit. Moi qui pensais ne pas trouver le sommeil, je dormis profondément. Le lendemain, je me sentis coupable d'avoir couché avec Salimata Diallo. Je regagnai le village un peu honteux et acceptai l'idée de ne plus avoir de nouvelles de Mossane ou de mon frère. D'une certaine façon, ça me soulageait. Je repris ma vie ici.

Quelques mois plus tard la guerre éclata et la France s'y engagea en première ligne. Elle y entraîna évidemment ses petits chiens domestiques. Notre pays, le plus docile de la portée, en faisait partie. Je me rappelle quand le grand député français noir est venu de Paris, accompagné de Blancs, pour trouver des hommes qui voudraient se battre pour la France, la patrie mère. Il est venu jusqu'ici, jusqu'au village. Il parlait et j'avais l'impression d'entendre Assane, en plus habile, en plus séducteur. Il promettait des choses à ceux qui viendraient se battre pour les toubabs. La gloire, la reconnaissance de la patrie, des médailles, de l'argent, des terres, des richesses, l'éternité dans un ciel héroïque, oh, il promettait et il savait promettre et beaucoup le crurent.

À moi, ils ne dirent rien du tout. Un invalide ne leur aurait été d'aucun secours. Ils avaient besoin d'hommes qui avaient des yeux pour voir les balles, pour voir l'ennemi, bien viser sa tête et l'abattre, mais des yeux aussi pour voir l'ami tomber, et pour pleurer quand on serait seul dans le ventre de la terre, où toute aide était impossible, en se demandant pourquoi il fallait mourir pour un pays qui n'était même pas le nôtre dans une boucherie absurde. Beaucoup de gens du village, de ma génération et de générations plus âgées, crurent le député français noir et ses amis. Ils partirent et laissèrent enfants et femmes.

Puis vint ce soir de fin 1914. Je ne l'oublierai jamais. Je m'apprêtais à faire la prière de *timis* quand j'ai entendu des pas dans la cour.

— Qui est-ce ?

— C'est moi.

J'aurais reconnu sa voix entre toutes.

— Que fais-tu là ?

— Je viens te voir.

— Qui est avec toi ?

Pas de réponse.

— Qui est avec toi ?

— C'est moi, Mossane.

Sa voix à elle, en revanche, avait changé. Elle n'avait plus sa fraîcheur et sa combativité d'antan. Nouveau silence, terrible. Nous étions les trois points d'un triangle de souvenirs amers, de questions sans réponses, de haine et d'amour. Nous nous savions liés et nous nous détestions pour cela. Assane parla :

— J'ai besoin de ton aide, Ousseynou.

Je ricanai. Il dit aussitôt :

— Tu peux rire, oui, et tu en as le droit. À ta place, j'aurais ricané. Après tout ce qui s'est passé, que je te demande ton aide peut paraître irréel.

— C'est surtout ironique.

— Oui. Mais je te demanderai quand même ton aide car tu es mon frère. Je ne l'aurais pas fait si j'avais eu le choix.

— Je me fiche que tu n'aies pas le choix. Je ne suis plus ton frère, Assane.

— Que tu le veuilles ou non, que je le veuille ou non, nous sommes frères. Le sang coule d'une source plus lointaine que la chair. Il coule de la source d'un passé éloigné. Son torrent charrie une histoire dans laquelle nous ne sommes pas seuls. Ce qui nous lie ne concerne pas que nous.

— Je ne vois pas qui ça pourrait concerner d'autre. Que veux-tu ? Pas de long bavardage. Je dois faire mes prières.

— Je pars en France. Je pars pour la guerre.

— Et alors ? C'est ta route, pas la mienne.

— Nous attendons un enfant.

Stupéfait, je n'ai rien dit et, au bout de quelques secondes, mon frère a repris :

— Mossane et moi allons avoir un enfant. Je veux les placer chez quelqu'un de confiance, jusqu'à mon retour. On ne s'est jamais entendus, toi et moi. On ne s'est peut-être jamais aimés. Mais s'il y a bien quelqu'un à qui je confierais mon plus grand secret en sachant qu'il serait bien gardé, c'est toi.

— Tu es un hypocrite, Assane Koumakh.

— Crois-le si tu le veux. Mais réponds-moi : pourras-tu prendre soin de Mossane et de mon enfant pendant mon absence ?

— Tu es hypocrite, ça je le savais, mais tu es aussi irresponsable. Comment peux-tu partir te battre pour la France en laissant ici femme et enfant ?

— Je me bats aussi pour cet enfant. Pas seulement pour la France. Me battre pour la France, c'est me battre pour qu'il grandisse dans un monde de paix.

— Arrête de prétendre te battre pour lui. Tu ne t'es jamais battu pour personne. Tout ce qui t'importe, c'est ta personne, c'est d'être reconnu par la France ! Ne te donne pas bonne conscience : avoue que tu préfères la France à ton enfant. Aie au moins le courage de le dire. Et est-ce qu'elle t'a cru, elle, quand tu le lui as dit ? Hein, Mossane ? C'est à toi que je m'adresse maintenant. Est-ce que tu le crois, quand il te dit qu'il va se battre pour l'avenir de votre enfant ? Il ment ! Et toi, tu vas le laisser partir ainsi ?

— Je ne mens pas.

— Il vous abandonne.

— Je ne les abandonne pas.

— Laisse Mossane parler !

— C'est moi qui suis venu te voir.

— Elle est là aussi, et c'est elle qui porte cet enfant.

— Partons, Assane, dit Mossane. Je te l'avais dit.

Je perçus beaucoup de faiblesse dans sa voix. Je ne la reconnaissais pas. Ces derniers mois, dès que je pensais à elle, une profonde et sourde colère me brûlait le cœur et me dévorait. Depuis son départ, je rêvais du jour où l'occasion de la couvrir de ma haine me serait donnée, le jour où je pourrais déverser sur elle, sans retenue, le dégoût qu'elle m'inspirait et la violence qu'était devenue la déception de l'avoir perdue. Ce jour était enfin là. Mossane était là, devant moi. Mais en l'entendant, si faible, si résignée, ce ne fut pas la rage qui m'envahit, mais une inexplicable pitié.

— Pour une fois dans ta vie, dis-je, pense aux autres, Assane. Pense à la vie de ton enfant.

— Je dois y aller, dit mon frère.

— Pourquoi ?

— Par devoir.

— Tu ne sais rien de cette guerre. Ce n'est pas la tienne.

— Si. C'est la nôtre à tous, même si elle semble loin. C'est aussi la tienne. Elle sera rapide.

— Tu n'en sais rien.

— Les officiers toubabs le disent. Ils savent.

— Ils ne sont pas Roog. Ils ne savent rien !

— La France gagnera vite avec l'aide de ses fils et frères africains.

— Fils ? Frères ? Non : vous êtes ses esclaves. Vous allez mourir pour elle. Elle vous oubliera.

— Je ne mourrai pas.

— Ne défie pas l'avenir. Tu ne le connais pas.

— Je reviendrai pour mon enfant.

— Il vaudrait mieux ne pas partir pour lui.

— J'ai déjà signé mon enrôlement. Je pars. Je vais dans le nord de la France. C'est là que je serai.

— Je me fous du lieu où tu seras. Ce sera toujours loin de ton fils. Quel genre d'homme es-tu ?

Assane eut alors un rire sec. Puis il dit :

— Ne me juge pas, Ousseynou Koumakh. Contrairement à ce que tu penses, tu ne sais rien de moi. Tu crois savoir ce que je suis, connaître ce qui anime mon cœur. Tu ne sais rien. Tu ne plonges pas dans les âmes. Ce que tu penses être la vérité entière n'est qu'un fragment parmi mille fragments. Tu es une ombre parmi mille ombres déployées. Tu ne sais pas, ces dernières années, ce que j'ai dû sacrifier. Les chemins par lesquels je suis passé sont boueux. Qui prétend m'y suivre sera taché de boue. Ne me juge pas. Le tribunal de ta conscience n'est pas…

— Garde tes grandes phrases et tes leçons, Assane. Je te juge. Oui, je te juge car je te connais. Je te connais mieux que tu ne te connais, et depuis toujours. Tu es un homme méprisable. Je crois qu'au fond de toi, tu le sais aussi. Ou peut-être que tu ne le sais vraiment pas. Et dans ce cas, en toute sincérité, je te souhaite de le savoir le plus tard possible, quand tu auras vécu longtemps. Car ce jour-là, tu n'auras peut-être pas la capacité que tu as aujourd'hui à te supporter.

À ce moment-là, Mossane s'est mise à pleurer et Assane n'a pas répondu. Je l'ai entendu murmurer à Mossane des mots, que je n'ai pas compris, sans doute des mots de réconfort. Comme s'il voulait contribuer au drame qui se jouait dans cette cour, le village nous ceignait d'un épais silence. Mossane sanglotait toujours. Mon cœur a alors parlé. J'ai dit :

— Mossane peut rester si elle le souhaite. Mais toi, Assane, si tu décides d'aller participer à cette guerre, pars le plus tôt possible demain. Vous connaissez déjà la maison : il y a deux chambres libres. Choisissez-en une et installez-vous.

Ensuite je suis rentré dans ma chambre et j'ai fait ma prière, que j'ai prolongée avec une longue méditation où je demandais à Dieu de me guider. Lorsque je suis ressorti, près d'une heure plus tard, il ne restait que Mossane dans la cour.

— Où est Assane ?

— Il vient de partir pour ne pas rater la dernière charrette qui va en ville. Il voulait te redire quelques mots, mais son bateau part après-demain. Il fallait qu'il regagne la ville ce soir pour préparer son voyage. Il me charge de te dire au revoir et te remercie.

— Je n'ai pas besoin qu'il me dise merci et ça m'est indifférent qu'il me dise au revoir ou adieu.

Ce n'est pas lui que j'aide. Quant à toi, je ne veux pas de tes remerciements. Ni de tes excuses.

— Je ne veux pas des tiennes non plus.

Je me suis souvenu des mots sans pagne que je lui avais dits jadis et j'eus honte. On signa un pacte dans le silence qui suivit. Je rentrai dans ma chambre, partagé entre la colère, la honte et la joie. Mossane était revenue. Mais elle était revenue chargée du fruit de son amour avec Assane. Pourquoi lui ?

VI

Quatre mois plus tard, en mars 1915, l'enfant vit le jour. Son père, avant de partir, avait souhaité, si c'était un garçon, que Mossane lui donnât le deuxième prénom de Tokô Ngor, son prénom musulman qu'il n'utilisait jamais : Elimane. C'était un garçon. Je lui donnai son prénom traditionnel. Madag. Elimane Madag Diouf.

Comme tu le devines peut-être déjà, Assane n'a jamais vu son fils. Il n'est pas revenu de la guerre. Nous n'avons reçu aucune nouvelle de sa part. On ignore ce qu'est devenu son corps. Il a dû se perdre dans le temps et dans l'Histoire. Comme tant d'autres que 14-18 a moulus, avalés, effacés. Je repense parfois à lui et il ne m'inspire rien, ni colère ni pitié. Même plus de mépris. Il ne me manque pas. Je ne l'ai pas aimé vivant. Je ne l'ai pas aimé mort. Emmêlées depuis leur plus lointaine origine, nos vies sont également passées l'une à côté de l'autre. C'était un homme aveuglé par son amour de la France, un amour plus grand que tout autre en lui. Il a fini par le dévorer. Je crois qu'il savait dès le début qu'il ne reviendrait pas.

Je me demande même si, secrètement, il ne désirait pas mourir. Quelle plus belle manière pour lui de devenir blanc que de mourir dans une guerre de Blancs, chez des Blancs, d'une balle ou d'une lame de baïonnette blanche ? Ce dont il rêvait ne pouvait advenir dans cette vie. Il lui en fallait une autre : une vie dans la peau d'un intellectuel blanc, puisque c'était ça, pour lui, le sommet de l'accomplissement existentiel. Pas être père, pas aimer Mossane : être un Blanc intelligent qui lit ou écrit des livres. Il est donc allé mourir volontairement, dans l'espoir, peut-être, de se réincarner en son rêve. Je me demande parfois comment il a fini. Je me demande quelles ont été ses ultimes pensées. A-t-il pensé à notre enfance, à Tokô Ngor, à la voix de mère Mboyil qui nous disait *néné*, à moi, à Mossane, aux missionnaires blancs qui l'avaient instruit, au fils qu'il avait abandonné et qu'il ne verrait pas ? Est-il mort seul ? Brutalement ? A-t-il souffert ? A-t-il eu le temps de prendre conscience qu'il mourait ? Je ne me demande pas tout ça par empathie pour Assane. Je me le demande parce que les derniers moments des hommes me fascinent. Là seulement un bilan est possible, un regret valable, une confession sincère, un regard sur soi véridique. C'est au moment où elle s'échappe que notre vie nous appartient.

Je ne m'attarderai pas sur l'enfance d'Elimane, ni sur ma vie avec Mossane durant les années d'après. Les semaines qui avaient suivi le retour de Mossane avaient été très dures pour chacun de nous. Nous vivions dans la même maison, mais étions séparés par les profonds abîmes que creusent le ressentiment et les blessures du passé. Puis le temps a fait son œuvre. Elimane Madag est arrivé. Je me retrouvai devant lui dans la même position qu'oncle Ngor face à nous des années auparavant. J'étais responsable de la descendance de mon frère.

Ai-je aimé Elimane ? Je l'ignore encore. Certains jours, dans sa voix d'enfant, j'entendais celle d'Assane. Il arrivait même que, dans son rire pur, je *voie* Assane. Au cœur de son innocence battait parfois, comme un nerf douloureux, toute la haine que j'avais eue pour son père. Peut-on tenir un enfant pour comptable d'un passé qu'il n'a pas connu ? Est-il forcément l'héritier des événements qui l'ont précédé ? Peut-on lui en vouloir pour les fautes de son ascendance ? Lui reprocher d'être la trace de ce que ses ancêtres furent, le dépositaire de ce qu'ils firent ? À ces questions, la plupart des hommes répondront non. Ils auront sans doute raison. Moi, pourtant, je doute. J'ai douté. En touchant Elimane enroulé dans ses langes, alors qu'il n'était qu'un nourrisson, je me demandais pour quelle raison il n'aurait rien à voir avec son père. Pourquoi serait-il absous du passé ? Était-il entièrement neuf, sans rapport avec son histoire ? Assane disait que le sang venait d'une source lointaine dont le cours dépassait les individus. Elimane n'était-il pas attaché à Assane par-delà le seul lien filial ? Il y eut des jours où j'ai répondu oui : Elimane était le fruit du désir d'Assane. Avant d'être la chair de sa chair, il a été une idée de son esprit, au moins comme l'horizon d'une obsession charnelle pour une femme. Une part profonde de ce qu'avait été mon frère s'était déposée en Elimane comme un limon au fond d'un lac, le lac du sang. Elimane, même s'il la contestait, même s'il empruntait d'autres chemins qu'elle, continuait l'histoire de son père. Il pouvait même le haïr plus tard, le considérer comme l'homme le plus ignoble qui fût : il n'en enlèverait pas moins la part d'Assane en lui, une part qui n'est pas seulement physique, mais mythologique – la part du néant dont chaque homme émerge. Une fois de plus, les mots d'oncle Ngor me revenaient : ce qu'il avait dit sur l'épine de la civilisation blanche plantée dans la chair de la nôtre, sans retrait possible, valait aussi pour Assane et Elimane.

Elimane traînerait partout avec lui l'ombre et le souvenir d'Assane. Il était ce souvenir et cette ombre. Rien que pour ça, je savais qu'il me ferait toujours songer à mon frère. Il ne se débarrasserait jamais de lui. On ne se débarrasse jamais de son histoire quand celle-ci nous fait honte. On ne l'abandonne jamais en pleine nuit comme un enfant non désiré. On se bat avec elle, on se bat, toujours, et la seule façon de gagner est de se battre encore, de faire avec elle, de la reconnaître, de chercher sans cesse à la désigner, à la nommer, à la débusquer lorsqu'elle se masque pour nous ramener à elle. Ce que je dis te semble horrible ? C'est ton droit. Tu peux penser que dire à un enfant qu'il resterait, même s'il les tue ou les oublie, la surface où se projettera pour toujours l'ombre de ses géniteurs, est affreux. Tu peux le penser, Siga. Mais tu sais qu'au fond, je n'ai pas tort. Tu es très bien placée pour le savoir. Tu as beau m'avoir tué dans tes pensées et dans tes désirs, tu auras beau me tuer dans les livres que tu écriras – j'ai vu, même si tu ne crois pas en mes prémonitions, que tu écriras des livres plus tard, des livres où tu me tueras avec tes mots –, sache que je suis et serai toujours là. Je suis ton épine. Retire-moi, tu mourras. Et même mort, je serai encore là.

Elimane n'échapperait pas à Assane. Moi non plus. Mossane non plus. Nous allions tous devoir nous battre pour que, dans notre esprit, ces deux visages n'en forment pas un seul. Elimane allait souffrir toute sa vie. Voilà ce que j'ai pensé la première fois que je l'ai entendu pleurer dans les bras de sa mère.

Alors, l'ai-je aimé ? Oui, par intermittence. Je l'ai plus chéri que haï. Oui, je l'ai haï, quelquefois, en l'entendant jouer dans la cour ou parler à sa mère. Mais je l'ai aimé. Je l'ai aimé car j'ai aimé Mossane. Les mois de colère n'avaient rien changé à mes sentiments à son égard. Bien au contraire, il me sembla que cette période où j'avais haï Mossane n'avait pas tué mon amour pour elle ; elle m'en avait plutôt révélé les raisons profondes, la nécessité. En l'exposant au péril de la destruction, cette parenthèse de déception avait ravivé mon amour. J'ai donc décidé, pour et avec elle, d'élever Elimane de mon mieux.

Nous étions convenus de lui dire la vérité sur son père dès qu'il aurait sept ans. On fit comme on avait dit. Ce fut d'autant plus facile qu'Elimane se révéla être un enfant exceptionnellement éveillé et vif d'esprit, curieux et intelligent, précoce et très à l'écoute. En tous ces points, il ressemblait à son père, qui avait montré jeune de semblables aptitudes. Mais Elimane n'affichait pas ses facultés par pure séduction. Contrairement à son père, il portait – et je le remarquai tôt – une grande mélancolie attachée à son impatiente intelligence. C'était un enfant joueur, vivant, sociable, mais il avait aussi un désir de solitude et d'ombre que son père n'avait jamais eu. Il jouait volontiers avec les autres, communiquait comme eux, riait comme eux, faisait des bêtises comme eux. Mais il venait toujours un moment où il disparaissait seul dans la brousse autour du village, ou restait à la maison malgré les encouragements à sortir que lui adressait sa mère. En cela, il était déjà étrange : il montrait une gaieté contagieuse et agitée, où pétillaient déjà les éclats d'un esprit peu ordinaire ; mais il savait aussi, dès le plus jeune âge, se laisser habiter par le silence. Je n'avais pas besoin de le voir pour le savoir ou le sentir. Il suffisait qu'il me parlât certains jours pour que je perçoive tout de suite cette inclination. Les enfants, on l'oublie, portent aussi leur mélancolie ; et, pour le meilleur et le pire, ils la vivent peut-être plus fortement, car à cette période rien ne se vit à moitié : le monde s'engouffre en nous de toutes ses forces et par toutes les entrées de notre âme encore tendre. Il y fait son œuvre sans égard pour notre âge. Puis il se retire tout aussi violemment. Vient alors le temps dans lequel on apprend à comprendre, à fuir, à se fermer, à feindre, à ruser, à guérir plus vite. Ou à mourir. Le temps enseigne toujours, cependant. Mais il faut du temps pour apprendre du temps. Et l'enfant n'est qu'au début du temps.

Au début de son temps, Elimane sentait déjà tout ça. Peut-être le comprenait-il. Je me le demandais quand, parfois, il me questionnait sur l'obscurité, la vie dans le noir, la perception du monde, la reconnaissance des choses, l'usage aiguisé des autres sens, le souvenir d'images préservées, la mémoire que j'avais gardée du visage de sa mère. Un jour il me dit :

— Tokô Ousseynou, qui est le plus à plaindre entre l'aveugle qui n'a jamais vu, l'aveugle de naissance, et un aveugle comme toi, un aveugle qui l'est devenu après avoir vu ? Qu'est-ce qui est pire : ne jamais avoir vu et désirer voir, ou avoir vu ?

J'avais réfléchi plusieurs jours sans pouvoir me décider. Je lui avais alors demandé son avis.

— Je crois que le plus malheureux est celui qui a vu, Tokô Ousseynou.

— Pourquoi ? Parce qu'il a vu la beauté du monde, que cette beauté lui manque, et que le manque ou le regret est plus douloureux que le désir ?

— Non, m'a-t-il répondu. Il est plus malheureux parce qu'il vit dans le souvenir qu'il a de la beauté du monde. Mais il ne sait pas que son souvenir n'existe plus car le monde change. Il a une beauté pour chaque jour. Mais l'aveugle qui a vu est surtout malheureux parce que le souvenir l'empêche d'imaginer. Il consacre tant d'énergie à ne pas oublier qu'il en oublie être capable de réinventer ce qu'il a vu, et d'inventer ce qu'il ne verra plus. Et un homme sans imagination, aveugle ou pas, est toujours malheureux. Mais toi, tu n'es pas comme ça. Tu as vu, mais tu sais encore imaginer des choses à voir.

Il devait avoir une dizaine d'années à cette époque-là. C'était un garçon précoce. Mossane lui était dévouée. J'ai craint (ou peut-être, au fond de moi, espéré) qu'elle détestât son fils. Que, comme moi, elle vît Assane en lui et le rejetât pour cette raison. Qu'elle se rappelât en le voyant que son père les avait tous deux abandonnés. C'était surtout elle qu'il avait abandonnée. Il l'avait laissée seule, enceinte de leur enfant, pour aller se battre à l'autre bout du monde, dans le pays qu'il aimait plus qu'elle et son futur enfant. Il avait préféré mourir seul là-bas que vivre ici avec Elimane et elle. Mais Mossane aima son fils avec passion. Elle trouvait les forces de sa dévotion maternelle dans le désir de ne pas abandonner Elimane à la seule histoire de son père, l'histoire d'un homme qui lui avait tourné le dos.

Quant à Elimane lui-même, je n'ai jamais vraiment su ce qu'il pensait de son père. Le haïssait-il ? Avait-il eu l'envie de le connaître ? Lui était-il indifférent ? Il ne m'a jamais posé de questions sur lui. J'ignore s'il en a posé à sa mère. À moi, en tout cas, Elimane n'a rien demandé.

Jusqu'à ses dix ans, en accord avec sa mère, je lui ai enseigné les bases du Coran, mais aussi les fondements de notre culture traditionnelle, où Roog Sène est l'esprit suprême et les pangols les esprits des ancêtres. Les deux cultures m'avaient fait, et j'avais l'envie qu'il les connaisse. Il fut, à son habitude, également curieux des deux savoirs, dont il apprit les rudiments avec passion et impatience. Je lui ai transmis des savoirs qu'on n'acquiert habituellement qu'à l'âge d'homme. Je lui ai appris beaucoup de choses, des choses que tu n'imagines pas. Mais il assimilait si vite, posait tant de questions, exigeait tant de réflexion… Il voulait aller plus loin, toujours plus loin. Il me poussait dans mes retranchements. On aurait dit que, jeune déjà, il cherchait quelque chose. Qu'il se dépêchait d'apprendre et de digérer de nouvelles connaissances pour y trouver une réponse, un secret. Je me demande s'il n'est pas venu au monde avec sa question, Marème Siga. Je me le demande. C'était un enfant (et plus tard, un adolescent) pressé. Assoiffé. À la fois en attente et tendu. Quelque chose bouillonnait en lui. Cette chose s'agitait à son horizon intérieur, et il voulait l'atteindre rapidement. Je n'avais aucun doute sur le fait qu'il avait déjà eu plusieurs vies avant celle-ci. Mais contrairement à d'autres, lui n'avait rien oublié de ce qu'il avait appris de ses précédentes existences. C'est l'impression qu'il m'a toujours donnée.

À dix ans, contre ma volonté, Mossane l'a inscrit à l'école française. Une mission s'était installée dans un village situé à quelques kilomètres du nôtre. Il n'y avait plus besoin d'aller en ville pour trouver une école de Blancs. L'expérience d'Assane m'avait rendu cet enseignement hostile. Je n'en avais plus seulement peur. Je la détestais – ce qui peut être la forme ultime de la peur. Ce que les toubabs avaient fait d'Assane, ou encouragé en lui, m'avait fait croire qu'une telle formation ne pouvait que détruire en nous, Africains, ce que nous portions de plus profond. Cette école déracinerait tout ce que, pendant dix ans, nous avions tenté de semer chez Elimane. Mais de façon incompréhensible, Mossane ne voulut rien entendre. Était-ce une volonté d'Assane ? Elle me dit que non, que c'était elle qui désirait que son fils reçût aussi cette éducation occidentale. Le soir où nous nous sommes disputés à ce sujet, l'une des rares fois où j'avais éprouvé de la colère contre Mossane depuis son retour, je me rappelle l'avoir accusée d'envoyer son fils à l'abattoir où Assane était mort. Tu n'as donc pas de mémoire ? Regarde ce qu'ils ont fait à Assane ! Regarde ce qu'ils t'ont fait ! Elle m'avait répondu avec douceur qu'Elimane n'était pas Assane. J'ai alors compris que, d'une certaine manière, Mossane cherchait, à travers Elimane, à prendre sa revanche sur Assane, à effacer son souvenir. Elle voulait l'envoyer sur les mêmes chemins que lui, et lui prouver que son fils pouvait l'y suivre sans être sali par la boue.

À l'école française Elimane montra de prodigieuses capacités. Les missionnaires qui étaient chargés de son instruction furent si impressionnés par la vitesse à laquelle il assimilait leur enseignement qu'ils vinrent un jour nous voir. Ils voulaient nous féliciter, mais aussi nous demander d'où lui venait ce don pour l'apprentissage, la mémorisation, la réflexion. J'avais laissé Mossane répondre. Je savais ce qu'elle répondrait. Elle parla en effet longuement d'Assane, qui avait été aussi doué. C'étaient ses gènes, disait-elle au père Greusard, le curé qui dirigeait la mission. Il était venu avec sa mobylette jusqu'à nous, flanqué d'un interprète. J'ai compris, quand Mossane a parlé d'Assane, qu'il y avait une part d'elle qui resterait éternellement attachée à lui. Cela m'a chagriné, mais j'ai essayé de ne rien en montrer. A-t-elle vu, malgré tous mes efforts pour garder contenance, que j'étais blessé ? Je l'ignore, mais immédiatement après avoir parlé d'Assane et de ses gènes, elle ajouta qu'Elimane avait d'abord été formé à l'apprentissage du Coran et de la culture animiste par moi avant l'école. Cela, dit-elle, lui avait ouvert le cerveau, l'avait rendu perméable au savoir. Le père Greusard me félicita, mais je crois vraiment que le seul mérite revenait à Elimane. Je me souviens que Mossane, ce soir-là, jubilait, rayonnait de fierté pour son fils. Quant à moi, cette visite enthousiaste du père Greusard me plongea dans l'inquiétude. Je voyais inéluctablement ce que mon neveu devenait : un produit de l'école occidentale, moins aliéné que son père, peut-être, mais tout aussi avide du savoir qu'il découvrait et des charmes de la langue française. Elimane passait beaucoup de temps chez le père Greusard, qui possédait une très grande bibliothèque. Elle fascinait Elimane Madag et, dès qu'il sut lire, le père Greusard l'invita régulièrement chez lui.

Je fais une brève parenthèse : tu te demandes peut-être si Mossane et moi nous étions mariés entre-temps. Ce n'est pas le cas. Elle n'a jamais voulu se marier. Mais en 1918, lorsque la guerre prit fin sans qu'aucune nouvelle d'Assane nous fût parvenue, je lui avais demandé que nous fassions chambre commune. Elle accepta. En 1920, elle tomba enceinte. Mais l'enfant qu'elle portait ne survécut pas. Il était mort-né, ce qui était fréquent en ces temps-là dans nos villages. Depuis cette expérience toutes nos nouvelles tentatives échouèrent. Cela m'attristait de ne pouvoir avoir un enfant avec la femme que j'aimais. Mossane aussi était triste, mais elle trouvait un peu de réconfort dans l'éducation d'Elimane. Elle me dit que, si nous ne pouvions avoir d'enfant, il fallait l'accepter, et ajouta qu'elle ne s'opposerait pas au fait que je prenne une autre femme pour avoir une descendance. Je lui dis qu'il se pouvait que le problème vînt de moi, que ce fût moi la source de la stérilité. Mossane me dit que non, qu'elle savait, depuis qu'elle avait enfanté l'enfant mort-né, que quelque chose avait bougé en elle. À cette époque, je ne me sentais pas capable d'épouser et d'aimer une autre femme qu'elle. Malgré son insistance je renonçai donc à en prendre une autre et tentai, comme elle, de trouver mon bonheur en elle et en son fils, puisqu'ils étaient la famille que le destin m'avait donnée.

Notre vie continua ainsi, rythmée par les exploits scolaires d'Elimane. Il devint bientôt l'une des coqueluches du village. Il hérita de l'intelligence et de la prestance de son père ; de la beauté et de la force tranquille de sa mère. Et de moi ? Que reçut-il de moi ? D'autres choses. D'autres savoirs.

VII

En 1935, à vingt ans, après avoir eu son bac (avec, dit le père Greusard, des résultats jamais vus chez un indigène), Elimane reçut la proposition d'aller en France pour continuer ses études. Il nous la soumit. J'étais opposé à son départ. J'y voyais encore la main et l'ombre de son père. Mais Mossane l'encouragea à partir. Je ne pus l'en dissuader. Elle semblait si heureuse de ce que devenait son fils que je n'osai pas lui parler de mes craintes. Le père Greusard avait des relations. Il s'occupa de tout et réussit, en insistant sur le caractère exceptionnel de cet Africain comparable à un jeune génie, à le placer dans un prestigieux internat. Il lui obtint aussi l'une des quelques bourses que l'administration coloniale réservait aux indigènes remarquables. Elle lui permettrait de vivre convenablement. Il allait préparer le concours de la plus grande école française de l'époque, celle qui formait les intellectuels, les penseurs, les écrivains, les présidents de la République, les professeurs. Les yeux d'Elimane, me dit Mossane, brillaient quand il en parlait.

À partir de là, il apparut clairement qu'il ne pouvait que partir. Comme son père.

Ainsi, vers la fin de l'hivernage, en 1935, Elimane nous quitta. La veille de son départ, nous avions passé la soirée ensemble, dans la cour. Mossane chantonnait. Je sentais qu'Elimane voulait dire quelque chose. Ou voulait qu'on lui dise quelque chose. Peut-être, pour la première fois, se rendait-il compte qu'il marchait sur les pas de son père, et qu'il en arrivait à l'étape qui avait perdu ce dernier. Peut-être voulait-il nous demander ce qu'il devrait faire, ce qui allait arriver. Avait-il peur de finir comme son père ? Je ne sais pas. Il ne dit rien. Mossane se tut. La nuit, je le sentais, était profonde, habitée par une grande et belle tristesse, à moins que cette tristesse ne fût que la mienne.

— Va en paix, fils. Reste l'homme que tu es et tout se passera bien. N'oublie pas d'où tu viens, ni qui tu es. N'oublie pas ta mère que tu vas laisser ici.

— Oui, Tokô Ousseynou, je le promets.

Il avait la gorge nouée par des larmes. Je préférai ne rien rajouter pour ne pas alourdir ce moment déjà grave. Au bout d'un moment, il dit :

— Je reviendrai, mère. Je ne me perdrai pas là-bas. Je reviendrai et tu seras fière de moi.

— Je sais, Eli. Tu reviendras et je t'attendrai. Je suis ta mère. Tu seras un grand homme. J'en ai rêvé plusieurs fois. Mais tu reviendras.

Elle a repris son chant et aucun de nous n'a plus rien dit jusqu'à ce que la fatigue nous eût gagnés. Le visage d'Assane flottait au-dessus de nous, et il était tour à tour souriant, inquiet, dur, ensanglanté, serein, tendre, énigmatique.

La première année de sa vie en France, Elimane nous écrivait. Ce n'était pas souvent, mais tous les deux ou trois mois nous recevions un mot. Il nous disait sa vie à Paris, nous racontait ses rencontres, ses émerveillements, nous parlait des amis qu'il se faisait, des Blancs, des Africains qu'il avait connus là-bas. Il nous parlait aussi du concours qu'il préparait et de ses études, difficiles, mais enrichissantes. Le père Greusard, qui recevait les lettres, nous les apportait et les faisait traduire par son interprète. Mossane gardait ensuite la lettre et passait parfois des heures à la regarder avec un air à la fois heureux et triste, même si elle ne savait pas bien lire. Elle a emporté les lettres avec elle.

À partir de 1937, il y eut de moins en moins de lettres d'Elimane et, bientôt, plus de lettres du tout. Après quelques mois sans nouvelles, Mossane était allée voir le missionnaire et lui avait prié d'écrire pour elle à son fils. Il le fit, mais Elimane ne répondit pas et demeura dans le silence. Mon cœur se serre quand je pense à ces mois-là, car je sais que c'est à cette époque que Mossane a commencé à dépérir. Dans le silence soudain d'Elimane, elle avait l'impression de revivre la disparition et le silence d'Assane qui, lui, n'avait pas écrit du tout. Voilà le début de la tragédie de Mossane (et une part de la mienne) : Assane et Elimane, l'homme qu'elle a choisi et le fils qu'ils eurent sont partis tous deux. Différents, ils ont néanmoins eu le même destin, partir et ne pas revenir, ainsi que le même rêve : devenir des savants dans la culture qui a dominé et brutalisé la leur.

Comment l'expliquer ? Par une défaillance personnelle inscrite dans leurs gènes ? Par la puissance de séduction de la civilisation blanche ? Par la lâcheté ? Par la haine de soi ? Je ne sais pas. Et mon ignorance est précisément le cœur du drame. Les Blancs sont arrivés, et certains de nos plus valeureux fils sont devenus fous. Fous à lier. Fous d'amour pour eux, leurs maîtres. Assane et Elimane font partie de ces fous. Ils ont laissé Mossane, et elle a commencé à devenir folle à son tour.

Tu commences à comprendre où je veux en venir, Siga. Je te le redis : tu étais dans le ventre de ta mère, j'ai posé ma main sur ce ventre, il y a eu un grand éclair dans ma tête. Au milieu de cette lumière j'ai vu ton visage entre les leurs : celui d'Elimane et celui d'Assane. Ceux qui sont partis. J'ai su avant ta naissance que tu les suivrais. Que ton destin passerait loin de notre culture. J'ai vu que, toi aussi, tu chercherais à trouver l'intelligence dans la langue des Français. Tu serais écrivain. Ce n'est pas parce que ta mère est morte en te donnant la vie que je ne t'ai pas aimée. C'est parce qu'en venant au monde tu as ravivé ma blessure la plus vive et ma mémoire la plus douloureuse. Tu étais la troisième maudite de la famille, l'héritière des deux hommes qui m'ont fait le plus de mal sur terre. La vérité est que je ne te hais pas ; je te crains. Dès le ventre de ta mère tu m'as fait peur. Tu annonçais de nouvelles tragédies. Assane avait peut-être raison. Les mystères du sang défient toute logique et dépassent les raisonnements individuels : tu es ma fille biologique, mais par l'esprit, Siga, par l'esprit et même par le cœur, tu appartiens au sang d'Elimane, au sang d'Assane. Ils avaient déjà détruit ma famille. Ils avaient détruit la femme que j'aimais. Et toi, je le savais, tu ferais la même chose : tu détruirais quelque chose ou quelqu'un. Voilà : maintenant, tu sais.

La voix s'est alors tue un long moment. Je n'ai pas ouvert les yeux. J'étais de retour à Amsterdam. Plusieurs barques glissèrent sur le canal. À bord, des fêtards avinés braillaient un chant que je reconnus : il appartenait au répertoire des supporters de l'Ajax d'Amsterdam et était dédié à Johann Cruyff, le plus grand footballeur de l'histoire du pays. La voix reprit. Je la suivis dans le passé.

— J'ai bientôt fini, Marème Siga, accorde-moi encore ton attention quelques minutes.

Nous étions en 1938 et Elimane n'avait pas écrit depuis plus d'un an. Nous n'avions aucune nouvelle de lui, et les lettres que nous avions fait écrire par le père Greusard demeuraient lettres mortes. C'est comme s'il s'était évaporé. Nous avons alors commencé à envisager le pire : qu'il fût mort. Mossane s'enfonçait dans son puits intérieur. Je l'entendais de plus en plus parler, pleurer, prier, marmonner seule. La nuit, elle se réveillait au milieu d'un cauchemar, trempée de sueur, répétant le nom d'Elimane. Sa chute avait commencé, et elle semblait inévitable.

Au mois d'août 1938, il se passa quelque chose. J'ai entendu pétarader la moto du père Greusard.

Quelques instants après il est entré dans notre cour, essoufflé. Mossane était absente. Je raccommodais un vieux filet de pêche.

— Il a écrit, dit-il (après quelques années ici, le curé avait commencé à parler notre langue).

— Qui a écrit ?

— Elimane. Notre Elimane. Votre neveu.

Je restai interdit un moment.

— Vous avez la lettre ?

— Oui. Mais il n'y a pas qu'une lettre, Ousseynou. Il a écrit autre chose : il a écrit un livre.

— Un livre ?

— Un livre !

— Comme ceux de votre bibliothèque ?

— Oui !

— Où est ce livre ?

— Il est là, avec moi.

— La lettre aussi ?

— Oui. Vous voulez que je vous la traduise ?

— Ce ne sera pas nécessaire, nous demanderons à un des élèves de votre mission. Le fils de notre voisin lit très bien votre langue. Il nous aidera. Merci, père Greusard.

— Et pour le livre ? Cet élève ne pourra peut-être pas vous traduire parfaitement tout le livre. Je peux revenir le faire pour vous, si vous le voulez.

— Oui, mais pas aujourd'hui. Un autre jour, si vous pouvez. Aujourd'hui, nous allons seulement lire la lettre.

— Comme vous voudrez... Notre Elimane devient grand, Ousseynou, il devient un géant. Dites à sa mère que son fils devient grand.

Le père Greusard me donna la lettre et le livre, puis partit en toute hâte. Je tâtai ces deux objets qui étaient supposés me procurer soulagement et joie, mais qui m'emplirent de chagrin. Ainsi donc, Elimane était vivant. Il était vivant et n'avait plus donné signe de vie. Il était devenu écrivain, avait pris le temps d'écrire toutes ces pages, et pas une seule à sa mère pendant un an. Je ressens encore la boule chaude de colère dans ma poitrine à ce moment-là. Je pris la décision de rien dire ou montrer à Mossane. Ce fut une décision facile à prendre, même si elle était lourde de conséquences. Je ne la regrette pas, malgré tout ce qu'elle a entraîné par la suite. Je l'aurais refait. Si c'était à refaire, j'aurais encore une fois caché à Mossane le livre et la lettre de son fils. Savoir qu'il était vivant, qu'il avait écrit un livre pendant tout ce temps sans lui adresser un mot, savoir tout cela, dans l'état où elle se trouvait, l'aurait achevée. Alors j'ai caché le roman d'Elimane dans mes affaires personnelles. Ce n'était pas le moment pour lui de ressurgir dans nos vies qu'il avait déjà blessées en en disparaissant. J'aurais pu le déchirer ou le brûler et m'en débarrasser à jamais. Alors pourquoi ne l'ai-je pas fait ? Parce que je sentais que ce livre était un objet très puissant. Je sentais qu'Elimane y avait mis une partie de son âme. Surtout, j'ai su dès que je l'avais tenu entre mes mains qu'il aurait encore un rôle à jouer dans nos vies. J'ignorais lequel, mais je le savais. J'ai donc caché le livre dans un endroit où personne ne pourrait jamais le trouver. Quant à la lettre, je l'ai détruite sur-le-champ, sans chercher à savoir ce qu'elle contenait. J'avais l'impression, en détruisant la lettre, en cachant le livre, de protéger Mossane.

Je n'ai jamais su ce qu'il y avait dans ce livre. Le père Greusard a eu un grave accident de mobylette quelques jours après sa visite et a été conduit à la ville, où il fut soigné de longs mois avant de succomber à ses blessures à la tête. Il était le seul dans le village, en dehors de moi, à savoir qu'Elimane avait écrit ce livre et avait envoyé une lettre. Il ne l'avait pas dit à Mossane. Elle ne l'apprit jamais. J'avais décidé de ne pas lui révéler cette affaire, et je fus conforté dans ma décision par le silence persistant d'Elimane. Même après la publication du livre, il n'écrivit pas. Il ne donna plus signe de vie. Je doutai même qu'il fût l'auteur de ce livre. Peut-être que c'était un autre Elimane. Peut-être qu'il était arrivé un malheur au nôtre depuis longtemps. Ou peut-être, tout simplement, avait-il décidé de trahir la promesse faite à sa mère la nuit qui précéda son départ. Au lieu de revenir, comme il en avait fait le serment, il avait peut-être tout bonnement choisi une autre vie, ailleurs.

L'état de Mossane empira au début de l'année 1939. La démence durcit son emprise sur elle. Elle commença à passer ses journées sous le manguier. Elle regardait le cimetière où nous avions enterré l'enfant mort-né que nous avions eu. Elle m'a dit un jour qu'elle pensait à cet enfant – c'était une fille. Mais je savais aussi qu'en regardant le cimetière, elle pensait à Assane et à Elimane, dont les corps avaient disparu. En réalité, en regardant le cimetière du village, elle cherchait à offrir un cimetière mental, une tombe de pensée aux deux corps qu'elle avait tant aimés et qui l'avaient abandonnée. Son esprit fut leur tombeau commun. Au milieu de l'année 1939, je partis en initiation chez le Cheikh Soufi alors qu'une autre guerre, disaient les nouvelles, éclatait en Europe. Ma guerre à moi était ici. Je devais la mener contre la folie de Mossane. J'avais décidé de tenter moi-même de m'occuper d'elle. Tu connais la suite de l'histoire. Mon échec. Le manguier. Mes visites régulières. Ma question. Le silence de Mossane.

Je reviens à ce jour de 1945. Mossane avait posé sa main sur la mienne. Elle était reparue pour répondre ; je l'avais vu dans mon songe prémonitoire. J'avais attendu. J'attendais depuis trente ans qu'elle me dît pourquoi elle l'avait choisi, lui, plutôt que moi. Elle m'a dit :

— C'est toi que j'ai choisi. La preuve, c'est que je suis ici, et toi aussi tu es ici, Ousseynou, avec moi. Mais je suis fatiguée. Reviens demain et je t'en parlerai. Aujourd'hui, je suis fatiguée, j'ai besoin que la terre tremble.

J'avais été si ému par le son de sa voix – que je n'avais plus entendu depuis cinq ans au moins – que je n'avais pas voulu la contrarier en lui posant toutes les questions qui se bousculaient dans mon cœur. Je n'ai rien compris à ses mots sur le besoin que la terre tremble, mais je ne m'en souciais pas. Je suis donc rentré chez moi. Le lendemain, je suis revenu. Mossane n'était plus là. Je l'ai cherchée partout, des jours et des jours. Elle s'était volatilisée. Certains villageois, qui habitaient non loin du manguier, racontaient l'avoir vue, la nuit, entrer dans le cimetière. Ils ne l'ont jamais vue ressortir. Mais cette version ressemblait trop au début d'une légende pour que j'y croie. J'ai continué à chercher mais, après plusieurs semaines (je suis même reparti en ville), j'ai dû me résoudre à sa disparition. Avec celle-ci, se tournait définitivement une page de ma vie. Il m'a fallu un temps très long pour accepter l'idée que Mossane était partie. Je n'ai jamais fait son deuil. Je ne l'ai jamais pu et je ne l'ai jamais voulu. Tous les soirs depuis plus de trente ans, j'espère la voir franchir la porte de cette chambre. Je mourrai sans doute en l'espérant encore. J'ai rencontré ta mère des années après la disparition de Mossane. Tu es née quinze ans après qu'elle eut quitté l'ombre du manguier. Dans mon obscurité, je ne vois qu'elle. Et j'ai beau avoir aimé et aimer encore Coura, Ngoné et Dib, j'ai beau avoir aimé ta mère, dans mes rêves, c'est Mossane qui apparaît. Je la vois telle que je l'avais vue des années auparavant, dans l'eau, quand j'ai perdu mes yeux. Elle est nue et elle sourit. Certains soirs, je pleure. D'autres soirs, je lui en veux. Je me demande où elle est allée. Je me demande aussi ce qu'elle m'aurait dit, si elle avait été là le lendemain, comme elle me l'avait promis. Mais au fond, peu importe. Elle m'a donné une réponse.

Je voulais te raconter tout ça. Je sais que tu vas partir vers ton destin et que je ne te reverrai sans doute plus jamais. Tu devais savoir ça avant qu'on se sépare. Je ne te demande pas de me…

— Je ne te pardonne pas, lui dis-je en rassemblant ce qu'il me restait de courage. Je ne te pardonne pas de m'avoir condamnée depuis le ventre de ma mère à être l'impossible à aimer. Je te regarde et je te hais. De toute la force de mon être. Je te hais. J'ai tellement désiré être aimée de toi dans mon enfance que ma haine n'est plus que l'envers de cet amour mort. Mon malheur est que je t'ai aimé, au fond. Rien ne reste de cet amour que tu n'as jamais partagé. M'expliquer tout ça ne change rien. Je t'en méprise davantage. Je ne te pardonne pas.

Il me répondit avec calme :

— Je ne demande pas ton pardon, Marème Siga. Je veux seulement que tu saches. Je n'ai pas su t'aimer pour les raisons que je t'ai dites. Tu peux m'en vouloir à vie si c'est ce que ton cœur te dit. Je ne t'en voudrai pas. À ta place, je me serais probablement haï. Mais souviens-toi : même si tu me hais, je serai toujours là. J'ai fini. Il me reste une chose à te donner. C'est mon testament. Ton héritage. Après, tu pourras partir. Et moi aussi.

Alors, dit Siga D., mon père a plongé la main sous son oreiller et en a ressorti un livre. Il me l'a donné sans ajouter un mot, puis il s'est tu. C'est ainsi que j'ai eu *Le Labyrinthe de l'inhumain*. L'exemplaire que je t'ai remis est celui que mon père gardait dans ses affaires depuis 1938. Et depuis cette nuit de 1980, cette nuit de confession, ce livre m'accompagne. Le livre d'Elimane Madag, alias T.C. Elimane, mon cousin.

J'ai ouvert les yeux. L'Araignée-mère fixait le canapé. Le corps de son père ne bougeait plus. Il commença bientôt à s'effacer tout doucement, et finit par disparaître tout à fait, dans un râle, emportant dans l'ombre son fidèle crachoir rempli de sable et de salive.

DEUXIÈME BIOGRAPHÈME

Trois cris en plein tremblement

… et puis qu'est-ce que tout le monde a à me poser des questions comme si je n'avais pas assez de soucis à résoudre comme ça, je m'énerve un peu, c'est pour faire semblant, qu'on soit bien clairs, car au fond, au fond de mon trou, ça m'arrange, je veux dire, la question de la terre m'arrange, c'est l'occasion de la faire bouger, je sais que ce sujet la fait bouger, j'ignore d'ailleurs pourquoi ça semble si important pour elle, mais bon, ça la regarde, j'ai arrêté de me demander pourquoi les choses sont importantes pour les gens ou les choses, elles le sont, c'est tout, chacun vit avec ce qui le touche au cœur et ça peut sembler incompréhensible aux autres mais ce n'est pas à eux de décider de ce qui est important ou non, personne n'est personne d'autre, chacun est chacun, chacun, tout en semblant semblable aux autres, n'est d'abord et toujours que lui-même, personne n'est dans le cœur des autres ou dans leur tête, et tant mieux d'ailleurs, surtout pour la tête, je crois que c'est là que le pire arrive, ce qui se passe dans la tête est un chaos, dans la mienne en tout cas, et j'imagine que dans les autres têtes les choses ne sont pas mieux ordonnées même si tout le monde fait semblant d'être parfaitement équilibré et sain d'esprit, ça me fait rire car je sais, moi je sais, il suffit que je les regarde et tout le fouillis de leur tête redescend dans leur regard et une fois là rien ne peut demeurer caché, l'œil est indiscret, il ne faut rien espérer y cacher, enfin, bon, je m'éloigne de la question de la terre, je vais lui répondre sans chercher à comprendre pourquoi c'est cette question qui l'anime, même si j'ai ma petite idée là-dessus, je vais répondre et espérer qu'elle bouge, ce qui me ferait beaucoup de bien, et donc je réponds Je ne sais pas à la question de la terre, et ça n'a pas manqué, elle a commencé à frémir, ce qui prouve que je la connais bien, je savais qu'elle se mettrait en colère et tremblerait, mais j'aime quand ça tremble autour de moi, c'est quand le monde tremble que je me sens bien : ma vision redevient nette, comme si on me mettait d'un coup ces choses sur le nez, des lunettes ça s'appelle je crois, et ça corrige la vue, pour faire vite voilà comment les choses se passent pour moi, ça remue et les choses se raccordent à mon regard, adhèrent de nouveau à mon rythme et au battement de mon cœur, ça ne remue pas et mon corps est le seul à vibrer et tout se décale alors, mais je sais que ce n'est pas la réalité qui est décalée, elle est décalée parce que je le suis, oui, je suis le premier décalage, tout bouge en moi, je suis un tremblement de corps de magnitude variable, ça dépend de mon humeur, et pour que je retrouve l'harmonie et la stabilité il faut que la terre bouge, de colère ou de froid ou de rire ou de soif ou de joie ou de maladie ou de larmes ou d'excitation ou de tout ce qu'elle veut, il faut que la terre ait des frissons pour que je vive, sinon c'est le néant qui me guette, quand la terre est immobile mon corps seul vibre et c'est le néant qui me menace, mais pour être sincère ça ne me dérange pas, le néant est moins effrayant qu'on le dit, mais il ne faut pas y rester trop longtemps, car derrière le néant il y a autre chose qu'il faut craindre davantage, mais je ne sais pas son nom, je crois qu'il n'y a pas de mot pour ça, pour ce qui vient après le néant et que je crains, je le dis sans honte, et c'est pour l'éviter ou la repousser que je dois provoquer la terre comme je viens de le faire en répondant à sa question, et ça marche, elle a commencé à trembler alors j'ai insisté, Je ne sais pas, mais ce n'est pas grave, ne pas savoir ça n'est pas grave du tout et je ne veux pas savoir ; tout ce qui compte, c'est que… je crois, je ne sais pas… est-ce si important, vraiment ? c'est moi qui compte, le reste n'est pas important, pour lui, c'est moi qui compte, moi sa mère, c'est moi qui compte, pour le père, ça n'a pas de réelle importance, il choisira qui il voudra entre les deux, Assane ou Ousseynou, Ousseynou ou Assane, ça n'a pas d'importance, c'est presque pareil même s'ils sont très différents, ce qui compte, c'est moi, Mossane, la mère, sa mère ;

… ça gronde, je vais mieux, je vais mieux, le remuement se fait dans les profondeurs, les racines se tendent comme des cordes d'arc, je vais mieux, je suis moi et pas une autre, le feuillage du manguier se balance au-dessus de moi et me le murmure avec douceur, tu es toi et entièrement toi, Mossane que tout le monde désira et que plus personne n'ose approcher sauf lui, mais je ne sais pas s'il est là pour lui-même ou pour moi, pour trouver réponse à sa question ou pour me demander la mienne, mais ce n'est pas grave, il est là, il n'est jamais parti, il cherche à me sauver sans savoir de quoi, alors il vient et s'assied et nous nous taisons et pensons chacun au passé, à nos choix, aux nombreux « et si » qui peuvent être une torture, et si nous avions fait ceci plutôt que cela, et si j'avais dit ça plutôt que ça, et si et si et si, et ça suffit, ça mène au regret, à l'égarement dans l'impossible rêve de corriger le passé et rebrousser le chemin du temps, ce qui peut rendre amer, or je ne veux pas d'amertume, j'ai la souffrance et j'ai l'attente et ça me convient amplement, je veux profiter de ce grondement de la terre car tout s'apaise en moi dans la colère du sol, tout se réordonne, tout bouge et rien ne bouge plus, je vois clair, donc je regarde vers le cimetière qui ne m'effraie plus depuis longtemps, le cimetière où je sais que j'ai ma place, ma place déjà prête, ma tombe déjà creusée, et je l'aurais prise depuis longtemps si je n'attendais pas des nouvelles neuves, je suis esclave de l'attente et personne ne devrait être esclave de ça, personne ne devrait avoir à attendre ce qui est parti sans date de retour possible, peut-être sans retour possible, mais j'attends encore, j'attends depuis, mettons, et oh, merde à tout ça, qu'il est ennuyeux et illusoire de prétendre calculer l'attente, qui d'ailleurs ne se mesure pas en heures jours mois années, mais en unités de mesure de la décomposition de l'âme : chutes existentielles, apocalypses spirituelles, extinctions mentales et morales, les unes après les autres, tandis qu'on attend, ou parce qu'on attend, et pourtant je suis toujours vivante, familière du néant, luttant contre ce qu'il y a derrière le néant et qui n'a pas de mot, ou s'il existe je ne le connais pas, mais vivante, bien vivante dans mon silence, c'est étonnant comme tomber peut être long, et encore plus étonnant de voir combien les personnes peuvent être vivantes quand elles tombent, mais je ne sais pas si je tiendrai encore longtemps, je ne pense pas, mais ça se passera quand ça se passera, de toutes les manières je détiens les clefs de mon sort, et c'est parce que je sais que je peux partir à tout moment, quitter la scène quand je veux, que j'attends encore, mais le recours est là, disponible, c'est simplement que je ne veux pas le gâcher, je le garde jusqu'au jour où je n'en pourrai plus, où la douleur sera intolérable, ce jour-là alors je n'aurai qu'à me lever et faire quelques pas pour entrer dans le pays des morts où quelqu'un m'attend aussi, un petit être de lumière et d'innocence, lui aussi m'attend, alors pourquoi devrais-je rester ici et le faire attendre quand je sais combien l'attente peut être assassine, pourquoi, je sais pourquoi, j'attends parce que j'aime, c'est aussi simple que ça, j'attends parce que j'aime et espère être aimée en retour même si rien n'apparaît à l'horizon de la grande attente, ligne vide que je cesserai de regarder un jour pour me délivrer enfin, et ce jour-là j'entrerai dans le cimetière et prendrai ma place et plus personne ne me fera souffrir, et plus personne ne pourra dire que je n'ai pas attendu, je serai même allée au fond de l'attente, au fond de la soif que toute l'eau de la terre n'aurait su étancher et que seule aurait su calmer la goutte du retour, mais je sens bien qu'entre cette goutte et moi s'étend un désert immense, mais ce soir est un soir de paix, je ne veux pas penser à tout ça, la terre bouge et je vois clair, je vais bien, je vais mieux, tout ça parce que j'ai dit à la voix sous la terre que je ne savais pas qui était le père d'Elimane, c'est vraiment si facile d'énerver les hommes, il suffit de leur dire que vous ne savez pas, que ce n'est pas important qu'ils veuillent savoir et que c'est votre vie qui compte, vous leur dites ça et ils deviennent fous, qu'importe que vous leur disiez la vérité ou jouiez avec leurs nerfs, ils deviennent fous et tremblent et grondent, et ça fait du bien au fond du fond, au fond du trou où j'attends seule depuis tant de temps ;

… mais est-ce vrai que je ne sais pas, est-ce vraiment vrai que j'ignore l'identité du père, évidemment que non, ces choses-là se savent, je crois, ou se sentent, moi en tout cas j'en suis sûre, je sais qui est son père mais je ne dirai rien car c'est moi qui compte, de toutes les manières c'est du passé et les choses sont très bien comme elles sont, chacun dans cette histoire croit que c'est ainsi, et c'est tant mieux, Elimane croit qu'Assane est son père,

Assane croit qu'Elimane est son fils, Ousseynou croit qu'Elimane est son neveu, Elimane croit qu'Ousseynou est son oncle, Ousseynou croit que je suis une pute qui l'a trahi pour me donner à Assane qui est parti en étant certain d'avoir une descendance, et moi je regarde tout ça et je sais la vérité, mais à la terre je dis que je ne sais pas, sinon elle ne gronde pas, et sans ses grondements la vie est un peu compliquée, donc je lui dis ce qu'elle ne veut pas entendre, ça m'arrange bien, mais au fond je me demande pourquoi la terre entière se mêle de ma vie, Ousseynou qui me demande pourquoi lui, la terre qui me demande qui est le père, foutez-moi la paix avec vos questions, foutez-la-moi, est-ce trop demander, foutez-la-moi, la paix, moi je suis la mère d'Elimane et c'est tout ce qui compte pour lui, c'est ce que je lui ai dit avant son départ, il m'a dit qu'il reviendrait mais il n'est pas revenu et je l'attends, car c'est lui que j'attends, pas Assane, que j'ai aimé, bien sûr, comme j'ai aimé Ousseynou, mais celui que j'attends, évidemment, c'est celui dont l'un croit qu'il est son fils et l'autre son neveu, alors que ce pourrait être l'inverse, de toutes les manières, chacun d'eux lui a transmis quelque chose, mais nul ne sait, et c'est ce qui rend folle la terre, qui gronde, qui gronde, pour mon plaisir, si grand qu'un jour je lui raconterai peut-être l'histoire, comment, ce soir-là, quand Ousseynou est venu devant chez nous dans la grande ville, j'ai entendu sa discussion avec le vigile, à qui Assane, avant de partir en tournée avec les missionnaires, avait dit de n'ouvrir à personne, j'étais seule à la maison depuis deux jours et l'ennui me rongeait, alors quand j'ai entendu Ousseynou dans la rue, quand j'ai reconnu sa voix, j'ai failli crier son nom et bondir le rejoindre, mais je me suis souvenue de la manière dont nous nous étions quittés, des mots durs qu'il m'avait jetés au ventre, négresse aliénée, fille sans honneur, ces paroles-là, je ne les ai jamais oubliées et je ne les oublierai jamais, donc quand je me suis souvenue de ces mots-là, je me suis retenue, même si j'avais envie de le voir, de lui parler, de lui demander comment il allait, de lui dire que je l'aimais mais que j'aimais aussi son frère, et que je voulais passer du temps avec ce dernier après être restée en sa compagnie, lui Ousseynou, toutes ces années au village, je voulais lui dire que je ne voulais pas choisir entre l'un ou l'autre, et que je voulais également l'un et l'autre, car l'un et l'autre avait chacun quelque chose que je cherchais, mais aucun homme ne peut entendre ça, ils veulent posséder entièrement ou ne rien avoir du tout, ils veulent tout votre corps pour eux seuls, alors j'ai préféré ne rien dire, puis une idée m'est venue et, discrètement, alors que le vigile était occupé à parler à Ousseynou pour le chasser, j'ai profité de son inattention pour escalader le mur de clôture de la maison et me retrouver dans une rue voisine, j'étais encore jeune et vigoureuse et agile, le vigile n'a rien vu car il faisait dos à la cour, Ousseynou n'a rien vu car il ne voit rien, le pauvre, alors je me suis retrouvée dehors et j'ai attendu que le gardien chasse Ousseynou pour le suivre discrètement, de loin, à la faveur de la nuit qui tombait, alors il a marché à travers la ville dans le crépuscule et je l'ai suivi, il ne semblait pas savoir où il allait, ce qui m'a surprise, car les aveugles donnent toujours l'impression, même en tâtonnant, de savoir exactement où ils vont, mais je l'ai suivi, et plusieurs fois je me suis dit que je devais le rejoindre et lui parler, mais quelque chose m'a retenue, et je suis restée à distance, attendant l'occasion, qui finit par se présenter quand je le vis entrer dans un gîte délabré des faubourgs après une longue marche, j'ai attendu quelques instants, puis je suis entrée à mon tour, je ne l'ai pas vu, j'ai demandé au gérant où était l'homme qui venait d'entrer, il m'a dit qu'il mangeait et a dit Que lui veux-tu, alors j'ai tenté le tout pour le tout, j'ai regardé l'endroit et il ressemblait à un bordel déguisé et l'homme lui-même ressemblait à un tenancier de bordel déguisé en gérant de gîte, donc j'ai tenté le tout pour le tout et je lui ai dit que j'avais besoin d'argent et que l'homme, Ousseynou donc, m'avait croisée dans la rue et proposé de le rejoindre si je voulais en gagner un peu, ce que j'avais accepté après avoir hésité un peu, d'où mon arrivée décalée par rapport à lui, mais le gérant n'a pas vraiment semblé croire à mon histoire ou, s'il y a cru, ne comptait pas me laisser dérouler mon plan comme ça, alors il m'a dit que cet endroit n'était pas un lieu de passe, sauf si on payait, alors je lui ai dit que je lui donnerais la moitié de la prestation s'il m'arrangeait le coup, ce qu'il a accepté après avoir fait semblant d'hésiter, puis il a dit : Tu es jeune et tu as des formes, il va adorer, il m'a dit d'attendre devant l'hôtel, qu'il viendrait me chercher quand ce serait réglé, alors je suis sortie et j'ai attendu dans la nuit, comme une vraie tapineuse, j'ai regardé les gens passer en me jetant des regards où éclatait du désir, mais du désir mêlé à du dégoût d'eux-mêmes ou de moi, je ne savais pas vraiment, une chose en tout cas était sûre, c'est que je plaisais, je leur faisais envie, un homme me dit même : Salimata Diallo c'est toi, je dis que non, il me dit que j'avais les mêmes hanches et disparut en disant qu'un jour il chevaucherait ces hanches, c'était étrange, car je me sentais extrêmement honteuse et, en même temps, souveraine, fière comme jamais, j'avais l'impression d'être une pute sainte, une putain divine, sacrée, nécessaire au salut des âmes damnées, et j'allais commencer à faire psssttt aux passants quand l'homme, je parle du gérant, est revenu et m'a dit, C'est bon, il a bien mangé, il a bien bu, achève-le, on a fixé le prix, il est dans telle chambre, j'ai dit stupidement merci et je suis allée dans telle chambre, j'ai frappé, Ousseynou a dit Entre, je suis entrée et j'ai vu son corps sur le lit, nu, prêt, dans la pénombre, je voyais à peine son visage, il n'a rien dit mais je sentais bien qu'il avait de la colère en lui, je me suis dit que ce n'était pas le moment de parler, qu'il n'avait pas besoin de parler et moi non plus, je voulais autre chose, alors je me suis déshabillée, je l'ai rejoint, et il s'est jeté sur moi avec colère et fureur, il a voulu me posséder, m'enlever à moi-même, mais il a trouvé à qui parler, il n'était pas ici le seul à être perdu et à vouloir trouver un exutoire à sa rage, donc moi aussi j'ai laissé éclater tout ce que je gardais et nous avons fait l'amour comme on lutte, mais j'ai retrouvé dans cette pulsion la vérité d'un lien perdu, on a lutté dans ce lit jusqu'à le tremper de tous nos liquides, j'ai cru qu'il me reconnaîtrait, mais il ne m'avait jamais connue, et du reste il était si enragé qu'il n'a pas même reconnu ma voix quand je gémissais, ni mon odeur, ni mes mains, il était pour tout dire entièrement aveugle, pas seulement des yeux, mais de tout son être, mais je ne l'ai pas laissé me dominer, j'ai répondu jusqu'à ce que nous nous effondrions, épuisés, haletants, je l'ai regardé dans l'obscurité en reprenant mon souffle, il était beau, j'ai voulu lui parler mais il n'y avait rien à dire, alors je me suis levée, je me suis rhabillée et, avant de partir, il m'a demandé mon nom, je ne sais pas pourquoi, et spontanément j'ai donné le nom que le passant avait dit, celui qui m'est tout de suite venu à l'esprit, Salimata, Salimata comment il a dit, Salimata Diallo j'ai dit, Salimata Diallo que je ne connaissais pas mais dont un homme qui la connaissait avait remarqué les hanches généreuses semblables aux miennes au point de nous confondre, Ousseynou m'a demandé si j'étais bien celle dont les fesses occupaient les discussions de tous les hommes de la ville, j'ai répondu Oui, et tu sais maintenant pourquoi, et sur ces mots je suis sortie avant qu'il ne reconnaisse ma voix, mais au fond je crois qu'il n'aurait rien reconnu du tout même si je lui avais parlé la nuit entière, je suis sortie et j'ai fui ce gîte sans même prendre mon argent, je suis rentrée chez moi à la grande surprise du vigile qui ne m'avait pas vue sortir mais qui me vit rentrer, je lui dis que ce n'était pas grave, que j'étais un oiseau et que je volais, ce qu'il sembla croire en ouvrant des yeux superstitieux et apeurés, et ainsi je rentrai chez moi et attendis Assane, il rentra le lendemain, et à son retour, en bonne femme à qui son homme avait manqué, je me suis donnée à lui, et trois mois plus tard je sus que j'étais enceinte et que l'enfant avait été conçu au cours de ces nuits où j'avais couché avec les deux frères, j'annonçai à Assane que j'attendais un enfant et il fut fou de joie, certain qu'il était le père, même s'il m'annonça quelques jours plus tard qu'il allait faire la guerre et devait nous laisser ici l'enfant et moi, pour notre bien, ce que je compris, il était comme ça, Assane, il aimait la France, alors je ne lui en ai pas voulu, je l'ai laissé partir, il croyait que la guerre ne durerait pas, que l'invincible France gagnerait grâce à Dieu, et qu'il reviendrait bientôt pour assister à la naissance de son fils, mais moi je savais qu'il ne reviendrait jamais, que d'une façon ou d'une autre il resterait dans le pays qu'il aimait et pour lequel il était prêt à mourir, alors je l'ai laissé partir, tout ce qui comptait désormais c'était mon enfant, et même quand Assane me ramena au village pour me laisser à son frère, je me suis dit que c'était l'enfant qui comptait, et j'ai tenu quand Ousseynou m'a méprisée car c'était l'enfant qui comptait, j'ai tenu quand il a voulu nous chasser de chez lui, ce que j'ai aussi compris, et j'ai tenu quand il a accepté de nous garder, mon bébé et moi, cette nuit-là, après qu'Assane m'avait dit au revoir d'une touchante manière, en me demandant de prendre soin de l'enfant jusqu'à son retour, en me disant les prénoms qu'il souhaitait le ou la voir porter à sa venue au monde, j'acceptai tout cela, et Assane partit, triste mais heureux de partir, et je restai avec Ousseynou et l'enfant vint au monde et s'appela Elimane Madag, et c'était mon enfant, et son père n'avait pas d'importance, Assane ou Ousseynou, son père n'avait pas d'importance, ce qui était important était que je l'aime, et je l'ai aimé, comme si je l'avais conçu seule, et je l'ai bien *conçu* seule, je l'ai aimé et il le sait, où qu'il se trouve aujourd'hui sur cette terre il sait que je l'ai aimé et qu'il a une mère qui l'attend, même s'il l'oublie parfois, au fond de lui il sait que je l'attends, et mon amour pour lui est plus important que de savoir l'identité de son père biologique, moi je sais, et je ne le dirai qu'à lui s'il me le demande, à lui, mon fils, et à personne d'autre, pas même à la voix masculine de la terre, surtout pas à elle, il faut que je continue à lui dire : Je ne sais pas, pour qu'elle gronde, et tremble, et que j'aille bien et voie clair et trouve les forces d'aller au bout de l'attente qui ne peut prendre fin, mon petit Elimane, où es-tu et que deviens-tu, Eli, reviens, comme tu me l'a promis, reviens avant que j'aille prendre ma place dans le cimetière en face du manguier ;

DEUXIÈME PARTIE

Enquêteuses et enquêtées

I

Cela faisait un long moment que Siga D. s'était tue. J'avais le sentiment que ce silence pouvait se prolonger jusqu'à l'aube, et peut-être même le souhaitais-je. Chaque protagoniste de ce récit portait sa faille. De celle-ci jaillissait une question existentielle rayonnant si vivement qu'elle éblouissait l'œil qui prétendait en voir la lettre. Ousseynou Koumakh, Tokô Ngor, Assane Koumakh, Mossane, Elimane… Toutes les silhouettes de ce passé soudain ouvert bougeaient devant moi dans une chorégraphie aussi complexe que fascinante.

Avaient-elles eu conscience, à leur époque, qu'elles s'agitaient pour l'avenir ? Ou, plus exactement, leur était-il déjà venu à l'esprit que leur vie formerait un jour, longtemps après leur mort, l'obsession d'autres vies ? J'ai alors repensé au regard que Brigitte Bollème lançait sur ses photos ; ce regard qui semblait s'adresser à la postérité. Les protagonistes du récit que je venais d'entendre se préoccupaient-ils, comme Bollème, d'envoyer des signaux vers le futur ?

Je me dis : évidemment que non, Diégane, bien sûr que non, ne sois pas bête : au fond de lui, même si les apparences suggèrent toujours l'inverse, même si c'est vers l'inconnu que le porte le mouvement de son existence, aucun homme ne *pense* au futur. Notre préoccupation profonde concerne le passé ; et tout en allant vers l'avenir, vers ce qu'on devient, c'est du passé, du mystère de ce qu'on fut, qu'on se soucie. Cela n'a rien à voir avec une nostalgie funèbre. C'est simplement qu'entre ces deux questions qui cachent une angoisse de la même nature : *que vais-je faire ?* et *qu'ai-je fait ?*, c'est cette dernière qui est la plus grave : elle ferme toute possibilité d'une correction, d'une nouvelle chance. Dans *qu'ai-je fait ?* sonne aussi le glas du *c'est fait pour l'éternité*. C'est la question de l'honnête homme qui commet un crime dans un accès de fureur, et qui, après l'acte, redevenu lucide, se tient la tête : *qu'ai-je fait ?* Cet homme sait ce qu'il a fait. Mais son angoisse, son horreur viennent surtout de ce qu'il sait aussi qu'il ne peut défaire, réparer ce qu'il a fait. C'est parce qu'il lui donne la conscience tragique de l'*indéfectible*, de l'*irréparable*, que le passé est ce qui inquiète le plus l'homme. La peur de demain porte toujours, même infime, même quand on sait qu'il peut être déçu et le sera probablement, l'espoir des possibles, du faisable, de l'ouvert, du miracle. Celle du passé ne porte rien que le poids de sa propre inquiétude. Et même le remords ou les repentirs ne suffisent pas à modifier le caractère irrévocable du passé ; bien au contraire : ils le confirment même dans son éternité. On ne regrette pas seulement ce qui a été ; on regrette aussi et surtout ce qui sera à jamais.

Alors non, pensais-je : toutes ces formes ne s'agitaient pas pour maintenant, Diégane, pour cet instant où tu les regardes sans forcément comprendre le message qu'elles n'ont pas tenté de t'adresser. Elles se souciaient de leurs actes passés. Elles ont vécu ; et le poids dont tu les charges n'engage que toi : ce sont tes désirs, tes questions. Elimane, Mossane, Ousseynou Koumakh et Assane Koumakh ne t'ont rien demandé. C'est toi qui les poursuis dans le temps et non le contraire. On croit, avec la force de l'évidence, que c'est le passé qui revient habiter et hanter le présent. Il faudrait considérer que la proposition inverse soit aussi vraie sinon davantage, et que ce soit nous qui hantions sans jamais leur laisser de repos ceux qui nous ont précédés. Nous sommes les vrais fantômes de notre histoire, les fantômes de nos fantômes.

— J'ai essayé plusieurs fois de faire de cette histoire un livre, dit soudain Siga D. Mais je n'y suis pas encore arrivée. Peut-être parce qu'elle est trop proche de moi, trop intime. C'est un comble, pour une écrivaine qui a bâti toute son œuvre sur des expériences intimes. Je ne suis pas pressée, cependant. Un jour, j'écrirai cette histoire. Ou toi, pourquoi pas, tu l'écriras.

Siga D. se tut. Elle attendait peut-être que je réagisse, mais je ne dis rien. Voulait-elle laisser entendre que c'était moi – parce que j'écrivais des romans – qui devais écrire celui-ci ? Me demandait-elle de l'écrire ? Me demandait-elle si je comptais l'écrire ? Elle supposait sans doute que j'étais venu la voir pour cette raison. Au bout d'un moment elle reprit :

— Mon père est mort trois jours après m'avoir raconté son histoire dans cette chambre en putréfaction. Je me rappelle la maison endeuillée, la cour que peuplaient des figures éplorées, les pleurs feints ou sincères qui y montaient, mes marâtres inconsolables ou jouant à l'être, mes frères et sœurs perdus. Et moi, secrètement, je jubilais. Je lisais pour la première fois *Le Labyrinthe de l'inhumain*. Je le lisais sous le manguier en face du cimetière, comme si je voulais, en ce lieu, m'imprégner d'une part de l'histoire d'où ce livre avait jailli. J'ai lu ce livre un nombre considérable de fois. Toujours avec excitation. Toujours avec surprise. Mais rien de ce que j'ai ressenti après n'a été comparable au choc de mes toutes premières lectures. J'avais le sentiment que par-delà cette histoire de Roi qui brûlait les gens par appât du pouvoir absolu, Elimane parlait d'une histoire plus personnelle. La sienne. L'histoire de sa famille, de notre famille. Ce livre s'adressait à moi. Comme s'adresse toujours à nous tout livre essentiel. Mon père a été enterré. Je ne suis pas allée sur sa tombe. Je crois que j'aurais pleuré. Alors j'ai fui. J'ai fait mes adieux à mes marâtres. Je crois qu'elles savaient que je ne reviendrais jamais. Les ponts étaient coupés. Ensuite je suis partie pour la capitale. Libre enfin. Prête à en découdre. Dans mes affaires, pour seul trésor, il y avait ce livre. Je me suis inscrite à la fac de philosophie. Je réussis, après avoir habité quelques semaines chez un oncle maternel, à trouver une chambre universitaire. Je n'avais pas les moyens de payer. Mais qu'importait. J'étais assoiffée du monde. Je voulais le presser et le sucer jusqu'à la dernière goutte de vie. Je me suis jetée à corps perdu en lui.

— C'est à cette époque que tu as vécu ce que tu as raconté plus tard dans *Élégie pour nuit noire* ?

— Oui.

Elle se tut encore. Je me rappelais *Élégie pour nuit noire*, le premier livre de Siga D., celui qui l'avait révélée comme écrivaine. De toute sa bibliographie, c'était le livre que je préférais. Par lui était arrivé le long scandale que son œuvre, depuis lors, ne cessait d'être pour une grande part de la société sénégalaise. Elle y racontait la vie de Marème, une jeune étudiante en philosophie à l'appétit sexuel ravageur mais à la solitude immense, malade de son désir d'aimer ou d'être aimée, traversée par un profond attrait pour la mort. Elle cherchait l'accomplissement d'un absolu dans les corps qui se succédaient contre elle ou dans les multiples aventures sentimentales qu'elle vivait (de cette saisissante confusion entre sexe froid et quête ingénue, douloureuse, de l'amour, naissait la terrible ambiguïté, donc la beauté du livre). On ne savait si cette quête devait l'élever, l'avilir, accroître l'intensité de sa vie ou l'éteindre. Marème semblait vouloir tout cela à la fois, partout, à l'université, dans les hommes, dans les femmes, dans les plaisirs solitaires et dans les rues de la capitale où sa réputation d'assoiffée sexuelle attira beaucoup de monde, des curieux, des anonymes, des marginaux, des humbles, des fêtards, des libertins, mais aussi des personnalités des sphères médiatiques, politiques, religieuses, qui cachaient derrière de grands sermons de vertu le stupre de vies secrètes et peccamineuses. Elle raconta comment, dans le miroir qu'était son corps, se reflétait la misère sexuelle de sa société, qu'elle découvrait frustrée, malade, abîmée dans l'écart entre ce qu'elle prétendait ou désirait être et ce qu'elle était en son fond. Elle raconta sa chute, comment elle fut chassée de l'université après qu'un grand professeur, client d'un soir qui avait été incapable de durcir au moment crucial (elle avait été obligée de se procurer seule son plaisir ce soir-là, alors que lui tentait vainement de relancer la pompe flaccide), l'avait accusée de corrompre le campus et dénoncée. Elle décrivit son errance dehors, son errance dedans. Sa première tentative de suicide. Elle raconta comment un inconnu, dont elle n'avait qu'entraperçu le visage avant de s'évanouir et qu'elle ne revit jamais plus ensuite, la sauva pendant qu'elle se vidait de son sang, en pleine nuit, dans une rue déserte. Elle décrivit comment elle chercha le visage de cet inconnu sur tous les visages croisés après sa sortie de l'hôpital. Elle raconta sa solitude et ses accès de folie. Sa deuxième tentative de suicide, mais l'Atlantique ne voulut pas d'elle et la recracha. On l'interna à Dalal xel. Elle y passa trois mois entre les murs blancs, les hommes et femmes en blanc, les schizophrènes, les légers d'esprit, les possédés, les dépossédés, oscillant là comme un pendule entre l'extinction totale et la joie pure. Elle sortit, regagna Dakar. Le tourbillon l'avala encore. Elle évoqua ses terrifiantes hallucinations et ses délires dans les rues de la ville. Elle parla des bouts de charbon qu'elle ramassait pour écrire, la nuit, sur les murs de la capitale, ses crises de vers : des mots qui étincelaient comme des débuts d'incendies poétiques, de brûlantes métaphores où la vie consumait les êtres. Le chaos – pas le désordre, mais le chaos – régnait dans son esprit, d'où pleuvaient des torrents de phrases longues comme des boas. Elle se noya dans cette averse diluvienne de mots antédiluviens, des mots bien plus anciens qu'elle, jaillis fumants, comme s'ils venaient d'être forgés, de son ventre, mais dont elle savait qu'ils ne fumaient que d'être restés trop longtemps sous la braise. Ses propres mots étaient plus vieux que son ventre et son histoire, plus âgés que l'histoire de tous les ventres qui s'étaient portés de la Nuit à sa nuit. C'étaient des vocables orphelins de langue, qui attendaient sa langue. Elle étreignit les boas et apprit la leur. Elle siffla sa haine de tous les étouffements du plaisir. Elle siffla son désir d'un autre monde, jamais connu, qu'elle entrevoyait pourtant chaque nuit en rêve. Dans sa gorge brûlait sa soif intacte, puissante, d'amour. Elle relata sa lutte contre la tentation de s'anéantir. Elle raconta comment une femme beaucoup plus âgée qu'elle, une poétesse venue de loin, venue d'Haïti, et qui travaillait comme haut fonctionnaire à Dakar, l'avait trouvée, une nuit, alors qu'elle s'apprêtait à écrire une de ses images avec son bout de charbon. La poétesse dit l'avoir cherchée longtemps ; elle lui confia avoir écumé la ville plusieurs semaines pour trouver la personne qui la couvrait d'une lave si ardente et si pure. Elle raconta la naissance de leur amitié, la curiosité qu'elle éprouva pour cette femme qui l'appelait *Corazón* et qui était belle comme une mélancolie de soir d'été. Elle évoqua leurs longues nuits passées à écrire, à parler, à se taire parfois et, plus rarement, à se fâcher. À se découvrir aussi. À s'aimer comme on ne le savait plus. Elle raconta le soir sans étoiles où, chez elle, la poétesse haïtienne lui avait dit : Aujourd'hui est une nuit noire au-dessus de la ville, comme la vie est une nuit noire au-dessus ou autour de nous, mais tu as écrit sa beauté noire au *këriñ*, au charbon noir, une élégie à la nuit noire, et elle a été l'étoile solitaire que j'ai suivie pour te trouver, *Corazón*. Elle raconta comment, avant de quitter Dakar (elle avait été appelée à d'autres fonctions, aux États-Unis), la poétesse lui proposa de l'aider à reprendre ses études, pas ici, mais ailleurs, à Paris. Elle raconta combien elle fut brisée d'être séparée de celle qui l'avait sauvée de la folie comme, dans la petite rue, l'inconnu de la mort. Elles se quittèrent dans un serment : demeurer fidèles, chacune et ensemble, à cette relation poétique, totalement poétique, c'est-à-dire ouverte à toute manifestation d'une parole sans mensonge, une parole sans trahison de l'essentiel, une parole de courage dans toute lutte même si toute lutte s'achevait toujours dans la défaite. Elle raconta le départ de la poétesse haïtienne et les vers qu'elle lui avait laissés en guise d'adieu. Et comment elle, quelques mois plus tard, partit aussi, à Paris, où son amie l'avait aidée à trouver une inscription à l'université et une petite chambre, payée pour un an. Elle raconta tout ça crûment, avec une honnêteté cruelle pour la société sénégalaise mais plus cruelle encore pour elle-même. C'est ce que ne lui pardonna pas sa société : de s'être infligé l'intransigeance qu'elle lui avait réservée. D'avoir enfreint les règles du *masla*, cette pudeur, cette ronde délicatesse par lesquelles les rudes vérités, chez nous, ne se disent pas mais se suggèrent et, parfois, se dissimulent au nom du salut de l'honneur public. Elle, Siga D., avait parlé sans ambages, sans *masla*, pas dans le clair-obscur, mais en plein jour, sous la lumière aiguë de midi. Peu de gens virent dans son livre, lorsqu'il parut (en 1986), ce qui me semblait s'y chercher vraiment. *Élégie pour nuit noire* fut le début du malentendu de Siga D. avec sa société. Il persiste. Il s'est creusé. Siga D. n'est jamais revenue chez elle. Je crois qu'elle mourra sans jamais y retourner. Mais toute son œuvre, même si elle a trouvé d'autres scènes, d'autres images, d'autres passions, porte en son cœur celles de son pays.

— Ce que je n'ai pas dit dans ce livre, reprit Siga D., c'est que j'ai eu un troisième sauveur. Aux côtés de l'inconnu de la rue et la poétesse haïtienne, il y avait Elimane. Il y avait son *Labyrinthe de l'inhumain*, du moins. Il y a eu des périodes où je l'ai lu chaque jour que Dieu a fait. Je le connaissais par cœur et c'est pour cela que j'ai pu vivre en enfer. Il y a plusieurs manières de traverser l'enfer et l'une d'elles est d'apprendre un livre par cœur. C'est ce que j'ai fait. J'aurais pu le jeter ensuite car je le connaissais. Mais je l'ai gardé, comme un talisman. J'avais tout perdu, et ces pertes ont fini par devenir une part de ma richesse. Mais ce que je possédais de plus cher, je veux dire, ce que je ne pouvais plus perdre, c'était *Le Labyrinthe de l'inhumain*. Il est devenu ma part impartagée. Elimane était mon amant, et je ne l'ai présenté à personne, pas même à la poétesse d'Haïti, à qui je me sentais pourtant liée par un sentiment plus profond que l'intimité. Le livre était mon secret, ma jalousie, ce qui ne pouvait être connu, vu, aimé que de moi seule. Au milieu des crises de démence, des tentations devant la mer, des insomnies, des ivresses, de toute la pitoyable et sublime solitude, sur une paillasse d'ordures disputée aux chiens, sous un corps en sueur pour quelques pièces, dans le souterrain de la folie, je le rouvrais ou je le récitais. Impossible, ainsi, de mourir. Même quand je me suis sectionné les veines, je savais que la mort ne voudrait pas de moi. Étendue dans mon sang, je disais les phrases qui faisaient partie de moi. Je n'ai pas été étonnée quand l'inconnu m'a sauvée. Je suis convaincue que cet inconnu était Elimane. C'était lui, ou son esprit, que les phrases que je murmurais au seuil de la mort ont invoqué. Le visage que j'ai entrevu pouvait être le sien. Je n'en suis pas sûre. Je ne l'avais alors jamais vu. Mais je me rappelle la sensation que j'ai eue dans ses bras. Celle d'être dans les bras d'un homme aimé, connu.

Elle a arrêté de parler et a fermé les yeux, peut-être pour se souvenir de cette sensation contre le corps de l'inconnu si reconnu.

— Oui, c'était lui. Ça ne pouvait être que lui, a-t-elle repris avec douceur et certitude, en ouvrant les yeux. Son livre m'a accompagnée partout. Elimane était mon cousin. Mon sang. Son histoire était aussi la mienne. Nous étions liés par quelque chose de plus profond qu'une lecture. C'était une confession. Ou une psychanalyse familiale. Il me parlait. Elimane me parlait. Je savais de quoi il parlait. Et c'est pour ça que je me suis accrochée à sa voix. Et moi aussi, comme toi aujourd'hui, j'ai commencé à me demander ce qui lui était arrivé, où il était allé, ce qu'il avait fait et vécu et souffert et tu et caché. Un homme pareil ne disparaît pas comme ça. Ou peut-être que si. Peut-être que tous les hommes peuvent disparaître de cette manière. Mais peut-on croire aux disparitions sans héritage ? Aux évanouissements absolus ? Je n'y croyais pas. Je n'y crois toujours pas. Il y a une présence qui demeure après tout départ. Peut-être même la vraie présence des êtres et des choses commence-t-elle seulement après leur disparition. Tu ne penses pas ? Je ne crois pas en l'absence. Je ne crois qu'à la trace. Elle est parfois invisible. Mais on peut la suivre. Je savais déjà ce qu'Elimane avait laissé comme souvenir dans la mémoire de mon père. Mais j'étais convaincue que d'autres mémoires se souvenaient de lui. J'étais certaine qu'il avait vécu dans d'autres vies. Il s'agissait de les trouver. De les traquer et de les trouver. Au fond de moi, Diégane, tout au fond, je le sais : la proposition de la poétesse haïtienne pour finir mes études, je ne l'ai pas acceptée pour elle, même si je l'aimais ; ni pour moi, c'est-à-dire pour échapper à mon pays. Non : je l'ai acceptée pour Elimane Madag. C'est lui que je suis venue chercher en France, où je suis arrivée en 1983, après trois ans d'errance et de chancellements silencieux au bord d'une haute falaise avec mes bouts de charbon dans les rues de Dakar.

II

Quelques semaines après la publication de son enquête, alors qu'elle regardait avec une émotion dont elle était la première surprise la tombe de sa confidente, Brigitte Bollème me dit qu'elle s'était demandé, exactement, dans le cimetière de ce petit village, sous un ciel sale de fin d'automne, si la défunte lui avait révélé la vérité.

— Je ne m'étais jamais posé la question de la vérité de son témoignage jusqu'à cet instant précis. Vous devez vous demander pourquoi cette interrogation m'était subitement venue alors, des années après mon entretien.

Évidemment, Diégane, Brigitte Bollème ne me parlait pas. Elle se parlait à elle-même. Mais je me suis aussi demandé, en la regardant, pourquoi c'était seulement devant la tombe de cette femme, après la parution de *Qui était vraiment le Rimbaud nègre ?*, que Brigitte Bollème avait interrogé la parole de sa principale source. C'est tout de même le b.a.-ba du métier de journaliste. À cet instant, devant la question que venait de poser Brigitte Bollème, voici ce que j'avais pensé : c'est parce que votre principale source venait de mourir et que vous vous rendiez compte à ce moment-là que plus personne, à votre connaissance, ne pourrait parler d'Elimane. Oui, c'est ce que j'avais pensé, Diégane : que Brigitte Bollème affrontait le vertige du silence définitif qui entourerait désormais la vie d'Elimane, puisque la dernière mémoire qui l'avait portée venait de disparaître. Cela justifiait pour moi qu'elle accordât soudain tant d'importance à la vérité de cet ultime témoignage…

— Mais ça n'a rien à voir avec la question de la vérité du témoignage, dis-je à Siga D. Se demander si cette femme avait dit la vérité était sans rapport avec le fait de se rendre compte qu'elle était la dernière à l'avoir connu vivant. Bollème devait bien le savoir, non ?

— Tu te trompes, répondit Siga D. Les deux vérités sont liées. Elles me paraissaient liées à ce moment-là en tout cas. Celle qui venait de mourir était en France la dernière personne à avoir fréquenté Elimane. Ça signifiait que ce qu'elle avait dit passerait éternellement pour la vérité. Peut-être qu'elle avait menti sur quelques éléments de leur histoire commune. Peut-être qu'elle aurait pu avoir des regrets. Peut-être qu'elle aurait corrigé sa version des faits. Mais elle était morte. Rien de tout ça n'arriverait plus : ni les regrets ni les corrections. Son témoignage sur Elimane était figé dans l'éternité. Bollème l'avait rapporté dans son récit. Pour toujours, même s'il n'était pas tout à fait vrai, ce témoignage serait la vérité pour la postérité. Nous savons tous les deux aujourd'hui, Diégane, que ce n'est pas vrai, que l'histoire d'Elimane a continué, et que d'autres personnes l'ont connu. Nous savons que sa vie ne s'est pas arrêtée en 1938. Mais ça, la Brigitte Bollème de 1948, celle qui se trouvait devant la tombe, ne pouvait pas le savoir. L'enquête qu'elle venait de publier était fondée pour une écrasante part sur des confidences. Si elles se révélaient fausses, son travail ne valait plus rien. Je croyais que c'était ça qui l'angoissait.

— Je comprends, dis-je. Tu avais peut-être raison.

— Eh bien non, j'avais tort. C'est en tout cas ce que Brigitte Bollème m'a fait comprendre ce jour-là. Après avoir gardé le silence un petit moment, elle m'a dit : Nous sommes en 1985, mademoiselle, j'ai publié mon enquête en 48… Ou 49 ? Non, 48. D'ailleurs, l'avez-vous lue ?

— Oui. J'en ai obtenu un vieil exemplaire dans la remise d'une bouquiniste.

— On ne doit plus la trouver que dans des endroits comme ça, oui… C'est une enquête qui n'a intéressé personne. En 48, tout le monde avait oublié Elimane, ou ne voulait plus entendre parler de lui. Le seul témoin était mort quelques jours après la publication de mon récit. 48, oui début novembre 48. Cette femme s'est laissée mourir, j'en suis sûre. C'est uniquement quand vous m'avez écrit il y a quelques jours, pour solliciter un rendez-vous avec moi, que j'ai repensé à cette matinée, dans le cimetière, devant son tombeau. Pourquoi me suis-je demandé seulement à ce moment-là si elle m'avait dit la vérité ? Jusqu'à la réception de votre lettre, je n'avais pas de réponse. Maintenant j'en ai une : en recueillant la confession, c'est une femme qui souffrait que j'avais vue. Et je croyais, à cause de cette souffrance, qu'elle disait et ne pouvait que dire vrai. À aucun moment, pendant notre entretien, je ne me suis dit qu'elle pouvait mentir ou être à côté de la vérité. Sa souffrance était trop grande. Elle me paraissait surtout trop pure pour engendrer un mensonge. Et c'est seulement devant sa tombe que je me suis dit qu'il n'y avait pas de corrélation naturelle entre souffrance et vérité ; que ce n'était pas parce qu'on souffrait qu'on disait la vérité, que ce soit sur la nature de cette souffrance, sa cause ou ses conséquences. Il arrive même qu'on trahisse la vérité en raison de la souffrance. C'est seulement devant sa tombe que j'ai pensé : cette femme, volontairement ou non, pouvait avoir trahi la vérité. Peut-être qu'elle est morte en croyant l'avoir dite alors qu'elle n'a exprimé que sa souffrance. C'est ce que je pensais ce jour-là devant le cimetière. C'est cela qui me peinait alors que je regardais sa tombe. Il avait commencé à pleuvoir. Je me rappelais la journée que nous avions passée ensemble, celle au cours de laquelle elle m'avait raconté la vraie histoire qui les avait liés. La vraie histoire du *Labyrinthe de l'inhumain* et de sa malédiction. Ou plutôt : ce qu'elle avait cru être la vraie histoire. J'allais découvrir peu après que mon intuition du cimetière, la source de ce doute soudain, n'était pas tout à fait infondée. Mais ce qui est arrivé ensuite n'est connu que de moi. Je ne l'ai écrit ou raconté nulle part. J'aurais pu apporter un complément à mon enquête. J'aurais dû. Mais je ne l'ai pas fait. D'abord parce que tout le monde s'en fichait pas mal de cette affaire. Ensuite parce que j'avais peur d'en parler. Je suppose que si vous êtes là, c'est pour savoir ce que je sais.

— Et c'était vrai ? dis-je. C'est pour ça que tu étais allée chez Brigitte Bollème en 1985 ?

— Contrairement à toi, Diégane, ce n'est pas vraiment l'écrivain qui me fascine chez Elimane. C'est l'homme. Je sais que pour toi les deux se confondent. Pour moi, non. On a déjà eu cette discussion, ne la répétons pas. C'est l'homme que je cherchais, lui et pas la suite du *Labyrinthe de l'inhumain*, comme toi. Le scandale du plagiat ne m'intéressait pas beaucoup. Ce qui m'intéressait chez lui, ce qui m'attirait vers lui, c'était son silence.

— Pour moi aussi, c'est son silence qui est l'énigme centrale.

— Peut-être. Mais je crois que ce n'est pas le même silence, Diégane. Je parle de son silence envers sa mère, sa famille. Il n'a pas tenu sa promesse envers Mossane. Je voulais savoir pourquoi. Je voulais savoir pourquoi il n'était jamais revenu et n'avait jamais donné de nouvelles à sa mère et à son oncle, c'est-à-dire mon père. La raison de son exil choisi et radical, voilà ce que je cherchais. J'étais en train d'écrire *Élégie pour nuit noire*, et la figure absente d'Elimane me hantait chaque jour un peu plus intensément. Je me suis décidée à partir à sa recherche. J'ai immédiatement rencontré le nom de Brigitte Bollème. J'ai cherché, trouvé et lu son enquête. Ensuite je lui ai écrit. Je ne lui ai pas menti.

Je lui ai dit que j'étais la cousine d'Elimane, et que je faisais des recherches sur lui.

— Et donc ?

— Et donc j'ai dit : Oui, madame Bollème.

— Brigitte.

— Oui, Brigitte. C'est pour ça que je suis là. Pour savoir ce que vous savez.

Elle m'a regardée avec une sorte de curiosité amusée et dit :

— Je ne pensais jamais rencontrer un proche d'Elimane. Je ne savais pas qu'il en avait. C'est un sujet qu'il n'a jamais abordé avec personne, je crois.

Siga D. m'a demandé si je me rappelais bien les détails de *Qui était vraiment le Rimbaud nègre ? Odyssée d'un fantôme*. Je lui confirmai que j'avais tout en tête, et que je tenais par-devers moi quelques notes que j'avais prises aux archives de la presse. Siga D. a continué son récit :

— En disant ça Brigitte Bollème s'est levée et s'est dirigée vers sa bibliothèque. Je la vois encore, un peu voûtée par l'âge, mais toujours aussi élégante, habillée dans le style qui avait fait sa renommée : un pantalon de velours, un chemisier en lin, et son foulard noué autour du cou. Elle portait toujours sa coupe courte, et entre ses doigts jouait son long et fin fume-cigarette de dandy qui avait été de tous les combats d'avant-garde de l'après-guerre, de tous les excès, de toutes les contestations et contractions où tentait de renaître l'Europe. Et son regard, d'un profond gris métallique… Elle dégageait un charisme qu'on ne voit plus beaucoup aujourd'hui. Elle a pris un petit livre dans la bibliothèque et me l'a tendu.

— Ça vous embêterait de lire ceci ? Je sais : vous l'avez déjà lu. Vous l'avez dit. Mais j'aimerais tout de même que vous relisiez cette enquête pour moi. Je ne l'ai pas fait depuis des années. Il y a des détails dont je ne me souviens plus aujourd'hui.

Je pris le livre. Brigitte Bollème se rassit et alluma une cigarette. Je lui lus donc sa propre enquête.

III

Qui était vraiment le Rimbaud nègre ?
Odyssée d'un fantôme
par B. Bollème

Il y a dix ans, le milieu littéraire français fut agité par une retentissante affaire que tout le monde, aujourd'hui, semble avoir oubliée. On peut le comprendre : la guerre est passée par là. Pourtant, l'automne 1938 fut marqué par une étrange histoire littéraire : celle du *Labyrinthe de l'inhumain* et de son auteur, T.C. Elimane.

Je la rappellerai en quelques mots : en septembre 1938, un auteur originaire du Sénégal publie aux éditions Gemini *Le Labyrinthe de l'inhumain*. Livre étonnant en tout point : par son sujet, par son style et par son auteur, un Africain de vingt-trois ans dont nul n'avait jamais entendu parler. Son talent fit dire à un célèbre critique qu'il était une manière de « Rimbaud nègre ». Le livre eut ses soutiens et ses détracteurs. Cela dura quelques semaines, jusqu'à ce qu'un certain Henri de Bobinal, professeur au Collège de France, explorateur et ethnologue spécialiste de l'Afrique noire, publiât dans la presse un article où il accusait T.C. Elimane d'avoir plagié le mythe fondateur d'une ethnie du Sénégal pour écrire son roman. Cet article à charge fut suivi, quelques jours plus tard, de découvertes faites par M. Paul-Émile Vaillant, lui aussi professeur de littérature au Collège de France. Il y révélait la présence, dans le roman, d'innombrables emprunts à de grands textes de la littérature. Ce dernier article signa le début de la mort du *Labyrinthe de l'inhumain* et de son auteur ; et il apparut bientôt que le livre, pour moitié au moins, était le mélange d'un subtil collage de citations et d'une création originale. Plusieurs procès furent intentés à Gemini. La maison d'édition plaida coupable, remboursa les sommes dues, et ferma boutique peu de temps avant que l'ombre de la guerre commençât à planer sur notre pays et sur le monde. Durant toute l'affaire, T.C. Elimane n'intervint jamais dans la presse. Il disparut avec son livre sans qu'on sache qui il était, ni même s'il existait. La guerre arriva ; le scandale de ce livre fut oublié.

Pour ma part je ne l'oubliai pas et décidai de chercher son auteur. Ses éditeurs ne me répondaient pas. On disait qu'ils avaient quitté Paris après les procès.

Au début de l'année 1939, l'idée me vint d'aller voir du côté des milieux étudiants et intellectuels noirs de Paris. Leur silence, pendant toute la polémique autour du livre d'Elimane, m'avait beaucoup surprise. Ils avaient pourtant les moyens de se faire entendre, dans quelques revues d'entre-deux-guerres.

Je pense notamment à *Légitime défense*. Je réussis à m'entretenir avec M. Léopold Sédar Senghor.

Il me confia n'avoir que « peu goûté ce roman effroyable au sujet duquel des choses ridicules ont été écrites dans les journaux ». Je lui demandai lesquelles. Il me répondit alors, dans une diction mélodieuse où on entendait tous les signes de ponctuation : « Allez interroger le professeur Henri de Bobinal sur les Bassères, dont il prétend être un spécialiste. Ce que M. Bobinal affirme à leur propos est peut-être juste, mais il y a un problème : les Bassères ne sont pas du Sénégal. Je suis formel. Soit, donc, M. de Bobinal n'est jamais allé au Sénégal et n'en connaît pas les peuples, ce qui serait honteux ; soit il y est allé et confond le peuple qu'il a étudié avec les Bassères, ce qui serait encore plus honteux. Dans les deux cas il y a confusion ; je dis : affabulation. Je ne comprends d'ailleurs pas que M. Elimane, qui est bien silencieux, n'ait toujours pas éventé cette supercherie. »

Stupéfaite, je me rendis dès le lendemain au Collège de France. Je voulais y rencontrer Henri de Bobinal et le confronter aux affirmations de Senghor sur les Bassères. On m'apprit à ma grande surprise qu'Henri de Bobinal était mort aux derniers jours de l'année 1938, quelques semaines après la publication de son article, d'une foudroyante crise cardiaque.

En revanche, Paul-Émile Vaillant, l'autre professeur du Collège de France concerné par l'affaire, était toujours vivant. C'est lui qui avait révélé les plagiats littéraires dans le texte du *Labyrinthe de l'inhumain*. Je lui répétai les mots de M. Senghor au sujet d'Henri de

Bobinal. Le professeur Vaillant me dit alors ce qu'il savait. J'estime son témoignage crucial : « M. Senghor a raison. L'article de Bobinal sur *Le Labyrinthe de l'inhumain* était malhonnête. Les dernières années de sa vie, Bobinal s'était enfermé dans un discours raciste, lui qui avait pourtant tant aimé et défendu les cultures indigènes d'Afrique. Cette contradiction est l'énigme profonde de l'homme. La parution du livre de cet Africain avait mis Bobinal hors de lui. Il a alors inventé ce mythe cosmogonique bassère que l'auteur aurait plagié. Il avait confié ses intrigues à un de nos amis communs, qui me les a révélées après sa mort. Bobinal a menti. Les vrais plagiats sont ceux que j'ai découverts et révélés : des plagiats littéraires. Cependant, malgré leur existence, je demeure convaincu que M. Elimane est un écrivain. »

Voilà les révélations que Paul-Émile Vaillant m'avait faites. La question de M. Senghor me revint alors à l'esprit : pourquoi Elimane et ses éditeurs, sachant que l'article de Bobinal était une affabulation, n'ont-ils pas réagi dans la presse ? Quel secret cachait le silence de T.C. Elimane, si lourd qu'il ait préféré la calomnie à l'innocence ?

C'est ce que je voulus savoir. Mais la guerre arriva et il fut vite impossible, dans ces conditions, de rien faire. Je fus donc arrachée par la guerre et la résistance au nazisme à mon obsession pour Elimane.

Ce ne fut qu'au début de la présente année, 1948, que je pus rouvrir le dossier du *Labyrinthe de l'inhumain*. Je réussis, après quelques semaines de recherche, à retrouver à Paris l'un des trois employés que comptait Gemini, M. André Merle (les deux autres étaient Pierre Schwarz – déporté à Dachau – et Mlle Claire Ledig, la secrétaire de la maison, tondue à la Libération pour collaboration horizontale). André Merle était comptable chez Gemini quand était paru *Le Labyrinthe de l'inhumain*. Lorsque je lui annonçai l'objet de ma visite, il m'apprit que nul dans la maison d'édition, hormis Charles Ellenstein et Thérèse Jacob, n'avait jamais vu Elimane. Je lui dis que j'ignorais où les trouver.

C'est alors que Merle me confia que le dernier jour où il avait vu ses anciens employeurs dans les locaux de Gemini, ils se disputaient. Ellenstein voulait quitter Paris parce que la ville n'était plus sûre pour des gens comme eux, c'est-à-dire des Juifs. Thérèse Jacob souhaitait rester dans la capitale, ne pas fuir. Finalement, Ellenstein réussit à la convaincre de partir. Je lui demandai s'il savait où. Voici sa réponse :

— Ils parlaient de deux communes de province où ils avaient des maisons de campagne : Cajarc et Tharon, en Loire-Inférieure…

Je n'hésitai pas une seconde et partis pour Cajarc. Le département du Lot avait fait partie, au début de l'Occupation, de la zone libre, contrairement à la région des pays de la Loire, où avaient grouillé les nazis jusqu'en mai 1945.

Je pariai donc qu'un couple de Juifs aurait eu plus de chances de survie à Cajarc qu'à Tharon, et gagnai la belle vallée du Lot quelques jours après ma discussion avec André Merle. Il me suffit cependant de deux jours passés là pour apprendre, après renseignements pris auprès des habitants, que Charles Ellenstein et Thérèse Jacob, s'ils avaient vécu dans le village au début de la guerre, n'y étaient pas restés ensemble jusqu'à la fin. Une de leurs voisines me dit qu'ils s'étaient séparés en 1942. Charles était parti dès cette année-là. Thérèse aussi avait fini par partir, mais seulement après la guerre, en 1946. Cette voisine ne savait évidemment pas où l'un et l'autre avaient pu aller. « C'était un couple très secret pendant tout le temps qu'ils ont vécu ici, me dit-elle. Ils étaient polis, mais ne causaient pas beaucoup aux autres. Je crois même qu'ils ne causaient pas beaucoup entre eux. »

Je quittai donc Cajarc après trois jours et décidai de me rendre à Tharon, en espérant y trouver plus de traces de Charles Ellenstein et Thérèse Jacob.

C'était la fin de l'hiver. L'air de Tharon, froid et vif, piquait les chairs. Le vent océanique le poussait en bourrasques ininterrompues par les rues. Je trouvai rapidement un gîte et demandai à l'aubergiste s'il connaissait là un Charles Ellenstein ou une Thérèse Jacob. Il me répondit que non, mais ajouta que si je cherchais quelqu'un ici, c'était du côté du marché que je devais aller.

Je déposai mes affaires et sortis aussitôt pour reconnaître à pied les lieux, qui formaient une scène parfaite pour un polar balnéaire. N'étais-je pas moi-même dans une sorte de livre policier, plongée dans une enquête littéraire remplie de brumes, où un écrivain avait disparu sans laisser de traces ?

Je franchis les dunes herbacées qui longeaient la plage comme des remparts et descendis vers la mer, que bordaient ou surveillaient des pêcheries aux allures de miradors. Le soleil se couchait. Je me souviens de m'être dit : c'est comme ça que T.C. Elimane a disparu de la vie, sans bruit, comme un coucher de soleil dans l'océan. Une lourde fatigue glissa sur ma nuque à ce moment-là. Plutôt que de faire le tour des brasseries du port pour chercher Ellenstein ou Thérèse Jacob, je décidai de rentrer me reposer. Le début de mon enquête pouvait attendre le lendemain. Je dînai au gîte et relus, avant de m'endormir, quelques pages du *Labyrinthe de l'inhumain*.

Je me réveillai vers quatre heures du matin et fus incapable de me rendormir. Vers cinq heures, je décidai d'aller voir le lever du soleil. Il y avait déjà une personne sur les quais. Je la saluai. Elle se tourna vivement vers moi, un peu surprise sans doute. Il avait beau faire un peu sombre, je la reconnus tout de suite : c'était Thérèse Jacob. Je sais qu'elle aussi m'a reconnue. Nous demeurâmes pourtant silencieuses. Ce ne fut qu'après le lever du soleil qu'elle dit :

— Vous m'avez trouvée.

Sa voix n'était pas celle de mes souvenirs. Elle était douce, presque apaisée, alors que je me la rappelais nerveuse et rapide. Je tournai la tête vers elle. Son visage, lui, était resté jeune et beau, même si ses joues s'étaient creusées.

— Bonjour, mademoiselle Jacob. Vous vous souvenez donc de moi.

— Je me souviens de vous, madame Bollème.

— Appelez-moi Brigitte, s'il vous plaît.

— Je me souviens de vous, Brigitte. Je me souviens de l'entretien désagréable que vous aviez mené avec Charles et moi, au sujet d'Elimane. Je suppose que c'est lui que vous cherchez. Mais il n'y a plus que moi.

Une violente quinte de toux la saisit, qui mit un long instant à se calmer. Elle me dit qu'elle était un peu fragile des poumons, et ajouta que nous serions mieux au chaud. Je pris ces mots comme une invitation et la suivis. Elle toussa encore un peu, moins violemment, pendant notre trajet. Nous arrivâmes après une dizaine de minutes de marche devant un petit pavillon peint en bleu. On prit place au salon et je lui demandai si je pouvais retranscrire notre discussion sur un carnet de notes dont je ne me séparais jamais. Elle n'y vit pas d'inconvénient. Je sortis mon carnet, puis jetai un œil plus attentif à l'endroit où nous étions.

— C'était la maison des parents de Charles, me dit-elle en apportant du café et les mignardises locales, les kouignettes. Ils sont tous deux morts ici. Charles était leur seul enfant.

— Je vois. Et Charles ? Où est-il ?

Elle s'assit devant moi et alluma une cigarette avant de répondre :

— Charles est parti.

— Parti ? Que voulez-vous dire ?

— Je veux seulement dire qu'il est parti.

Je me retins de réagir à ce sujet. C'était Elimane qui m'intéressait ; Elimane et pas la vie privée d'Ellenstein et Thérèse Jacob ; Elimane et son livre seuls. Je préférai donc ne pas insister sur Charles Ellenstein. J'allumai aussi une cigarette, ma première de la journée, et, pendant quelques instants, on fuma en silence.

— Je savais que l'un de vous viendrait un jour. C'est donc vous. Je parie que vous êtes encore possédée par *Le Labyrinthe de l'inhumain*. Vous n'en serez jamais libérée. On n'en sort pas comme ça. Elimane...

Elle se tut alors. Je lui demandai si cela la dérangeait que je prenne quelques notes. D'un geste vague elle me fit comprendre qu'elle s'en fichait un peu et finit sa phrase :

— Elimane est un démon. Il possède. Mais il est lui-même possédé.

Elle s'arrêta encore de parler. Je ne la relançai pas. La confession devait venir d'elle-même, au rythme qu'elle aurait choisi.

— Vous vous souvenez des circonstances dans lesquelles nous avons prétendu l'avoir rencontré, Charles et moi ?

— Ce que vous avez raconté dans notre interview ? Votre rencontre dans ce bar ? Oui, je m'en souviens.

— Vous vous souvenez d'un mensonge. Ce n'est pas dans un bar, par hasard, que nous l'avons rencontré, Charles et moi. La première fois que nous l'avons vu, c'était dans un grand lycée parisien. Il avait vingt ans, arrivait de son pays natal et allait commencer son hypokhâgne. Comme à chaque début d'année, quelques anciens élèves de l'établissement qui avaient intégré Normale supérieure venaient encourager les nouveaux. Charles et moi faisions partie des anciens choisis cette année-là. Nous débutions alors dans l'édition. Elimane était naturellement l'une des attractions de la nouvelle promotion. On voyait de plus en plus d'étudiants noirs à Paris. Mais le phénomène restait rare dans notre lycée. Tout le monde avait envie de l'entendre parler, de savoir ce qu'il valait, de se faire une idée de lui ou de voir s'il correspondait à celle qu'on s'en était déjà faite.

Les nouveaux élèves furent invités à se présenter. Ils prirent la parole un à un, mais celui que tout le monde attendait était Elimane. Quand son tour vint, il parla d'une voix limpide et claire dans un silence sépulcral, et dit : « Je m'appelle Elimane. Je viens du Sénégal. Je veux écrire. » Ces trois phrases résonnèrent comme des coups de pistolet dans le préau du lycée. Le silence se poursuivit quelques secondes, puis une rumeur monta des rangs des élèves, des professeurs, des anciens élèves. C'était une rumeur indéchiffrable, mêlée. Certains semblaient stupéfaits qu'il parlât notre langue. D'autres répétaient son nom comme un talisman ou une incantation : Elimane... Elimane... Quelques-uns se demandaient où se trouvait (ou ce qu'était) le Sénégal. Mais l'essentiel était dans sa dernière phrase : Je veux écrire. Il y avait dans ces mots-là quelque chose de pur. Ils auraient couvert de ridicule et de prétention tout jeune godelureau à peine sorti de l'adolescence et qui se rêve déjà Stendhal ou Flaubert. C'est une phrase qu'on ne dit pas à la légère, surtout en hypokhâgne, classe où on découvre souvent que ce n'est pas parce qu'on sait tourner une phrase qu'on deviendra l'ombre d'un écrivain. Mais quand Elimane avait dit ces mots, j'avais senti au fond de moi que ce n'était pas seulement une vanité. Il allait falloir qu'il le prouve, qu'il tienne bon, qu'il résiste aux moqueries qui n'allaient pas tarder à arriver (un nègre, une créature à peine plus élevée qu'un primate sur l'échelle de la civilisation, qui voulait écrire !). Mais dans sa voix et son regard, il y avait... il y avait un feu. Charles et moi l'avions senti.

La première année, il était interne au lycée. Charles et moi nous tenions informés de ses débuts, et il nous apparut tout de suite qu'il n'avait pas eu besoin, comme on dit, de s'adapter à son nouvel environnement. Il semblait y avoir toujours vécu, comme si, chez lui, au Sénégal, on l'avait préparé. Les professeurs avec lesquels nous échangions nous disaient qu'il possédait une culture littéraire et philosophique très solide. D'où la tenait-il ? Était-il un de ces sorciers africains qui peuplaient l'imaginaire européen dès qu'on évoquait le continent noir ? Une chose était sûre : par le savoir comme par la maturité, il se trouvait des coudées au-dessus de ses petits camarades, ce qui lui attira aussi bien l'admiration que la haine.

Un jour, à l'approche des vacances d'automne, Charles me dit que nous devions être francs avec lui. Nous allâmes donc le voir :

— Nous sommes éditeurs, lui dit Charles. Nous voulions vous revoir parce que nous n'avons pas oublié vos mots : « Je veux écrire. » Est-ce que vous le voulez toujours ?

J'ai alors ajouté : « Nous aimerions vous lire, si vous avez quelque chose, un manuscrit. » Il nous a longuement regardés, avant de nous donner l'adresse d'une brasserie, vers la place Clichy où, nous dit-il, il écrivait pendant ses rares sorties.

— J'y serai tous les après-midi, à partir de quinze heures, pendant les vacances.

Ensuite il s'est levé, nous a salués, et il est parti.

Dès le premier jour des vacances, nous l'y avons retrouvé. Et pendant presque toute la durée des congés nous nous sommes vus dans ce restaurant, place Clichy, toujours à la même heure, l'après-midi. Nous n'étions pas encore amis, mais c'est là que nos premières vraies discussions eurent lieu.

Elimane n'a jamais vraiment voulu nous parler de lui, de sa famille, de sa vie au Sénégal, de la manière dont il avait acquis sa culture. Tout ce qui l'intéressait, c'était le présent. Et le présent, c'était son livre. Il ne voulut d'abord pas nous en parler. Il disait vouloir nous le lire quand il serait prêt. Je me souviens qu'il était très calme, très doux, sauf quand nous débattions de littérature. Là, il s'animait et bougeait comme un prédateur, un taureau dans une arène. À la fin de ces vacances, je crois que nous étions devenus amis. Il s'était surtout beaucoup rapproché de Charles. Ils s'étaient découvert une communauté de goûts littéraires, bien que leurs débats à propos de certains auteurs fussent épiques. Certains soirs, quand je me sentais fatiguée, Charles allait retrouver Elimane seul, et ne rentrait que très tard. Nous formions un trio d'amis, mais je sentais bien qu'ils se comprenaient un peu mieux tous les deux. Il y avait comme une symbiose. Je n'en étais pas jalouse du tout. À la reprise de l'école on continua à se voir parfois. Il nous disait que son livre avançait. Nous ne le pressions pas, mais avions hâte de le lire.

C'est pendant l'été que s'est produit l'événement à l'origine de tout. Il nous a dit qu'il voulait aller dans le nord de la France, sans en préciser la raison. Charles proposa que nous l'accompagnions tous les deux. Mais j'avais d'autres projets, d'autres envies. Charles, lui, tenait à le suivre, au moins une partie de son voyage. Il partit ainsi avec Elimane pendant plusieurs semaines, quatre ou cinq, avant de me rejoindre.

— Savez-vous aujourd'hui quel était l'objet de ce voyage à travers le Nord ? Où allait Elimane ? Qu'ont-ils fait tous les deux pendant ces semaines ?

— Lorsqu'il m'a rejoint, je l'ai demandé à Charles, mais il a été assez évasif, comme s'il avait promis de ne pas révéler ce qu'ils avaient fait. J'ai insisté et Charles a fini par me répondre. C'est alors que j'ai compris pourquoi parler de son voyage avec Elimane lui était difficile. Il avait l'impression de violer l'intimité de notre ami.

— Que vous a-t-il dit ?

— Il m'a dit : Elimane cherche le corps de son père, un tirailleur sénégalais. Il a disparu pendant la Grande Guerre, dans le nord de la France.

— Et vous savez s'ils l'ont trouvé ?

— Je n'en sais rien, Brigitte. Charles ne m'en a pas beaucoup dit à ce sujet. Il m'a simplement raconté qu'ils avaient sillonné nombre de villages du nord de la France à proximité desquels il y avait eu des fronts et des combats pendant la Première Guerre mondiale. Dans les départements de la Somme et de l'Aisne, notamment. C'est tout. Je sentais que ce qui s'était passé pendant ce mois de voyage n'appartenait qu'à eux. Je le leur ai donc laissé. Je n'ai plus questionné Charles. On a passé le reste des vacances ensemble, entre Cajarc et Tharon. Elimane, lui, était retourné à Paris. En septembre, on l'a retrouvé.

— Lui non plus ne vous a rien dit sur ce père qu'il cherchait ?

— Non. Mais j'espère au fond de moi qu'il a trouvé quelque chose sur son père. C'est peut-être pour le chercher qu'Elimane était venu en France. Peut-être qu'il cherchait simplement son histoire. Cette quête l'a en tout cas délivré. Elle lui a donné l'impulsion nécessaire pour écrire le roman qu'il rêvait d'écrire. Oui : je pense que *Le Labyrinthe de l'inhumain* est né de cet été-là.

Thérèse Jacob se tut et devint pensive, comme si elle était parvenue à formuler et comprendre une vérité cachée en elle depuis longtemps.

— Et ensuite ? dis-je après un temps.

— Ensuite, il renonça à continuer de préparer le concours de l'École normale. Il dit qu'il voulait écrire, et rien d'autre. Ce choix dérouta et attrista tous les professeurs, qui croyaient qu'il réussirait. Elimane ne se réinscrivit pas et parvint à trouver du travail comme manœuvre dans le bâtiment. Nous lui avions bien sûr proposé de loger chez nous ; nous avions un peu de place. Mais il dit qu'il voulait s'en sortir seul, malgré l'amitié qui nous liait. Le contremaître du chantier, un type louche, proposa de lui louer au noir une chambre misérable. Elimane accepta. C'est à partir de ce moment que commença la période la plus heureuse que nous ayons vécue ensemble. Ayant laissé tomber ses études, Elimane découvrit un nouveau rythme de vie. Le matin, de six heures à midi, il travaillait sur le chantier. Il écrivait ensuite l'après-midi, après une sieste. Puis nous nous retrouvions le soir, dans un bar ou chez nous. Cela semblait lui convenir. Nous voyions bien qu'il avait soif d'expériences, de liberté, de rencontres, de voyages, de choses extraordinaires. Il voulait éprouver le mythe de Paris, ville d'artistes, de fêtes, d'ivresses. Après en avoir beaucoup discuté, Charles et moi décidâmes de l'introduire dans un univers de notre vie qu'il ne connaissait pas encore.

Elle se tut, comme si elle voulait m'obliger à lui poser la question qui s'imposait, ce que je fis bientôt :

— Lequel ?

— L'univers des libertins.

À ce moment-là, Thérèse Jacob m'a regardée avec une lueur de défi dans les yeux. Elle attendait peut-être une réaction, un jugement. Je n'ai pas même cillé.

— Charles et moi n'étions pas mariés, dit-elle finalement. Mais nous avons bâti une relation très libre, sans autre loi que celle du plaisir. Nous fréquentions les milieux libertins depuis quelques années. C'était un milieu de secrets, de masques, d'ombres. Les gens ne s'y intéressaient pas à votre curriculum, ni même à votre identité. Ils ne voulaient que faire de vous un allié dans l'érotisme.

Je n'ai pas ouvert la bouche. Elle continua :

— Nous ne savions pas grand-chose de la vie intime, je veux dire, érotique, d'Elimane. Charles en savait peut-être quelque chose, puisqu'il était plus proche de lui. Mais moi, non. Je ne lui connaissais pas d'amante, ni d'amant d'ailleurs. Il n'avait, semble-t-il, que la littérature. Alors un soir nous lui en avons parlé, librement, chez nous. Lorsque nous eûmes fini, il réfléchit un long moment, puis dit qu'il voulait. Alors nous avons commencé à le convier à nos parties fines. Il en fut immédiatement l'attraction. Dans ces milieux, on ne se repaît que de la nouveauté, de la chair inconnue, du frisson de la découverte. Elimane, en plus de posséder tout cela, était africain. Même dans cet univers pourtant peuplé de gens éclairés et cultivés, on n'échappait pas aux stéréotypes sur les Africains et leur sexualité. Il se forgea vite une belle réputation d'amant. On le réclamait. Tout le monde voulait découvrir Elimane, le goûter, voir si le don qu'on lui prêtait était vrai.

— Charles et vous formiez donc un trio avec Elimane ?

Thérèse Jacob est restée silencieuse un moment, puis elle a dit :

— Oui. J'étais réticente à cette idée au début, mais Charles voulait. Cela l'excitait, cela l'avait toujours excité, de regarder un autre homme me faire l'amour. Et je crois que l'idée qu'Elimane serait cet homme-là l'excitait encore plus.

— Pourquoi, à votre avis ?

— Je ne sais pas. Peut-être parce qu'il voyait en lui une sorte de jumeau. C'est une simple hypothèse. Je ne sais pas.

— Et pourquoi étiez-vous réticente à cette idée ?

— Je sentais qu'elle finirait par nous détruire. Mais j'y reviendrai. Elimane était un merveilleux amant, à l'écoute, imaginatif, fougueux, infatigable et assoiffé, rude quand il le fallait, doux quand c'était nécessaire, et il mettait une grande intensité dans chacune de ses entreprises. Son regard pendant l'amour vous donnait le sentiment qu'il vous confiait son âme. Il savait faire certaines choses… des choses que peu d'hommes savent faire… ou osent faire. Ou imaginent faire. On aurait… oui… on aurait dit qu'il se transformait pendant l'amour en un vent doux, ou en eau chaude, ou tiède, et qu'il vous rentrait dans le ventre, dans le sexe, dans tout le corps. Il vous inondait. Et sa crue montait vers le ciel. Charles était un pervers de l'imagination, un as de la mise en scène érotique. Il inventait, qu'on fût entre nous ou avec d'autres, des scénarios qui provoquaient une grande excitation entre tous les participants de ces chatteries. Il a toujours été doué pour ça, sous ses airs d'éditeur respectable soucieux du seul Livre.

Une nouvelle crise de toux l'a pliée en deux à ce moment-là. Je lui ai donné à boire. Remise, elle dit :

— Merci… Passons. J'imagine que tout ce que je vous ai raconté sur le libertinage d'Elimane ne vous intéresse pas vraiment…

— Détrompez-vous. Tout m'intéresse.

— Alors écoutez bien ce qui va suivre. Au début de l'année 1938, Elimane a pu déménager dans un garni plus confortable. La première fois qu'il nous y a invités, Charles et moi, il nous a annoncé qu'il avait fini d'écrire. Notre surprise fut aussi grande que notre joie, vous le devinez aisément. Nous avions tellement hâte… C'est ce soir-là qu'il nous lut *Le Labyrinthe de l'inhumain*.

Elle replongea dans ses souvenirs un long instant, puis dit :

— Extraordinaire. J'ai trouvé le texte extraordinaire, j'ai trouvé la lecture d'Elimane extraordinaire. Tout. À la fin, quand j'ai regardé Charles, il avait les larmes aux yeux, et je sus que nous n'allions rien changer à ce manuscrit, pas même une virgule.

— Vous n'aviez pas relevé les plagiats ?

— J'y venais. À l'oreille, non. Le texte nous subjuguait.

— Et Elimane n'a rien dit ?

— Non. Ce n'est que quelques jours plus tard, alors que nous relisions le manuscrit qu'il nous avait remis, que Charles et moi avons eu des doutes sur quelques passages. Ceux des auteurs les plus évidents. Nous avons vérifié, et avons été stupéfaits de découvrir ces emprunts, mais aussi de voir comment il avait réussi à les fondre dans le mouvement de son texte. Une fois remise de ma surprise, je fus encore plus admirative du *Labyrinthe de l'inhumain* et du génie d'Elimane – oui, j'ose ce mot. Il faut en être un, pour écrire toute une œuvre avec des fragments de celles des autres. Il faut au moins avoir le génie du collage. Charles, lui, était plus circonspect. Il voyait bien la virtuosité de la composition, il reconnaissait la singularité de l'histoire du livre, mais il n'arrivait pas à se débarrasser de l'idée que c'était un vol, une imposture malhonnête. C'était un livre unique, jamais vu, profondément original, mais c'était en même temps une somme de livres existants. Cette ambiguïté était insupportable à Charles. Quand nous revîmes Elimane, le soir même, notre première grande dispute éclata. Charles reprochait à Elimane d'avoir pillé la littérature ; Elimane répondait que la littérature était un jeu de pillages, et que ce livre le montrait. Il disait que l'un de ses objectifs était d'être original sans l'être, puisque c'était une définition possible de la littérature et même de l'art, et que son autre objectif était de montrer que tout pouvait être sacrifié au nom d'un idéal de création. Ils n'ont pas arrêté de se disputer. Charles n'était d'accord avec rien, et il en souffrait d'autant plus qu'il ne pouvait nier que le livre eût sa beauté propre, et ne fût pas un pâle reflet des œuvres qu'il contenait. Il a dit qu'il ne publierait jamais ce livre en l'état et Elimane a dit : « Soit, alors je le publierai ailleurs. » Quant à moi, je n'ai d'abord rien dit ce soir-là. J'ai laissé les coqs se battre. Mais au fond de moi j'étais d'accord avec Elimane. Quand je l'ai enfin exprimé, Charles est sorti de ses gonds et a hurlé que cela ne l'étonnait pas, qu'Elimane m'avait rendue folle. Je crois qu'il était un peu jaloux d'Elimane, même si c'était son meilleur ami.

— Et ensuite ?

— Après quelques jours de tension et de débat entre nous, Charles a invité Elimane à la maison. Il lui a dit qu'il voulait bien publier le texte, à condition de mettre entre guillemets les citations littérales, et en italiques les passages réécrits. Évidemment Elimane refusa. Charles, dans une tentative désespérée, a essayé de lui faire accepter l'idée d'une préface ou d'un avant-propos, un avertissement pour expliquer sa façon de faire. Elimane a de nouveau rejeté l'idée avec colère. Il a dit que rien n'était pire qu'une œuvre qui s'expliquait, avertissait, donnait des pistes pour qu'on la comprenne ou l'absolve d'être ce qu'elle était. Il s'est énervé et il est sorti. Charles et moi l'avons poursuivi dans la rue. Quand on l'a rattrapé, Charles lui a dit qu'il voulait finalement essayer.

— Pourquoi a-t-il changé d'avis, à vos yeux ?

— Je ne sais pas. Peut-être qu'il s'est rappelé tout le chemin qu'Elimane avait parcouru pour en arriver là.

— Et comment ce dernier a-t-il réagi quand Charles lui a dit dans la rue qu'il le publierait ?

— Il s'est mis à pleurer comme un enfant. C'est l'unique fois où je vis ses émotions le déborder. Charles a pleuré aussi. Nous sommes allés dans la brasserie où nous nous étions retrouvés la première fois, place Clichy. Nous avons fêté ça, puis nous sommes revenus et avons fait l'amour tous les trois, avec ardeur, ivresse et joie. Elimane nous a remerciés pour notre confiance, et il nous annonça ce même soir qu'il publierait *Le Labyrinthe de l'inhumain* sous le nom T.C. Elimane. T. comme Thérèse, C. comme Charles. Il voulait mettre les initiales de nos prénoms à côté du sien. Trois mois plus tard, on a publié *Le Labyrinthe de l'inhumain*. Après quelques jours, vous avez été la première à en parler dans la *Revue des deux mondes*. Vous connaissez la suite.

— Précisément, non. Comment Elimane a-t-il réagi aux articles dans la presse ? Je ne parle pas encore de l'article de Bobinal ou celui de Vaillant. Je parle simplement des autres critiques.

— Elles l'ont rendu très malheureux. Pendant cette période il se terrait chez lui, attristé, très marqué. Ce que vos confrères et vous-même écriviez sur *Le Labyrinthe de l'inhumain* l'a abattu. Il disait que vous ne compreniez pas, qu'aucun de vous ne comprenait, que vous faisiez tous, même ceux qui prenaient sa défense, des contresens de lecture. Il pensait que vous ne le lisiez pas, ou, ce qui était pire à ses yeux, que vous le lisiez mal, et que ne pas savoir lire était un péché.

— Pourtant, la rumeur a couru à l'époque que son livre intéressait beaucoup les jurés du Goncourt.

— C'est vrai. Rosny aîné, le président des Goncourt, aimait la dimension surnaturelle du roman. Il se racontait que Rosny jeune, à l'inverse, n'était pas convaincu. Lucien Descaves trouvait le livre audacieux, peut-être trop. Dorgelès, qui avait fait la guerre avec les tirailleurs sénégalais, qu'il respectait, avait laissé entendre qu'il soutiendrait le livre. Léon Daudet aurait dit à un journaliste : « La seule chose qui me déplaise dans ce livre est son éditeur, Ellenstein, un israélite ! » Léo Larguier avait qualifié sa langue de monstrueuse. Francis Carco lui trouvait du style. Pol Neveux ne lui en trouvait aucun. Mais ils en parlaient, oui.

— Et malgré tout Elimane demeurait triste ?

— Il ne se préoccupait pas vraiment du Goncourt. Quand nous le voyions, il répétait inlassablement qu'on ne l'avait pas compris et que c'était un crime. Nous nous sentions impuissants. Nous voyions bien, malgré tout ce que nous tentions, qu'il était inconsolable. C'est à ce moment-là que vous nous avez écrit, à Charles et moi, pour demander un entretien. Évidemment, il a refusé de le faire, mais ne s'est pas opposé à ce que nous vous rencontrions.

— Mais qu'est-ce qui le peinait, au juste ? Que nous n'ayons pas vu ce que le professeur Vaillant a vu après : les plagiats ? Les réécritures ? La virtuosité de sa composition ?

— Même aujourd'hui, dix ans après, vous ne comprenez pas. Ce qui l'a chagriné, c'est que vous ne l'ayez pas vu comme écrivain, mais comme phénomène médiatique, comme nègre d'exception, comme champ de bataille idéologique. Dans vos articles, peu ont parlé du texte, de son écriture, de sa création.

— Pardonnez-moi, mais vous aussi, Charles et vous, l'avez vu comme nègre exceptionnel...

— C'est faux, dit-elle d'une voix dure. Nous avons vu l'écrivain d'exception en lui ; pas le Noir savant. Contrairement à vous. Pour vous, ce n'était qu'une bête de foire. Vous l'avez exposé ; pas comme un écrivain talentueux, mais comme on expose un homme dans un zoo humain. Comme l'objet d'une avilissante curiosité. C'est aussi pour ça qu'il ne pouvait pas se montrer. Vous l'avez tué.

— Ce sont Henri de Bobinal et Paul-Émile Vaillant qui l'ont tué. Ce sont eux qui ont parlé des plagiats. Saviez-vous, d'ailleurs, que l'article de Bobinal était...

— ... un tissu de mensonges. Oui, je le sais. Je sais aussi que Bobinal est mort. Quand son article est sorti en 38, nous sommes immédiatement allés voir Elimane. Il nous a dit que ce professeur mentait, puisque les Bassères n'étaient pas un peuple du Sénégal. Bobinal avait inventé ce mythe. Charles a voulu écrire un article pour démentir celui de Bobinal, mais Elimane a refusé. Il a dit qu'il désirait rester silencieux, et que plus rien ne le ferait réagir. Nous sommes allés le trouver un soir. Il y avait de l'orage. Nous lui avons dit qu'il était égoïste et que, dans cette affaire, il n'était pas le seul en cause : nous, ses éditeurs, sa maison d'édition, étions aussi en première ligne. Charles a dit qu'il écrirait un article, qu'Elimane le veuille ou non, pour laver l'honneur du livre, de la maison, de nous tous. Il ne supportait pas qu'un mensonge vînt tuer Gemini sans qu'il se défendît. Elimane a évidemment tenté de l'en dissuader. Le ton est monté. Ils en sont venus aux mains. Elimane a pris l'avantage, c'était un colosse. Charles était courageux mais il n'avait aucune chance. Je criais pour qu'ils arrêtent, ils ne m'écoutaient pas, l'orage grondait dehors. C'est allé très vite. À un moment, alors que Charles était à terre, à moitié assommé et le front en sang, Elimane a dit : « Je vais arrêter tout ça. Il le faut. » Il m'a regardée, un regard où il y avait tant de choses, tant de supplications et de prières, tant de douleur, et des larmes aussi, et de l'amour, mais il n'a rien dit, et il est parti dans l'orage après avoir pris quelques affaires. C'est la dernière fois que je l'ai vu.

Je laissai passer quelques secondes de silence avant de reprendre :

— Vous ne l'avez pas revu après cette dispute ? Jamais ?

— Non. Même si j'ai eu de ses nouvelles ensuite, beaucoup plus tard. Cette nuit-là, la nuit où ils se sont battus, après son départ, nous sommes restés dans l'appartement. C'était son appartement. Je me suis occupée de Charles et j'ai soigné sa blessure. Il m'a dit que tout cela était une bêtise sans nom, une folie. Il a pleuré et dit que c'était sa faute et qu'il n'aurait jamais dû embarquer Elimane dans cette histoire d'écriture. Je l'ai détesté à ce moment-là, j'ai haï sa faiblesse, mais j'ai surtout haï sa condescendance et son arrogance. Il fallait en avoir, pour croire qu'Elimane n'aurait pas écrit sans lui. Mais je n'ai rien dit et nous sommes restés dans l'appartement, à attendre qu'Elimane revienne. Il n'est pas revenu de la nuit. Ni de la journée suivante. Nous sommes rentrés chez nous. Les jours suivants Elimane n'était plus là. Le concierge nous a dit qu'il ne l'avait pas vu depuis plusieurs jours. Nous avons commencé à craindre le pire. Nous l'avons cherché dans tous les endroits possibles : des cafés, des bars, des jardins, des librairies, des lieux où nous étions allés ensemble et qu'il aimait. Nous avons fait le tour des scènes libertines où nous l'avions conduit. Introuvable. Il avait disparu. Nous allions lancer un avis de recherche quand l'article de Vaillant a paru. Celui-là a été notre coup de grâce : il s'attaquait aux vrais plagiats, et nous mettait directement en cause. La presse a renchéri, et la justice s'en est vite mêlée. Certains héritiers d'auteurs plagiés ont exigé d'être dédommagés. Ce furent pour nous, Charles et moi, les pires moments de cette affaire. Nous recevions des courriers menaçants de toutes parts, la justice nous condamna, l'opinion nous crucifia, nous devînmes les coupables de ce coup, puisque Elimane n'était apparu nulle part. Comme le corps de l'écrivain demeurait invisible, on attaqua ses éditeurs. Nous avons dû fermer Gemini après avoir détruit tous les exemplaires que nous avions pu trouver du *Labyrinthe de l'inhumain*. Nous les avions retirés des librairies et de tous les dépôts possibles. Nous avions vidé nos stocks. Ce qui nous restait de notre capital servit à régler les frais judiciaires, à rembourser les héritiers qui avaient porté plainte, et à payer les trois employés que nous avions. Après cela, il nous restait très peu d'argent. Nous avons fermé Gemini, avons vendu le petit appartement que nous habitions, et sommes partis de Paris sous la pression de Charles. Nous sommes allés à Cajarc, dans le Lot, le temps que l'orage passe. Je n'y tenais pas, pour ma part, d'abord parce que je haïssais notre maison à Cajarc, qui est l'héritage que mes parents m'avaient laissé, mais ensuite parce que j'avais le sentiment que nous abandonnions à Paris nos rêves, notre jeunesse. Et, bien entendu, Elimane.

— Vous n'avez eu aucune nouvelle pendant les affaires judiciaires ?

— Aucune. Nous étions si débordés et pressés que nous n'allions plus le chercher chez lui ou ailleurs. Nous voulions simplement nous sortir de cette tourmente. Il n'est pas venu au tribunal, il ne nous a pas écrit. Il est resté invisible. J'ai cru qu'il était mort. Je me disais même qu'il eût mieux valu qu'il le fût : sa mort au moins expliquait son silence.

— Où était-il et qu'a-t-il fait pendant ces semaines de procès ?

— Je ne sais pas. Il ne l'a pas dit quand il nous a écrit.

— Quand vous a-t-il écrit ?

— Deux ans plus tard, début juillet 40. Nous étions à Cajarc depuis plus d'un an et demi et nous savions que nous n'en partirions pas tout de suite à cause de la guerre. Nous avions bien sûr tenté de lui écrire à son adresse. Mais nos lettres ne reçurent jamais aucune réponse. Puis, un beau jour, sa lettre est arrivée.

— Que vous a-t-il dit dans cette lettre ?

Thérèse Jacob n'a pas répondu tout de suite. Elle m'a regardée quelques instants, puis a dit :

— C'est personnel.

— S'il vous plaît, mademoiselle Jacob, je…

— N'insistez pas, Brigitte. Et arrêtez avec vos mademoiselle Jacob. Appelez-moi Thérèse. Cette lettre est personnelle. Je peux seulement vous dire qu'elle finissait par ces mots : « Désormais que tout est accompli et à accomplir, je peux enfin rentrer chez moi. »

— Rentrer chez lui… Au Sénégal ?

— Vous ne comprenez pas. C'était la guerre. Le pays était occupé. Il lui était impossible de retourner au Sénégal à ce moment-là. « Je peux enfin rentrer chez moi » ne pouvait signifier qu'une chose : je vais me remettre à l'écriture.

— Et que voulait-il dire par « tout est accompli et à accomplir » ?

— Qu'il allait repartir après avoir purgé sa peine.

— Quelle peine ?

— Celle à laquelle tout le monde en 1938, vous aussi, l'avait condamné : n'être pas compris. Tout est accompli signifie : j'ai fini par comprendre que non seulement être compris est rare en littérature, mais qu'il faut encore tout faire pour ne l'être jamais totalement, quand on est écrivain. Je peux désormais écrire en étant délivré de l'angoisse de n'être pas compris, puisque je ne le souhaite plus. Voilà ce que ça voulait dire.

— Encore une fois, c'est votre interprétation.

— Vous êtes libre d'en donner une autre.

— Avez-vous gardé cette lettre ?

— Si c'était le cas, je ne vous la montrerais pas.

— Lui avez-vous répondu ?

— Non. Elimane n'avait pas indiqué d'adresse. D'ailleurs, nous étions trop occupés, Charles et moi, à survivre à Cajarc, au début de la guerre. C'étaient des années difficiles. Je n'aimais pas la maison de Cajarc, je vous l'ai dit. C'est une maison où j'avais de mauvais souvenirs d'enfance. Mais ce qui rendait la vie plus difficile était la colère grandissante que je nourrissais à l'égard de Charles. Je voulais être à Paris. Ou partout ailleurs sauf à Cajarc. Mais lui disait que Paris était une énorme souricière, et qu'il fallait plutôt attendre un peu dans la région, et y chercher des réseaux d'une possible résistance. Il y en avait, en effet, et nous nous apprêtions à entrer en contact avec eux quand Charles est parti. Un beau jour, en 1942, sans prévenir, il est parti. À mon réveil il n'était plus là. J'ai compris deux jours plus tard où il était, quand il m'a écrit. Où que ce fût, il n'en est pas revenu. La seule lettre qu'il m'a envoyée de ce front était aussi une sorte de lettre d'adieu. Je crois que Charles voulait se racheter. Il voulait se racheter à mes yeux, mais aussi à ses propres yeux. Je crois qu'il avait fini par s'en vouloir d'avoir abandonné Elimane. Charles ne m'avait pas prévenue parce qu'il savait que je ne l'aurais pas laissé partir. Pas sans moi, du moins. Dans la seule lettre qu'il m'a envoyée après son départ, il me disait que, si je restais trois jours sans lettres de lui, c'est qu'il était mort. Il n'a plus réécrit. J'ai compris. Je ne pouvais rien faire. Je suis donc restée cachée à Cajarc jusqu'à la fin de la guerre. J'ai aidé la résistance à ma façon. Et en 46, il y a deux ans, je suis venue m'installer ici, à Tharon. Charles me manque. Je l'aimais. Gardez vos condoléances. Continuons. Et Elimane, n'est-ce pas ? Est-ce que je l'aimais ? Ce n'était pas un homme aimable, Brigitte. Je ne veux pas dire qu'il était impossible à aimer. Il se dégageait de lui une violence silencieuse, et vous ne saviez pas si vous désiriez éteindre cette violence, la partager pour l'en soulager, ou si vous désiriez la fuir et la rejeter le plus loin possible de vous.

— Vous n'avez donc plus jamais eu d'autres nouvelles de lui depuis sa lettre de juillet 1940 ?

— Jamais. Mais plusieurs fois, après le départ de Charles, j'ai eu l'impression qu'Elimane était tout près, qu'il m'observait. Sûrement le fruit de mon imagination. Il doit être mort pendant la guerre, comme Charles. Avec le temps, j'ai fini par comprendre que la lettre qu'il nous a envoyée en juillet 1940 était un adieu.

Je ne dis rien. Un long moment passa, puis elle me regarda :

— Voilà, Brigitte. Je crois que c'est tout ce que je voulais vous dire. Pour moi aussi, d'une certaine manière, tout est accompli.

Après ces mots, Thérèse m'a dit qu'elle était fatiguée et que sa toux la faisait souffrir. L'entretien s'est terminé. Je l'ai remerciée et suis rentrée au gîte. J'ai écrit la première version de ce récit le reste de la journée et toute la nuit, sans fermer l'œil, en mangeant à peine. Deux jours plus tard, je suis retournée chez Thérèse Jacob pour la lui faire lire. Elle m'a dit que ça ne l'intéressait pas, et que je pouvais en faire ce que je voulais. Elle m'a dit au revoir. Mon séjour à Tharon était terminé.

Revenue à Paris, j'ai procédé à quelques vérifications complémentaires. J'ai par exemple retrouvé les traces du brillant passage d'Elimane dans son lycée entre 1935 et 1937, et j'ai découvert son nom complet, celui sous lequel il a été inscrit au registre des étrangers à la préfecture de Paris : Elimane Madag Diouf. Mais je n'ajoutai fondamentalement rien au récit que Thérèse Jacob m'avait fait, celui que vous tenez entre vos mains.

Il se peut que cette enquête soit un échec. Qui était vraiment le Rimbaud nègre ? se demande son titre. Mais le sait-on, en arrivant à la fin de ces pages ? Sait-on qui était vraiment Elimane Madag Diouf, alias T.C. Elimane, en refermant ce livre ? Je n'en suis pas certaine.

On en saura peut-être un peu plus, certes, sur son arrivée et sa vie à Paris, à une certaine époque, celle où il écrivit et publia *Le Labyrinthe de l'inhumain*. C'est sans doute déjà non négligeable, étant donné le mystère absolu qui entourait sa vie. On en sait aussi un peu sur la manière dont il composa ce roman, engendré par tant d'autres, dans une construction tout à fait assumée.

Il ne m'appartient pas de juger l'homme ou l'œuvre. La postérité, si elle s'intéresse encore un jour au *Labyrinthe de l'inhumain*, le fera. On en sait un peu plus sur la manière dont Elimane vécut ce tourbillon. On connaît une part de ses mœurs, de son caractère, de son esprit. On sait qu'il fut brillant et habité par les livres. Mais tout cela suffit-il à dire qui il était dans son âme ?

Elimane, depuis 1940 et cette lettre que Thérèse Jacob dit avoir reçue de lui, n'a plus donné de signe de vie. Beaucoup de choses, de terribles choses, on le sait, se sont passées après 1940 dans notre pays. Elimane a peut-être été emporté dans le cours de ces tragiques événements. Mais il est impossible de le savoir. Rien ne dit qu'il n'est pas vivant, quelque part, ici, et qu'il lira cette enquête avec un petit sourire, peut-être en cet instant même. Rien ne me dit qu'il n'est pas retourné en Afrique. Une chose est certaine et Thérèse Jacob l'a dit : il a trouvé dans la littérature son pays réel ; peut-être le seul.

Au moment d'écrire les dernières lignes de cette enquête, je pense à lui, où qu'il soit. Et je pense aussi à ceux qui furent ses amis : Thérèse Jacob et Charles Ellenstein. Je leur dédie ce récit.

TROISIÈME BIOGRAPHÈME

Où finit Charles Ellenstein

1

Alors qu'il se rapproche de Paris, Charles Ellenstein ne sait évidemment pas où Elimane pourrait se trouver (ni même s'il vit encore dans la capitale). Surtout, Ellenstein n'a aucune idée de ce qui l'attend. Il a bien eu vent de certaines rumeurs. Mais par tempérament comme par culture, Charles Ellenstein ne croit pas à ces rumeurs. Il a foi en la mesure et en l'intelligence des hommes. Or les rumeurs qu'il a entendues ne sont ni mesurées ni intelligentes : elles sont répugnantes.

De toutes les manières, Ellenstein n'est pas *vraiment* juif. Il n'a pas de pratique cultuelle. Son intérêt pour la Torah et le Talmud est limité, et d'ordre strictement intellectuel. Comme Thérèse, son identité juive ne l'obsède pas, son imaginaire ne l'habite pas, il ne la revendique pas et n'y songe presque jamais, bien que le climat antisémite des dernières années l'ait attristé et même indigné. En réalité, la judéité de Charles ne lui est rappelée que par d'autres, qui l'entendent dans son nom ; et lorsque ceux-ci l'évoquent, Ellenstein répond, en souriant, qu'il est juif sans y penser.

Charles Ellenstein se rappelle son ami. Ils se sont quittés sans réel adieu. Il le regrette. C'est pour ça qu'il revient à Paris, pour corriger le passé (Ellenstein fait partie de ces hommes qui croient la chose possible). Il est là pour Elimane, mais il est aussi là pour Thérèse, et un peu pour lui-même.

Quelques jours plus tôt, à Cajarc, le sentiment de culpabilité l'a attaqué et terrassé comme jamais auparavant. Charles Ellenstein s'est alors dit qu'il ne pouvait plus rester ici, caché comme un lâche, sous le regard terrible de Thérèse, qui le méprisait depuis leur fuite. Il a alors pris la décision, sans en parler à Thérèse, de repartir seul à Paris. Le passeur qui l'a aidé à traverser clandestinement la ligne de démarcation entre la zone libre et la zone occupée lui a dit qu'il courait à la mort.

Juillet 1942 : cela fera bientôt quatre ans (depuis fin 38) que Thérèse et lui n'ont pas vu Elimane. Ce dernier n'a répondu qu'à une seule des lettres qu'ils lui ont envoyées. C'était pendant l'été 1940 : une sorte de lettre d'adieu qu'il avait conclue en ces mots : « Désormais que tout est accompli et à accomplir, je peux enfin rentrer chez moi. » La dernière fois qu'ils l'ont vu, cette fameuse soirée d'orage où tout était allé à vau-l'eau entre eux et avait failli virer au drame, c'était à l'adresse d'Elimane, dans la chambre qu'il louait au dernier étage d'un immeuble, non loin de la place de la République.

C'est la dernière adresse que Charles lui a connue. C'est donc là qu'il a prévu de commencer ses recherches.

2

Quoiqu'il se soit préparé à l'entendre (mais personne ne sait se préparer convenablement à être déçu), Charles est dépité et désemparé quand il apprend qu'Elimane ne vit plus dans son ancien immeuble. La concierge (la même qu'à l'époque) lui a dit qu'Elimane est parti, elle en est sûre, avant la guerre. Ellenstein lui demande si elle sait où il est allé. La concierge lui répond que cet Africain n'a jamais été très bavard, mais qu'elle a cru comprendre qu'il déménageait vers le sud de Paris, vers la porte d'Orléans. C'est une maigre information, que rien n'atteste, mais elle est la seule dont il dispose, alors Ellenstein décide de suivre ce qu'il n'est pas convenable de nommer une piste, mais un froissement de fourrés dans une jungle drue.

Il traverse la ville à pied, et doit s'arrêter plusieurs fois pour reprendre son souffle. Son cœur s'emballe dès qu'il fait quelques pas, et Ellenstein, qui est encore jeune et en bonne santé, se demande si c'est le changement d'air qui lui cause ces essoufflements répétés. Il finit par héler un vélo, et un gaillard aux épaules massives, aux jambes puissantes, silencieux et bon connaisseur de Paris, le conduit vers la porte d'Orléans. Tandis qu'il regarde, du fond de la carriole, la ville défiler, Charles Ellenstein commence à comprendre la cause des emballements cardiaques qu'il a ressentis. Il ferme les yeux. Son cœur bat alors à un rythme à peu près normal, mais il lui semble bientôt que ce retour à une mesure plus régulière le livre à une angoisse plus profonde. Ce n'est pas seulement de ne pas reconnaître la ville qui le met dans cet état, c'est surtout le sentiment de n'être pas reconnu d'elle. Ou, au contraire, le sentiment diffus qu'il est parfaitement reconnu d'elle, identifié par toutes ses rues, regardé par chaque bâtiment. Toute la ville murmure son nom, et c'est cela qui l'effraie. Il tente de maîtriser sa peur. Elle ne disparaît que lorsqu'il se retrouve seul. Il réussit à louer une chambre dans un hôtel, l'hôtel de l'Étoile, situé rue du Couëdic, à quelques centaines de mètres de la porte d'Orléans.

Quand il se calme un peu, Ellenstein décide d'écrire à Thérèse, pour la rassurer et lui expliquer où il est, ainsi que les raisons de son départ subit. Dans la suite de la lettre il lui fait aussi le compte rendu de sa première journée à Paris, lui dit qu'elle lui manque, et l'informe de ses projets pour le lendemain (essentiellement, marcher dans les environs de la porte d'Orléans et peut-être aller à la mairie, en espérant croiser l'ombre d'Elimane). À la fin de la lettre, il confie à Thérèse qu'en traversant Paris occupé, rempli d'officiers et de soldats allemands, placardé d'affiches nazies et de croix gammées, presque vide de monde, constellé de jaune, il a eu le sentiment de *devoir* – il hésite longuement, en ce point, entre devoir, vouloir et pouvoir, et choisit finalement devoir pour son ambiguïté – mourir.

Il se résout ensuite, la peur au ventre, à aller la confier au passeur clandestin qui l'avait fait entrer en zone occupée. Ce dernier devait regagner la zone libre et s'arranger pour que Thérèse reçoive la lettre. Mais dehors la ville ne murmure plus son nom et sa crainte s'estompe. Il s'endort et, cette nuit-là, rêve de son père, Simon Ellenstein. Ce dernier, debout dans l'allée centrale d'une synagogue, discutait avec un autre homme qu'il reconnut tout de suite : le Führer en personne. Charles Ellenstein ne comprenait pas leur échange : ils parlaient tous deux dans une étrange langue hybride, sorte d'arabo-allemand mêlé d'hébreu, qui, servie par la théâtralité et les grandes orgues hitlériennes, devenait une assourdissante hélice détraquée aux lames rougies. Simon Ellenstein, de son côté, répondait avec une calme fermeté, remarquablement économe dans ses gestes, tout l'inverse du Führer, qui s'agitait. Il était difficile à Charles (dans le rêve du moins, car lorsqu'il y repensa éveillé cela lui parut évident) de dire si le contraste entre ces deux styles oratoires et existentiels donnait à la scène une qualité comique ou tragique. À quelques mètres des deux bretteurs, sur l'un des bancs, un troisième homme semblait prier, ou dormir, ou simplement rêver. Ellenstein crut se reconnaître de dos. Il s'approcha. Quand il passa entre Adolf Hitler et Simon Ellenstein, aucun des deux ne le remarqua, comme s'il avait été un invité invisible. Il regarda son père de près et tomba d'accord avec sa mère, qui disait qu'ils avaient la même ligne de menton. Il ne s'attarda pas en revanche sur le visage du Reichsführer, qui ressemblait en tout point au visage du Reichsführer et n'offrait aucune surprise. Il les laissa ensuite à leur querelle et avança vers l'homme assis plus loin. Il n'eut plus de doute : c'était lui-même. Mais une fois devant l'homme, il vit, au lieu de son propre visage, celui d'Elimane. Il vit aussi qu'il ne dormait pas : il était mort. Saisi d'effroi Charles voulut crier, mais soudain la voix de son père retentit (en français) : Charles, tu ne peux plus rien pour lui. Et Hitler d'ajouter (dans la langue hybride qu'il comprenait intuitivement) : Tu ne peux plus rien pour toi.

Charles se réveille, trempé, et reste troublé quelques instants ; puis il se dit que ce n'était qu'un cauchemar, et qu'il ne croit pas plus aux cauchemars qu'aux rumeurs. Il boit un verre d'eau et se rendort. Le reste de sa nuit est paisible.

3

Naturellement, comme le lecteur, qui connaît la vie, s'en doute, Charles Ellenstein ne croise pas Elimane par hasard le lendemain. Il fait toutefois, au début de l'après-midi, une rencontre à laquelle il ne s'attend pas. Il est assis sur un banc public rue d'Alésia en se demandant si sa venue à Paris n'est pas un projet absurde ou suicidaire, quand une femme, après être passée devant lui, revient sur ses pas. Elle s'arrête à sa hauteur et dit : Monsieur Ellenstein ? Il lève les yeux vers elle mais ne la reconnaît pas. Il est quasiment certain de ne l'avoir jamais vue, même si, de son côté, la femme affiche un sourire de connivence qui indique ou suggère que tous deux se connaissent. Il tente de remuer la vase de sa mémoire à la recherche de ce visage. C'est en vain. La femme dit :

— Charles, c'est vous ?

— Oui, mais… Pardon, mais…

— J'ai donc tant changé que ça ? C'est moi, Claire. Mademoiselle Ledig.

Charles Ellenstein a encore une demi-seconde de flottement, puis, de façon évidente, le visage de Mademoiselle Ledig s'accorde à son nom, et le souvenir revient. Il trouve impardonnable d'avoir pu oublier le visage de celle qui fut la secrétaire de Gemini, sa maison d'édition, pendant plusieurs années. Il se confond en excuses, lui dit qu'elle n'a pas changé (ce qui est faux) et que c'est lui qui était perdu dans ses pensées (ce qui est juste). Il l'invite à prendre un verre pour achever de se faire pardonner, elle accepte car elle est un peu en avance. Elle lui propose de l'accompagner dans une brasserie proche où elle a rendez-vous après. Ils s'y rendent, c'est à quelques minutes de là. Elle commande un thé, lui une bière. Ils parlent fatalement de Gemini, du temps glorieux où la maison était solide et marchait bien malgré sa taille modeste et ses ambitions éditoriales exigeantes mais (ou donc) confidentielles. L'ombre du *Labyrinthe de l'inhumain* plane sur la discussion, cependant ni Ellenstein ni Claire ne le mentionne. Il lui demande si elle a retrouvé du travail après la fermeture de Gemini.

— Plus qu'un travail, Charles, j'ai trouvé un homme. Je vais peut-être me marier.

Charles Ellenstein la félicite. Mademoiselle Ledig remercie du bout des lèvres, un peu gênée. Charles s'en aperçoit et lui en demande la raison. Elle hésite avant de répondre :

— Mon fiancé est… C'est, vous comprenez, je suis sûr que vous comprendrez, car vous êtes un homme ouvert, c'est… un officier allemand. Mais il n'est pas comme les autres ! ajoute-t-elle précipitamment, presque dans une supplication.

Charles Ellenstein ne sait quoi répondre pendant quelques secondes, puis il dit :

— Ce sont des choses qui arrivent. Je ne suis pas là pour vous juger.

Ils restent tous deux silencieux, jusqu'à ce qu'Ellenstein lui demande si elle a des nouvelles de Pierre Schwarz et André Merle, ses anciens collègues à Gemini. Claire dit que non. Puis, pour éviter que la gêne ne se réinstalle entre eux, elle demande à son ancien employeur ce qu'il fait là :

— Je croyais que vous aviez décidé de partir. Vous êtes revenu vivre ici ?

— Non, j'ai bien quitté Paris. Je suis revenu seulement hier. Je loge dans un petit hôtel non loin, l'hôtel de l'Étoile, rue du Couëdic.

— Oh, je le connais bien. J'avais tenté de m'y faire embaucher après la fermeture de Gemini, mais c'est un autre hôtel qui m'a engagée.

— Je vois… Je suis revenu à Paris car…

Comme elle un peu avant, il hésite avant de poursuivre :

— Je suis revenu car je cherche Elimane.

— Elimane ?

— Oui, vous savez, l'auteur du *Labyrinthe de l'inhumain*, vous vous souvenez… Je sais que vous ne l'avez jamais vu, mais…

— Je ne l'ai pas vu, non. Mais Josef oui. Josef, lui, l'a vu. C'est ce qu'il m'a dit.

— Josef est l'officier allemand que vous fréquentez ?

— Oui, c'est lui. Il a rencontré Elimane. Et je sais que sans son livre Josef ne m'aurait peut-être jamais parlé.

Charles Ellenstein vide son verre. Claire commence à lui raconter l'histoire. Après la fermeture de Gemini, elle a retrouvé une place à l'accueil d'un bel hôtel particulier, vers Montparnasse. Elle y travaille depuis trois mois à peine quand la guerre éclate et, lorsque les Allemands percent le front français en 40 et s'approchent de Paris, elle décide, contrairement à beaucoup de collègues, de rester. Elle reste parce qu'elle aime son travail, mais aussi parce qu'elle n'a nul endroit où aller. L'hôtel est très charmant. Les occupants ne tardent donc pas à le réquisitionner. Ils y logent des officiers, de beaux officiers, bottes éclatantes, uniformes impeccables, épaulettes hautes à barrettes d'or, élégants et fiers comme des archontes grecs en parade. Parmi eux, se trouve le capitaine Josef Engelmann, l'un des princes de l'état-major allemand à Paris. C'est un francophile déclaré qui a plusieurs fois séjourné à Paris avant la guerre, et qui connaît bien la poésie française. Il la lit en langue originale, même si le sens de certains mots et de certaines images lui échappe, notamment chez le poète qu'il juge supérieur à tous les autres, le plaçant même au-dessus de la constellation poétique et sacrée que dessinent Lautréamont, Baudelaire et Rimbaud : Mallarmé.

Les prouesses militaires d'Engelmann et son courage pendant la campagne française ne laissent cependant aucun doute quant à son dévouement à la *Vaterland*. Il se distingue même par une détermination et une cruauté au combat qu'on interprète comme une volonté, à travers des actes violents et rageurs, de lever toute suspicion à son égard. La France vaincue, il redevient un doux et sensible esthète. Il passe son temps, une fois les tâches administratives expédiées, à lire, chercher des ouvrages rares, se promener dans cette ville qu'il aime. C'est un homme assez solitaire, qui préfère la compagnie des œuvres à celle des hommes. On le voit cependant lors de quelques mondanités, discutant avec Ernst Jünger, auquel il est souvent comparé, même si ce dernier jouit d'une aura et d'un prestige qu'Engelmann ne possède et ne désire d'ailleurs pas. Il n'est pas écrivain et n'a pas la tentation de l'être. Lire et aimer la poésie lui suffit.

Engelmann remarque Claire Ledig, qu'il voit quelquefois à l'accueil de l'hôtel. Il a intercédé en sa faveur quand ses supérieurs ont voulu la remplacer par une Allemande de souche pure. Engelmann a ainsi souligné que Claire Ledig, née en Alsace avant le traité de Versailles, n'a jamais oublié cette origine allemande, bien qu'elle se soit parfaitement réintégrée à la société française. Du reste, elle parle aussi bien l'allemand que le français, ce qui constitue, dit encore Engelmann, un incontestable avantage vu le contexte : elle pourrait, pour le régime, être une précieuse alliée. Fraulein Claire lui plaît ; toutefois, son sens un peu suranné de la cour le retient longtemps. Un jour, pourtant, le capitaine Engelmann revient d'une de ses promenades avec un livre qu'il a acheté pour une bouchée de pain chez un collectionneur. À l'accueil, il a demandé à Claire, dans un français impeccable (même si la discussion se poursuit en allemand, un allemand tout aussi limpide), si elle connaît ce livre qu'il vient d'acheter et dont la lecture l'a subjugué.

— C'était *Le Labyrinthe de l'inhumain*, dit Claire, notre *Labyrinthe de l'inhumain*. Imaginez ma surprise quand j'ai vu ce titre, et revu l'emblème de Gemini. Josef a dû croire qu'il avait éveillé en moi un souvenir douloureux, ou qu'il s'était mal exprimé, quand il a vu l'expression de mon visage. Mais je me suis reprise et lui ai raconté la cause de ma réaction. Lui non plus n'en revenait pas d'une telle coïncidence. Mais ce qui l'a surtout fasciné, c'est l'histoire de ce livre, la manière dont le plagiat avait été réalisé, le fait qu'on n'ait jamais vu Elimane, le fait qu'on ne sache toujours pas qui il est. Il m'expliqua en plus que l'histoire même que racontait le livre était une puissante allégorie de la quête d'élévation morale et esthétique par le feu purificateur. Je n'avais pas lu le livre à l'époque, je vous l'avoue, Charles, et à cause de cela, je ne pus en discuter ce jour-là avec Josef, mais je l'écoutai longuement parler de littérature. À partir de cette discussion, nous nous sommes vus chaque jour, et il m'a avoué qu'il avait longtemps attendu une occasion galante de m'approcher sans paraître indélicat, et que c'était *Le Labyrinthe de l'inhumain* qui la lui avait offerte. Il me reparla souvent du livre et de la fascination qu'il avait à la fois pour son sujet et pour son destin. Il ne croyait pas qu'Elimane pût être nègre, et penchait pour la thèse de la mystification littéraire. Il me posa des questions sur vous, sur vos rapports avec Elimane, sur l'endroit où vous viviez (ce que je ne pus lui dire, puisque je ne le savais pas). Je crois qu'il pensait que vous aviez orchestré la farce. Un soir, quelques mois après notre rencontre, il est revenu tout agité à l'hôtel et m'a dit : Je l'ai retrouvé. — Quoi ? Qu'est-ce que tu as retrouvé ? — T.C. Elimane, je l'ai retrouvé. — Vraiment ? Et alors Josef a dit des choses un peu curieuses et délirantes, que je n'ai pas comprises, en tout cas, il a dit qu'il avait retrouvé Elimane par hasard, comme un poème mallarméen, comme dans un coup de dés, qu'ils avaient discuté pendant six heures d'affilée, qu'Elimane était bien, à sa grande surprise, un nègre, mais que c'était aussi Igitur, celui qui a descendu les escaliers de l'esprit humain, qui est allé au fond des choses, Igitur, *mein Liebchen*, qui a bu la goutte de néant qui manque à la mer, Igitur, donc, celui qui s'est retiré dans la nuit. Mais le miracle le plus grand arrive : Elimane est en train de l'écrire, Claire, *mein Schatz*, je l'ai vu écrire le Livre, celui auquel le monde doit aboutir. Il a dit ça ou à peu près. J'ai cru que mon Josef, si robuste et solide, avait un accès de fièvre, j'ai touché son front et il était brûlant. Je lui ai fait des soins, il s'est endormi et, à son réveil, la première chose qu'il a dite était qu'il voulait faire rencontrer Elimane aux chefs du Reich, car il détenait le secret, la formule de la solution, le remède à leur mal. En attendant c'était lui qui souffrait du mal, et il est resté alité trois jours. Mais il me demandait de lui lire *Le Labyrinthe de l'inhumain* car ça le calmait. C'est ainsi, en lisant pour mon homme, que j'ai finalement découvert ce livre. Il est affreux, mais on veut aller à son terme, il ne laisse pas le choix. Quand il a recouvré ses forces, Josef est immédiatement retourné à l'endroit où il avait rencontré Elimane, l'endroit où il l'avait vu écrire, un café, je crois. Mais Elimane était parti nul ne savait où. Pendant quelques jours, Josef a presque déliré. Il était fou de rage d'avoir perdu la trace d'Elimane. Heureusement, le temps a passé. Il va mieux. Il reparle parfois d'Elimane et de cet Igitur dont j'ignore tout, mais il va mieux. Il ne s'explique pas la fièvre qu'il a eue. Parfois, il repart dans ce bar, au cas où Elimane serait revenu. Mais Elimane n'est plus là. Il s'est volatilisé.

Claire se tait. Ellenstein la regarde quelques instants, l'esprit en feu. Il finit par dire :

— Quand tout cela s'est-il passé ?

— Il y aura bientôt six mois.

— Ici, à Paris ?

— Oui.

— Savez-vous l'endroit exact où Josef a croisé Elimane ?

— Dans un café. Malheureusement je ne me souviens plus du nom. Josef me l'avait dit et je l'ai oublié. Mais, tenez… Il pourra vous le dire lui-même. Je le vois qui arrive, c'est lui que j'attendais.

Ellenstein se retourne et voit Josef Engelmann entrer dans la salle. Il est d'une grande prestance. Ce n'est pas l'uniforme qui la lui donne, elle vient de plus loin, de l'intérieur. Les clients du café le regardent sans hostilité, voire avec admiration. Ils se disent probablement tous qu'il n'a du soldat que la tenue, mais qu'au fond c'est un artiste. Claire se lève. Ils s'embrassent et échangent quelques mots en allemand. Ensuite Claire revient au français et, souriant à Ellenstein, dit à l'officier allemand :

— Je te présente Charles, un vieil ami. Tu le connais sans le connaître. Et il te connaît désormais aussi.

Ellenstein se lève. Les deux hommes se serrent la main sans démonstration de virilité excessive. Le capitaine Engelmann dit qu'il est enchanté, même s'il n'est pas sûr (il regarde Claire) de connaître ce monsieur.

— Charles est mon ancien employeur, l'éditeur de T.C. Elimane. L'éditeur du *Labyrinthe de l'inhumain*. On en parlait à l'instant.

Les deux hommes ne se quittent pas des yeux. Ils savent, à compter de ce moment, être liés.

— Vous ne pouvez pas imaginer le plaisir que j'ai à rencontrer l'homme qui a publié T.C. Elimane, dit l'Allemand. Je suis même intimidé. Je vous envie. Avoir été le premier à poser les yeux sur ce texte est un privilège.

— Merci, capitaine. Il paraît que vous avez eu celui de rencontrer Elimane récemment.

— Oui, répond Engelmann, j'ai en effet eu cet honneur insigne, Charles. Appelez-moi Josef.

Josef Engelmann tire une troisième chaise, commande une bière et s'assied en compagnie de Claire et d'Ellenstein. Ils discutent et font connaissance un petit moment, avant qu'Ellenstein ne demande à l'officier allemand l'endroit où il avait rencontré Elimane. Engelmann lui donne l'adresse.

Ellenstein la reconnaît immédiatement : c'est celle du restaurant où Elimane, Thérèse et lui s'étaient retrouvés pour la première fois, place Clichy. L'officier allemand comprend qu'Ellenstein espère y trouver Elimane et s'empresse de lui dire qu'il a lui-même cherché à le revoir dans ce restaurant, mais qu'Elimane semble n'y être jamais revenu après leur rencontre. Il ajoute que tous les habitués de ladite brasserie lui ont dit qu'Elimane était ainsi : il disparaît parfois pendant des mois, et réapparaît un beau jour. Ellenstein le lui confirme, mais secrètement, il pense : si vous n'avez plus retrouvé Elimane, capitaine, c'est parce que lui ne voulait plus vous revoir ; il n'a pas disparu ; il se cache, et tous les clients du bar qui le connaissent l'aident à se cacher. Mais moi, il voudra me voir. Je suis son ami.

Ellenstein est certain que les propriétaires du restaurant le reconnaîtront et lui diront où trouver Elimane. Cette pensée lui redonne un grand espoir et le met de bonne humeur.

Ellenstein, Engelmann et Claire Ledig cessent bientôt de parler d'Elimane et abordent d'autres sujets. L'Allemand possède une culture solide et riche, à laquelle il recourt avec modestie et finesse. Ellenstein se dit que ces rumeurs sont vraiment de la merde, ce capitaine en est la preuve absolue. Après une heure de discussion, Charles se lève pour prendre congé. Il souhaite se rendre au petit bar où il croit (non, est sûr) qu'Elimane se trouve. Il embrasse Claire et la remercie de l'avoir reconnu.

Il prend ensuite la main d'Engelmann, qui serre la sienne dans une vigoureuse poignée.

— Ravi de vous avoir rencontré, Charles. Eisenstein, n'est-ce pas ?

— Comment ?

— Eisenstein, c'est bien votre nom de famille ?

— Ellenstein.

— Ah oui, excusez-moi. Ellenstein, c'est ça. Mais ça reste un patronyme… de toute évidence…

Charles devine la fin de sa phrase, qui court d'ailleurs dans le regard du capitaine allemand.

— … juif, en effet, dit Charles. Je suis bien juif… (il laisse passer un bref instant – un monde en réalité – avant de continuer)… mais sans y penser.

Après deux ou trois secondes de temps suspendu, ils rient tous aux éclats, surtout le capitaine. Quand ils se calment, Engelmann dit :

— Sacré humour juif ! Juif sans y penser ! Mais après tout, c'est possible. Rare, mais possible. Ne vous en faites pas, cependant : d'autres y pensent pour vous.

Ellenstein dit : J'imagine, oui ; Claire baisse la tête ; Josef Engelmann rit de nouveau seul à voix haute. Il lâche enfin la main d'Ellenstein. Claire prend immédiatement ce dernier par le bras et lui glisse :

— Ne vous inquiétez pas, Charles. Josef n'est pas comme… vous voyez bien… comme tous les autres… comme les vrais… enfin, vous savez, toutes les rumeurs. Ces histoires de camps, de rafles prochaines, de déportations de Juifs… Des sottises. *Nicht wahr*, Josef ?

— *Ja, genau, mein Schatz ! Das ist absolut lächerlich !* Ridicule et absurde.

Claire Ledig regarde le capitaine allemand avec amour et confiance. Le capitaine allemand regarde Charles Ellenstein dans les yeux et sourit. Ellenstein sourit aussi, sans savoir pour quelle raison, peut-être seulement par politesse. Il veut payer, mais Engelmann le prie de se laisser inviter. Je peux au moins vous offrir ça, dit-il. Ellenstein cède, le remercie et sort.

Il va aussitôt au bar dont Engelmann lui a indiqué l'adresse, pour rencontrer Elimane. Mais il ne l'y trouve pas. Le gérant, qui le reconnaît, lui apprend qu'Elimane, avec tous les nazis qui rôdent dans les rues, se montre de moins en moins publiquement. Sa peau, dit-il, tu sais, sa peau… Il veut pas la risquer. Mais je peux trouver le moyen de lui transmettre un mot de ta part. Je ne sais pas où il habite, mais il passe encore de temps en temps ici, discrètement, quand il n'y a presque personne.

Ellenstein patiente de longues heures dans le restaurant, place Clichy. Elimane ne se montre pas. Ellenstein se résigne à rentrer, mais avant, il écrit un mot et le laisse au gérant. Dans la lettre, il dit à Elimane qu'il viendra l'attendre là tous les jours à partir de dix-huit heures. Il lui dit aussi qu'il lui manque, qu'il manque à Thérèse, et qu'il regrette la manière dont les choses se sont terminées entre eux. Il conclut en mentionnant Claire Ledig et le capitaine Engelmann. Je n'aurais, écrit-il, jamais cru remercier un officier allemand en cette période, mais c'est grâce à cet Engelmann que tu as, je crois, déjà rencontré, que j'ai désormais une chance de te trouver ici, mon ami. Ellenstein remet ensuite la lettre au gérant, rentre à son hôtel et commence à écrire une autre lettre, destinée cette fois à Thérèse Jacob.

(Le lecteur, qui est toujours perspicace, sait en ce point qu'Ellenstein n'écrivit jamais cette lettre à Thérèse Jacob ou, s'il l'écrivit, qu'il la détruisit quand il se rendit compte que l'ombre, l'ombre où ne brillaient que deux éclairs silencieux, frappait à la porte de sa chambre. Cachée, elle avait patiemment attendu son retour à l'hôtel de l'Étoile. Le lecteur sait aussi comment – et où – Ellenstein finit. Mais malgré la nuit et le brouillard, malgré les deux éclairs entourés d'obscurité, Charles Ellenstein ne livra aucun nom, aucune adresse, aucun secret.)

IV

Quand j'ai eu fini de lire l'enquête, dit Siga D., Brigitte Bollème est restée immobile, les yeux fermés, si longtemps, Diégane, que j'ai cru pendant quelques secondes qu'elle s'était endormie au cours de ma lecture. J'allais tousser quand elle a dit, sans ouvrir les yeux :

— Il y a quelques formules bien tournées, mais dans l'ensemble, cette enquête est complètement ratée et pas très bien écrite. Vous ne trouvez pas ?

Je suis demeurée silencieuse. Elle a ouvert les yeux, m'a regardée et a dit :

— Je suis une très mauvaise intervieweuse. Cela faisait dix ans que je pensais à Elimane, et quand j'ai trouvé Thérèse Jacob en 48 à Tharon, je n'ai posé aucune des questions qu'il eût fallu poser. Je suis vraiment une piètre intervieweuse. Heureusement que plus personne ne lit cette enquête et que plus personne ne se soucie de savoir qui est T.C. Elimane.

— Elle se mit alors à rire de bon cœur et moi, Diégane, je ne savais pas comment réagir. Alors je l'ai regardée rire d'elle-même, de son enquête qu'elle trouvait ratée, ou du fait que plus personne, en 1985, ne sache qui était Elimane.

— Et toi, demandai-je à Siga D., est-ce que tu trouvais que l'enquête était ratée ?

— Non, je ne le dirais pas ainsi. Je ne dirais pas : ratée, mais : incomplète. Il n'y a pas d'enquête exhaustive, sur la vie d'un homme du moins. Il n'y a que des fragments. Mis bout à bout, ils peuvent couvrir un pan très étendu de la vie, et il subsisterait encore des manques. C'est la vie elle-même qui se refuse à la prétention totalisante de l'enquête. Je ne parle là que de la vie dans ses manifestations extérieures, celles qui peuvent faire l'objet d'une investigation. Car les mouvements psychologiques, la vie de l'esprit et de l'âme, l'énigme intérieure, ne peuvent précisément pas être soumis à une enquête. Cela ne peut être que confessé, ou déduit, ou supposé. Pour ce qui est de la connaître… Brigitte Bollème avait couvert une partie de la vie d'Elimane. Moi, je savais une partie de son enfance par mon père. Nous avions deux bouts. Il en manquait plusieurs. Mais son enquête n'était pas ratée. Je ne trouvais pas.

— Et tu lui as demandé pourquoi elle disait qu'elle la pensait ratée ?

— Je n'en ai pas eu l'occasion. Je voulais. Mais dès qu'elle s'est arrêtée de rire, elle a dit :

— Plus personne ne se soucie de savoir qui était Elimane, sauf vous, bien sûr. Et moi, un peu. Mais moi, je suis à la fin de ma vie. Je me préoccupe désormais de choses plus légères. J'y arrive, après avoir longtemps été poursuivie par Elimane.

— Poursuivie ?

— J'ai réagi exactement comme toi à ce mot de Brigitte Bollème, Diégane. J'ai dit : Poursuivie ? Bollème s'est alors levée et a quitté le salon. Deux ou trois minutes plus tard elle est revenue avec un autre livre en main. C'était *Le Labyrinthe de l'inhumain*. Je l'ai reconnu tout de suite. Deux enveloppes étaient coincées entre ses pages. Bollème s'est rassise et m'a dit :

— En réalité, pour être juste, je ne sais pas vraiment qui poursuivait l'autre. Vous allez me donner votre avis. Quelques semaines après la publication de mon enquête, j'ai reçu un courrier de la mairie de Saint-Michel-Chef-Chef, à laquelle la commune de Tharon était rattachée. J'ai évidemment compris, avant même de l'ouvrir, que ça concernait Thérèse Jacob. Elle était morte. Une pneumonie non soignée. Je l'ai appris comme ça. J'ai repensé à ses crises de toux. La mairie me demandait de venir récupérer quelques affaires personnelles qu'elle m'avait laissées. Oui, à moi. C'était ça, en réalité, la raison véritable du courrier. Alors je suis retournée à Tharon, ou plus précisément, à Saint-Michel-Chef-Chef. Thérèse Jacob m'avait laissé deux petites enveloppes. La mairie me les remit et, avant de rentrer à Paris, j'ai demandé si elle avait été enterrée au cimetière de la ville. C'était bien le cas. Elle avait pris ses dispositions. Je me rendis donc au cimetière, où je trouvai assez vite sa tombe, une pierre grise, sobre, autour de laquelle la terre était encore retournée et fraîche. Elle reposait à côté d'un cénotaphe que je devinai être, avant même d'avoir lu l'inscription qui y était gravée, celui qu'elle avait érigé à la mémoire de Charles Ellenstein. C'est à ce moment-là, comme je vous l'ai déjà dit, en regardant cette tombe, que je me suis posé pour la première fois la question de la vérité du témoignage de Thérèse Jacob. Elimane avait laissé si peu de traces que je m'étais accrochée de toutes mes forces à la seule que je pus trouver. Thérèse Jacob était désormais morte, et c'est seulement alors que j'ai commencé à douter. Pour être sincère, je crois que je ne doutais pas vraiment. Je me disais simplement qu'il aurait fallu que je pose plus de questions, que je l'oblige à en dire plus, à être plus précise. Je m'étais comportée devant elle comme une enfant fascinée à qui on raconte une histoire merveilleuse, et pas comme une journaliste lucide et critique, qui cherche à faire la lumière sur une vieille histoire. Je suis restée longtemps dans le cimetière, et c'est la pluie qui m'a réveillée de la contemplation rêveuse et inquiète des tombes. Je suis alors partie. Dans le train qui me ramenait à Paris, je n'ai pas regardé ce que contenaient les enveloppes, que je tenais serrées contre mon ventre. Je ne les ai ouvertes que chez moi, seule, le soir. L'une contenait une lettre, la lettre qu'Elimane avait envoyée à Charles et Thérèse en juillet 1940, et que celle-ci avait refusé de me montrer. Je la mis de côté pour la lire plus tard.

Je décachetai ensuite la seconde enveloppe, et en tirai une photo en noir et blanc : sur celle-ci, au premier plan, tout à fait à gauche du cadre, il y avait un jeune homme qui se tenait de trois quarts par rapport au photographe, le regard tourné vers sa droite. À droite du cadre, mais derrière le jeune homme, on voyait, de profil, une jeune femme qui marchait, et sa longue chevelure brune flottait derrière elle, battue par le vent. Elle regardait au loin, devant elle. Ils se trouvaient sur une plage. Derrière eux, au troisième plan, il y avait la mer, une mer un peu agitée, dont les vagues bouillonnaient d'écume. On apercevait aussi au loin, sur la gauche, la pointe d'une falaise flanquée de rochers. Au-dessus de tout cela, un ciel vide, sans nuages. À la manière dont les deux personnages étaient vêtus, on devine qu'il faisait froid. La femme qui marchait sur la plage était Thérèse Jacob, je l'ai reconnue tout de suite. Le jeune au premier plan était Elimane, je le sus intuitivement. La photo a dû être prise par Charles Ellenstein. Je la retournai. Il n'y avait ni date ni précision sur le lieu. Elle a été prise entre 1935 et 1938, forcément. Je penche plutôt pour 1937 : la photo donne l'impression d'une proximité, voire d'une complicité secrète entre Elimane et Thérèse, mais aussi entre eux deux et Charles, qui les photographiait. Tout cela me laisse croire que c'était une période où l'amitié entre eux était belle et pure comme le ciel sur l'image. Peut-être le moment où Elimane était déjà introduit dans les cercles libertins. Ou peut-être que je me trompe. J'ai longuement regardé la photo, fascinée par le visage d'Elimane, que je voyais pour la première fois. Tenez : voilà, par exemple, une des raisons qui me font penser que je suis une mauvaise intervieweuse : en interrogeant Thérèse Jacob en 48, je ne lui ai à aucun moment demandé si elle avait une photo d'Elimane. Vous ne trouvez pas étrange que j'aie cherché toutes ces années un homme dont je croyais être si familière que j'en avais oublié que je ne l'avais jamais vu et n'aurais su le reconnaître si je l'avais croisé dans la rue ? Je regarde donc ce visage. C'est le visage d'un homme, mais il conserve quelque chose de juvénile, d'énergique. En réalité, je ne vois que la moitié de son visage. L'autre moitié, à cause de l'exposition, est plongée dans l'ombre. Je vois donc un œil, une moitié de front, une moitié de nez, une partie de sa bouche. Le reste n'est pas éclairé. On ne peut que l'imaginer. Mais la partie visible est suffisante pour qu'on sache à quoi il a ressemblé. Je regarde toujours le visage. Elimane a une expression étrange : il sourit (ou grimace), mais il semble aussi intrigué (ou amusé) par quelque chose, ou quelqu'un, qui attire son regard vers la droite. Il plisse l'œil et semble s'apprêter à dire quelque chose, à moins que Charles n'ait pris la photo au moment où il venait de s'exprimer. Au-dessus de son œil droit, une ombre, ou un creusement, est visible, qui marque le dessin de son arcade sourcilière. C'est un visage expressif. C'est surtout un visage beau. Beau parce que expressif, beau parce que éloquent. Mais en réalité, c'est la marche de Thérèse Jacob qui fait vivre l'image. C'est le pas qu'elle fait, le mouvement de ses cheveux dans le vent, son regard jeté vers l'horizon, qui font la beauté et le mystère de cette image. Je sens le vent. Je sens l'odeur de la mer. Je sens le froid. Je sens surtout que quelques secondes après la photo, c'est vers elle, vers Thérèse, qu'Elimane va se tourner, pour la regarder et regarder la mer. Et derrière l'objectif, je vois, oui, je vois Charles, ses yeux bleus et tristes même quand il sourit, ses cheveux blonds plaqués vers l'arrière, sa cigarette coincée entre ses lèvres alors qu'il capture la scène.

— Excusez-moi de vous interrompre, Brigitte, dis-je, mais est-ce que vous avez conservé cette photo ?

— Je l'ai naturellement conservée, mademoiselle. Elle est dans ce livre que je tiens ici. C'est aussi là que j'ai gardé la fameuse lettre. La photo et la lettre sont dans les deux enveloppes que vous voyez là, coincées entre les pages de mon vieil exemplaire du *Labyrinthe de l'inhumain*. Vous pourrez les garder en repartant.

— Elle te les a données, ces enveloppes ?

— Oui.

— Tu as donc la photo et la lettre ?

— J'ai l'une et je n'ai plus l'autre.

— Sois plus claire : tu as la photo ou la lettre ?

— Patience. Tu sauras bientôt tout ce que je sais, Diégane. Laisse-moi au moins profiter sans me dépêcher du petit avantage que j'ai encore sur toi.

— Très bien. Que s'est-il passé avec Bollème ensuite ?

— Elle m'a donné les deux enveloppes et je les ai ouvertes. Comme elle, j'ai regardé longuement la photo. C'était la première fois que je voyais Elimane. Il était comme Brigitte Bollème l'a décrit, très beau, jeune mais déjà mûr. Il avait quelque chose que j'avais déjà vu ailleurs. Je n'avais pas besoin de voir son visage entier pour savoir qu'il avait une vague ressemblance, impossible à saisir mais réelle, avec mon père. Ça sautait aux yeux.

— Et alors, est-ce que c'était lui ?

— Comment ça ?

— Est-ce que c'était bien lui, l'inconnu qui sauve Marème dans *Élégie pour nuit noire*, dans cette rue où elle se vidait de son sang ?

— On dirait que tu lis dans mes pensées. Pas mes pensées de maintenant, mais mes pensées de 1985, quand je regardais pour la première fois cette photo devant Brigitte Bollème. Je me demandais en fixant Elimane si c'était ce visage que j'avais vu entre la vie et la mort, tandis que l'homme me portait vers l'hôpital. La réponse te semblera forcément décevante : je ne savais plus. C'est en regardant le visage d'Elimane sur la photo que j'ai compris que je n'avais jamais vu le visage de l'homme qui m'a sauvée dans la rue. Je lui avais seulement prêté des traits. Les traits que j'avais aussi prêtés à Elimane, mais qui ne correspondaient pas à ceux que je voyais sur la photo. Je ne sais plus. L'homme qui m'a secourue dans la rue, j'en suis sûre, était Elimane. Je veux dire par là que l'esprit d'Elimane était en lui. Tu comprends ?

— Oui, je comprends. Mais je te laisse poursuivre. Tu regardes la photo en 1985. Et ensuite ?

— Ensuite je lus la lettre, lentement, très lentement. Elle était assez mystérieuse et sibylline, mais on comprenait tout. Le problème, c'est que ce n'est pas parce qu'on comprend tout que tout est clair. Je t'arrête tout de suite, Diégane, je n'essaie pas de parler par énigmes, ou de t'embrouiller l'esprit. C'est cette lettre qui était comme ça. Tu connais déjà sa dernière phrase : « Désormais que tout est accompli et à accomplir, je peux enfin rentrer chez moi. » Tu la comprends bien, cette phrase, elle est limpide, et pourtant elle peut signifier plusieurs choses. Dans son enquête Bollème parlait déjà de cette ambiguïté, de cette pluralité des interprétations possibles. Faut-il la comprendre littéralement ou symboliquement ? La lire directement ou y voir une métaphore ? Dans la lettre d'Elimane, il était difficile de trancher. Quand tu connaissais quelques éléments de sa vie, chacune de ses phrases devenait ambiguë, un double sens permanent. Ce n'est pas une longue lettre, mais j'ai passé de très longues minutes à la lire et à la relire, jusqu'à ce que Bollème dise :

— Elle est troublante, n'est-ce pas ?

— Oui.

— J'ai eu, dit encore Bollème, la même réaction que vous en 48, chez moi quand je l'ai lue. Et à compter de cette nuit, et pendant très longtemps, j'ai eu le sentiment d'être perpétuellement accompagnée par l'ombre invisible d'Elimane, ou de la voir partout. Ou de la chercher partout. Je ne sais pas vraiment. Mais je sentais qu'il était là, quelque part, dans la ville ou dans le monde, à moins que ce ne fût seulement dans mon esprit, mais il était là. Il m'épiait. Parfois, c'était une chaleur douce qui tournoyait dans mon ventre et je me sentais protégée, invulnérable. D'autres fois, c'était un œil rouge jeté sur mon front, et je sentais le poids d'une menace mortelle. Je me disais tantôt qu'il m'en voulait d'avoir cherché, dans mon enquête, à le tirer de son refuge de silence, et tantôt, qu'il m'était reconnaissant d'être allée à sa recherche. Jusqu'à peu, je n'ai jamais eu le sentiment d'avoir vraiment été seule. C'est une impression désagréable et rassurante à la fois. Il m'a fallu du temps, de longues années, avant de m'habituer à son ombre. Mais les premières années furent épouvantables. Un jour que je regardais de nouveau cette photo, j'ai cru que son œil avait bougé et qu'il m'avait regardée de longues secondes, et dans cet œil tourné vers moi j'entendais sa voix, entre le bruit des vagues, qui me disait : « Tu es la prochaine. »

— La prochaine ? La prochaine quoi ?

Brigitte Bollème s'était alors interrompue quelques instants puis, calmement, elle m'avait dit :

— Peut-être que vous êtes la prochaine, mademoiselle, ma remplaçante. Il se pourrait que ce soit le sens de tout cela. Ce serait même logique. Peut-être que vous êtes sa prochaine proie.

— Qu'est-ce que tu as dit ? Tu comprenais ce que Brigitte voulait te dire ?

— Oui, je comprenais, Diégane. Je le comprenais très bien. C'est pour ça que j'ai répondu :

Qu'il vienne. Je n'ai pas peur de lui et je n'ai pas peur de la mort. Je l'ai vue. Je la vois toujours.

Bollème a alors dit :

— Alors il viendra. Même absent il viendra.

V

Paris, 4 juillet 1940.

Ma Thérèse, mon Charles,

Ni courage ni folie : pour entrer dans Le Labyrinthe de l'inhumain, *ce n'est pas à l'incendie de l'enfer mais au sang des damnés qu'il fallait goûter. Quel imbécile ai-je fait de n'en avoir pas eu la vision, et quel aveugle, d'avoir tourné de l'œil quand vous broyait celui du cyclone.*

Mais l'orage… C'est du sang que versait l'orage diluvien. J'ai lancé une colombe noire dans la nuit et elle me revint et me dit : la terre absorbe plus lentement le sang que l'eau. J'ai compris qu'il fallait boire aussi, laper comme une bête sauvage, prendre ma part si je voulais accéder au cœur du Labyrinthe où je vous ai jetés et abandonnés à une menace plus mortelle que la corne du Minotaure. Vous savez laquelle… Je ne vous demande pas pardon mais vous pardonne. Vous ne pouviez pas savoir. Je ne le voulais pas. Maintenant je vois, je bois, je sais. Je suis avec mon Roi et il me dicte son œuvre.

Un à un, sauf deux qui tanguent sur une barque à la surface, les pêcheurs seront repêchés du lac des

Enfers. J'y serai avec eux mais nul ne me repêchera puisque je suis les eaux du lac. J'y serai avec eux car je suis également pécheur ; mais j'ai refusé de goûter à l'innocence quand son fruit me fut suggéré, à moins que je n'en aie oublié le goût pendant le Jugement dernier qu'on prononça par contumace. Ils ne m'ont jamais vu. Comment auraient-ils pu me couper la tête ? C'est un pauvre homme anonyme et honnête qu'on décapita sur l'échafaud de gloire sous les crachats du peuple. Il n'a pas crié. Il savait – mais qui était-ce ? – que son sang ouvrirait le Labyrinthe. Je suis avec mon Roi et il me tend sa couronne pour pouvoir rejoindre son aimée.

Je vous aime, mes amis, je vous aime. Il vient sur nous un autre Labyrinthe, plus inhumain. La gueule qui s'ouvre et se referme en son centre avale toutes les phrases du livre. Il ignore qu'il avale son poison. Le livre essentiel ne l'est que parce qu'il tue. Qui veut le tuer meurt. Qui l'accompagne dans la mort y vit.

Je suis maintenant le Roi sanguinaire, ici en mon Labyrinthe. Que les vieilles peaux meurent sous mon feu. Je demande du nouveau. J'accepte qu'on en exige de moi. J'accepte de recommencer, puisqu'il n'y a que des recommencements.

Je t'embrasse, mon Charles, et toi aussi, l'âme, ma Thérèse. Résistez à l'ombre. Restez vivants.

Désormais que tout est accompli et à accomplir, je peux enfin rentrer chez moi.

Elimane.

Je relus quatre ou cinq fois la fameuse lettre sous le regard de Siga D., puis je lui dis :

— C'est de la merde crypto-symboliste. C'est une mystagogie risible, une parodie de mauvais goût d'un prophète ou de Maître Eckhart ou d'un charlatan évangéliste congolais qui veut expulser le démon de l'intérieur de femmes possédées en les sodomisant en live sur Facebook, bible en main. T.C. Elimane n'aurait jamais écrit des choses pareilles en étant sérieux. Je ne crois pas à l'authenticité de cette lettre. Thérèse Jacob l'a écrite elle-même. Je n'y crois pas. Quelle merde ! Qui écrirait comme ça à ses amis ?

— Tu dis ça parce que tu ne comprends pas, ou pire, parce que tu crois comprendre sans savoir ce que tu crois comprendre.

— Non, je le dis vraiment parce que je crois que c'est une creuse bouillie métaphysique.

— Je te la laisse.

— Tu me laisses la lettre ? Je n'en veux pas.

— Garde-la. Avec le temps et les relectures tu la comprendras. Elimane est un écrivain qu'on ne comprend qu'en le relisant. C'est valable pour *Le Labyrinthe de l'inhumain*. C'est valable pour cette lettre.

— J'aurais préféré la photo.

— C'était une belle photo. Mais je ne l'ai plus.

— Je suis déçu. Je me sens trahi. Cette lettre n'a rien à voir avec le génie du *Labyrinthe de l'inhumain*.

— Elimane savait ce qu'il écrivait. Ça peut te sembler merdique, ou hermétique, mais chaque phrase ici dit quelque chose de précis. Même sous une forme ambiguë ou chiffrée. J'évite donc de te faire l'explication de texte. Je ne suis même pas sûre, après toutes ces années avec elle, de l'avoir comprise. Mais il y a un détail qui m'a frappée en 1985, quand je l'ai lue en compagnie de Brigitte Bollème.

— Lequel ?

— Cette barque où deux pécheurs se trouvent sur le lac des Enfers alors que tous les autres coulent vers le fond. Il y a là quelque chose de précis. Qui sont ces pécheurs, à ton avis ?

— Je te laisse me le dire. Je ne comprends rien à cette lettre.

— Je n'y ai rien compris aux premières lectures non plus. Mais ce détail m'avait marquée. C'est à lui que je me suis accrochée. Je l'ai dit à Bollème, qui me répondit alors d'une voix lente : Les deux individus sur la barque à la surface du lac des Enfers, c'est Paul-Émile Vaillant et moi. Je suis restée interdite, tentant de faire les liens entre Vaillant et elle, essayant de relire la lettre à la lumière de cette interprétation. Bollème a repris :

— Je n'ai pas vraiment compris cette lettre en 48, quand je l'ai lue. À part quelques phrases, ça reste assez voilé. Puis à force de la relire et de faire des hypothèses, j'ai fini par me dire que ce fameux Jugement dernier dont il est question était l'ensemble des critiques qui ont été faites au *Labyrinthe de l'inhumain* en 1938. Ça me semble désormais assez évident, mais j'ai mis du temps à établir cette analogie. À partir de là, le reste, pour cette partie, devient limpide : les critiques sont les pécheurs, et Elimane est le lac où ils se noient. J'ai été convaincue par cette piste quand j'ai relu mon enquête. Vous savez comment, à l'époque, en 38, Elimane appelait ceux qui, selon lui, ne savaient pas lire ? Oui, c'est bien ça : des pécheurs. Plus exactement, il dit que c'est un péché de mal lire.

— Oui, dis-je, interrompant Siga D. dans son récit, mais ça ne prouve rien. À mon avis, ça prouve seulement que c'est Thérèse Jacob qui est derrière cette lettre. C'est elle qui prononce le mot de pécheur en prétendant rapporter les mots d'Elimane. Et c'est peut-être encore elle qui l'utilise dans cette fichue lettre.

— Attends, Diégane. Attends la suite. Ne reste pas obnubilé par cette lettre. C'est plutôt ce que Bollème a découvert à partir d'elle qui compte. Alors, quand elle m'a dit ça, je lui ai demandé : Mais pourquoi, Brigitte, seriez-vous avec Paul-Émile Vaillant les seuls critiques à n'avoir pas sombré dans le lac ? Elle a répondu :

— Je n'ai pas immédiatement pensé que ces deux rescapés étaient Vaillant et moi. Il m'a fallu des mois avant d'en arriver là. C'est après avoir relu tout le dossier critique, toutes les recensions qui avaient été faites dix années plus tôt sur *Le Labyrinthe de l'inhumain* dans la presse parisienne que je suis parvenue à cette conclusion. Paul-Émile Vaillant a été le premier à comprendre la structure ou la composition du *Labyrinthe de l'inhumain*, même si à ses yeux le livre était un ensemble de plagiats. Mais au moins, il avait vu que c'étaient des réécritures ou des collages d'autres textes qui formaient la chair du livre. Il avait compris ça, là où les autres, et moi-même, avions beaucoup parlé de l'auteur, du fait qu'il fût africain, de la capacité des nègres ou non à écrire, de la colonisation, *et caetera*. Et il ne faut pas oublier que le professeur Vaillant n'a jamais écrit directement dans la presse sur *Le Labyrinthe de l'inhumain* : il a révélé ses découvertes à un journaliste, Albert Maximin. Ça le met hors de cause.

— Et vous ? Qu'est-ce qui vous aurait mise en dehors de tout cela ? Vous aussi, avez plutôt parlé d'autre chose que du texte.

— C'est vrai. Et je me suis longtemps demandé pour quelle raison j'aurais trouvé grâce à ses yeux. D'autant plus que ma première critique n'était pas toujours tendre avec le livre. Ni avec l'auteur d'ailleurs. J'étais partagée. L'entretien que j'avais fait avec Ellenstein et Thérèse Jacob n'était pas non plus sympathique. Autant j'avais trouvé la raison pour laquelle, métaphoriquement, Vaillant avait été épargné de la noyade dans les eaux du Mal, autant je n'en voyais pas, en ce qui me concernait.

— Et alors ?

— Alors, mademoiselle, j'ai fini par trouver à force d'y penser. C'est pourtant une raison évidente. De tous les critiques qui avaient parlé du livre dans les journaux, j'étais la seule femme. Ça semble n'être qu'une théorie…

— … une stupide théorie.

— … que Brigitte Bollème n'a pas négligée, Diégane. Elle a cherché à retrouver tous les critiques et journalistes qui avaient écrit sur *Le Labyrinthe de l'inhumain* à sa parution en 1938.

— Et alors ?

— Tous étaient morts.

— Et alors ?

— Et alors, écoute ce que Bollème m'a dit : Tous, mademoiselle, se sont suicidés entre fin 1938 et juillet 1940. Un seul d'entre eux est mort de mort naturelle : Henri de Bobinal. Lui ne s'est pas suicidé. Il est mort d'une brutale crise cardiaque quelques jours après avoir écrit son article mensonger sur la mythologie bassère, à l'âge de soixante-douze ans. Hormis Bobinal, tous les autres, six hommes au total – Léon Bercoff, Tristan Chérel, Auguste-Raymond Lamiel, Albert Maximin, Jules Védrine, Édouard Vigier d'Azenac – se sont donné la mort. Tous morts. Tous suicidés.

Bollème s'est alors tue et m'a regardée avec beaucoup de gravité. Je lui ai dit : Vous croyez que…

— Non, mademoiselle, non. Ne parlons pas encore de ce que je crois. Restons-en aux faits. Les faits sont là : tous ceux qui avaient parlé dans la presse du *Labyrinthe de l'inhumain* et d'Elimane, en bien ou en mal, pour les attaquer ou les défendre, exception faite de Vaillant (qui est mort paisiblement à quatre-vingt-deux ans en 1950) et moi, sont morts. Un d'une crise cardiaque, c'est Bobinal, et six par suicide. Pendant cette période, personne n'a eu de nouvelles d'Elimane. Et en juillet 1940, le jour même – le jour même, 4 juillet 1940 ! – du dernier suicide parmi les six journalistes qui avaient commenté son livre – c'était

Albert Maximin – il réapparaît dans une lettre où il fait allusion à sept pécheurs au fond d'un lac et à deux rescapés. Ce que je crois n'a peut-être plus d'importance en 1985, après toutes ces années. C'est la conviction d'une vieille dame. Je vous la dirai tout à l'heure. Mais vous, que croyez-vous ?

— Oui, que crois-tu ?

— J'ai dit à Bollème : Êtes-vous sûre que ce sont des suicides ? Elle a dit : J'ai vérifié. C'étaient des suicides. J'avais même fait une sorte de rapport, où je consignais les circonstances de chaque prétendu suicide. Je l'avais appelé le *Rapport Suicides ou meurtres*. Je vous donnerai ce document, même s'il est sinistre. Vous en ferez ce que vous voudrez. Vous pouvez même le détruire. Maintenant répondez à ma question : que croyez-vous ? Alors j'ai dit que je ne savais pas, que je ne détenais pas tous les éléments, et qu'en l'absence de preuves, personne ne pouvait accuser Elimane Madag. J'ai insisté sur le fait que c'étaient de graves allégations. J'ai ajouté que tout cela, tous ces suicides, étaient peut-être…

— Des coïncidences ? Un hasard ? Mademoiselle, le hasard n'est qu'un destin qu'on ignore, un destin dont l'écriture est invisible. C'est Elimane qui lie toutes ces morts. Je ne crois pas au hasard ici. Je vais être franche : je crois qu'il les a tués. C'est ce que je crois. Tués. Pas directement, sans doute. Mais je suis certaine qu'il les a poussés au suicide. Comment ? Par la persécution psychologique. Vous me trouverez folle, ou penserez qu'il n'y a qu'une vieille Française pour dire des choses pareilles, mais peu importe, à mon âge, on peut dire le fond de sa pensée, en se fichant d'être crue ou pas, jugée ou non. Voilà : je pense qu'Elimane maîtrisait la magie noire. Je l'ai pensé toute ma vie, sans oser aller plus loin, par peur de mourir aussi, d'être tentée par le suicide, de le voir chaque nuit dans des cauchemars insupportables qui m'auraient ôté le goût de vivre. Je n'ai jamais vraiment rencontré Elimane. Mais je vous l'ai dit : il n'y a pas un jour où je n'ai pas senti sa présence. Il est là. Il est bien là. Tout près et si loin. Vu mon âge, je n'ai plus beaucoup à vivre. Je peux maintenant dire ce que je veux sans craindre la mort. Vous pouvez garder tout ça, la photo et la lettre, et en faire ce que vous voudrez. Je n'en ai plus besoin. Vous savez à peu près tout ce que je sais d'Elimane. S'il y a autre chose que je ne vous ai pas dit, c'est que j'ai dû l'oublier. Ma mémoire flanche un peu. Maintenant, mademoiselle, excusez-moi, votre compagnie est agréable, mais il faut que je dorme un peu. Les vieilles dames, vous le découvrirez un jour, doivent se reposer. Et je suis une vieille dame un peu malade, j'ai bientôt quatre-vingts ans, vous savez ?

TROISIÈME PARTIE

Nuits de tango par marée haute

En ce temps-là, j'étudiais la philosophie à Nanterre et je dansais seins nus trois soirs par semaine dans un club, pour survivre. Le bail de la chambre que la poétesse haïtienne avait louée pour moi expirait fin 84. La bourse dont je bénéficiais alors suffisait à peine à couvrir le reste de mes dépenses. Je devais trouver un complément de revenus. J'avais une copine de fac à l'époque, une Martiniquaise, Denise, grande, belle, avec de longues jambes fines et un beau cul. C'est elle qui, cet été-là, quand je lui parlai de l'urgence de trouver un petit boulot, me fila le tuyau de la danse de charme, qu'elle pratiquait elle-même depuis peu. Elle m'a dit :

— On cherche des filles en ce moment. Tu as tout ce qu'il faut. Et même plus. Ça paie pas mal. Ta poitrine les rendra tous fous.

À la rentrée, en octobre 84, je me présentai au club, Le Vautrin. Les patrons, un couple de quinquas, Andrée et Lucien, m'embauchèrent. Je commençai le soir même. Ce n'était pas un club ultrachic. Il attirait la classe moyenne. Mais ça payait plutôt bien pour une étudiante. Avec les pourboires, on atteignait quelquefois une somme très correcte.

J'avais ma poitrine et je ne craignais ni de la montrer ni de voir ce qu'elle suscitait : admiration, jalousie, fantasme, envie, désir, peur, répulsion. On me demandait si elle était naturelle. Si je n'étais pas déjà nue, je déboutonnais mon haut, faisais glisser les bretelles de mon soutien-gorge sur mes épaules et la présentais au nez du curieux ou de la curieuse en ne lâchant pas ses yeux. Puis j'observais un silence de trois mots : « Dites-le-moi. » Ou : « Voyez vous-même. »

*

J'étais la seule Noire parmi la dizaine de danseuses du Vautrin. Denise avait une carnation plus claire que la mienne. On ne la considérait donc pas comme une vraie Africaine. Pas tout le temps, du moins. Elle se sentait, disait-elle, comme perdue entre deux couleurs, basculant d'un côté ou de l'autre de l'impitoyable révélateur de l'épiderme, cette ligne qui n'avait rien d'imaginaire et qui distinguait, selon les jours et les enjeux, entre le paradis et l'enfer, la beauté et l'ordure, la nuit et le jour, le mensonge et la vérité.

Nous nous relayions pendant la semaine sur quatre estrades, construites chacune autour d'une barre de *pole dance* qui reliait le plafond au sol. Un peu en hauteur par rapport à la foule du bar, nous nous déshabillions et ça commençait. Du groupe que nous formions, seule la moitié savait vraiment danser, ou essayait, du moins. Le reste se contentait de s'entortiller comme des vipères ou des drapeaux battus par la pluie sur la hampe. J'appartenais à la moitié qui dansait bien.

Quelques filles, pour gagner davantage, rejoignaient parfois des clients, au deuxième étage, dans les loges du Vautrin. Moi non. Après les soirées, au cœur de la nuit, je préférais retourner chez moi à pied. Je passais parfois voir Hafez, poète comme son illustre homonyme persan, mais poète sans œuvre, ou dont l'œuvre n'avait pas de livre – et dealer. Nous discutions un peu. Il me rappelait sa philosophie de l'existence, qu'on pouvait résumer ainsi : la réalité n'a pas de contraire, tout ce qui arrive dans l'expérience humaine est de la réalité. Je n'étais jamais sûre de comprendre. Il souriait sans expliquer et me donnait sa came. Je rentrais, je fumais, j'écrivais. J'écrivais à la poétesse haïtienne et j'essayais aussi d'écrire *Élégie pour nuit noire*.

Ces heures d'écriture ou de lecture après la danse demeurent ma vraie consolation de cette époque. C'étaient les seules heures dont je sentais qu'elles n'étaient pas tout à fait perdues.

En ce temps-là j'étudiais la philosophie à Nanterre, je faisais des strip-teases au Vautrin, j'écrivais à ma poétesse d'Haïti et j'étais grosse de mon premier livre dont l'accouchement, je le sentais, se ferait à la hache ventre ouvert. Mais je lisais aussi. Je lisais toujours *Le Labyrinthe de l'inhumain* et je pensais à Elimane, mon seul phare dans cet océan de vie de merde.

*

Au début je n'ai pas pu le chercher : s'installer, s'habituer, se déshabituer, refaire tout le parcours des relations sociales occupait toutes mes journées. Mais l'important était que je le garde à l'esprit, qu'il n'en disparaisse jamais. Son livre était la pierre angulaire de ma bibliothèque. C'est sur elle que j'ai commencé à la bâtir avec des livres que je ramassais dans des poubelles ou trouvais dans des jardins, oubliés sur des bancs. J'en achetais aussi pour peu dans des foires et des brocantes, ou allais en récupérer chez des gens qui n'en voulaient plus. Mais *Le Labyrinthe de l'inhumain* soutenait toute la structure. Elimane était l'invisible roi de ce château. Il dormait dans une pièce secrète, et c'était à moi d'aller à sa recherche, de le réveiller, de le libérer.

*

Les souvenirs de mes années d'errance dans les rues de Dakar me hantaient, sous la forme de cauchemars et d'ombres que je n'arrivais pas encore à transmuer en images poétiques. Les plaies étaient pourtant là, béantes, disponibles : je n'avais qu'à me servir. Mais la plume que j'y plongeais ne remontait qu'une pointe sèche. Les mois se succédèrent, et les frustrations, et les échecs.

Puis, longtemps après, je compris : avoir une blessure n'implique pas qu'on doive l'écrire. Ça ne signifie même pas qu'on songe à l'écrire. Et je ne te parle pas de le pouvoir. Le temps est assassin ? Oui. Il crève en nous l'illusion que nos blessures sont uniques. Elles ne le sont pas. Aucune blessure n'est unique. Rien d'humain n'est unique. Tout devient affreusement commun dans le temps. Voilà l'impasse ; mais c'est dans cette impasse que la littérature a une chance de naître.

*

Parce que je refusais d'aller prolonger la danse à l'intérieur des loges du Vautrin, je devins très vite l'une de celles qu'on y voulait le plus. Lucien et Andrée ne forçaient personne. Non voulait bien dire non. Mais un non, au Vautrin, ne valait que pour un soir ; le suivant, toutes les possibilités se rouvraient. On rejouait. On retentait. On pariait sur l'œuvre du temps, sur la fissuration lente du mur des principes. On comptait sur la réversibilité de l'âme humaine, sur sa soif, sur sa faiblesse, sur sa cupidité.

Je disais toujours non. Certains croyaient que c'était par pruderie, d'autres, par calcul, pour faire monter les enchères ; quelques-uns affirmaient que c'était par frigidité. Nul ne voyait que c'était par ennui.

Bientôt, seules Denise et moi refusions d'aller dans les loges. Les deux Noires (Denise, dans cette situation, devenait ou redevenait bien évidemment noire) qui résistaient. La machine à fantasmes exotiques explosa. Celle à surnoms aussi : *la Garde Noire*, *les Bonnes Sœurs Jumelles, Black Virgins, les Imbaisables, les Nonnes*, et d'autres, que j'oublie… Denise et moi nous en amusions. Lucien et Andrée nous programmaient exprès le même soir, en sachant que beaucoup de gens, hormis l'habituelle clientèle du bar, viendraient, par curiosité, ou pour tenter de faire sauter *le Verrou Noir* – un autre de nos surnoms.

*

L'homme commença à venir au début de l'année 85, vers mi-janvier. Venait-il à cause de la nouvelle attraction que nous formions ? Je ne sais pas. Les premières fois qu'il est venu, je ne l'ai pas vu. C'est Denise qui me l'a montré, un soir. On dansait quand elle m'a fait un petit signe de la tête vers sa direction. C'était la première fois que je le voyais : un homme seul, dans un coin, le dos tourné à la salle. À la fin de la danse, quand j'ai retrouvé Denise dans notre vestiaire, elle m'a dit :

— Tu as vu, le prince africain est revenu ?

— Je ne l'avais jamais remarqué.

— Tu es très aveugle ou très distraite. Déjà, il n'y a pas tant de clients noirs que ça ici. Mais des comme lui, Noirs ou Blancs, jamais. Il vient chaque soir depuis une semaine et se met à la même place.

Je répétai que je ne l'avais jamais remarqué et qu'au fond ce n'était pas surprenant, puisqu'il tournait le dos à la salle et faisait face au mur.

Denise dit que cette seule attitude aurait dû suffire à le distinguer. C'était peut-être vrai, mais je ne l'avais pas vu, c'est tout.

— Toutes les autres filles en parlent, dit-elle. Il fait fantasmer. Il est très riche.

— Qu'est-ce qui vous laisse croire ça ?

— Tu le fais exprès, ma belle. Même après l'avoir regardé, tu ne vois pas qu'il fait tache ici ? C'est un diplomate. Ou un ministre. Il fume des cigarillos de marque. C'est peut-être même un président. Tu sais, l'un de ceux qui apportent des valises entières remplies de billets à l'Élysée, à ce qu'on raconte. Les relations compliquées entre la France et ses anciennes colonies africaines, tout ça, tu le connais mieux que moi, non ? C'est un Africain comme toi. Tu te le fais, tu m'invites, nous arrêtons de nous endormir sur Chestov ou Jaspers et quittons cet endroit. Réfléchis-y.

J'ai souri sans rien répondre. J'aimais bien lire Jaspers. Lorsque j'avais regardé l'homme, je n'avais même pas remarqué qu'il était noir, et encore moins qu'il paraissait riche. La seule chose qui m'avait frappée pendant le bref instant où j'avais posé mes yeux sur lui, c'était sa solitude. Pourtant, je voyais beaucoup de solitaires qui buvaient, au Vautrin, silencieux, écrasés par leurs pensées ou par l'ivresse. Je peux même dire qu'on ne trouvait que ça dans ce bar. Mais la solitude de cet homme portait quelque chose de différent. Peut-être que mon souvenir de cet instant a été transformé par le temps. Je ne suis plus sûre. Mais quand j'y repense, quand je repense au moment précis où mes yeux ont vu son dos, je vois la couleur de sa solitude. J'ai discerné une aura qui flottait tout autour de lui. C'était un halo d'un pourpre laiteux, doublé d'une fine couche verte, un vert que je ne saurais qualifier, je ne connais pas vraiment les nuances de cette couleur. Mais ce qui me revient à l'esprit est un vert, je ne sais pas, peut-être du vert Véronèse. Ça avait duré quelques secondes, puis je m'étais reconcentrée sur la danse en me disant que je devais être bien fatiguée pour voir des auras entourant des inconnus.

Quand nous sommes sorties, le bar se vidait. J'ai regardé vers la table qu'occupait l'homme. Il n'était plus là.

*

Il ne vint plus les jours suivants. Deux, puis trois, puis cinq semaines passèrent sans qu'il se remontre. Je me moquai de Denise. Je lui disais qu'à force de l'avoir trop rêvé, vanté, fantasmé, les filles avaient déversé sur l'homme solitaire la puissance noire de la Bouche. Le mauvais œil. Chez nous, évidemment, rien ne défaisait les espoirs comme la Bouche. J'expliquais tout ça à Denise. Tu as mis en fuite le richissime prince africain, plaisantais-je, tu nous condamnes à lire des philosophes allemands pour le restant de nos pauvres existences, et à tortiller du cul à perpète autour des barres de danse du Vautrin.

*

En février 85, dans un accès de folie ou de lucidité, je brûlai les feuillets de mon manuscrit. Je n'arrivais pas à écrire *Élégie pour nuit noire* ; ou, plutôt, ce que j'avais écrit ne me satisfaisait pas. La destruction me semblait être la seule voie possible pour ces ébauches. Il leur manquait quelque chose. J'ai toujours pensé que chaque livre que publiait un écrivain n'était que la somme de ceux qu'il avait détruits avant d'en arriver là, ou le résultat de tous ceux qu'il s'était retenu d'écrire. Je n'étais pas encore prête pour ce livre. Alors j'ai jeté tout ce qui le concernait au feu. J'ai arrêté d'écrire un temps, et j'ai commencé mes recherches sur Elimane.

C'est l'enquête de Bollème que j'ai lue en premier. J'avais réussi à la trouver chez un bouquiniste des quais après de longues semaines de recherche. Il lui en restait un seul exemplaire.

Ensuite, en écumant les brocantes, les ventes aux enchères, les quais, les échoppes des collectionneurs spécialisés dans la presse, je pus rassembler tous les journaux d'avant-guerre, de l'année 38 précisément, où on parlait du livre. Mes pourboires du Vautrin y passèrent, mais je parvins à trouver et lire tous les articles de l'époque. Je savais que Brigitte Bollème était toujours vivante. Elle régnait sur le Femina, couronnée de la double auréole de grande journaliste littéraire et d'héroïne de la Résistance. Je lui ai écrit une lettre, où je lui disais la vérité : j'étais une cousine d'Elimane, j'enquêtais sur lui, et j'espérais qu'elle pourrait m'aider.

*

Le jour où j'ai envoyé ma lettre à Bollème, l'homme a reparu au Vautrin. Il est entré pendant qu'on dansait. Il portait un feutre dont les bords cachaient son visage. Il a lentement traversé la salle et s'est de nouveau assis au fond. Il nous tournait le dos, comme d'habitude, et je ne distinguai pas ses traits. Mais cette fois je l'ai bien regardé, j'ai vu son élégance, ses manières lentes et éduquées au moment d'ôter son chapeau, de poser son manteau sur le dossier de sa chaise. Je n'ai pas revu son aura pourpre et verte, mais rien n'avait changé dans la densité de sa solitude. La chaise devant lui était vide, ontologiquement vide : je veux dire que l'homme donnait l'impression qu'il n'y avait jamais eu personne devant lui à table, et que depuis toujours, toutes les chaises du monde en face desquelles il s'était assis étaient occupées par le néant. Il semblait être allé au terme de sa solitude et n'en attendait plus rien. À la différence d'autres, qui subissent leur solitude et espèrent au fond d'eux que le destin ou une rencontre fortuite la dissipera, lui donnait l'impression de savoir que la solitude était irrévocable, que rien ne la dissiperait, et que même une rencontre, au fond, n'y changerait rien.

Denise l'avait bien sûr remarqué quand il était entré, et ne se priva pas de me jeter des sourires et clins d'œil lourds de sous-entendus et de moqueries. C'était de bonne guerre.

À un certain moment l'homme se leva, remit son grand chapeau et alla voir Lucien et Andrée. Je les regardai discuter du coin de l'œil. Je sentis, plus que je ne le vis, qu'ils parlaient de nous, de

Denise et moi. Cette dernière n'avait non plus rien raté de la scène. Après quelques minutes de discussion l'homme ne retourna pas à sa table, mais monta l'escalier qui conduisait aux loges, précédé de Lucien. Andrée nous fit signe d'arrêter de danser et de descendre de scène :

— Il veut vous voir, dit-elle de sa voix travaillée par trois décennies de tabac et l'alcool. Toutes les deux. Il veut que vous veniez. Lucien l'a conduit à la dernière loge, la 6, au bout du couloir. Il veut être tranquille. C'est vous qui décidez, les filles, comme d'habitude. Je sais que dire non a été votre choix jusqu'ici. Je le respecte et Lucien aussi. Mais si je peux me permettre un conseil, et croyez-moi, je sais de quoi je parle, j'ai fait ce que vous faites chaque soir – chaque soir – pendant vingt ans, si j'avais un conseil, ce serait de ne pas laisser filer cet oiseau-là. Et ça n'a rien à voir avec le fric. Il en a, c'est tout vu, mais c'est pas du tout de ça qu'il s'agit ici. Je crois que cet homme-là a quelque chose de différent. Deux minutes de discussion avec lui suffisent à le faire sentir. C'est vous qui voyez.

Lucien redescendit à ce moment-là et nous rejoignit. Il ne dit rien, comme souvent. C'était un taciturne : un homme de gestes et de regards. Pendant quelques instants j'ai observé le sien. Il semblait vouloir me dire quelque chose, mais rien ne sortit de ses lèvres.

— Alors ? dit Andrée.

J'ai regardé Denise. Comme elle, j'étais intriguée ; mais quelque chose me retenait et j'ignorais quoi. Peut-être la peur d'être contaminée par la solitude de l'homme. Ou autre chose que je ne comprenais pas.

— Alors ? répéta Andrée.

J'ai dit non. Denise, oui.

Je l'ai regardée monter l'escalier avec lenteur et j'ai pensé : comme elle est grande et belle. J'ai contemplé ses longues jambes, j'ai lu le récit sensuel de ses hanches, j'ai regardé ses fesses aussi, des fesses en plein épanouissement, que toutes les filles, moi compris, lui enviaient, j'ai suivi le balancement de ses épaules nues, je me suis aussi arrêtée sur sa nuque ; j'ai regardé tout ça et, au cœur de mon admiration devant le beau corps de ma camarade, j'ai eu un mauvais pressentiment. Mais là, encore une fois, il est facile de reconstruire les impressions. Peut-être que je n'ai eu aucun pressentiment, et que tout ce qui me venait à l'esprit, c'était la féminité splendide de Denise qui gravissait les marches de l'escalier pour se rendre dans la sixième loge, où l'attendait l'homme.

Je me sentais fatiguée ce soir-là, j'ai demandé à Andrée et à Lucien si je pouvais rentrer plus tôt. Ils acceptèrent. Je rentrai donc, et écrivis une lettre à la poétesse haïtienne. Mais je ne me rappelle plus à quel propos.

*

Deux jours plus tard, Denise ne se montra ni à la fac de Nanterre ni au Vautrin. Quand j'ai demandé si elle avait prévenu de son absence, Andrée m'apprit que Denise avait appelé pour dire qu'elle était souffrante et reviendrait dès qu'elle se sentirait mieux. Ce soir-là je dansai donc seule. Je sentis l'absence de mon amie. L'homme solitaire ne vint pas non plus.

*

Le lendemain, j'ai trouvé la réponse de Brigitte Bollème dans ma boîte aux lettres. Elle acceptait de me voir et me donnait rendez-vous chez elle une semaine plus tard.

Tu sais à peu près tout ce que nous nous sommes dit, Diégane. J'y reviendrai. Mais en attendant d'aller voir Brigitte Bollème, je m'étais rendue chez Denise. Trois jours avaient passé sans nouvelles d'elle et j'avais commencé à m'inquiéter.

Elle habitait en banlieue sud de Paris, dans un petit mais chaleureux studio que je connaissais bien. Elle m'y avait déjà plusieurs fois invitée, pour manger, réviser, parler, ou rencontrer des jeunes gens, des garçons de la fac, bavards et pédants. Ils citaient des philosophes qu'ils n'avaient jamais lus, ou avaient lus mais n'avaient pas compris et ne comprendraient sans doute jamais. Ils me barbaient la plupart du temps. Mais pour une ou deux nuits, quand ils n'avaient plus rien à dire et qu'il ne restait qu'à baiser, ils pouvaient convenir.

J'arrivai chez Denise. Il n'y avait pas de sonnette. Avant de frapper, je crus entendre à l'intérieur un chant qui s'évanouissait, les dernières paroles, douces et graves, d'un morceau que je ne reconnus pas. Je restai immobile devant la porte et tendis l'oreille. Il n'y avait plus que le silence. C'était peut-être la radio. Au moins Denise est là, pensai-je alors. Je toquai d'abord trois fois, puis trois autres fois après quelques secondes sans réponse. Le rituel qu'on effectuait devant la repoussante case de mon père me tenait encore. Denise n'ouvrait toujours pas. Elle n'est pas là, me dis-je. Ou peut-être qu'elle dort. Et étrangement cette pensée ôta un grand poids de ma poitrine, comme si, soudain, alors que j'étais précisément venue pour ça, voir Denise m'avait paru une idée incongrue ou dangereuse. J'allais redescendre l'escalier à la hâte quand la porte s'ouvrit avec lenteur, sans aucun bruit, comme si personne ne l'avait manipulée, comme si une volonté propre l'habitait. Je la regardai donc pivoter comme tirée ou poussée par un fantôme, puis je vis Denise, d'abord son bras, puis une de ses épaules et, enfin, son visage, ou plutôt, une partie de son visage. L'autre, comme le reste de son corps, était derrière la porte. Je regardai sa moitié de figure de longues secondes, sans rien dire, en essayant de lui sourire. Mais je crois que, si j'ai réussi à sourire, c'était un sourire de mort. Sur le demi-visage de Denise, en revanche, je ne pus rien lire. Un courant d'air humide soufflait sur le palier.

Entre, ma belle, dit Denise. Tu vas avoir froid. Elle se retira entièrement derrière la porte pour me laisser le passage libre. Je ne vis alors plus que la pénombre de son intérieur. Un couloir étroit menait au séjour. Les fenêtres étaient fermées. Tout semblait normal, lisse, froid. Et pourtant, au fond de moi, j'avais la certitude que la chambre trancherait tout ce qui se présenterait à elle ; qu'elle était une machette dont la lame venait d'être aiguisée et n'attendait plus qu'une proie à dépecer. Entre, répéta Denise, invisible derrière la porte. C'est sa voix, mais je ne la reconnais pas, me dis-je. J'eus l'intuition que lui tourner le dos – je ne parle pas de Denise, mais de cette voix – aurait été suicidaire. Entre, ne reste pas là. Il n'y avait aucun ordre dans son ton. Cela ressemblait même à une prière, mais une prière adressée au dieu des Enfers. Je lui obéis et entrai. À ce moment-là, j'étais certaine que ce n'était pas Denise qui m'attendrait derrière la porte, mais une autre présence que je sentais avec netteté dans l'appartement. J'avançai de trois ou quatre pas après avoir franchi le seuil, sans jeter un seul regard vers l'encoignure derrière la porte. Elle se referma derrière moi. En face, le couloir donnait l'impression de n'avoir pas de fin, s'étirant sans jamais ouvrir sur la chambre. Je me retournai en essayant de garder l'air le plus naturel possible. J'étais prête à voir le scintillement froid d'une lame de couteau ou la gueule noire d'un revolver, ou le nœud coulant d'une corde de gibet.

Rien de tout cela : Denise était seule et portait une longue robe de chambre bleu nuit ou vert foncé, qui avalait ses belles formes. Elle avait maigri, cela se voyait immédiatement. Je lui demandai comment elle allait. J'ai besoin de me remettre encore quelques jours, dit-elle en glissant vers moi. À ma hauteur elle s'arrêta. Je ne bougeai pas. Elle posa la main sur mon bras – une main froide comme un gant de métal oublié dehors l'hiver.

Je vis tout de suite que ses yeux, à l'inverse, brûlaient. Elle dit : Le plus dur est passé, hier j'étais incapable de bouger ou même d'ouvrir les yeux, la fièvre me tenait à sa merci, j'ai gardé les yeux fermés des heures, c'est absolument terrible tout ce qui peut s'inviter sous nos paupières, j'ai prié pour ne pas mourir, la fièvre redescend tout doucement, un médecin est venu et m'a donné des médicaments, dans quelques jours je serai remise, merci d'être passée, ma belle. Elle serra ses doigts sur mon bras avant de retirer sa main (mais longtemps après, j'ai continué à sentir le poids froid de cette main). Puis elle me devança dans l'appartement. Le couloir avait retrouvé sa longueur normale.

C'était une seule pièce qu'elle avait séparée en deux espaces à l'aide d'un grand paravent japonais. Le premier faisait office de séjour et de cuisine. Le deuxième tenait lieu de chambre. C'était aussi là que se trouvaient la douche et les toilettes. Je m'assis sur le canapé. Denise me proposa du thé. Je lui dis que j'allais le préparer pour qu'elle ne se fatigue pas, mais elle insista pour me servir. Je regardai plus attentivement les objets de la pièce. Rien n'avait bougé depuis ma dernière visite. Et pourtant le sentiment que nous n'étions pas seules dans l'appartement s'accrut. La présence que j'avais sentie derrière la porte était là en ce moment même, et elle modifiait tout : l'ordre des livres dans la bibliothèque, le nombre de tasses dans le vaisselier, la taille des lettres d'une affiche, le sourire des parents de Denise sur la photo du buffet. Tout était atteint en son cœur. Denise s'affairait autour de la bouilloire. Je regardai la cloison. La personne ne pouvait être que de l'autre côté, dans le carré de la chambre. Je la sentais, silencieuse et tendue, prête à exploser au moindre mouvement.

Denise me surprit dans mon inspection et me tendit une tasse. Elle s'assit en face de moi. Pendant quelques instants aucune de nous ne parla. Aucune de nous ne but non plus. Nous tenions toutes deux notre tasse sur nos genoux, et cherchions un objet solide auquel accrocher notre regard, mais tout se dérobait. Les vapeurs du thé me réchauffaient le bas du visage, bien que mes mains, autour de la tasse, demeurassent gelées. Je finis par goûter au breuvage et me mis ensuite à parler de la fac à Denise. Je promis de lui passer les cours qu'elle avait manqués, des prolégomènes à Kierkegaard. Je lui parlai des *Miettes philosophiques*. Quand je me tus, ce ne fut pas sur Kierkegaard qu'elle m'interrogea :

— Et au bar ?

— Au bar ? Tout va bien au bar. Tu nous manques.

Je savais très bien que ce n'était pas la réponse qu'elle attendait. Mais elle n'avait pas non plus posé la vraie question, celle qui incendiait son regard : *Est-ce qu'il est revenu à sa table, le visage tourné vers le mur ?* C'était ce que Denise voulait savoir, mais elle n'avait pas osé le dire. Pendant quelques secondes, je vis l'intense lutte intérieure qui se livrait en elle. Oserait-elle poser la question ? En aurait-elle le courage, malgré la présence derrière la cloison ? À ce moment-là, cette dernière fut plus palpable que jamais, transperçant le paravent japonais et gonflant dans toute la pièce. Denise prit peur et dit : Vous me manquez aussi. Quelques secondes plus tard sa tasse lui échappa des mains et se brisa par terre. Le thé se répandit à ses pieds. Elle rit immédiatement et dit : Qu'est-ce que je suis maladroite !

Je me levai, ramassai les éclats de verre, et nettoyai. Cette fois Denise me laissa faire. Lorsque je fus tout près, à ses pieds, je crus l'entendre murmurer : Pars. Je levai les yeux vers elle. Avait-elle vraiment parlé ? Impossible à affirmer : elle regardait en direction de la chambre et semblait avoir complètement oublié ma présence ou la flaque de thé qui s'étendait sur le carrelage. Je me relevai. À ce moment-là, j'aurais dû avoir le courage d'aller dans la chambre, derrière la cloison japonaise, pour voir qui était là. Mais je ne l'eus pas. J'étais terrifiée. Je dis à Denise que j'allais la laisser se reposer. Elle me parut soulagée, quoique en y repensant aujourd'hui, je pourrais dire que ce qui avait passé sur son visage amaigri à ce moment-là n'était pas le soulagement, mais le désespoir, ou un appel au secours. Mais je n'en suis pas certaine. Je lui dis que j'espérais la revoir très vite. Ma voix la surprit et elle sursauta. Je l'embrassai et me dirigeai vers la sortie en me retenant pour ne pas courir.

Je me retournai pourtant vers elle avant d'ouvrir la porte. Ses yeux cherchaient à me dire quelque chose, mais j'avais trop peur pour savoir ou deviner quoi. Je suis sortie. En m'engageant dans l'escalier, je crus entendre, de l'appartement, les mêmes voix, les mêmes échos de chanson finissante que j'avais entendus avant d'y entrer. Je me dis que j'étais folle et ne me retournai pas.

*

C'est deux jours après cette visite à Denise que j'ai rencontré Brigitte Bollème. Je suis repartie de chez elle avec la lettre et la photo d'Elimane. Mais j'en suis aussi repartie avec le document sinistre dont Brigitte Bollème m'avait parlé. Tu te souviens ? C'est le document où elle avait noté les circonstances du décès des critiques littéraires. Tu te rends compte ? Elle croyait si fermement que c'était Elimane qui les avait poussés au suicide qu'elle avait recueilli leurs biographies dans ces fiches. C'est ça, le *Rapport suicides ou meurtres*. Tu veux le lire ? Certaines fiches sont écrites dans un style lapidaire, allusif, parfois télégraphique. D'autres sont rédigées avec grand soin. Plusieurs mêlent les deux. J'ignore pourquoi. Tiens.

*

Léon Bercoff (*1890-14 avril 1939*) : Fils d'immigrés juifs russes. A étudié la philosophie. Renonce à l'agrégation à cause de la Première Guerre mondiale (12e régiment des cuirassiers). Journalisme ensuite. Écrit dans différentes revues et journaux parisiens de l'entre-deux-guerres. Chroniques littéraires, recensions philosophiques. À partir du milieu des années 1920 : délaisse les chroniques d'ouvrages littéraires ou philosophiques. Passe à la politique. Héritier de dreyfusards de la première heure, il ferraille contre Maurras et Bourget. Vive dénonciation de l'antisémitisme en France. En 1927 : B. écrit plusieurs articles. Possibilité, à la lumière de ce qui arriva ensuite, de les interpréter comme des prophéties (ou des intuitions) de la Shoah.

Labyrinthe de l'inhumain. Bercoff se tient d'abord à l'écart des débats. Puis mon entretien avec Ellenstein et Thérèse Jacob. B. réagit. Il montre son goût de la justice et sa détestation de la persécution raciale. Déploration de la fascination des journaux pour l'anecdote et le détail biographique, au détriment du texte et du travail littéraire. Juge mon entretien orienté et de médiocre facture. Il finit son article en soutenant Elimane. Il l'encourage à se défendre.

B. souffre de puissantes migraines à partir de la fin de l'année 1938. Hospitalisé après fréquents évanouissements début 1939. Revient à son travail, l'air en forme. Le 14 avril 1939, alors qu'il écrivait (un essai, réfutation philosophique sérieuse de *Mein Kampf*), son fils de neuf ans le découvre mort à son bureau. Une balle de revolver dans la bouche. Aucune lettre.

Tristan Chérel : Le 2 mars 1939, vers minuit trente, Tristan Chérel (Brest, 1898) quitte le lit conjugal. Il dit avoir une irrésistible envie de fumer. Une heure passe. Il ne revient pas se coucher. Sa femme se lève alors pour le chercher. Elle le trouve dans le jardin de leur petite maison. Il tourne lentement sur lui-même, pendu à la branche d'un grand bouleau.

Témoignages formels : Chérel : homme énergique. Aimait la vie et la mer. Les voyages aussi. Hélas *Le Labyrinthe de l'inhumain* ne le fit pas voyager. Déçu. Dans son article, il exprime sa frustration de n'avoir pas vu davantage l'Afrique, dont il se faisait une idée exotique. Reproche à Elimane de s'être complu dans un exercice de style vain et sans chair. De n'avoir pas assez montré les paysages et la vie du continent noir. Pas assez nègre pour lui.

Incinéré. Restes dispersés par ses enfants et sa femme sur une plage du Finistère.

Auguste-Raymond Lamiel (*11 juillet 1872-20 décembre 1938*) : Les horreurs des tranchées de la Première Guerre mondiale achevèrent de convaincre Auguste-Raymond Lamiel de la stupidité humaine. Mais plutôt que d'en tirer une philosophie désespérée et pessimiste, Lamiel y puisa les raisons d'un combat acharné, qu'il mena toute sa vie, contre tout ce qui pouvait ériger des barrières entre les hommes. Normalien, socialiste, humaniste, pacifiste dogmatique après la Grande Guerre, Lamiel se fit surtout connaître pour ses virulentes positions anticolonialistes, défendues avec panache et emportement dans les pages de *L'Humanité*, journal auquel il collabora dès sa fondation par Jaurès, qu'il compta au nombre de ses amis.

Nourri de culture classique (il était agrégé de grammaire gréco-latine), il semble peu probable que Lamiel n'ait pas décelé les références, plagiats et réécritures dans *Le Labyrinthe de l'inhumain*, qu'il applaudit presque dès sa sortie. On lui doit la formule de « Rimbaud nègre », qui prouve peut-être que Lamiel avait vu mais préféré taire ce qu'Elimane devait à Rimbaud et à bien d'autres, notamment les auteurs de la période dont il était spécialiste. Il aurait même dit à l'un de ses collègues : « Cet Africain a tout lu, d'Homère à Baudelaire, absolument tout. »

Peu avant son suicide, Lamiel a publié dans *L'Humanité* son dernier article, consacré au *Labyrinthe de l'inhumain*. Amer, il y regrette qu'on n'ait pas compris qu'Elimane jouait avec ses références plus qu'il ne les plagiait, les réécritures étant trop manifestes pour n'être pas volontaires (il a d'ailleurs à ce propos une phrase ambiguë : *Il fallait être aveugle pour ne pas les voir*).

Quelques jours avant Noël, il se suicida en avalant une capsule de cyanure. On raconte qu'il s'était mis à avoir des visions apocalyptiques que saint Jean n'eût pas reniées. Dans l'ultime lettre qu'il a laissée, il écrit : *La guerre nous reviendra d'Allemagne. C'est inévitable. Mais cette fois, je ne lui ferai pas le plaisir d'en souffrir.*

Lamiel avait pour ennemi mortel Édouard Vigier d'Azenac, l'une des plumes les plus acérées du *Figaro*, contre qui il ferrailla de longues années par articles interposés. Les deux hommes, pourtant amis un temps, se seraient même affrontés à deux reprises en duel à la fin du XIXe siècle. Tout avait fini par les opposer : la politique, l'idéologie, les goûts littéraires, la conception de l'humanité. Mais il semblerait que la cause de leur haine mutuelle et solide fût d'ordre amoureux. Qu'est-ce à dire : qu'ils furent amants avant de se haïr ou que l'amour de la même personne les a brouillés ? Je n'ai rien trouvé de probant à ce sujet.

Albert Maximin (*16 octobre 1900-4 juillet 1940*) : S'est retrouvé mêlé à cette terrible histoire un peu par hasard. Peu d'informations sur sa vie. Gendre du professeur Paul-Émile Vaillant. C'est pour ça. Publie les révélations de son beau-père sur le *Labyrinthe*. Son article : plutôt neutre. Se contente de répertorier les découvertes de Vaillant. Il divorce de sa fille en février 1939. Moins d'un an de mariage. Pas de réel talent de plume. Écrit de moins en moins. Il chasse. Arme : un fusil à canon double. L'utilise pour mettre fin à ses jours, de plus en plus solitaires et assombris par le traumatisme de la défaite française. Pas encore quarante ans à sa mort.

Jules Védrine (*11 juin 1897-13 juin 1939*) : À la fin de l'article qu'il consacra à l'affaire Elimane dans *Paris-Soir*, Védrine laissa entendre que la vérité à ce sujet n'avait pas encore été faite. On peut reconnaître dans cette remarque sur une vérité qui restait à établir l'amateur de romans policiers que fut Védrine. À *Paris-Soir*, il s'occupait des faits divers et faisait parfois quelques chroniques de polars. Il en écrivit lui-même deux sous le pseudonyme d'Hector J. Frank. On ne sait pas vraiment ce qu'il pensait du *Labyrinthe de l'inhumain* ou des plagiats, sur le plan littéraire. Il semble plutôt avoir couvert le procès. Cependant le ton de son article laisse penser qu'il se réjouissait que le milieu littéraire officiel (celui, en d'autres termes, qui considère la littérature policière avec mépris, la jugeant vulgaire et bonne à divertir l'inculte plèbe) fût un peu secoué par Elimane, même si l'histoire s'était mal terminée pour ce dernier. J'ai appris qu'il avait le projet de se lancer dans une enquête pour découvrir la véritable identité d'Elimane. Malheureusement, un chagrin amoureux l'abattit en plein envol. Deux jours après son quarante-deuxième anniversaire, il se jeta sous les roues du métro parisien. Son éditeur publia, sous son vrai nom, un manuscrit qu'il lui avait envoyé un mois plus tôt. C'est, à mon goût, le meilleur livre de Védrine.

Édouard Vigier d'Azenac (*14 décembre 1870-9 mars 1940*) : Le père d'Édouard Vigier d'Azenac, le capitaine Aristide Vigier d'Azenac, mourut avec les honneurs lors de la débâcle de Sedan en 1870. Quelques mois plus tard le petit Édouard vint au monde. Dès son enfance il nourrit, en même temps que le rêve d'une brillante carrière militaire en hommage à la figure paternelle, une haine profonde pour la République. L'appel des lettres fut plus fort que celui des armes, en fin de compte, et d'Azenac écrivit très jeune des biographies remarquées de Charles X et du comte de Chambord. Légitimiste convaincu, il se serait donné pour devise : *Je vis à la lueur de deux Vérités éternelles : la Religion, la Monarchie* ; phrase empruntée à Balzac, bien qu'il en ait modifié le verbe.

En 1898, tout antidreyfusard virulent qu'il était, il publia dans *Le Figaro* un article dénonçant l'antisémitisme primaire de la plupart de ses amis, qui déshonorait les valeurs du christianisme. Ce texte lui valut l'amitié d'un dreyfusard radical, Auguste-Raymond Lamiel, qui le trouvait courageux et honnête. Le compagnonnage entre les deux jeunes hommes fut aussi passionné qu'orageux. Pendant un an, ils se fréquentèrent et se témoignèrent une admiration mutuelle malgré les abîmes idéologiques qui les séparaient. En 1899, quelque chose ou quelqu'un les brouilla et vint à bout d'une amitié qui fut belle mais intenable sur le long terme. On raconte qu'ils se livrèrent deux duels au pistolet, tous deux sans vainqueur après que douze tirs eurent été échangés en tout. En 1914, au début de la guerre, Vigier d'Azenac s'engagea pour la France, comme modeste brancardier. Les horreurs dont il fut le témoin et qu'il a vécues le dégoûtèrent à jamais de la vue du sang. À son retour du front il continua à écrire des livres et à publier dans *Le Figaro*, dont il devint bientôt l'un des piliers. Il se présenta plusieurs fois comme candidat à l'Académie française, sans succès.

Lors de son ultime tentative en 1938, d'Azenac n'obtint même aucune voix pour le fauteuil 16, auquel Maurras fut élu cette année-là.

Fin critique littéraire, lecteur de Taine, polémiste redoutable, il fut un partisan enragé de l'entreprise coloniale en Afrique. Édouard Vigier d'Azenac – et cela transparaît dans ses articles pendant l'affaire Elimane – tient les Noirs pour des sous-hommes (ou des sur-singes) qui ne mériteraient rien que la servitude et ne sauraient par conséquent prétendre s'élever jusqu'à l'humanité (et encore moins jusqu'à l'écriture). « Le Juif, passe encore, le Nègre, jamais ! », écrit-il dans une lettre à une de ses maîtresses. Sa haine du *Labyrinthe de l'inhumain* et d'Elimane est franche, directe. Il la professe sans détour et avec vigueur. C'est lui qui publie l'article de Bobinal. Savait-il que c'était une affabulation ? Je l'ignore.

Il paraît que la nouvelle du suicide de Lamiel l'attrista et qu'il ne prononça (et n'écrivit) pas un mot pendant deux jours. Durant l'été 1939, il fut frappé par plusieurs accès de démence. On finit par l'interner. C'est dans un asile de la région parisienne, en mars 1940, que, dans un éclair de lucidité retrouvée, il se trancha les veines du poignet dans sa chambre avec une lame de rasoir, après avoir pris soin de se bander les yeux pour ne pas voir son propre sang.

*

Voilà.

Je ne crois pas au sous-entendu de ce rapport car je ne crois pas à la mystique. Mais j'ai entendu dans mon enfance beaucoup d'histoires surnaturelles.

Et en songeant à ces suicides en série de critiques littéraires que rien ne liait, sauf leur métier et le fait d'avoir écrit sur *Le Labyrinthe de l'inhumain*, l'un de ces récits m'est revenu à l'esprit.

Laisse-moi me rouler un joint avant de te raconter cette histoire. Je ne t'en propose pas : cette variété-ci est forte. C'est de la haute mer, et tu n'es pas encore prêt pour la haute mer.

Dans mon enfance, on racontait qu'à une époque – avant ma naissance –, un homme nommé Mbar Ngom, qui habitait un village sérère de notre région, fut frappé d'une maladie terrible et inconnue, qui le livrait à d'atroces souffrances physiques, psychologiques et mentales. Ses plaintes, la nuit, résonnaient dans tout le bourg ; et leurs sinistres échos firent à Mbar Ngom une réputation où se mêlaient la commisération et la terreur. On le prenait en pitié tout en craignant que le mal qui le rongeait fût contagieux. Sa famille tenta évidemment de le soigner, en vain : la médecine traditionnelle, vers laquelle elle se tourna d'abord, peina à identifier l'origine du mal et plusieurs diagnostics se contredirent. Quant à la médecine occidentale, elle se déclara tout bonnement incompétente devant cette pathologie ignorée. La famille alla voir des dizaines de guérisseurs, rebouteux, sorciers. Aucun d'eux ne put le guérir. Certains réussissaient bien à le calmer à force de le bourrer de drogues et de le noyer dans les fumigations occultes et malodorantes ; mais leur effet ne durait que quelques heures avant que Mbar Ngom replongeât dans une souffrance accrue. On en vint bientôt, devant l'insoutenable spectacle de la déchéance de cet homme, à souhaiter, dans des murmures ou des regards mouillés de larmes, que la mort le délivrât et soulageât sa famille. Mais la mort elle-même ne semblait pas vouloir de ce patient. Et Mbar Ngom continuait à souffrir et à hurler la nuit comme un fantôme torturé, un inapaisable dément.

Son cas préoccupait et émouvait tout le monde. Les anciens du village se réunirent un soir en une sorte de conseil consuétudinaire auquel participa la famille de Mbar. On examina la conduite à tenir. La décision fut vite prise. Il ne restait qu'une solution, une seule chance d'aider Mbar.

C'est en ce point que mon père, Ousseynou Koumakh, entre en scène. Un émissaire du village de Mbar Ngom vint le voir un soir. C'est Ta Dib qui m'a raconté ça quand j'étais enfant. Elle m'a dit que l'émissaire trouva mon père devant la maison, comme s'il l'attendait. Et avant même qu'il ait pu lui présenter l'objet de sa visite après les salutations, mon père a déclaré :

— Je sais ce qui vous amène.

— Dans ce cas, nous aiderez-vous ? Aiderez-vous Mbar ?

— Revenez dans sept jours, l'exhorta mon père.

L'émissaire repartit. Mon père Ousseynou Koumakh, je te l'ai déjà raconté, était réputé dans notre région pour sa science mystique, ses pouvoirs sotériologiques, ses facultés de voyant. Pour les cas les plus complexes ou les plus désespérés, c'est lui qu'on venait consulter. Et pour sûr, le cas qu'on venait de lui soumettre était non seulement complexe et désespéré, mais aussi urgent. La maladie de Mbar Ngom n'engageait plus seulement ce dernier : elle était désormais prise en charge par la communauté.

Sept jours plus tard – c'est toujours Ta Dib qui me raconte –, l'émissaire du village de Mbar Ngom revint chez nous et s'entretint avec mon père qui lui dit que Mbar Ngom ne pouvait être guéri par aucune médecine d'aucune sorte dans ce monde. L'émissaire, qui savait interpréter les paroles voilées, comprit immédiatement que Mbar, s'il devait guérir, ne pouvait l'être que dans l'autre monde, l'éternel pays des ancêtres, sur l'autre rive du grand fleuve où se mêlent les eaux de la vie et de la mort.

— Acceptera-t-il de vous suivre ? s'enquit l'émissaire.

Mon père demeura un moment silencieux, puis répondit :

— Je ne sais pas encore. Ma vision ne peut percer sa volonté, qui est touffue comme la forêt des esprits.

— Viendrez-vous avec moi ?

— Non. Je n'ai plus besoin de me déplacer physiquement. Ça se fera demain soir.

À ces mots, m'avait dit Ta Dib, le visiteur s'inclina aux pieds de mon père, comme si ses dernières paroles avaient révélé une dimension de sa science que l'émissaire ne soupçonnait pas ; une dimension qui n'appelait plus le seul respect, mais la déférence, peut-être la crainte. Puis le visiteur partit.

Le lendemain, à la tombée de la nuit, l'esprit de mon père quitta son corps. Les villageois racontent qu'ils sentirent un grand vent souffler à travers le village. Les plus sages surent que l'esprit d'Ousseynou Koumakh était de sortie et dirent à leurs familles de rentrer dans les maisons et d'y rester. À ce moment-là, le corps de mon père était chez nous, dans la cour, bien visible de ses femmes et de ses enfants. Ce soir-là il est resté immobile de longues heures, assis sur sa chaise pliante, les yeux ouverts, comme s'il avait soudain retrouvé la vue. Mais on savait qu'il n'était pas là, que son esprit avait quitté son enveloppe charnelle et qu'il ne fallait surtout pas s'adresser à lui ou l'approcher.

Pendant ce temps le souffle tourbillonnait autour du manguier en face du cimetière. Il y resta quelques secondes, enveloppa brièvement, comme dans une étreinte amoureuse, l'absence de Mossane ; puis il continua son voyage. Quelques minutes plus tard il survolait le fleuve. Il le caressa ; l'eau frissonna ; de grands cercles se formèrent à la surface et s'élargirent en ondes multiples et régulières, jusqu'à la butée de la berge. Ensuite le vent parcourut un immense *tann* où son souffle résonna, redoublé par le puissant écho que lui renvoyait la plaine déserte. Enfin, il franchit une ancienne forêt réputée être une demeure d'esprits. Quand il passa au-dessus de leurs têtes, ils le reconnurent et le saluèrent comme un des leurs. C'est ainsi qu'à l'heure où la terre commençait à refroidir, l'esprit de mon père, porté par ce courant venteux, arriva au village de Mbar Ngom.

Celui-ci hurlait sous l'effet de sa démence et de son obscur mal, comme à son habitude. L'esprit de mon père s'introduisit dans sa case. Il l'appela. Je veux dire qu'il appela l'esprit de Mbar, pas son corps. On raconte que Mbar, dès qu'il entendit l'appel, se tut. Sa famille sut alors que mon père était arrivé. Chacun retint son souffle. L'esprit de Mbar s'éleva alors que son corps était allongé dans le lit. Apeuré, il se regarda d'en haut et voulut crier ; mais la présence de mon père lui ferma la bouche, l'enveloppa, et l'entraîna hors de la case, vers un lieu plus tranquille. Puis mon père défit l'invisible bâillon qu'il avait posé sur la bouche de l'esprit de Mbar Ngom, et lui dit :

— N'aie pas peur, je suis là pour te libérer.

— Me libérer ? Qui es-tu ? Et que sommes-nous ?

— Qui je suis n'a pas d'importance. Mais tu sais ce que nous sommes en cet instant précis. Nous sommes ce que nous sommes vraiment au fond de nous : des esprits. Des énergies vitales.

Dans la cour de notre maison, à ce moment-là, Ta Dib me raconta que mon père parlait, à voix basse, les yeux exorbités et le corps toujours immobile sur sa chaise.

— Pourquoi es-tu là ?

— Tu le sais, Mbar Ngom. Il faut que tu meures. Il n'y a plus de vie pour toi ici. Si tu continues à vivre, il se produira ce qui peut arriver de pire à un homme sur terre.

— Qu'est-ce que c'est ?

— Tu continueras à souffrir. Mais ce n'est pas ça le pire. Le pire est que ton âme malade, de ton vivant, se détachera de ton corps. Celui-là continuera à vivre, mais torturé. Quant à ton âme, elle errera aussi dans le monde des esprits. Ici ou là-bas, tu seras seul et perdu.

— Je suis déjà seul et perdu.

— C'est vrai. Ici du moins. Si tu acceptes de rejoindre de ton propre gré l'autre monde, les esprits qui t'y attendent te donneront la chance de guérir. Une nouvelle vie en communauté t'attend. Les esprits savent que la vie de l'âme est beaucoup plus longue que celle du corps. C'est l'âme qu'on soigne. On a le temps d'en prendre soin de l'autre côté. Tu peux redevenir quelqu'un, prendre le temps de te retrouver. Ici, il n'y a plus rien pour toi. Rien que la souffrance.

— Et si je préférais cette souffrance à ce que tu me proposes ? Si je voulais vivre, même malade ?

— J'accepterais ton choix. Mais alors, tu mourras tout de même. Et à ce moment-là, ton âme sera déjà tellement abîmée par sa séparation précoce de sa protection charnelle, que plus rien, pas même le temps de l'éternité, ne pourra la sauver. Tu tiens à ta vie ici malgré ton mal. Mais c'est de l'autre côté que la vie véritable commence. Viens, et tu verras.

L'esprit de Mbar resta silencieux. Celui de mon père l'encouragea à réfléchir, puis le ramena dans sa case, où il réintégra son corps. Mon père lui dit qu'il pouvait enfermer son mal dans sa paume pendant deux jours, le temps qu'il prenne sa décision. Mbar le remercia. Mon père refit le chemin inverse jusqu'à son corps, dans la cour de notre maison.

À son réveil, Mbar Ngom se souvenait de tout. On raconte que ce jour-là, pour la première fois depuis des années, il parut ne pas souffrir. Deux jours passèrent, au cours desquels il retrouva une paix intérieure. Il passa du temps avec ses enfants, sa femme, ses parents, ses amis. Mais tous savaient ce que cela signifiait.

Comme il l'avait promis, mon père-esprit revint deux nuits plus tard. Mbar Ngom l'attendait.

— Alors ? dit mon père.

— Délivre-moi, dit Mbar Ngom.

On raconte que mon père ouvrit la paume de sa main gauche, celle où était le mal, et la posa sur le visage de Mbar. Il mourut aussitôt. Son esprit s'éleva dans les airs. Mon père le convoya ainsi jusqu'à l'autre berge du grand fleuve de la mort et de la vie.

*

Voilà, Diégane : tu connais l'histoire de Mbar Ngom.

Maintenant, supposons – je dis bien : supposons – un instant qu'elle soit vraie, et que mon père ait en effet su comment entrer dans la tête des gens et les convaincre de la nécessité de leur mort. Supposons qu'en promettant aux personnes un outre-monde bienheureux, apaisé, pur, il eût le pouvoir de les mener à choisir l'euthanasie, même par suicide. Supposons qu'il ait pu transmettre ce savoir à Elimane. Tu comprends où je veux en venir ? Oui, tu le comprends. Dans son ultime confession, sur sa paillasse de merde, mon père a dit qu'il avait appris beaucoup de choses à Elimane

Madag, d'autres savoirs. Peut-être que ce savoir mystique en faisait partie et qu'Elimane, sous l'effet de la colère et de la honte, en a usé contre les critiques littéraires, contre Bobinal, contre tous ceux qui n'avaient pas compris *Le Labyrinthe de l'inhumain* ou lui avaient fait du mal. Tout cela n'est encore une fois qu'une supposition. Une invraisemblable supposition. Tous ces suicides n'étaient que des coïncidences, de tragiques coïncidences. Que *Le Labyrinthe de l'inhumain* les liât n'a pu être que le fruit du hasard. Brigitte Bollème m'aurait dit qu'un hasard n'est qu'un destin dont on ne voit pas l'écriture. Elle croyait peut-être à la mystique. Pas moi.

Tiens, fume un peu, *als het erop aan komt*, fume la haute mer, une seule taffe, doucement, voilà, *bine-bine*, c'est ça, voilà. Ouvre les yeux maintenant, et à toi la mer, moussaillon.

*

Qu'Elimane ait poussé ces pauvres critiques français au suicide grâce à sa puissance magique serait horrible. Mais au milieu de cette horreur possible, je verrais du comique. Pas toi ? Un écrivain qui s'estime incompris, mal lu, humilié, commenté par un prisme autre que littéraire, réduit à une peau, une origine, une religion, une identité, et qui se met à tuer les mauvais critiques de son livre par vengeance : c'est une pure comédie.

Est-ce que les choses ont changé aujourd'hui ? Est-ce qu'on parle de littérature, de valeur esthétique, ou est-ce qu'on parle des gens, de leur bronzage, de leur voix, de leur âge, de leurs cheveux, de leur chien, des poils de leur chatte, de la décoration de leur maison, de la couleur de leur veste ? Est-ce qu'on parle de l'écriture ou de l'identité, du style ou des écrans médiatiques qui dispensent d'en avoir un, de la création littéraire ou du sensationnalisme de la personnalité ?

W. est le premier romancier noir à recevoir tel prix ou à entrer dans telle académie : lisez son livre, forcément fabuleux.

X. est la première écrivaine lesbienne à voir son livre publié en écriture inclusive : c'est le grand texte révolutionnaire de notre époque.

Y est bisexuel athée le jeudi et mahométan cisgenre le vendredi : son récit est magnifique et émouvant et si vrai !

Z. a tué sa mère en la violant, et lorsque son père vient la voir en prison, elle le branle sous la table du parloir : son livre est un coup de poing dans la gueule.

C'est à cause de tout ça, de toute cette médiocrité promue et primée, que nous méritons de mourir. Tous : journalistes, critiques, lecteurs, éditeurs, écrivains, société – tous.

Que ferait Elimane aujourd'hui ? Il tuerait tout le monde. Puis il se tuerait lui-même. Je te le redis : tout ça n'est qu'une comédie. Une sinistre comédie.

*

Et Denise, n'est-ce pas ? J'y viens.

Cinq jours après ma visite chez elle, on a appelé au Vautrin un soir que je dansais. C'était l'hôpital. Un médecin me dit de venir le plus vite possible : Denise voulait me voir. Je suspendis ma prestation avec l'accord d'Andrée et Lucien, puis courus à l'hôpital où était internée Denise. J'y trouvai la seule famille que je lui connaissais : son oncle, sa tante et deux de ses cousins. Ils me dirent dans le couloir que ce n'était pas une banale fièvre, mais une crise liée à sa maladie. Quelle maladie ? La drépanocytose, m'apprit sa tante. Elle l'a héritée de son père qui en est mort quand elle avait dix ans. Sa mère, elle, est décédée quelques années après son père, dans un accident maritime.

Je ne savais rien de tout cela, Denise m'avait seulement confié avoir perdu ses parents, mais elle n'avait jamais évoqué dans quelles circonstances ils étaient morts. Elle ne m'avait non plus jamais dit qu'elle avait parfois des crises liées à la drépanocytose.

Elle t'attend, dit sa tante. J'entrai dans la chambre. Denise m'attendait, en effet. Elle regardait déjà vers la porte quand je la franchis, comme si elle savait que j'arrivais, ou qu'elle ait entendu ma voix dans le couloir. Je m'étais préparée à la trouver affaiblie, peut-être inconsciente, cernée d'innombrables fils qui formeraient une inquiétante toile d'araignée, intubée par des tuyaux où s'égoutterait avec lenteur un liquide translucide ou jaunâtre, reliée à des sondes elles-mêmes branchées sur des machines, de l'oxygène, des poches de perfusion. Au lieu de cela, tout était dégagé et nu et hiératique autour de son lit, comme si elle était remise et qu'on s'apprêtât à la laisser sortir ou, qu'au contraire, on la sût déjà condamnée et arrêtât tous les soins. Elle était redressée, les jambes recouvertes d'un drap blanc. Elle souriait. Je m'approchai et pris le bras qu'elle me tendait.

— Je lis ça et j'aime beaucoup. J'y trouverai bien une épitaphe chic.

Elle me montra ce qu'elle tenait dans son autre main : les *Miettes philosophiques*. Je n'eus pas le cœur ni même l'envie de la bercer d'illusions ou de la consoler. Elle savait mieux que quiconque à quelle distance elle se trouvait de la mort, elle voyait peut-être déjà son regard. Lui dire que ces yeux-là n'étaient pas vrais, lui dire qu'ils ne venaient pas pour elle, aurait relevé de l'arrogance qui colore parfois l'espoir des bien-portants devant les malades. Je serrai seulement sa main.

— D'habitude, me dit-elle, je sens quand une crise arrive. Je sais m'y préparer. J'ai appris, avec le temps. Ça s'annonce. Mais celle-là m'a surprise et terrassée. Je n'ai rien pu faire.

— Tu n'es pas obligée d'en parler, Denise. Discutons d'autre chose.

— Ne sois pas bête, ma belle. On doit le faire, et tu le sais. C'est arrivé quand j'étais dans la chambre 6. Ou plutôt : c'est arrivé après la chambre 6. Ou à cause d'elle.

Elle a laissé passer un temps de silence. Je n'ai rien dit. Sa main répondit faiblement à la pression de la mienne. Elle dit :

— Il n'est pas revenu au Vautrin depuis ce jour-là, n'est-ce pas ?

— Non.

— Il l'a peut-être déjà fait.

— Fait quoi ?

Denise m'a regardée quelques secondes avec intensité, puis elle a dit :

— Quand je l'ai rejoint dans la chambre 6, il était assis sur le fauteuil, dans la pénombre. Seul le halo lumineux de la nuit entrait par la fenêtre, qu'il avait ouverte malgré le froid. Mais ça ne m'a pas gênée, j'avais un peu chaud. Il avait enlevé son chapeau à grand bord, mais à cause de l'obscurité je ne voyais pas très bien son visage. Je lui ai dit bonsoir et j'ai demandé s'il souhaitait que j'allume la lumière. Il m'a dit que non, que la pénombre lui convenait ainsi. Il m'a ensuite demandé pourquoi j'étais seule. Je lui ai dit que tu n'avais pas voulu venir. Il est alors resté silencieux, comme déçu, et moi j'étais là, plantée devant lui, sans savoir si je devais m'approcher de lui, me déshabiller complètement, me mettre à danser, m'étendre sur le lit ou simplement attendre qu'il me dise ce qu'il voulait. Finalement, au bout d'un temps très long, il a dit que ça ne valait pas la peine, et que toute seule je n'arriverais pas à le détendre suffisamment pour ce qu'il s'apprêtait à faire dans les prochains jours. Je n'ai rien dit et il a continué : Vous ne me demandez pas ce que je m'apprête à faire ? J'ai alors répondu que je me l'étais intérieurement demandé, mais que je n'avais pas à lui poser la question, car après tout ça le regardait, et que je n'étais qu'une danseuse chargée de lui faire plaisir. Il s'est encore tu un instant, avant de me dire qu'à une époque, avant la guerre, il n'y avait pas de danseuses ici. Et avant que je ne lui pose de question, il poursuivit : Oui, je connaissais cet endroit, du moins, je l'ai connu tel qu'il n'est plus, il portait un autre nom et j'y venais parfois, il y a longtemps, avec des amis, ou seul. C'était l'une des meilleures adresses de la place Clichy. Puis il a souhaité que je lui masse les épaules. Je me suis approchée de lui et j'ai pu voir en détail son visage pour la première fois. Il devait bien avoir soixante-dix ans, je crois. Je suis passée derrière lui et j'ai commencé à masser ses épaules. Il s'est mis après un moment à chanter un tango de Carlos Gardel. J'ai continué à le masser en espérant qu'il chanterait des tangos toute la nuit, car c'était très beau et il chantait bien. Mais il s'est tu. C'est alors que j'ai commencé à avoir peur, une peur lente mais irrésistible. Je n'en comprenais pas la raison. Je suppose que c'est ce qu'on appelle un mauvais pressentiment. Je me suis mise à trembler. Pour me rassurer, je me suis dit que je commençais à avoir froid à cause de la fenêtre ouverte, même si je savais au fond de moi que cela n'avait rien à voir avec l'air frais qui entrait. J'ai tout de même demandé à l'homme si je pouvais fermer. Il s'est levé et a fermé lui-même. Ensuite il est revenu vers moi. Il m'a paru gigantesque et je me suis sentie sans défense, complètement à sa merci. Sur le fauteuil, il ressemblait à un vieillard élégant mais affaibli. Debout, c'était un tout autre homme : fort et très grand. La peur était toujours là, elle pesait dans mon ventre comme une lourde pierre. L'homme a dû le remarquer, et m'a dit de ne pas le craindre, qu'il ne me ferait rien, qu'à son âge, on pensait surtout à la matière de son propre cercueil et aux fleurs qu'on voudrait à son enterrement. J'ai souri. Vous pouvez partir, a-t-il dit. J'ai dit : Déjà ? Il a dit oui. Soulagée, j'ai fait quelques pas vers la porte : lui, s'est rassis sur le fauteuil. J'ai alors fait ce que je n'aurais jamais dû faire : je me suis arrêtée et je lui ai demandé : Qu'est-ce que vous allez faire dans les prochains jours ? Je l'ai vu sourire, la pierre dans mon ventre a bougé. Il a répondu : Vous êtes sûre de vouloir savoir ? J'ai acquiescé. Il m'a demandé pourquoi. Je lui répondis que j'avais l'impression qu'il voulait que je le sache. Il murmura : Peut-être, puis se tut, avant de continuer : Alors je vais vous le dire, puisque vous voulez le savoir et qu'il se peut que je le veuille aussi, mais ne le répétez surtout pas, ça ne doit pas sortir de cette chambre, sinon… Il n'a pas fini sa phrase. J'ai cru qu'il jouait avec moi, et il jouait en effet, mais c'était un jeu de vie ou de mort et lui seul en connaissait les règles. Mais comme une conne j'ai promis : Je ne le dirai à personne, j'ai juré, morte de peur, mais en souriant. Alors, avec ce rictus terrible, il a dit : Je m'apprête à faire ce que je fais depuis de longues années : tuer ; il me reste une personne à tuer dans les prochains jours, et ensuite j'en aurai fini, tout sera accompli. Il s'est tu, et moi j'ai ri bêtement. Lui ne souriait plus. Il a posé son index sur ses lèvres. J'ai imité ce geste et je suis sortie en me demandant si tout ça était inquiétant ou comique. Quand je suis redescendue pour me changer dans les vestiaires, Andrée et Lucien sont venus me trouver. Ils m'ont remis beaucoup d'argent. L'homme m'avait laissé un gros pourboire. Ils m'ont glissé que ça avait dû très bien se passer dans la chambre 6, pour qu'il me récompense ainsi. J'aurais dû fermer ma gueule à ce moment-là, mais j'ai pas pu. J'ai raconté ce qu'on avait fait dans la chambre. J'ai parlé du massage, du tango, j'ai même parlé de la fenêtre. Et pour finir j'ai avancé que c'était un vieil homme nostalgique et seul qui s'inventait une vie palpitante pour atténuer sa solitude, et qu'avant que je ne le quitte, il m'avait confié être un tueur redoutable, qui se préparait à commettre un énième meurtre. Andrée a répondu : Quelle déception, moi qui croyais qu'il avait quelque chose, mais ce n'est qu'un pauvre vieillard qui s'ennuie et se contente des massages des jeunes femmes en chantant Gardel ; la vieillesse, quelle chute dans le néant, promets-moi que tu ne me laisseras pas devenir vieille, Lucien. Ce dernier est demeuré grave, comme à son habitude, silencieux. Je suis ensuite rentrée chez moi. Sur tout le chemin j'ai eu l'impression d'être suivie, mais quand je me retournais il n'y avait personne. J'ai recommencé à sentir la pierre dans mon ventre. Je me suis couchée et j'ai dormi avec son poids. Le lendemain, il n'y avait plus la pierre, mais les premiers symptômes de la crise. Au début, je n'ai pas fait le lien avec la chambre 6. Pendant trois jours, je n'y ai pas pensé. Ou, plutôt, je me suis refusée à y penser. Je n'ai commencé à comprendre ce qui s'était passé que le jour où tu es venue me voir chez moi. C'est pour ça que je me comportais si bizarrement. Ce n'était pas à cause de la maladie. C'était parce que je venais de me rendre compte que tout cela arrivait à cause du secret que je n'avais pas gardé. Je sais que c'est invraisemblable. D'ailleurs, je n'en ai parlé à personne. Personne ne me croirait. Même toi, je le vois, tu ne me crois pas. Les médecins n'expliquent pas la violence de cette crise subite. Je prenais pourtant tous mes traitements. Les choses allaient bien. Jusqu'à ce soir-là, du moins. Tu n'y crois peut-être pas, mais je sais au fond de moi que c'est parce que j'ai parlé que je suis ici. Depuis ce soir-là, chambre 6, j'ai l'impression que le vieil homme est partout autour de moi. Parfois, j'entends sa voix qui chante un tango argentin, mais je ne vois personne. Peut-être que c'est moi qui chante sans m'en rendre compte. Ou alors il est à l'intérieur. Il est en moi. Il est le fantôme de la pierre en moi. On pense que je délire. Mais je ne délire pas. Et maintenant, il se trouve quelque part dans cette grande ville, en train de tuer quelqu'un, ou peut-être qu'il a déjà tué cette personne, et nul n'y peut rien.

Denise a arrêté de parler et a fermé les yeux. Moi aussi, j'ai pensé qu'elle délirait. Au bout de quelques secondes elle a ouvert les yeux et a dit :

— Je ne délire pas, Siga. Je sais que je ne délire pas. Tu dois me croire.

— Est-ce que tu connais son nom ?

— Il ne me l'a pas dit. Il n'a rien dit d'autre sur lui, hormis qu'il avait connu l'endroit avant qu'il ne devienne le Vautrin, et qu'il aimait cet air de tango. Et qu'il était un assassin. Je ne sais rien d'autre. Mais je voulais te dire tout ça, ma belle, au cas où…

Elle se tut pour inspirer fortement. Elle semblait très affaiblie. J'ai dit que j'allais partir et que je reviendrais la voir bientôt. Elle me reprit la main.

— … au cas où j'y passerais, et au cas où il reviendrait au Vautrin. Fais attention à lui. Ne l'approche surtout pas. Ou si tu l'approches, ne lui demande pas ce qu'il va faire.

Elle a de nouveau fermé les yeux. Parler lui avait coûté. Je l'ai embrassée et j'ai quitté la chambre.

*

Tout le reste de la nuit, je pensai à ce que Denise m'avait dit. Je pensai à la chambre 6. Je pensai surtout à l'impression que j'avais eue quand j'étais allée voir mon amie chez elle ; celle d'une présence humaine cachée derrière la cloison japonaise. Et je pensai à la chanson que j'avais cru entendre devant sa porte et que je n'avais pas reconnue. Toutes ces pensées, cependant, ne m'éclairaient pas sur les événements de la chambre 6 ni sur le délire de Denise. Ce n'était qu'un réseau pauvre et confus de sensations médiocres, d'impressions vagues, de suppositions infondées. J'allai voir Hafez, mon dealer, et lui demandai son « bouquet pour haute mer agitée », une substance spéciale, et puissante, qu'il réservait à ses clients les plus fidèles. J'en étais. Hafez m'en indiqua une posologie précise, qu'il me déconseilla de négliger, sauf cas de force majeure. Il insista bien : cas de force majeure.

J'en pris peu ce soir-là et écrivis avec fureur et énergie jusqu'à l'aube. J'avais recommencé à travailler à *Élégie pour nuit noire*. Le lendemain, en début d'après-midi, je reçus coup sur coup deux nouvelles qui me mirent d'excellente humeur. La première m'était venue de la poétesse haïtienne. Elle m'avait écrit pour m'annoncer sa venue à Paris quelques jours plus tard. Elle y passerait une semaine avant d'aller en Argentine pour ses vacances. Elle m'avait dit que je lui manquais. Tu peux imaginer l'émotion que me procura une telle annonce. Je ne l'avais pas revue depuis le Sénégal, et l'idée que nous serions de nouveau bientôt réunies me rendit heureuse comme je ne l'avais plus été depuis longtemps.

La deuxième nouvelle m'était venue de l'hôpital. J'avais appelé pour prendre des nouvelles de Denise. Elle dormait ; mais sa tante me dit que son état s'était amélioré pendant la nuit.

Ce soir-là, j'allai au Vautrin gaie, certaine que Denise reviendrait bientôt et heureuse de revoir ma poétesse dans quelques jours. J'en avais oublié tout le reste. Vers deux heures du matin, je finis mon service et, en rentrant chez moi, repris, en augmentant la dose, de la substance pour marée haute de Hafez. Je passais parfois, après la danse, par un jardin dont j'aimais le silence et la solitude, la nuit. J'y entrai avec mon joint. J'y avais fait quelques pas quand j'aperçus, à quelque distance de moi, l'homme du Vautrin. Il y avait peu de doute, c'était lui, l'aura pourpre et verte l'enveloppait.

Nous étions tout seuls dans le jardin. Dès qu'il fut certain que je l'avais vu, l'homme s'enfonça à grands pas entre deux rangées d'arbres. Je restai pétrifiée quelques secondes, avant de marcher à sa suite. Je m'engageai dans l'allée mais ne le vis pas. Je craignis très vite d'avoir perdu sa trace ; mais, comme s'il voulait me rassurer, il se mit à chanter. Je reconnus immédiatement l'air d'un célèbre tango de Carlos Gardel. Je l'entendais nettement. L'homme ne devait pas être loin. Je suivis le chant.

C'est à ce moment-là, je crois, que j'ai remarqué que je ne reconnaissais pas vraiment ce qui m'entourait, le chemin que j'avais laissé derrière moi, les choses qui m'environnaient. À la place de bancs publics que j'avais dépassés, il y avait maintenant des arbres, mais des arbres inconnus, plus grands que les espèces qu'on trouvait habituellement ici. Leur envergure était plus large, leur tronc plus imposant ; quant à leurs frondaisons, elles étaient si fournies qu'on eût dit des sphères d'une résine noire compacte. Je levai la tête : le ciel que je regardais quelques secondes auparavant, très clair, n'était plus visible qu'entre les interstices de la canopée drue qui s'était tressée au-dessus de moi.

Tout repère me fut bientôt difficile à distinguer. Le seul qui demeurât était la voix de l'homme invisible. J'écoutai mieux, longtemps, en essayant de réprimer la vague oppressante qui se ramassait dans ma poitrine. Je ne voyais pas l'homme, mais le son de sa voix me laissait croire qu'il me précédait de quelques pas seulement. Mais pourquoi, alors, ne le voyais-je pas ? C'était simple : parce que autour de moi, le parc tel que je le connaissais n'existait plus. C'était un autre parc, le parc d'un autre monde, d'une autre ville. Le décor avait achevé sa silencieuse et invisible métamorphose : tout avait changé sans qu'il y parût, comme si, sans que je m'en rende compte, sans même que rien ne bouge, le parc était devenu une jungle, ou avait été transporté dans une jungle, ou avait accueilli la partie d'une jungle ; et tout cela s'était passé sous mes yeux, mais des yeux aveugles.

Évidemment je me suis dit : tu débloques, c'est la spéciale marée haute de Hafez qui te fait ça, et bientôt tu verras des tigres métaphysiques tapis derrière des buissons amazoniens carnivores, ou la réincarnation du crocodile mythique de ton village, celui qui avait dévoré ton grand-père Waly ! J'ai ri et dédramatisé la situation. J'attribuai toute cette extravagante étrangeté à la fatigue des derniers jours combinée aux effets du psychotrope. Je me demandai si ce que je vivais était un *good trip* ou un *bad trip*, un succédané de rêve ou un prologue de cauchemar, mais je ne pus me décider, sans doute parce que ce que je vivais n'était pour l'heure ni l'un ni l'autre : c'était de l'étrangeté qu'aucune qualité ne colorait encore. Je m'arrêtai, roulai un autre joint en mettant la dose maximale. Cas de force majeure.

La voix chantait toujours son tango quelque part devant moi. J'avançai donc entre les grands arbres, guidée par la mélodie. Et, au bout d'un moment, comme s'il y avait des éclairs de lucidité qui me traversaient, je me vis en train de marcher dans la nuit en cet endroit, à la poursuite d'un homme à l'aura pourpre et verte. Je me mis à ricaner, et mes petits ricanements gonflèrent et se transformèrent en un véritable fleuve de rire qui emporta tout sur son passage. Le bruit de ce rire déchaîné, un temps, réussit même à couvrir les paroles du tango ; et je riais de moi et de ma folie en hoquetant des bouts de phrase ou de mots que je n'arrivais pas à terminer, et ça continua ainsi pendant un temps qui m'a paru long et joyeux, du moins jusqu'au moment où je réalisai que ce que je prenais pour une saccade de rires fous était en réalité une cascade de sanglots effrayés – ou l'était devenu. Je m'arrêtai et m'adossai au tronc d'un magnolia pour me calmer et reprendre contenance. Comme s'il m'accompagnait, ou qu'il devinât ma situation, le chant devint une douce consolation.

J'ai alors commencé à vraiment avoir la frousse, et j'ai compris pourquoi mes rires s'étaient transformés en sanglots quelques minutes plus tôt : mon corps savait au fond de lui qu'il n'avait aucune envie de rire, et que ce qui le dominait à ce moment-là était une peur archaïque, celle qu'on ressent en attendant une catastrophe imminente et inéluctable ou l'apparition de l'horreur. C'était la peur de l'enfant convaincu que le monstre, malgré les mots rassurants de ses parents et leurs vérifications, était sous le lit et en sortirait forcément ; la peur de l'enquêteur qui sait qu'au bout de la prochaine pelletée se trouve le premier cadavre d'un charnier gigantesque.

Je me suis mise à trottiner derrière le chant, en murmurant qu'il fallait en finir. Je ne sais plus combien de temps j'ai suivi cet air, mais je me rappelle en revanche les carrefours, les bifurcations, les zigs et les zags, les virages, les lignes droites sans horizon, les allées qui surgissaient au bout d'autres allées et obliquaient vers de nouvelles allées, toutes bordées d'arbres tels que je les ai déjà décrits et toutes dénuées de lampes, bien qu'on y vît clair, comme si la lumière émanait de particules invisibles et suspendues dans l'air. Un doute commença à tremper mes os : et si j'étais bien lucide ? si je n'avais pas le secours de l'hallucination ? et si ce tango en haute mer ne devait rien à la substance de Hafez ? Rien ne cause plus d'effroi que l'immixtion dans le réel, et sous la raison, de phénomènes étranges qu'on doit appréhender sans les béquilles de l'irréel et de la déraison, recours faciles qui dispensent non seulement de regarder tous les visages du réel, même les plus hideux, mais n'acceptent encore pas l'idée que la réalité eût plusieurs visages. Est-ce cela que Hafez entendait quand il disait que la réalité n'avait pas de contraire, que tout ce qui arrivait était de la réalité ?

Je n'avançais pas seulement dans le labyrinthe du parc, mais dans le labyrinthe de ma vie. Métaphore facile mais juste. Une pirogue droguée et perdue en pleine mer, suivant dans la nuit le tango que chantaient des sirènes insaisissables. Voilà ce qu'était ma triste vie : une vie d'Ulysse défoncée, mais une Ulysse sans retour, une Ulysse pour qui Ithaque est, ne peut être que la mer, et le chant des sirènes, et les ruses, et les larmes sous la pluie, et Cyclope, et la mer encore, la mer à jamais.

Je savais que je ne retournerais pas au Sénégal, Diégane : ma rupture avec le pays avait été trop profonde, et je sentais bien que ce malentendu ne se dissiperait pas avec le temps. Au contraire, il irait en se renforçant. C'est de ce malentendu que je devais naître comme écrivain ; c'est lui, après cette naissance, que je devais encore écrire. Tous mes livres, je le sentais avant d'en avoir écrit un seul, concerneraient cette rupture avec mon pays, avec les gens que j'y avais connus, avec mon père, avec Mame Coura, Ya Ngoné, Ta Dib, mes marâtres, avec tous ces hommes et femmes rencontrés dans la rue ou à l'université le temps d'une nuit. J'écrirais sur ça et personne ne comprendrait, tout le monde là-bas me haïrait pour une raison toute simple : je n'aurais pas seulement trahi par l'écriture ; j'aurais redoublé cette trahison en écrivant d'ailleurs. Mais soit, me disais-je, soit : j'écrirai donc comme on trahit son pays, c'est-à-dire comme on se choisit pour terre non le pays natal mais le pays fatal, la patrie à laquelle notre vie profonde nous destine depuis toujours, la patrie de l'intérieur, celle des souvenirs chaleureux et celle des ténèbres glacées, la patrie des rêves premiers, la patrie des peurs et des hontes ruisselant en troupeau sur les flancs de l'âme, la patrie de toute la chiennerie errante le long de nuits couleur pétrole, de rues blanches, de villes que même les fantômes auraient désertées, la patrie des visions cristallisées d'amour et d'innocence, mais la patrie aussi de la folie rieuse et des entassements de crânes et de la lucidité impitoyable qui dévore le foie, la patrie de toute la solitude possible et de tout le silence disponible, la seule patrie que je trouvais *habitable* (et par habitable je veux dire : impossible à perdre ou à haïr, impossible à exposer à une nostalgie sentimentale et superficielle, impossible à prendre comme prétexte ou otage en vue d'accrocher la gratifiante breloque de l'exil à sa poitrine et, enfin, la patrie impossible à défendre, puisqu'elle se défend toute seule de ses imprenables contreforts et n'exige de sacrifice que celui de notre paresse et de nos envies de faire l'amour tout le temps). Quelle est donc cette patrie ? Tu la connais : c'est évidemment la patrie des livres : les livres lus et aimés, les livres lus et honnis, les livres qu'on rêve d'écrire, les livres insignifiants qu'on a oubliés et dont on ne sait même plus si on les a ouverts un jour, les livres qu'on prétend avoir lus, les livres qu'on ne lira jamais mais dont on ne se séparerait non plus pour rien au monde, les livres qui attendent leur heure dans une nuit patiente, avant le crépuscule éblouissant des lectures de l'aube. Oui, disais-je, oui : je serai citoyenne de cette patrie-là, je ferai allégeance à ce royaume, le royaume de la bibliothèque.

Je n'avais pas remarqué, perdue dans mes pensées, que le chant avait cessé. Depuis combien de temps ? J'atteignis la sortie du parc. Il y avait là une petite esplanade très éclairée, une aire de jeux pour enfants. Je croyais que l'homme du Vautrin m'y attendrait et que ce serait l'instant de vérité. Mais l'homme que je trouvai, assis sur un banc, n'était pas lui. Il était bien vieux, mais de petite taille, modestement vêtu, sans chapeau. Il portait des lunettes noires. Je m'approchai. Il tourna la tête vers moi, ne parut pas surpris. Je le saluai. Il me répondit avec une politesse surannée.

— Excusez-moi, lui dis-je, mais… auriez-vous… auriez-vous vu passer un homme avec un chapeau feutre, très bien habillé ? Un Africain… Il y a un instant… Très grand. Et il chantait un tango.

Le vieil homme était resté immobile quelques secondes, comme si j'avais parlé trop vite et qu'il lui eût fallu un peu de temps pour tout comprendre. Ensuite il répondit :

— Je suis aveugle, madame. C'est pour cela que je porte ces lunettes. Il y a bien un homme qui se trouvait ici il y a quelques minutes, mais j'ignore s'il était grand ou petit, bien ou mal vêtu. Tout ce que je peux vous dire, c'est qu'il avait une voix sereine et rassurante, une voix confiante dans les choses.

— Où est-il allé ?

— Sait-on jamais où vont les gens ? Il est parti, c'est tout. La nuit est un vaste pays.

— Vous avez parlé de sa voix. Que vous a-t-il dit ?

— Il m'a remercié d'avoir chanté comme je l'avais fait. Car ce n'était pas lui qui chantait. C'était moi. Le tango, c'était moi. L'homme avait aimé ma voix. Elle lui rappelait des souvenirs.

Il m'a de nouveau remercié et m'a souhaité une belle nuit. Et deux minutes après, vous êtes arrivée. Vous êtes de la police ? Cet homme était recherché ?

— Je ne suis pas de la police.

— Vous le connaissez ?

— Non, je ne le connais pas. Je… Je ne crois pas.

— Votre réponse n'est pas très claire. Vous le connaissiez ou non ? C'est votre amant ?

Je n'ai pas répondu. J'ai terminé mon joint et dit au revoir au vieil homme au moment où il recommençait à chanter. Je n'ai pas réussi à dormir cette nuit-là, j'ai donc écrit. Les effets de la marée haute se sont dissipés à l'aube. Dans la matinée, l'hôpital a rappelé. J'y suis allée. Je compris ce qui était arrivé dès que je vis les visages des proches de Denise. Je suis restée avec eux jusqu'en milieu d'après-midi, puis je suis rentrée et j'ai pleuré. J'eus beau me refuser à elle, j'eus beau la rejeter de toute mon énergie, une certitude grossit en moi : c'était l'homme du Vautrin qui avait tué Denise, et l'homme du Vautrin était Elimane. C'était lui depuis le début. Ça avait toujours été Elimane.

Deux jours plus tard, le corps de Denise fut ramené en Martinique. C'est en me préparant avant d'aller lui faire mes adieux à la morgue que j'appris, à la radio, la mort de Brigitte Bollème. La présidente du prix Femina venait de mourir, à quatre-vingts ans, d'une crise cardiaque.

*

Les jours qui ont suivi, Andrée et Lucien m'ont dit de prendre du repos. Je ne voulais pas rester chez moi ; alors j'ai utilisé mes économies pour me payer une chambre d'hôtel bas de gamme. Je fuyais mon petit studio pour éviter que le souvenir de Denise ne revînt me dire : pourquoi n'es-tu pas venue dans la chambre 6 avec moi ? Je fuyais mon exemplaire du *Labyrinthe de l'inhumain*. Et je fuyais la photo d'Elimane accrochée au-dessus de mon bureau, celle que Brigitte Bollème m'avait donnée. La journée, je sortais dans les cafés pour écrire. Mais dès que le soir tombait, je rentrais dans ma chambre d'hôtel et m'y tenais comme une hase apeurée dans son terrier. Le chasseur rôdait dehors. J'entendais ses bottes. Il venait à moi. Il marchait tout près. Chaque nuit, un temps, fut une nuit de guet.

Je n'ai osé retourner chez moi que cinq jours plus tard, lorsque la poétesse est arrivée à Paris. La serrer dans mes bras fut un immense soulagement. Je n'étais plus seule. Lorsque nous sommes entrées dans la chambre, il ne lui fallut que quelques secondes pour remarquer la photo d'Elimane au-dessus de mon bureau. Elle est devenue livide, et j'ai cru qu'elle allait défaillir. Elle s'est assise à temps sur le lit, et m'a demandé, après un verre d'eau, de lui parler de l'homme sur la photo.

Je me suis assise à ses côtés. Toutes les émotions des derniers jours se sont mêlées au-dedans de moi, avant de jaillir avec force. J'ai pleuré longtemps, puis j'ai raconté à la poétesse mon histoire avec Elimane, avec le fantôme d'Elimane, avec le rêve d'Elimane, avec les visions d'Elimane, avec *Le Labyrinthe de l'inhumain*. J'ai tout dit, de ce que m'avait dit mon père aux plus récents événements avec l'homme du Vautrin, sans oublier ma discussion avec Brigitte Bollème. Tout.

Lorsque je me suis tue, la poétesse m'a prise dans ses bras. Elle ne pleura pas, mais sa voix tremblait quand elle me dit qu'elle comprenait enfin l'origine et la raison de notre rencontre. Moi aussi, poursuivit-elle, je connais cet homme. Pas seulement par des récits, des témoignages, des légendes, des hypothèses ou son seul livre. Je l'ai connu dans sa chair et dans la vie. Je l'ai rencontré. J'ai vécu avec lui. J'ai peut-être aimé Elimane. Je suis allée à sa recherche et c'est toi que j'ai trouvée. Mais c'est lui qui nous a réunies. Je le comprends enfin aujourd'hui.

Dans l'aurore d'Amsterdam

— C'est tout ? Vraiment tout ?

— Oui, c'est tout. Tu t'attendais à autre chose ?

Siga D. se leva et disparut dans la cuisine, où je l'entendis préparer du café. Quelques minutes plus tard, elle revint avec deux tasses, m'en tendit une, puis éteignit les lampes, laissant la seule naissance de l'aurore nous donner un peu de lumière. Elle se rassit.

— Je m'attendais à plus… Et l'homme du Vautrin ? demandai-je.

— Il n'est plus jamais revenu. En tout cas, je ne l'ai plus revu. J'ai démissionné du Vautrin quelques jours après la nuit dans le parc. Je ne suis pas retournée dans le bar. Mais en y repensant, je me dis qu'il n'avait rien à voir avec Elimane. Comment aurait-il pu ?

— Je ne sais pas… Je croyais que la poétesse haïtienne…

— … qu'elle m'éclairerait à son sujet ? Qu'elle me dirait que c'était Elimane ? Qu'elle éclairerait tout le tableau ? C'est impossible. Personne ne peut éclairer tout ce tableau. Cela ne servirait d'ailleurs à rien : le tableau entier est irregardable. Il faut trouver son sens, sa beauté ou sa laideur, son énigme et la clef de son énigme dans un détail. La poétesse a passé une semaine avec moi à Paris, après cette fameuse nuit où nous nous sommes tout dit. Elle était là quand j'ai achevé *Élégie pour nuit noire*. Lorsque la première version fut prête, elle en imprima une et l'emporta en Argentine. Elle voulait y passer les trois semaines de vacances qui lui restaient. Je l'ai accompagnée à l'aéroport. Elle m'a étreinte, et les derniers mots qu'elle m'a adressés étaient de merveilleux mots d'amitié et d'amour, car c'est ce sentiment qui nous liait, l'équilibre le plus parfait entre l'amitié et l'amour. Une semaine plus tard, l'accident de voiture se produisit. Elle revenait à Buenos Aires après être allée rendre visite à un couple d'amis – ceux qui géraient le cinéma indépendant – qui habitaient une autre ville. Elle roulait trop vite. Elle a toujours roulé trop vite. Tu te rappelles ce qu'elle disait : à quoi bon avoir une automobile si on ne goûtait pas aux excès et aux vertiges de la vitesse ? Sur cette route argentine sa voiture a fait une embardée. Elle est morte sur le coup. Ce sont ses amis qui m'ont prévenue. Au moment de sa mort, la poétesse avait dans ses affaires mon texte, où étaient notées toutes mes coordonnées. C'est comme ça que je l'ai su. Quelques heures après avoir appris la mort de la poétesse haïtienne, alors que je me fanais de chagrin dans ma chambre, je reçus une première réponse positive et enthousiaste pour mon manuscrit. J'ai déchiré cette lettre. J'ai détesté mon manuscrit. J'ai détesté cette coïncidence du malheur absolu et d'une raison d'être heureuse. Je voulais mourir, mais je n'en avais plus la force. Écrire m'avait presque déjà tuée. La mort de Denise, celle de la poétesse, surtout, m'avaient déjà tuée.

Siga D. se tut et je respectai ce silence endeuillé. Mais elle reparla assez vite, comme si elle ne voulait pas laisser la tristesse lui faire perdre le fil de son récit :

— À cette époque-là, je n'avais pas les moyens de me rendre en Argentine. Je n'y suis allée que deux ans et demi plus tard, en 1988, lorsque mon livre a été traduit en espagnol et publié en Argentine. La poétesse avait été enterrée à Buenos Aires, à côté de ses parents. Je suis restée longtemps sur sa tombe, sans prier, sans penser à aucun moment précis que nous avions partagé. J'étais simplement là, auprès d'elle. J'ai essayé de réentendre sa voix. Je n'ai rien entendu. Il n'y avait qu'un silence, mais un silence de paix, un beau silence de paix. Je suis sortie du cimetière et j'ai parcouru Buenos Aires à pied, sans destination. C'est à ce moment précis que j'ai senti la poétesse marcher à mes côtés. C'est pendant cette déambulation que tous mes souvenirs sont remontés. J'ai continué à marcher et j'ai pleuré en silence. Je prenais enfin conscience que j'étais dans la ville de la poétesse, sa dernière demeure, mais aussi la ville de ses débuts. Au fond, elle ne pouvait être enterrée qu'ici, car même si elle était née en Haïti, c'était à Buenos Aires, auprès de ses prestigieux maîtres en littérature, qu'elle était née à l'écriture. Buenos Aires était sa ville. Je me suis assise dans un café, en pensant qu'elle avait peut-être pris un verre ici, avec Elimane. Je me suis dit que j'avais eu de la chance, Diégane. J'avais eu l'occasion de revoir la poétesse une dernière fois, de parler avec elle, de la serrer dans mes bras, de dormir à côté d'elle, sous sa caresse. Cette idée a rendu mon séjour à Buenos Aires moins douloureux. Elle m'a consolée. Ce voyage a aussi allégé le poids d'Elimane dans mes pensées. Lorsque je suis revenue à Paris, j'ai arrêté de le chercher. Je relis *Le Labyrinthe de l'inhumain.* Je pense à lui souvent. Je rêve encore fréquemment de lui, des rêves flous ou sans grand intérêt, mais aussi d'autres rêves où nous parlons longtemps. Des rêves significatifs, prémonitoires, qui me disent ou me montrent quelque chose. Des rêves érotiques aussi, parfois à deux, lui et moi, mais plus souvent à trois, avec la poétesse haïtienne, des rêves d'une puissance et d'une intensité effrayantes, dont j'émerge toujours tremblante, presque morte. Mais après ce voyage à Buenos Aires, je lui ai dit adieu. Je l'accueille quand il revient à moi. Mais je ne le cherche plus.

— Pourquoi ?

— Parce que je sais que le retrouver ne signifierait pas le comprendre, et encore moins le connaître. Voilà pourquoi j'ai arrêté de le chercher. À Buenos Aires, j'ai soudain compris que je ne devais pas commettre l'erreur de Brigitte Bollème et la poétesse haïtienne : chercher à atteindre les limites de l'âme d'Elimane. Qui était-il ? Un écrivain absolu ? un plagiaire honteux ? un mystificateur génial ? un assassin mystique ? un dévoreur d'âmes ? un nomade éternel ? un libertin distingué ? un enfant qui cherchait son père ? un simple exilé malheureux, qui a perdu ses repères et s'est perdu ? Qu'importe, au fond. C'est autre chose que j'aime en lui.

Elle s'est tue et je me suis tu aussi. Finalement, l'Araignée-mère dit :

— Allons marcher un peu. Amsterdam à cette heure vaut le coup d'œil.

Nous sommes sortis et avons longé le canal, à la surface duquel glissaient les lueurs du nouveau jour, hésitant entre le vermillon et l'argent. J'y lus la promesse d'heures splendides. Nous marchions en silence, cédant, après toute une nuit de parole, à l'appel de notre citadelle intérieure. Quelques étoiles s'attardaient au firmament, comme si elles s'étaient égarées sur le chemin du pèlerinage cosmique. L'espace vide laissé par leurs camarades déjà engagées sur une autre voie de l'infini leur offrait cependant une scène privilégiée. Elles y scintillaient de tous leurs feux avant d'être avalées par le jour. Les astres aussi entonnent leur chant du cygne, que les yeux seuls peuvent entendre. Le monde est vraiment mystérieux, pensai-je alors en regardant le ciel : pour la lumière des étoiles, l'ombre s'incarne dans la lumière du jour.

— Et la photo ? dis-je soudain. La photo sur la plage. Celle que Brigitte Bollème t'a donnée en même temps que la lettre de juillet 1940, et que tu avais collée au-dessus de ton bureau. Tu m'as dit que tu ne l'avais plus. Où est-elle ?

— Je l'ai donnée à la poétesse haïtienne. Je voyais, quand elle était chez moi à Paris, comment elle la regardait, comment elle regardait le visage d'Elimane. Alors je la lui ai donnée. Elle l'avait aussi dans ses affaires lors de l'accident. Ses amis m'ont dit qu'elle avait été enterrée avec cette photo.

Nous venions de faire quelques pas sur un petit pont, de l'autre côté duquel se trouvait un embarcadère de bateaux-mouches, quand Siga D. s'arrêta. Je me tournai vers elle. Les rues étaient presque désertes. Nous n'avions croisé que quelques personnes solitaires dont on ne savait si elles étaient des lève-tôt ou des noctambules attardés dehors comme les dernières étoiles au ciel.

— Je crois que je n'ai plus rien à te dire, Diégane. J'ai fait ma vie, j'ai quitté la France pour venir vivre ici, j'ai décidé de ne plus retourner au Sénégal car c'est un pays perdu (comprends cette expression dans le sens que tu voudras), j'ai écrit mes livres et accepté tout ce qu'ils me valent : admiration, haine, méfiance, procès. Ce que je pense de cette histoire n'a plus d'importance que pour l'écriture. Je l'ai vécue. Tout ce que je t'ai dit cette nuit attend d'être écrit. Un livre. Ou plusieurs. J'écrirai le mien un jour. Le reste, je m'en fous. Elimane est mort depuis longtemps. Elimane est vivant et a cent trois ans. Elimane a laissé quelque chose. Elimane n'a rien laissé. Elimane est réel. Elimane est un mythe. Je m'en fiche. Je veux dire par là que Elimane existe en moi, d'une vie encore plus puissante que toutes les autres, même celle qu'il vécut réellement. Donc oui : je me fiche de la réalité. Elle est toujours trop pauvre devant la vérité. Si ce n'est pas ton cas, si tu ne t'en fiches pas comme moi, tu sais où tu dois aller. Tu sais quoi faire. Mais moi, je m'en fous.

Je me suis avancé vers Siga D. Je croyais qu'elle reculerait. Elle ne bougea pas. Je l'ai embrassée. Elle m'a pris le bras, nous sommes retournés chez elle et, tout le reste de cette aurore d'Amsterdam, jusqu'à ce que la lumière du soleil se fût dégagée de la nuit et infiltrée dans toute la maison, nous fîmes l'amour et je ne pensai à aucune phrase. Ce ne fut que le soir, en montant dans le train qui devait me ramener à Paris, que je me souvins de mon serment de nuit. M'en étais-je libéré, même provisoirement ? Avais-je fait le deuil d'Aïda entre les pattes et la poitrine de l'Araignée-mère ?

Au fond cela n'avait pas d'importance. L'important était que, contrairement à ce que j'avais craint la nuit où je l'avais vue pour la première fois, cette nuit à Paris, dans sa chambre d'hôtel, le contact de Siga D. ne m'avait pas a.to.mi.sé. Et ce simple fait m'a soulagé, voire rendu irrationnellement heureux.

TROISIÈME LIVRE

PREMIÈRE PARTIE

$$\text{Amitié} - \text{amour} \times \frac{\text{littérature}}{\text{politique}} = \,?$$

J-5

Le drame s'était produit deux jours plus tôt, le 7 septembre, peu après dix heures du matin. Vers midi, on bâfrait déjà sans retenue au râtelier de l'indécence. Les interventions commençaient pourtant toutes dans une grande dignité : on disait sa tristesse, on marquait son effroi, on formulait ses prières et son espoir. Mais aussitôt après les prières, le ballet de ponce-pilatisme s'ouvrait : chacun se lavait les mains de la responsabilité de ce qui était arrivé. Cela culmina au journal de vingt heures quand le Premier ministre, d'une voix imprécatoire, s'adressa menton haut face caméra à ceux qui, ayant « systématiquement, et pour leurs vils intérêts, saboté tous les efforts du gouvernement pour sortir de cette crise par le haut, avaient conduit à l'horreur de ce matin. Vous aurez le sang des nombreux autres innocents que vous enverrez à la mort sur la conscience ».

Ce cliché politique de l'abattoir industriel et de la manipulation sacrificielle passa presque inaperçu malgré son cynisme. Le pays, ce soir-là, retenait son souffle et sa nausée. Il vivait encore dans le souvenir des images de la matinée. Chacun songeait à la vie suspendue au talent des médecins.

Ceux-ci luttèrent toute la journée pour sauver Fatima Diop. Mais peu après que le Premier ministre avait accusé l'opposition et les activistes d'être les principaux soutiers de cette situation, la jeune femme put parachever son œuvre malgré l'obstination désespérée des docteurs : elle mourut.

Nul, hormis elle peut-être, ne savait encore que son suicide serait, non l'origine, mais l'ultime acte d'une longue crise sociale et politique dont l'épilogue ne pouvait s'écrire qu'en une langue de chaos, une langue de titans blessés et furieux.

J'ai atterri au Sénégal le 6 septembre au soir, la veille du suicide de Fatima Diop. Je dormais encore à l'heure de sa mort, mais rien ne m'a été épargné au réveil. Comme tout le monde ou presque, j'ai vu les images. Et comme tout le monde ou presque, j'ai suivi avec un mélange d'émotion et d'inquiétude tout ce qui s'est passé depuis cette sinistre vidéo.

La mort de Fatima Diop fut annoncée par un médecin de l'hôpital. Il s'était avancé d'un air fatigué devant les caméras de télévision massées à l'entrée de l'hôpital et avait déclaré, avec une simplicité touchante et pudique, que ses collègues et lui n'avaient pu sauver Fatima. Il avait dit exactement ainsi, Fatima, comme si elle avait été une proche, peut-être sa fille, peut-être sa nièce ; comme si elle avait été la proche de tous les Sénégalais. Il présenta ensuite ses condoléances à la famille de la jeune fille. Puis, alors qu'on aurait pu attendre qu'il donne les détails de ce qu'ils avaient tenté pour la sauver, le docteur avait regardé la caméra quelques secondes sans un mot, les larmes aux yeux, puis il avait prononcé « désolé », avant de retourner à l'intérieur de l'hôpital. Je crois que ce désolé a déchiré le cœur de tous les téléspectateurs. Il avouait l'impuissance, l'imploration, la colère du médecin, mais aussi de tout le pays.

La famille de Fatima l'enterra le lendemain, 8 septembre, à Touba. Elle le fit dans la discrétion malgré quelques voix du gouvernement qui avaient souhaité des funérailles nationales. La famille les avait refusées, préférant faire son deuil dans la pudeur, qui est l'unique faste des morts.

Dans l'après-midi, le collectif citoyen BMS, acronyme de *Ba Mu Sëss* (traduisons par « Jusqu'au bout »), réagit. Il donna donc une conférence de presse qui fit salle comble, dans une atmosphère surchauffée dont certains journalistes un peu lyriques dirent qu'elle exhalait, bien qu'il fût quinze heures, le parfum des Grands Soirs. Le porte-parole des Jusqu'au-boutistes commença par présenter ses condoléances à la famille de Fatima. Il rappela ensuite que celle-ci militait avec BMS depuis deux ans, et jura, les larmes aux yeux, que BMS poursuivrait la lutte. Pour finir, il appela à la marche du 14 septembre, promit au pouvoir l'enfer que tous les peuples excédés ouvrent dans la rue pour y précipiter ceux qui ont trahi leur confiance et sacrifié leurs espoirs. Il termina son allocution en proclamant que les membres de BMS, et tous les patriotes, seraient les concierges de cet enfer.

Les partis politiques d'opposition virent là une aubaine. Toute la nuit du 8 septembre, leurs leaders ne se privèrent pas, malgré les accusations d'indécence que le gouvernement leur lança au visage comme des œufs pourris, de déclarer les uns après les autres leur solidarité avec la marche du 14 septembre en hommage à Fatima Diop. Peu importait à ces chefs d'opposition qu'on leur répondît aussitôt que cette marche était aussi contre eux, puisqu'elle condamnait les pratiques d'une classe politique à laquelle ils appartenaient depuis longtemps (certains parmi ces opposants avaient même exercé le pouvoir jadis). Oui, peu leur importait. L'essentiel pour eux, disaient-ils, se situait ailleurs. On les croyait volontiers.

Fidèle à sa réputation de grand sphinx, le chef de l'État laissa son Premier ministre décréter trois jours de deuil national et demeura silencieux. Attitude tout à fait cohérente avec une définition qu'il avait donnée de la politique quelques années auparavant, alors qu'il briguait le pouvoir, dans un entretien mineur et aujourd'hui oublié : l'art d'attendre, de faire attendre, puis d'apparaître soudainement, comme un messie ou un prophète ou un tonnerre, pour s'adresser en toute majesté aux gens, à un moment où leur souffrance les avait tellement abîmés que leur dire : « De quel mal vous plaignez-vous ? » résonnerait à leurs oreilles comme ceci : « Je suis l'unique remède possible à tout mal imaginable. » Qu'est-ce que cela voulait dire ? Que *timing is everything*. Mais encore ? Que la politique n'était à ses yeux que le capitalisme bien réglé des désespoirs bien compris.

De l'avis de tous, cependant, il ne fallait pas qu'il compte sur une détente du climat. Les principaux leaders de la marche juraient qu'il faudrait leur planter une balle dans le crâne, les entasser comme des hannetons dans les cachots répugnants de Rebeuss, ou leur injecter du gaz lacrymogène directement par la gueule pour empêcher qu'un hommage populaire, pur, fraternel fût rendu à Fatima Diop, leur camarade de lutte, le 14 septembre.

Le 6 septembre, mon retour soudain avait surpris. Quatre ans sans revenir au Sénégal et, un beau jour, sans préavis, j'étais là. J'avais eu un peu honte d'avouer aux miens la raison véritable de ma présence. Alors je n'en avais rien dit ce soir-là. J'avais prétexté la nostalgie, le besoin de voir mes jeunes frères et de mieux les connaître, l'envie de retrouver la maison, de regoûter à l'air du pays. Personne, me disais-je, n'aurait compris la cause réelle de mon retour. Mon père m'avait demandé pourquoi je n'avais pas prévenu, pour qu'ils m'accueillent avec une fête. Je lui avais répondu que les meilleures fêtes étaient improvisées, et que celle que nous vivions m'emplissait de joie.

Ma mère fut moins crédule, ou seulement plus anxieuse, et, malgré sa joie de me revoir, me questionna davantage. Tu as des problèmes avec tes papiers ? Tu t'es fait expulser ? Tu as fait quelque chose de grave en France ? L'actualité du pays, qui était déjà tendue avant le drame du 7 septembre, lui fit penser que j'étais revenu pour des raisons politiques. Elle pensait que l'opposition, ou les jeunes de BMS, parmi lesquels je comptais un ami d'enfance, Chérif Ngaïdé, voulaient me recruter. J'avais nié et répondu que j'étais là pour me ressourcer.

Ma mère n'avait pas lâché le morceau. Ce soir-là, elle revint plusieurs fois à la charge et me demanda ce que je pensais de la situation politique. Je lui avais répondu que je n'en pensais rien – ce qui était la vérité : je me désintéressais des actualités du Sénégal depuis près de deux ans. Ma réponse l'avait étonnée : elle me dit avoir lu mon blog ces dernières années ; j'y avais des idées sur tout et les assenais avec certitude. Et là, dans un contexte pareil, pour mon propre pays, je ne penserais rien ? Je n'avais pas cédé à sa pression et avais maintenu que non. Ma mère avait un peu desserré l'étreinte. Elle, évidemment, pensait quelque chose de cette crise politique contre laquelle les jeunes manifestaient depuis de nombreux mois. Je l'écoutai. Elle avait alors dit avec une voix d'oracle : Ça finira mal, des jeunes vont mourir et des mères pleurer, on ouvrira des enquêtes d'une main et on les refermera aussitôt de l'autre ; que des victimes, aucun responsable, rien ne changera, voilà.

J'avais souri devant la lecture politique de ma mère : concise, critique, catastrophée. Je lui avais dit qu'elle était conservatrice par inquiétude. Mon père, lui, était révolutionnaire par remords. Il espérait assister à la grande rupture politique que sa génération, pourtant très politisée, n'avait pas accomplie jeune.

— Nous pensions que les Indépendances incarnaient déjà cette rupture radicale. On s'est rendu compte trop tard de notre erreur…

Il s'excusait presque d'y avoir cru. Je n'avais pas cherché à instruire son procès. Ce pays qu'il avait pourtant contribué à bâtir s'en chargeait, lui rappelant chaque jour ce que sa génération avait raté. Depuis qu'il avait pris sa retraite, mon père se rééduquait sur le plan politique. Je le trouvais beaucoup plus radical. Seulement moins naïf, corrigeait-il toujours. Il avait dit ce soir-là qu'il attendait que les jeunes prennent les choses en main. Il voulait les accompagner, descendre dans la rue.

— C'est ce qu'on verra, avait dit ma mère. Si tu crois que je vais te laisser sortir d'ici alors que ton mal de dos s'aggrave…

Mon père banalisait. Ma mère dramatisait. Je les avais regardés rejouer ce vieux sketch aussi drôle que touchant. Je m'étais senti tout à la fois heureux et triste de les revoir. Mais ça, au moins, je m'y attendais.

Je m'attendais à ce qu'il parte un jour ou l'autre, m'a dit Siga D., rapportant le récit que lui avait fait la poétesse haïtienne lors de leur dernière nuit passée ensemble. Je ne l'ai jamais oublié. Notre relation ressemblait à un orage permanent, mais chaque accalmie valait la traversée de la tempête. Je finis par me rendre compte que j'aimais aussi la tempête. Il ne fréquentait pas beaucoup les milieux artistiques et littéraires argentins. Bien sûr, quelquefois, quand on ne lui laissait pas le choix, il s'y montrait. Il avait peu d'amis. Il admirait l'œuvre de Borges ; mais ses plus proches amis étaient Gombrowicz et Sábato. Je crois qu'il a couché avec tout ce que l'intelligentsia portègne comptait de belles femmes à l'époque, et de laides également. Je suis convaincue qu'il a couché avec Victoria Ocampo, mais aussi avec Silvina Ocampo, peut-être avec les deux sœurs en même temps. C'était un ermite très paradoxal. Il ne courait pas les lieux où il fallait être. Mais chaque fois qu'il y apparaissait, il exerçait sans en avoir l'air, sans forcer, en donnant même l'impression d'être gêné ou irrité par cet effet de sa présence dont il semblait s'excuser de tout son être, un charme puissant ; un charme pas seulement physique, mais spirituel, je dirais même *mental* si ça avait quelque sens. Il n'était pourtant pas très bavard. Il ne se donnait pas en spectacle. Il ne cherchait pas à éblouir par son esprit et se méfiait de tous les artifices rhétoriques, de toutes les manières, de toutes les séductions de l'intelligence. Et pourtant il séduisait. C'était un astre noir, mais nul ne brillait plus que lui. Je ne pense pas que cela avait à voir avec l'attrait du mystère. Pas seulement, en tout cas. Cette explication psychologique serait trop simple. Il y avait autre chose, de plus profond. Un jour, j'ai entendu une amie de ma mère dire, en le regardant avec désir et horreur : Il ne doit y avoir que Satan qui séduise comme cet homme.

Je l'ai connu en 1958. J'avais dix-huit ans, dont dix passés en Haïti, et huit autres répartis entre les États-Unis (le pays de mon père, où il convainquit ma mère de le rejoindre) et le Mexique, où mes parents avaient travaillé comme fonctionnaires de la jeune ONU à partir de 1952, avant de s'établir en Argentine en 1957. Ils aimaient la poésie et l'art. Ma mère déclamait les pages que Césaire avait consacrées à Toussaint Louverture. Ce sont les premiers vers que j'ai mémorisés dans ma vie.

Mon père se lia d'amitié avec des intellectuels argentins. Bientôt on commença à en accueillir quelques-uns à la maison. C'est ainsi que j'ai rencontré Elimane. C'était – hormis ma mère et moi, qui étais métisse – l'unique personne noire de ce milieu.

En 1970, après avoir travaillé quelques années à Buenos Aires, j'obtins un poste en Europe, à l'Unesco. L'Argentine était de nouveau plongée dans la nuit d'une dictature militaire depuis 1966. Des révoltes populaires avaient commencé depuis 1969 et ce qu'on a appelé le *Cordobazo*. J'avais moi-même activement participé à la résistance depuis l'avènement de la junte. Mais j'étouffais au milieu de toute cette violence. J'avais fini par y dépérir et je voulais voir autre chose. Lui avait quitté l'Argentine quelques mois plus tôt.

Lors de nos adieux, Elimane me dit qu'il allait poursuivre son voyage, mais que sa destination finale serait son point de départ. J'avais depuis longtemps appris à ne plus exiger de lui qu'il précise ses énigmatiques phrases, dont on ne savait jamais vraiment si elles étaient ou non des métaphores (tu vois que je n'étais pas la seule à penser ça, me dit Siga D. dans une parenthèse, puis elle reprit le récit de la poétesse) : Je m'en accommodais tout simplement. On fit encore l'amour comme si on voulait chacun imprimer la peau ou l'âme de l'autre sur notre propre peau ou notre propre âme.

Ensuite il partit. Je quittai aussi le pays peu après. Je savais qu'il était possible que je ne le revoie plus. Mais je savais aussi qu'il devait partir et faire ce qu'il avait à faire. J'espérais que ce serait son dernier voyage à travers l'Amérique latine, et qu'ensuite, il trouverait la paix et retrouverait le chemin de son pays. Je n'ai jamais pu l'oublier : ni l'homme ni l'écrivain. Comment l'oublier ? Il m'avait fait lire *Le Labyrinthe de l'inhumain*, qui m'avait énormément impressionnée et après la lecture duquel je suis restée longtemps sans écrire un seul vers. Ensuite je m'y suis remise avec un regard neuf sur les choses, comme si on m'avait dessillé les yeux. Ma poésie était devenue plus forte et plus personnelle.

Au cours de la dernière nuit qu'on passa ensemble, il m'avait lu les premières pages d'un livre que je ne connaissais pas. Je ne sais pas si c'était son livre, le livre auquel il travaillait depuis toutes ces années. Mais c'était l'un des plus beaux débuts de livre que j'aie jamais entendus. C'est peut-être pour connaître la suite que j'ai cherché à le retrouver. Tout le monde veut le retrouver. Ah, Elimane… Tu sais, *Corazón*, je me demande même s'il n'a pas compté ma mère parmi ses maîtresses. Ça ne m'étonnerait pas. Ma mère était très amoureuse de mon père. Elle était croyante, et la fidélité comptait pour elle. Mais Elimane…

Je m'étais endormi en repensant à tout ce que la poétesse avait dit à Siga D. Je n'avais pas osé avouer à mes parents que j'étais revenu pour Elimane. Je m'étais promis de le faire le lendemain. Mais le lendemain, ce fut le 7 septembre, et je ne voulus pas évoquer ce sujet alors que Fatima Diop venait de se donner la mort et que le pays était brisé d'émotion.

Nous étions deux jours après son suicide. Sa photo était partout, le souvenir de son suicide public aussi. La marche du 14 septembre se ferait pour elle. Pour la saluer ou la venger, je l'ignorais ; mais elle serait pour elle.

J-4

Le suicide de Fatima Diop donna, dans la presse et sur les réseaux sociaux, un exemple parfait de la manière dont des émotions humaines, générées par le même événement, pouvaient être également violentes et contradictoires, non seulement d'un individu à l'autre, mais à l'intérieur d'une même personne. La tristesse était mêlée à la colère, la retenue au déchaînement, la prière à l'injure, et tous ces élans semblaient pourtant légitimes. Fatima Diop devint, quelques heures après sa mort, un miroir de concentration où chaque Sénégalais vit son propre reflet hideux ou projeta ses misères quotidiennes, sa frustration trop longtemps contenue, sa peur de commettre le même geste qu'elle au terme d'un jour de détresse. On regardait sa photo, on se souvenait des images de sa mort, et aussitôt on se disait : ça aurait pu être ma fille, ma sœur, ma nièce, ma cousine, ma femme, mais surtout, ça aurait pu être moi.

Je passai la journée du 9 septembre à lire et à écouter les réactions, d'où qu'elles viennent. Maelström d'indignations, de critiques, d'effroi, de stupeur, de volonté d'en découdre, de faire justice, de se faire entendre.

Les militants de BMS s'exprimèrent beaucoup, appelèrent beaucoup à la lutte, créèrent de nombreux hashtags de combat et slogans : *dox mba dè*, « marcher ou périr », *ñaxtu wala faatù*, « revendiquer ou crever ». Cette frénésie confinait parfois à la surenchère voire à l'imposture ; et je soupçonnai certains militants de vouloir, dans une sorte de narcissisme dopé par la virtualité, prouver qu'ils étaient les plus patriotes, les plus radicaux, les plus bouleversés par le drame de Fatima. Seul derrière son écran, chacun délibérait, jugeait, parlait *urbi et orbi*. Au citationmètre, Fanon (« chaque génération doit, dans une relative opacité, découvrir sa mission, la remplir ou la trahir ») et Sankara (« l'esclave qui n'est pas capable d'assumer sa révolte ne mérite pas qu'on s'apitoie sur son sort ») arrivaient en tête.

La Révolution, enfin, allait avoir lieu, et Fatima en était la figure de proue. Ceux qui appelaient à une marche mesurée et responsable devenaient des agents doubles et finissaient par se taire ou par désactiver leur compte après avoir chouiné sur le manque de tolérance à leur égard (ce qui était une autre forme du narcissisme virtuel). Puis un sage rappelait que l'essentiel était d'être là le 14, et que toute l'énergie consumée à blablater sur les *fora* (ce sage savait un peu la déclinaison latine) numériques devait être préservée pour le jour J. La plupart du temps, il était applaudi. Mais il arrivait qu'on lui reprochât de vouloir dicter aux autres ce qu'ils devaient faire de leur connexion Internet et de leur émotion après la mort de la jeune fille.

Le soir, pour en savoir plus sur ce qui se préparait, j'appelai Chérif Ngaïdé, un ami avec lequel j'avais fait ma scolarité à l'école militaire. Il enseignait la philosophie à l'université et militait à BMS depuis longtemps. Il était en quelque sorte l'un des théoriciens officiels du mouvement, et écrivait beaucoup de textes qui avaient fini par constituer, au fil des années, la colonne vertébrale intellectuelle du collectif. Les militants l'estimaient, appréciaient la densité de ses analyses, l'intransigeance de sa critique du pouvoir, son impressionnante culture historique, philosophique et politique. Il gardait, malgré tout cet appareil théorique, une prise forte sur le réel, une sensibilité à la misère quotidienne, et je crois que c'était cela, plus que le reste, qui faisait sa popularité.

Je l'appelais *Maag es*, « grand frère », en sérère, ma langue maternelle. Il m'appelait *Miñelam*, « petit frère », en peul, la sienne. Chérif fut heureux de me savoir au Sénégal. Je sentis beaucoup de fatigue dans sa voix – avec tout ce qui arrivait, il devait être très sollicité. Il proposa qu'on dînât le lendemain chez lui, ce que j'acceptai.

Quelques heures plus tard, sans discuter, j'acceptai aussi le prix que m'annonça le chauffeur pour m'emmener à la Médina. J'avais préféré ne pas prendre la voiture de mon père. Le taxi roulait indolemment et, pendant tout le trajet, mon esprit fut tiraillé : tantôt il était tendu vers ma destination, tantôt c'était à Elimane que je pensais.

Toutes les personnes qui s'étaient lancées sur ses traces avaient surtout cherché à dissiper le mystère de l'homme. Je demeurais attaché à celui de l'œuvre. Elimane, dans son errance, a continué à l'écrire. La poétesse haïtienne a eu le privilège d'en entendre des pages, mais elle a prétendu ne pas se souvenir de ce qu'elles contenaient. Cet oubli total contredit l'impression forte qu'elles ont produite sur elle. Comment peut-on oublier ce qui nous secoue à ce point ? À mon avis, même si elle n'a pas voulu en dire davantage à Siga D., la poétesse haïtienne se souvenait de tout.

Non, lui avait pourtant dit la poétesse haïtienne. Je ne me rappelle plus ces pages, *Corazón*, mais j'ai cherché à les retrouver. Je voulais surtout retrouver Elimane. Il me manquait. Après dix années à Paris, je me suis décidée et j'ai demandé une mutation au Sénégal. C'était le pays d'Elimane, et il avait annoncé, souviens-toi, que la destination finale de son voyage devait être son point de départ. Peut-être, m'étais-je dit, qu'il fallait le comprendre littéralement. Peut-être qu'après toutes ces années d'errance son pays lui avait manqué et il était revenu. Ou peut-être encore avait-il compris que pour achever son grand œuvre il devait rentrer. On m'a trouvé un poste à Dakar et j'y suis arrivée en 1980.

Je ne possédais aucun indice sur son passé. Elimane avait toujours été très secret sur ses origines. Il m'avait simplement confié un jour qu'il avait grandi non loin d'un fleuve, et fait ses études dans un établissement de missionnaires catholiques.

Rien sur sa famille. Rien sur son village. Je n'avais aucun nom. Alors pendant deux ans, j'ai sillonné les vallées des deux grands fleuves du pays : le fleuve Sénégal, au nord-nord-est, et le fleuve Gambie, au centre-ouest, dans la région du Sine Saloum. Mais sans aucune information, c'était une mission impossible.

J'allais un peu au hasard, seule, pendant les week-ends et les congés. Tantôt je me dirigeais vers le nord, tantôt j'allais au centre. Je roulais sans guide, sans carte, livrée à cet immense territoire. Je roulais vite. J'ai toujours roulé vite. À quoi bon avoir une automobile si on ne goûte pas aux excès et aux vertiges de la vitesse ? Ce goût, dans la recherche d'Elimane, me semblait encore plus justifié : je voulais le retrouver le plus vite possible. Je m'aperçus pourtant dès ma première excursion de la stupidité de mon entreprise. Je savais que je ne trouverais jamais la piste d'Elimane ainsi, à moins qu'un hasard divin ne vînt s'en mêler. Arriver dans un village et tenter de demander à des gens qui ne comprenaient pas votre langue et vous regardaient avec curiosité s'ils connaissaient un écrivain nommé Elimane… C'était aussi comique que vain. Je demandai ensuite à des collègues sénégalais la traduction du mot écrivain, ou poète, dans les différentes langues du pays. Avec les mots qu'ils me proposèrent, je repartis à sa recherche. Dans chaque nouveau village, je demandais la langue parlée. Et lorsque j'arrivais à le savoir, je cherchais dans ma besace la traduction de poète ou écrivain dans ladite langue, et j'y adjoignais : Elimane. Puis, à travers des gestes, j'essayais de faire comprendre que je cherchais cet homme poète. Le plus souvent, je ne recevais en réponse que des rires ou des mines perplexes qui me plongeaient moi-même dans l'hilarité. Parfois, on me répondait longuement en m'indiquant des directions, et je finissais par comprendre qu'un poète ou l'équivalent d'un poète ou quelqu'un qu'on considérait comme poète vivait quelque part dans le village ou la région, plus loin, vers là-bas. J'y allais. Évidemment ce n'était jamais Elimane, mais d'autres poètes, d'autres maîtres du verbe, des aèdes, des magiciennes et des mages, des porteuses de parole, des maïeuticiens de la langue, des griots royaux, des créatrices de rythmes, des diseuses de poèmes gymniques, d'autres bergers du silence. Mais peut-être tout simplement n'étaient-ce que des figures possibles, alternatives, d'Elimane... Il arrivait parfois que je passe une heure ou deux avec certains d'entre eux. Nous parlions chacun dans notre langue, sans interprète. Parfois ils ou elles chantaient. Parfois, je récitais un poème. J'étais convaincue que nous parlions de la même chose.

Ça a duré plus de deux ans. C'est ainsi, par ces expéditions et les rencontres qu'elles créaient, que j'ai connu ce pays et que je l'ai aimé. J'ai su très vite, je le répète, que je ne trouverais pas Elimane ou son origine ainsi. Peut-être qu'il y avait d'autres fleuves, ou des bras de fleuves. Peut-être qu'Elimane ne m'avait pas dit la vérité, et avait grandi à Dakar ou à Ndar. Mais je continuai mes expéditions. À leur manière, elles constituaient une aventure poétique. Savoir dire poète ou poésie dans toutes les langues d'un pays qu'on découvre, n'est-ce pas un geste poétique ? N'est-ce pas la naissance même de la relation poétique ?

En 1982, j'arrêtai ces excursions. C'est précisément à ce moment-là, quand je cessai de le chercher, que je le retrouvai. Ou qu'il me retrouva. Le premier week-end que je passai à Dakar après mes tournées dans le pays, Elimane est venu à moi. Je veux dire que j'ai rêvé de lui. Ce n'était pas la première fois que je rêvais de lui depuis que nous nous étions quittés à Buenos Aires. Même au Sénégal j'avais parfois rêvé de lui. Mais ce rêve-là était particulier, car Elimane me disait qu'il avait besoin de moi. Et quand je lui demandais ce qu'il voulait, il répondait dans une langue que je ne comprenais pas. Je lui disais alors que je ne parlais pas cette langue. Il répétait en français qu'il avait besoin de moi. Je lui redemandais ce qu'il voulait. Il reparlait dans la langue inconnue. Et ainsi de suite, jusqu'à ce que je me réveille.

Ce rêve était aussi étrange parce qu'il se passait dans un endroit que j'avais tout de suite reconnu. J'y allais parfois, après le travail, pour être seule. C'était un petit abri de pêcheurs sur la plage de Ngor, en face de l'île. Il en restait quelques-uns de cette sorte sur le rivage, même si personne ne les utilisait plus. Je m'y rendais parfois pour lire ou contempler la mer. Dans le rêve nous étions dans l'une de ces cabanes, et je crois même que c'était ma cabane préférée, la plus éloignée de l'animation de la foule des baigneurs. À mon réveil j'y allai. Elimane ne se trouvait pas là. Le rêve n'était pas un rendez-vous. Il n'y avait personne, mais il y avait ces phrases. Elles couvraient un des murs, et j'étais certaine qu'elles n'étaient pas là auparavant. Je les ai lues et relues. Elles me plaisaient. J'ai parcouru le rivage et suis entrée dans chacune de ces cases de fortune. Et toutes, à l'intérieur, sur un pan de mur, portaient ton écriture, ta poésie. J'ai alors commencé à te chercher partout et nulle part dans Dakar. Tu avais laissé des empreintes dans toute la capitale et y demeurais pourtant invisible. Je t'ai cherchée en te lisant. Tes vers écrits au noir de charbon m'ont guidée autant qu'ils m'ont perdue à travers la ville. Et puis un soir, enfin, je t'ai trouvée.

Ce qui nous a réunies dès le départ était la poésie. C'est vrai ; mais c'est surtout lui qui a provoqué notre rencontre. C'est Elimane qui l'a provoquée. Mais nous n'avons jamais parlé de lui. Chacune l'a gardé comme un secret, en ignorant que l'autre le partageait déjà. Que se serait-il passé si nous nous étions confié ce que nous portions chacune au fond de nous ? J'aurais dû prendre ce rêve au sérieux. J'avais été conduite par Elimane à cette cabane où il y avait tes phrases, et tes phrases m'avaient menée à toi. Les signes s'étalaient sous mes yeux. Je n'ai pas su les comprendre. Ou peut-être que je les ai compris au fond de moi, mais n'ai pas voulu les accepter. Et pourtant, *Corazón*…

— Où dans Médina ?

— Pardon ?

— On est à Médina. Je te dépose où ?

— On est loin du marché Tilène ?

— Non, c'est encore devant, mais pas loin. Je te laisse là ?

— Oui. Ou un peu plus loin. En face du stade Iba Mar Diop. Ce sera très bien.

Quelques minutes plus tard j'étais dehors. La Médina palpitait comme un gros cœur en plein coup de foudre. La vie dégorgeait de ce quartier populaire par tous ses pores ; et ce trop-plein d'éclats de voix, de querelles, de rires, de coups de klaxon, de bêlements de moutons, de chants religieux, d'odeurs de poubelles, d'odeurs de viande grillée, de fumées de pots d'échappement, ce trop-plein-là, tout de splendeur et de misère, avait fini de saturer tout l'espace disponible, qu'il fût visible ou invisible. Puis, ne sachant plus où aller, il s'étalait et s'offrait, attendant d'être pris ou de prendre. Ici ce n'était pas la mort, mais la vie qui menaçait de vous cueillir à un coin de rue et de se déverser en vous jusqu'à vous couper le souffle. J'avais devant moi la preuve que le spectacle de la rue la plus ordinaire de cette ville rendait tout roman vain. Tentative d'épuisement d'une place dakaroise ? Perec pouvait revenir et essayer. Je passai mon tour et consultai le GPS de mon téléphone. L'adresse n'était pas loin. Je respirai profondément, traversai l'avenue Blaise-Diagne et m'engageai rue 11.

— *Je suis à Dakar depuis hier pour le travail. Ça me fait penser à toi. Je me suis dit que ça valait la peine de briser ce long mais nécessaire silence. Je comprendrais, si tu ne souhaitais pas répondre.*

Après tout ce temps ce serait normal. Peut-être même souhaitable. Je t'embrasse. Aïda.

Une heure plus tôt, sur WhatsApp, je découvrais ce message. J'étais resté une dizaine de minutes sans savoir quoi répondre, les yeux rivés à l'écran. Plusieurs fois, j'avais commencé des phrases idiotes que j'effaçais aussitôt.

Aïda avait dû deviner ma gêne et ma surprise tandis que l'application, depuis de longues minutes, lui signalait que j'étais « en train d'écrire ». Le fait était que je n'avais aucune idée de ce que je devais ou pouvais lui dire. Aïda... Je n'avais pas eu besoin de lui demander ce qu'elle faisait là. J'avais immédiatement deviné le lien avec la crise politique, le suicide de Fatima Diop, la marche du 14 septembre.

Finalement, après de comiques tergiversations, j'avais écrit :

— *J'espère que tu ne souffres pas trop de la chaleur. Bienvenue à DK... En fait, j'y suis aussi, depuis quelques jours. Ça me fait plaisir de te lire, Aïda. Je vais bien.*

Cet « en fait » qui voulait avoir l'air de rien mais qui portait toute mon angoisse, Aïda en verrait tout de suite luire la fausse désinvolture au milieu de la nuit. Je voyais déjà son sourire cruel et amusé devant ma maladresse. J'avais attendu sa réponse en tremblant. Elle vint quelques minutes plus tard. Elle ne tourna pas autour du pot et alla directement à l'essentiel, non sans ironie, évidemment :

— *En fait... nous voilà dans la même ville. Et maintenant ?*

C'est à moi-même, plus qu'à elle, que je mentis en faisant semblant de réfléchir quelques secondes. Puis je pianotai sur l'écran sans respirer. J'employai le conditionnel, que je tiens pour le temps le plus commode de la langue française, lorsqu'il s'agit de grimer la peur en prudente sagesse, de prétendre avancer en reculant :

— *On pourrait se revoir…*

— *On pourrait. Mais il est évident que ce serait une mauvaise idée. Ça finira mal.*

Ce futur me donnait une indication sur son état d'esprit. Je m'y accrochai.

— *Ça finira mal… J'ai beaucoup entendu cette phrase récemment.*

— *C'est parce que la plupart des choses finissent mal. Et la plupart des gens le savent.*

— *Ils ne savent rien. C'est un désabusement sans profondeur, le pessimisme facile qui se déguise en lucidité, le cynisme démissionnaire qui se cache sous la sagesse du fatalisme, la peur de la vie grimée en philosophie de l'inquiétude.*

Je faisais mon matamore, mais Aïda me connaissait. Sa réponse ruina sans effort ma fumée de panache :

— *Tu n'as pas changé : tu penses toujours en formules. Des formules auxquelles tu ne crois peut-être pas toi-même. C'est ça la vraie peur de la vie. Ça te perdra. Mais je t'aurais prévenu.*

Et pour s'éviter les discours que je m'apprêtais à baver, elle m'avait envoyé la géolocalisation du logement Airbnb qu'elle occupait, au cœur de la Médina. Je lui avais dit que j'arrivais dans une heure. Mes parents dormaient déjà. J'avais tout de même laissé un message à ma mère pour lui dire que je sortais, et qu'il se pouvait que je reste dormir chez un copain.

Et maintenant j'étais là, dans la palpitation de la Médina, et Aïda était à quelques minutes de marche, au bout de la rue 11.

Toute révolution commence par le corps, et le corps d'Aïda est une ville qui se soulève, une ville en feu qui n'aura jamais de cendres, et j'y lutte, car la lutte élève l'homme et la cause ici en vaut la chandelle, j'y lutte car rien n'est aussi beau que se battre dans une ville qu'on aime même quand on a l'impression de ne pas toujours la connaître, mais c'est souvent parce qu'une ville a des secrets pour nous, toujours parce qu'elle nous offre la possibilité de nous perdre, qu'on l'aime en vérité, et ceux qui disent cette ville n'a aucun secret pour moi, je la connais comme ma poche ou comme le ventre de ma mère, ceux-là disent autre chose que j'aime cette ville, mais moi j'aime cette ville-ci, car elle ne se livre pas tout à fait, elle se donne et s'arrache dans le même geste, c'est une ville natale et étrangère, j'aime ses longues rues étroites et sombres, ses grandes avenues dégagées et lumineuses, ses haltes imposées, ses zones périphériques et ses lieux secrets, ses monuments historiques (voyez sur votre droite cette somptueuse cathédrale gothique), ses terrains vagues, ses parcs, son cœur historique, ses quartiers chauds où j'essaie de marcher comme un daron (ça se voit que je ne suis pas un daron, mais un petit caïd d'envergure mineure qui deale en grammes), ses souterrains mystérieux que je ne finis jamais de parcourir, ses impasses têtues, *et caetera*, *et caetera*, toutefois, il faut savoir que ce n'est ni une ville debout ni une ville couchée, c'est – je l'ai dit – une ville qui se soulève, elle dit non et oui à la fois, elle sait ce qu'elle ne veut plus, elle sait à quoi elle aspire, et son mouvement ne laisse pas d'autre choix à celui qui s'y trouve que de l'accompagner, de lui faire confiance les yeux fermés, de la suivre dans une trajectoire qui ressemble à une errance mais qui n'est jamais une errance, qui ressemble à la déambulation d'un fou mais qui est l'initiation du révolutionnaire, le seul vrai révolutionnaire qui soit, l'amant, et ce dernier découvrira à la fin du parcours qu'il n'est pas prêt, car on n'est jamais vraiment prêt pour ce genre de choses, mais il aura compris le sens des grands sacrifices pour les causes justes.

On a fait l'amour pour tenter de rattraper un an sans amour. On a fait l'amour en souvenir des nuits d'autrefois. On a fait l'amour pour le banc du square du boulevard Raspail. Puis on a refait l'amour pour constituer des réserves, car il était possible que notre avenir se comptât en éternité d'un silence nouveau. La dernière étreinte nous a vidés. Il devait être six heures. Dans la salle d'attente du jour, les premiers bruits s'impatientaient. J'ignorais si on pouvait dire que la Médina se réveillait, vu qu'elle n'avait pas dormi, ou alors d'un œil. L'autre avait été le témoin de notre soulèvement de nuit.

— Il faut qu'on se repose un peu, dit-elle. À quatorze heures, Ba Mu Sëss (elle le dit dans un wolof propre) organise un comité de coordination des luttes en vue du 14 septembre. Je dois y être.

— Qui t'a informée de ce qui se tramait ici ?

— Des amis, correspondants de presse, militants. Beaucoup de journalistes suivent les actions des mouvements citoyens du continent africain. Après l'Algérie, je suis allée au Burkina-Faso. J'y ai rencontré des gens puissants, déterminés, révolutionnaires. Les dignes fils de Sankara. Quand j'ai appris le suicide de Fatima Diop, j'ai immédiatement compris qu'il se produirait aussi quelque chose au Sénégal. La traînée de poudre devait nécessairement passer par Dakar. Je suis montée dans le premier avion. Il y a de l'espoir pour toutes les jeunesses révoltées de l'Afrique et du monde. Et je ne romantise pas la révolte, si c'est ce que tu penses. Je sais ce que coûtent parfois ces luttes. C'est pour ça que je les respecte. C'est pour ça que je veux que le monde les voie comme je les vois. Dans les regards des gens, il y a ce feu. Il m'émeut. Je le vois dans le visage de Fatima. C'est un feu de colère et d'humiliation, mais aussi d'extrême dignité.

Je ne dis rien et l'enveloppai avec mon bras. Elle ne refusa pas l'étreinte. Je crus même sentir un imperceptible mouvement de hanches et d'épaules pour resserrer nos deux corps. Il y eut quelques secondes de silence.

— Et toi ? dit-elle. Que fais-tu à Dakar ?

Je demeurai silencieux. Devais-je mentionner Elimane et *Le Labyrinthe de l'inhumain* ? Je craignais, comme je l'avais craint avec mes parents, qu'Aïda ne me trouvât alors vain ou indécent. Mieux valait mentir qu'assumer une passion que le contexte rendait soudain honteuse. Face à ce qui se passait dans le pays depuis quelques jours, quelle valeur, quelle importance pouvait avoir ma recherche ? Que pesait la question de l'écriture devant celle de la souffrance sociale ? La quête du livre essentiel devant l'aspiration à la dignité essentielle ? La littérature devant la politique ? Elimane devant Fatima ? Je mentis donc à Aïda. Je lui dis que j'étais là pour des vacances, pour voir ma famille.

J-3

Le lendemain, au moment de nous séparer, en pleine rue, Aïda et moi avions hésité : une bise ? un baiser ? une poignée de mains ? un petit coucou des doigts ? La rue tout entière nous entravait : et la culture, et les regards, et nos couleurs de peau, et ses longs cheveux tressés en une longue natte qui semblait capter toute la lumière et midi dans son dos. Mais, plus sûrement, nous nous entravions l'un l'autre ; notre passé déterré le temps d'une nuit nous écrasait. On opta d'un commun accord silencieux pour la bise – mais sur une seule joue (et très près de la bouche). Je pris soin d'effacer la trace écarlate à côté de mes lèvres avant de rentrer. De son côté, elle partit pour l'université Cheikh-Anta-Diop, où se tenait la réunion de coordination de BMS. On promit de s'écrire.

Lorsque j'arrivai chez moi, ma mère me jeta un de ces regards qui semblaient dire : je suis ta mère et je sais tout ce que tu as fait cette nuit. Elle ne posa cependant aucune question et mon père non plus. Je passai l'après-midi chez moi avec mes jeunes frères et mes parents, et tentai de me réhabituer à un quotidien dont ma vie en France m'avait ôté jusqu'au souvenir.

SMS d'Aïda : *Tu me manquais, je te l'avoue. Je me suis retenue de t'écrire pendant toute cette année. Pour ne pas perdre la face. Pour ne pas compliquer les choses. Mais les choses se compliquent toutes seules. Tu me manques encore. Tous mes sens te réclament. Ils veulent encore te reconnaître. Ils veulent encore être reconnus de toi. Je crois toujours que se revoir est une mauvaise idée pourtant. Je sais que c'est contradictoire, mais c'est. Toi, que veux-tu ?*

Tu veux sans doute que je te dise le genre d'homme qu'il était, n'est-ce pas ? avait dit la poétesse à Siga D. qui me le rapportait. Il n'existe pas de réponse simple à cette question, *Corazón*. Il est venu aux salons littéraires de mes parents pendant plusieurs mois avant que j'entende sa voix pour la première fois. Il ne parlait pas beaucoup. Il écoutait ; et c'est comme si on espérait qu'à l'issue de sa méditation, d'un coup, d'une parole, il déchirerait cet invisible voile que personne ne voyait mais que chacun pouvait sentir, et dont nous devinions tous qu'il nous séparait d'une vérité essentielle.

Il n'intervenait jamais dans les discussions intellectuelles ou politiques qui dominaient le salon. Mais personne ne lui en tenait rigueur. Il était comme exempté de participer par la parole. Cette sorte de convention confinait même à un inavouable snobisme : *Vous voyez, on a passé la soirée d'hier avec le silencieux et profond Elimane, ce mystérieux Africain dont le mutisme est si spirituel*. D'ailleurs, personne ne lui posait jamais de questions, même quand la discussion touchait à des sujets africains. Je ne dis pas que son africanité le rendait plus légitime à parler de son continent, mais je crois que tout le monde aurait aimé entendre ce qu'il pensait, comme Africain, de certains événements de son continent. Nous étions à la veille des années 1960. L'indépendance des pays africains suscitait de grands et vifs débats dans le monde, et dans notre salon aussi. Mais le seul Africain de ce cercle ne disait rien.

Alors un soir de 1958, oui, octobre 1958, j'en ai eu marre de ce respect qui frisait la déférence. Nous commentions le retentissant « non » que la Guinée Conakry venait de répondre par référendum à la proposition de De Gaulle de rassembler les pays de l'AOF dans une communauté française. Je me suis levée brusquement et je l'ai interpellé : Et vous, monsieur l'Africain, que pensez-vous de cette décision du peuple guinéen ? Ou alors vous n'en pensez rien, cela vous laisse indifférent et ne vous inspire que ce silence méprisant que vous nous donnez depuis des mois. Peut-être pensez-vous que nous ne méritons pas votre parole ici. Mais le peuple guinéen, que je trouve magnifique, la mérite peut-être, vous ne croyez pas ?

Tu aurais dû voir la tête des convives, *Corazón*. Je venais de glacer le salon. Je me souviens encore des yeux de certains. Il y avait de la peur. Mais dans quelques regards, je relevai de la curiosité, de l'amusement. Gombrowicz, je le remarquai tout de suite, piaffait d'excitation, comme s'il pensait :

enfin, il va y avoir du sport ! Sábato, l'autre grand ami d'Elimane, demeurait sérieux, mais je crois qu'il était tout aussi curieux de voir ce qu'Elimane allait répondre. À vrai dire, je crois que tout le monde, même ceux qui étaient pétrifiés, attendaient sa réaction. Il était assis dans un fauteuil, un peu à l'écart. Je m'étais insolemment placée devant lui, à trois mètres, une main sur la hanche, l'autre tenant un verre de vin. J'étais très jeune, je portais la coupe courte, de grandes créoles aux oreilles, une longue robe bleue qui m'avait valu plus de regards, de compliments, de propositions indécentes et informulées que d'habitude. Je le défiais. Il avait lentement levé le regard sur moi. Je m'étais juré de ne pas baisser les yeux, chose que j'avais systématiquement faite auparavant, quand nos regards se croisaient. Elimane est resté immobile quelques secondes, les yeux jetés sur moi. J'ai fait un pas vers lui et j'ai dit : Peut-être que vous n'avez pas entendu ? Je vous demandais ce que vous pensiez de la Guinée. J'aimerais connaître votre avis sur leur indépendance, et sur leur leader, Sékou Touré.

Après de longues et pesantes secondes, il se leva – il me parut alors plus grand que je ne l'avais cru. En un pas il était déjà sur moi. Je ne reculai pas. Je relevai le menton pour continuer à le regarder dans les yeux. J'avais dix-huit ans, je venais de commencer des études de droit. Lui était déjà un homme mûr. J'ignorais son âge. Ce n'est que plus tard que j'appris qu'il avait quarante-trois ans, le même âge que mon père.

À quelques centimètres de lui j'avais l'impression très confuse d'être à la fois devant un mur, mais aussi devant une mer verticale, une sorte de vague debout dont j'entendais les furieux remous intérieurs. Pendant un temps, dans son regard, j'ai cru voir passer une lueur de haine, comme s'il avait envie de me frapper ou de me tuer. Mais cette lueur est passée vite. Un air calme, presque amusé, lui a succédé. Puis il a eu un bref sourire – mais je crois que je suis la seule à avoir vu cette esquisse de sourire – et il a quitté le salon sans dire un mot.

Le silence s'est poursuivi un moment après son départ. Ce fut Gombrowicz qui le rompit. Il a dit : Bravo, mademoiselle. Vous avez du cran. Mais je reconnais la démarche que l'Africain avait en partant. Tu l'as reconnue aussi, Sábato, n'est-ce pas ? C'était sa démarche d'animal traqué. De bête blessée. Il va disparaître un temps. Il fait toujours ça quand on l'approche de trop près. Et quand il s'apprête à disparaître, il marche comme il a marché en quittant cette pièce. Sábato et moi avons fini par nous y habituer. Vous feriez mieux de vous habituer aussi. À mon avis, vous ne le reverrez pas ici avant longtemps. Mais bravo, jeune femme. Il fallait l'affronter, et il n'y avait que vous ici pour cela.

Gombrowicz avait raison : les mois qui suivirent cette soirée, Elimane ne revint pas. Je ne le revis que près d'un an plus tard, en août 1959. Entretemps, Gombrowicz et Sábato se montrèrent de temps à autre au salon de mes parents. Je leur demandais à chaque fois si leur ami m'en voulait encore. L'un d'eux me répondait toujours qu'Elimane n'était pas fâché. Il était seulement absent, en voyage. Où ? À travers l'Amérique latine. C'était tantôt au Chili, tantôt au Brésil, au Mexique, au Guatemala, en Uruguay, en Colombie, au Pérou. Ni Gombrowicz ni Sábato ne savait en revanche la raison de ces voyages fréquents. Il a toujours beaucoup voyagé depuis qu'on le connaît, me dit un jour Sábato. Mais j'ignore ce qu'il cherche, ni même s'il cherche quelque chose.

Je choisis Sábato et Gombrowicz pour maîtres en littérature. Ce furent plutôt eux qui me choisirent comme protégée. Ils étaient déjà reconnus dans le monde comme écrivains. Tout en faisant mon droit à l'université, je sentais que mon attrait profond allait à la poésie. Gombrowicz et Sábato n'étaient pas des poètes. Ils étaient de puissants et magnifiques prosateurs dotés d'esprits d'une intelligence supérieure. Sans pratiquer la poésie, cependant, ils la lisaient et la connaissaient. Les discussions que nous avions sur la poésie furent capitales pour moi à mes débuts.

Je soumis mes premiers essais poétiques à leur regard ; un regard exigeant, sans complaisance ni encouragement facile. Si je prenais la littérature et la poésie au sérieux, si je voulais écrire, me disait Gombrowicz, il n'y avait pas d'autre voie que l'exigence, le don absolu de soi à la création. Il me citait une phrase de Vladimir Holan, un poète tchèque : « De l'esquisse à l'œuvre, le chemin se fait à genoux. » Et il ajoutait : Ce chemin est sans fin.

C'était lui, Gombrowicz, le plus dur, mais aussi le plus gai et le plus fantasque. Il fréquentait beaucoup les jeunes, et son génie avait quelque chose de frondeur, d'ironique, de presque désagréable. Sábato était un homme plus taciturne. Il savait être impitoyable dans ses jugements littéraires, mais gardait en toutes circonstances beaucoup de retenue. On voyait aussi qu'il naviguait dans un univers intérieur vaste et profond, où il affrontait les grandes questions métaphysiques qui traversaient ses livres.

Elimane revenait souvent dans nos discussions. Un soir que je dînais seule avec Gombrowicz (Ernesto était malade et n'avait pas pu nous rejoindre), je lui reposai des questions sur Elimane. Comme toi aujourd'hui, *Corazón*, ce que je voulais savoir, au fond, c'était le genre d'homme qu'il était. J'ai donc questionné longuement Gombrowicz.

Comment et pourquoi l'Africain est-il arrivé ici ? dit Gombrowicz. Quelle étrange question… Comment et pourquoi est-il arrivé ici ? Comment et pourquoi arrive-t-on quelque part ? Moi, je ne sais même plus comment je suis arrivé ici ni pourquoi j'y suis resté après la guerre. Pourtant les rues de la Pologne, ce pays maudit, me manquent. Peut-être que c'est pour chercher le secret des rues de Varsovie dans celles de Buenos Aires que je suis resté. Pour voir vraiment mon pays en le regardant dans le miroir d'un autre pays. Peut-être… Mais Elimane ? Je crois en réalité qu'il ne me l'a jamais dit. Pas parce qu'il le cache, mais parce que je ne le lui ai jamais demandé. Je ne parle pas de ces choses-là avec lui. Comme moi, Elimane est un exilé. Au premier regard on s'est compris et reconnus comme tels. On a envie de parler de tout, sauf de l'exil. De toutes les manières, il n'y a rien à dire à propos de l'exil. Je ne connais pas de sujet qui soit plus ennuyeux au monde. Mais demande toujours à Sábato, quand il sera guéri. Lui, sait peut-être comment et pourquoi Elimane s'est retrouvé ici. Mais je te déconseille d'interroger Elimane. Ça risquerait de l'agacer et de l'énerver. La plupart des exilés haïssent cette question. Moi, ça ne m'intéresse pas vraiment. Voilà. Maintenant, chère jeune fille de la belle et fougueuse île d'Haïti, allons baiser, ou faire l'amour, si tu préfères. Tout peut attendre, Elimane peut attendre, la mort peut attendre, d'ailleurs elle nous attend depuis toujours, tout peut attendre, mais pas le corps, pas le désir, pas l'amour, que je n'ai pas fait – et c'est impardonnable à mon âge – depuis…

Quatre jours. Quatre jours après la mort de Fatima Diop, alors que le pays s'avançait vers une journée rouge, le président de la République décida enfin de s'adresser à la nation au journal de vingt heures. J'arrivai à Liberté 6 vers dix-neuf heures.

C'est là, dans un très bel immeuble, que Chérif vivait seul depuis son divorce, deux ans auparavant. Nous nous étions retrouvés avec plaisir, comme d'habitude. Je notai cependant qu'il avait une mine tirée, comme s'il n'avait pas dormi depuis longtemps.

Alors que nous commencions à dîner (un excellent *dibi*), l'allocution du président de la République débuta.

— Il va me couper l'appétit, dit Chérif.

Pendant quarante-cinq minutes le président discourut avec vigueur et solennité. Il commença par évoquer la profonde tristesse que lui avait inspirée la mort de Fatima Diop. Puis il philosopha sur la cruauté du destin et sur la tragédie de mourir jeune. Enfin, il présenta ses condoléances à la famille de la disparue. Et c'est seulement ensuite qu'il s'engagea sur le terrain politique, où le peuple attendait des solutions rapides, tangibles et efficaces contre la crise. Le sphinx annonça des myriades de mesures, réajustements et réformes. L'heure des chantiers essentiels était venue, il entendait les colères et les détresses, il ne fallait pas qu'il y eût d'autres Fatima, sa priorité allait à la jeunesse, etc.

Alors qu'il en arrivait à sa conclusion, Chérif coupa le son du téléviseur. Pendant quelques minutes, nous regardâmes le président parler sur l'écran, sans entendre ses mots. Ses lèvres s'ouvraient et se refermaient sur le silence. Il mastiquait le vide avec force.

— C'est exactement ce que vit le pays, constata Chérif. Nos dirigeants nous parlent de derrière un écran, une vitre qu'aucun son ne traverse. Personne ne les entend. Ça ne changerait rien si on les entendait. On n'en a plus besoin pour savoir qu'ils ne disent pas la vérité. Le monde derrière la vitre est un aquarium. Nos dirigeants, par conséquent, ne sont pas des hommes mais des poissons : des mérous, des cabillauds, des silures, des espadons, des brochets, des morues, des soles et des poissons-clowns. Et beaucoup de requins, bien sûr. Mais le pire, quand on regarde leurs visages de poissons, c'est qu'ils semblent nous dire : à notre place, vous ne feriez pas mieux. Vous décevriez comme nous décevons.

Sur les lèvres du président, je parvins à lire (ou crus lire) : « Je vous remercie. Vive le Sénégal. » Chérif éteignit la télé au moment où le drapeau de la nation flottait glorieusement devant nous.

— *Same fuckin' shit*, dit-il. À chaque incendie, il rapplique avec ses petits seaux pour s'attaquer au feu qu'il a lui-même allumé. Le pompier pyromane : vieille ruse. Mais nous savons, et lui-même sait, que ça n'éteindra pas le feu. Son seau est vide. C'est-à-dire plein de ses mensonges. Et les imbéciles gobent.

— Après le bâton, la carotte…

— Non, non, *Miñelam*. Là est l'illusion mortelle. Ce sont les annonces comme celles qu'il vient de faire pour calmer les gens qui enfoncent ces mêmes gens dans la merde. Il n'y a plus de différence ou d'alternance entre une carotte et un bâton : notre carotte est aussi notre bâton. On se satisfait de si peu dans ce pays. On n'a de vraie exigence pour rien. Pas même pour notre vie. Est-ce qu'on la mérite ?

Il ne me laissa pas le temps d'y réfléchir et reprit :

— J'ai toujours condamné ceux et celles qui se laissaient aller à la facilité de cette maxime : les peuples ont les dirigeants qu'ils méritent. Ou sa variante : les peuples ont des dirigeants à leur image. Ça m'a toujours semblé être d'un mépris facile pour les peuples et d'une complaisance impardonnable pour certains dirigeants égoïstes et cruels. « Les crimes de ceux qui mènent ne sont pas la faute de ceux qui sont menés », a écrit Hugo quelque part, je ne me rappelle plus où. Mais je commence à penser que les gens qui font de dirigeants médiocres le reflet de leurs peuples n'ont pas tort. Je regarde nos compatriotes et je me pose la question : mérite-t-on vraiment mieux ? Nous sommes aussi un banc de poissons. Des sardines. Que fait-on, individuellement, collectivement, pour mériter mieux que des figures politiques immorales, involucrées ?

— Je ne connaissais pas ce mot : involucrées. Je suppose, vu le contexte, qu'il est péjoratif. Je chercherai. Mais quelle est ta réponse à ta question ? Comme individus et comme peuple, mérite-t-on autre chose ?

Son téléphone sonna à ce moment. Chérif le regarda, mais ne décrocha pas.

— BMS organisait un comité de coordination des luttes aujourd'hui à l'UCAD, dit-il. Je n'y suis pas allé. C'est pour ça qu'ils m'appellent. Ils veulent que j'écrive une tribune, j'imagine. Mais je n'ai pas très envie de leur parler. Je n'ai plus envie d'écrire des tribunes et des analyses pour eux.

— Pourquoi ?

— Je ne me reconnais plus vraiment dans ce que BMS fait. Le mouvement s'enlise dans une contestation systématique et stérile. C'est un militantisme critique, nécessaire, courageux. Hélas stérile, au fond. Ça ne change rien. Notre action maintient le statu quo politique, l'illusion d'une confrontation d'idées avec le pouvoir. Mais le statu quo profite toujours au pouvoir. Il faut aller plus loin. Il faut faire plus.

— BMS doit se transformer et se structurer en parti politique, c'est ce que tu appelles aller plus loin ? Entrer dans l'arène et se salir, au lieu de jouer aux sentinelles démocratiques immaculées ?

— Non, ce n'est pas ce que je veux dire. Le jeu politique finit toujours par vous plier à ses règles. C'est une meule, nous sommes des grains, et les grains ne changeront jamais la meule, qui continuera de les moudre et de les pulvériser. Transformer les choses de l'intérieur est une illusion. À l'intérieur, c'est nous qui nous transformons. Pas les pratiques politiques. Pas les choses. Les choses ne changent jamais. Pas de cette manière, en tout cas.

— De quelle manière, alors ? Tu as autre chose à proposer ?

Il dit oui, mais se dédit aussitôt, comme si sa proposition demandait à être encore mûrie :

— Non… Je ne suis pas sûr. Je ne sais pas. Je cherche la troisième voie. Ce qui se passe depuis quelques jours me convainc qu'il faut faire autre chose. Manifester, se battre avec les GMI, essuyer les matraques et les gaz lacrymogènes, crier, caillasser l'Assemblée nationale, le palais de justice ou celui de la République, gueuler le nom de Fatima Diop les larmes aux yeux sous le soleil, okay. Mais après ? Et après ?

Je ne trouvai rien à lui répondre. Après un moment de silence, Chérif finit par reprendre la parole :

— Bref... Parle-moi de toi, *Miñelam*. Que fais-tu ici, au juste ? Recherches pour un nouveau livre ?

— Oui, en quelque sorte.

— J'espère que je te retrouverai davantage dans ce nouveau livre. Ce que je reproche à BMS est valable pour les écrivains. Ils doivent faire plus. Je ne dis pas que la littérature ne sert à rien. C'est parce que j'ai une crainte et une dévotion sacrées pour la littérature que je ne serai jamais écrivain. Je te dis qu'il vaut mieux ne pas écrire si tu n'as pas au moins l'ambition de faire trembler l'âme d'une personne. Ne me réécris pas un livre comme *Anatomie du vide*. Je t'en supplie. Ce livre ne s'adressait qu'à toi. Tu vaux mieux. Tu dois faire beaucoup mieux. Écris-nous un grand livre, *Miñelam*. Un grand livre politique.

Je souris. Ce n'était pas une surprise : Chérif m'avait déjà tenu ce discours après la publication d'*Anatomie du vide*. Il m'avait reproché d'y avoir abandonné les questions sociales pour des préoccupations égocentrées. Il ne m'avait pas adressé cette critique à la manière de ces imbéciles qui se croyaient plus au fait du réel, de la vraie vie, des choses concrètes. Non : il ne m'avait parlé qu'avec le désarroi sincère d'un homme qui ne reconnaissait plus un ami.

Il est vrai qu'à une époque nous partagions des idéaux similaires. Je peux même dire que, de nous deux, j'étais le plus radical. Mais nul ne demeure inaltéré. Est-ce seulement souhaitable ? La fidélité à un soi ossifié à travers le temps n'est pas qu'une chimère ; elle me semble être un aveuglement dont se rit la vie : la vie, son imprévisible mouvement, ses incertitudes, ses circonstances qui, parfois, broient valeurs et principes qu'on pensait, prétendait immutables.

J'entends quelquefois dire qu'il faut rester fidèle à l'enfant qu'on a été. C'est la plus vaine ou funeste ambition qu'on puisse avoir au monde. Voilà un conseil que je ne donnerai jamais. L'enfant qu'on a été jettera toujours un regard déçu ou cruel sur ce qu'il est devenu adulte, même si cet adulte a réalisé son rêve. Cela ne signifie pas que l'âge adulte soit par nature damné ou truqué. Simplement, rien ne correspond jamais à un idéal ou un rêve d'enfance vécu dans sa candide intensité. Devenir adulte est toujours une infidélité qu'on fait à nos tendres années. Mais là réside toute la beauté de l'enfance : elle existe pour être trahie, et cette trahison est la naissance de la nostalgie, le seul sentiment qui permette, un jour peut-être, à l'extrémité de la vie, de retrouver la pureté de jeunesse.

Chérif n'était pas convaincu. Il ne me parlait pas de l'enfance, mais de mes dix-huit ans. Il admettait que les épreuves de la vie nous transforment, mais ne comprenait pas qu'on pût se détourner de la misère. Ce souci était pour lui un invariant de la conscience. Il ne pensait pas qu'il fût contradictoire avec la création de belles œuvres d'art. Chérif concevait d'autant moins ma « métamorphose » qu'il m'avait connu à une époque où le plus petit spectacle de la misère ou de l'injustice me révoltait. Le *Miñelam* qu'il avait connu, politisé jusqu'aux nerfs, avait changé si vite, si brutalement…

— J'essaierai, lui répondis-je. Un grand roman politique.

Nous parlâmes ensuite de sujets plus agréables, du moins en apparence : de livres, de femmes, de voyages, de nos souvenirs tragi-comiques de l'école militaire ; mais je sentais bien que Chérif ne parvenait pas à s'abandonner à la légèreté. Le fond de ses yeux démentait simultanément ses sourires, quand il tentait d'en esquisser. Peu avant minuit, je demandai la route. Il me raccompagna à ma voiture.

— Tu connaissais Fatima Diop ? demandai-je alors. Il paraît qu'elle militait pour BMS.

— Oui.

Avant ce oui, cinq ou six secondes de silence s'étaient écoulées. Je compris intuitivement qu'elles avaient couvé ou rouvert en Chérif un abîme de souvenirs et de souffrance. Sa voix, qui ne tremblait jamais, avait chancelé. Je lui dis que j'étais désolé et que je regrettais d'en avoir parlé. Il me remercia et m'assura que ce n'était rien. Puis ce fut le silence et l'obscurité et le dédale et le sable des rues.

— Cette fille avait une âme, ajouta-t-il soudain, comme on arrivait à la voiture. Une âme magnifique. Je l'ai eue comme étudiante en philo à l'UCAD, avant de la côtoyer à BMS, puis en privé. Je la connaissais bien. Et c'est parce que je la connaissais que je me sens incapable d'aller à la marche du 14 septembre.

J'avais eu l'envie d'étreindre mon ami, mais une pudeur naturelle me retint : il n'était pas dans nos habitudes de nous témoigner notre affection ou notre consolation ainsi, il m'aurait dit que j'avais *vraiment* changé, alors j'ai simplement répété que j'étais désolé. Il m'a répondu qu'il l'était aussi. Je lui conseillai de prendre du repos. Il promit de le faire. Nous nous souhaitâmes bonne nuit et je partis. Je roulai quelques secondes avant de jeter un œil dans le rétroviseur. Chérif n'avait pas bougé, et je savais que ce n'était pas moi qu'il regardait s'éloigner, mais Fatima Diop. Je pensai : peut-être qu'il me racontera un jour son histoire avec elle, j'aimerais qu'il me la raconte un jour, même si elle s'est mal finie.

Je sortis de Liberté 6 et pris vers l'ouest pour rejoindre la VDN. Direction Médina. Ce soir encore, Aïdaville, capitale des soulèvements du plaisir et des extases matérielles m'appelait, et cet appel impérieux s'adressait à mes plus lointaines fondations, à ma part inconditionnelle de désir.

— *Alors à ce soir, poète du désert, reviens tout me prouver*, m'avait-elle dit après ma réponse à son SMS du matin : *Tout ce que je veux, pour l'heure, c'est qu'on suive notre désir, et j'ai de toi un désir ininterrompu, un désir vieux d'un an et que je veux assouvir chaque nuit. J'ai aussi toujours soif de ta peau. Cela fait un an que je marche dans le désert et je dois me désaltérer de ta peau plus qu'une nuit. Tous mes sens te reconnaissent, mais reconnaître ne suffit pas : il faut encore prouver qu'on reconnaît. Je veux te le prouver encore, même si tu m'as cru.*

J-2

Ce matin, à cause des tensions et des violences qu'on craignait le 14 septembre, le journal le plus lu du pays avait posé la question fatidique en une : *Que faire ?*

Les guides des différentes communautés religieuses appelaient à l'apaisement. Ils dirent que les Sénégalais étaient une communauté de croyants, unis par leur foi dans le même Dieu. Le pays devait prier pour Fatima Diop et sa famille. Ce qu'il fallait faire absolument, c'était la paix.

Pour les membres de la majorité présidentielle, le suicide de Fatima Diop ne devait être ni politisé ni instrumentalisé. C'était un drame humain qui appelait non la colère, mais la responsabilité. Ce qu'il fallait faire d'ici là, c'était reprendre le dialogue et rester unis malgré les divergences politiques.

Les opposants politiques professionnels martelèrent que le gouvernement devait entendre le cri du peuple et prendre ses responsabilités. Le président devait démissionner et organiser de nouvelles élections. Ce qu'il fallait faire à tout prix, donc, c'était de la politique pure et dure.

À travers les médias, les honnêtes citoyens hésitaient. Ils voulaient la paix, mais la paix nourrissait-elle ? Ne valait-il pas mieux une crise d'où pouvait jaillir plus de dignité et de justice sociale, qu'une paix factice, qui maintenait les plus démunis dans leur condition ? Pris dans ce dilemme tragique, le peuple s'interrogeait. Ce qu'il fallait faire, c'était délibérer avec son oreiller.

Pour les leaders de BMS, il n'y avait aucune hésitation à avoir. Le 14 septembre devait être la première page d'une histoire nouvelle. Ne pas l'écrire serait trahir la mémoire de Fatima Diop. *Que faire ?* Lénine, en 1902, avait publié un traité politique dont le titre était cette question très simple. Sa réponse l'était tout autant, et les Jusqu'au-boutistes la reprirent : pour un vrai révolutionnaire, ce qu'il fallait faire, c'était la révolution.

Et selon moi, l'écrivain, le jeune écrivain prometteur, l'un des prétendus fleurons de l'avenir littéraire de l'auguste patrie, que fallait-il faire ? Un internaute, militant radical de BMS, m'avait interpellé sur ma page Facebook. *Que penses-tu de tout cela ? Que font les écrivains ? Vous êtes la voix des sans-voix ! Pourquoi ce silence ? Ne nous trahissez pas ! Les Blancs parlent de toi en France. Mais toi, que dis-tu pour ton pays ?*

Plusieurs réponses me tentèrent. *Porte ta bouche seul et parle pour toi, camarade.* J'effaçai. *Tous les sans-voix peuvent-ils se retrouver dans une seule voix ?* J'effaçai. *Parler pour le groupe c'est toujours trahir les individus.* J'effaçai encore. *Ta gueule.* J'enlevai. Je ne me sentais pas la légitimité de parler pour qui que ce fût. Ma propre parole était déjà trop lourde pour moi-même, et ce n'était pas mon statut incertain d'écrivain qui y changeait quelque chose. Le temps de guides, visionnaires, prophètes, mages, pythies et autres hugolianismes sublimes est passé. Il n'y a plus à dire le chemin à suivre, mais à suivre des anonymes dans ceux qu'ils empruntent, et les y suivre jusqu'au bout, c'est-à-dire jusqu'au bout de leur âme, ou de la sienne propre.

Après une longue hésitation, je renonçai à réagir à son message. Il me réécrivit en privé pour me dire que j'étais un exemple pour beaucoup de jeunes et qu'ils avaient besoin de moi, de ma parole, de mon engagement. Je ne répondis pas non plus. Il revint alors sur ma page publique et y inscrivit, sous son premier message et en majuscules, ceci : *Voilà pourquoi tu ne seras jamais reconnu ici : tu nous snobes. Les Blancs peuvent te célébrer autant qu'ils veulent, te donner tous les prix qu'ils veulent, parler de toi dans leurs grands journaux, mais ici t'es rien. Nada. Et quand t'es rien chez toi, t'es rien nulle part. T'es un aliéné, un Nègre de Maison. Tu ne seras jamais de la trempe de…* Il me cita alors les noms de sept ou huit intellectuels et écrivains qu'il estimait être les dignes consciences du peuple.

Je *likai* son commentaire et affectai l'ironie la plus altière. Mais au fond de moi, je sentais qu'il m'avait atteint. Je m'en voulus d'attacher de l'importance à tout cela. Et dire que j'étais quelques jours auparavant en compagnie de Siga D. (mon procureur du jour, qui ne l'avait sans doute jamais lue, l'avait citée dans sa liste d'écrivains exemplaires), elle dont toute l'œuvre reposait sur la trahison, voire le meurtre du « nous », du pays natal, de la culture des origines, des attentes des « siens », de l'appartenance. C'était le prix de son œuvre. J'essayai d'imaginer Elimane à ma place. Qu'aurait-il répondu à ce type ?

La poétesse haïtienne, comme je lui avais demandé si elle avait interrogé Elimane sur les raisons de sa présence en Argentine, me répondit : Bien sûr que si, *Corazón*. Bien sûr que j'ai fini par lui demander ce qui l'avait amené en Argentine et ce qui l'y retenait. Ce courage ne m'est venu que des années après. Lorsque je lui posai la question, contrairement à ce que Gombrowicz m'avait dit, Elimane ne se fâcha pas. Mais l'impassibilité minérale qui recouvrit son visage à ce moment-là me terrorisa plus qu'une franche colère. Il m'a fixée du regard. Quelques perles de sueur brillaient sur son front, certaines lui tombaient dans les sourcils. Dix-sept secondes – je les comptai mentalement grâce à la bruyante trotteuse de l'horloge accrochée au-dessus de son lit – dix-sept secondes passèrent entre nous sans un mot, puis il a dit : Tu recommences. Je croyais que tu savais pourquoi, mais je me suis trompé. Tu n'as pas interrogé Sábato et Gombrowicz à mon propos pendant mes absences, ou simplement quand tu les vois sans moi ?

C'était au début de l'année 1964, une soirée de fin janvier ou début février. Je me rappelle qu'il avait fait très chaud dans la journée. Nous l'avions passée dans le petit studio qu'il habitait, volets tirés, pour garder un peu de fraîcheur en attendant le soir. Quand il tomba enfin et que la température baissa un peu, nous avions ouvert la seule fenêtre de la chambre. L'air était plus supportable, mais aucune brise ne soufflait. La douceur demeurait suspendue au ciel, empêchée de tomber par une invisible et épaisse nappe de moiteur qui encrassait tout et collait le vêtement à la peau. Cela faisait cinq ans que je le fréquentais et c'était seulement ce soir-là que j'avais osé lui adresser la question qui me brûlait les lèvres depuis que je l'avais revu après notre face-à-face dans le salon de mes parents.

Sa réponse, à vrai dire, ne m'étonna pas. Je savais, avant de lui poser la question, qu'il lui opposerait une autre question. C'était sa spécialité ; j'avais appris à le connaître depuis toutes ces années. Tu te rappelles qu'après l'incident chez mes parents, en 1958, il avait voyagé plusieurs mois à travers le continent sud-américain ? Il était rentré à Buenos Aires en août 1959. Le premier soir qu'il dîna avec Sábato et Gombrowicz, ces derniers me convièrent. Je le revis donc pour la première fois depuis notre face-à-face dans la maison de mes parents. Mais contrairement à cette soirée où j'avais défié son silence dans un élan de révolte et d'insolence, j'étais terrifiée la nuit de nos retrouvailles. Pourtant, je vis tout de suite qu'il ne cherchait pas à m'intimider. Je le trouvai même aimable, presque doux. Il n'était qu'avec ses seuls amis et, bien qu'il ne fût pas très disert, il dit en quelques minutes plus de mots que je ne l'en avais entendu prononcer au cours de toutes ses participations aux soirées artistiques de mes parents. C'était peut-être cela qui me terrifiait : il m'apparaissait comme je ne l'avais vu, en homme nouveau.

C'est à partir de cette époque, à l'aube des années 1960, que je commençai à le voir davantage. Au début, c'était toujours en compagnie de Sábato et Gombrowicz, dans des cafés, ou chez l'un d'entre eux. Nous nous voyions aussi chez d'autres artistes, poètes, mécènes de Buenos Aires. Mes parents ne tenaient plus leur salon, mais ce n'était pas cela qui manquait dans la ville à l'époque. Celui de Victoria et Silvina Ocampo était couru. On y croisait Borges, Mallea, Bioy, et toutes les autres figures littéraires argentines qui gravitaient autour de la revue *Sur* ; mais on y croisait aussi, parfois, des intellectuels et écrivains d'Europe comme Roger Caillois ou Aldous Huxley. Elimane s'y rendait parfois. Mais, comme ses deux amis, il préférait les comités plus restreints, moins clinquants. Il aimait s'asseoir, l'été, dans les cafés portègnes, dos aux grands ventilateurs qu'on avait coutume, à l'époque, de placer dans ces lieux. Il aimait l'air brassé qui tombait sur sa nuque et ses épaules. Il buvait en écoutant des tangos, surtout les tangos de Gardel, ou des discussions quotidiennes, des débats politiques, des querelles footballistiques ou pugilistiques, dont le tumulte finissait par glisser avec indolence sur l'estuaire. On ne savait pas s'il était heureux ou triste dans ces moments-là. Mais il semblait apaisé, pour le moins.

Il fallut de nombreux mois avant que je ne me sente moins intimidée par lui ; trois ans pour que je le voie en tête à tête. Entre-temps, à intervalles réguliers, il s'absentait, parfois quelques jours, d'autres fois plusieurs semaines, pour ses mystérieuses tournées à travers l'Amérique latine. Cependant, chaque fois qu'il était là, je brûlais de le voir, de lui parler, de l'écouter, même si sa parole demeurait rare. On aurait dit que chaque mot lui était compté, ou décompté ; que chaque phrase avait un prix, et n'était dite que dûment pesée. Comme ses acolytes avant lui, il devint en quelque sorte mon parrain en littérature. Avoir été initiée, lue, corrigée, critiquée, découragée, encouragée dans ma vocation poétique par Sábato, Gombrowicz et Elimane reste le plus grand orgueil de ma vie, *Corazón*. J'ai eu des maîtres.

Je t'ai déjà parlé de Gombrowicz et Sábato, de leur caractère respectif, du style de chacun. Je suppose que je dois essayer de te parler d'Elimane, même si c'est la chose la plus difficile.

Il louait un garni spartiate de deux pièces dans le quartier de Barracas. C'était un appartement misérable, comme tous ceux de ce *barrio*. La première fois qu'il m'y invita, il me dit que j'étais la première personne qu'il recevait chez lui. Gombrowicz et Sábato eux-mêmes n'y étaient jamais entrés, ce qu'ils me confirmèrent plus tard quand je le leur appris. C'est que nous nous étions rapprochés en 1963, pendant quelques mois que nous avions passés seuls, je veux dire sans nos deux amis. Invité par une riche et prestigieuse fondation,

Gombrowicz était retourné en Europe, à Berlin, pour la première fois depuis 1939. Sábato, lui, effectuait une tournée dans quelques pays d'Amérique latine, où la publication de *Héros et tombes*, son chef-d'œuvre, l'avait rendu célèbre.

En leur absence, Elimane et moi nous étions vus plus souvent. J'allais à l'université dans la journée, et le retrouvais le soir dans tel ou tel café. Nous discutions de littérature. Je lui posais très peu de questions sur sa vie personnelle et sur son passé ; c'était comme un pacte entre nous ; et pourtant, plus je le connaissais, plus le sentiment que je ne le connaîtrais jamais vraiment s'il ne me livrait pas la clef de son passé et de sa venue en Argentine grandissait en moi. Mais j'ignorais comment traverser la glace (ou la bolge remplie d'alligators) qui séparait tout regard extérieur de son histoire. Il pouvait se montrer charmant, et l'était même toujours avec moi ; mais je compris bien vite que cette aménité avait un prix. Accessible, il demeurait inatteignable. Plusieurs fois, j'avais essayé de le pousser à me raconter un fragment de sa vie passée, mais j'étais si maladroite qu'il arrivait à me deviner avant que j'aie avancé la moindre question.

La seule ouverture dans sa forteresse, c'est lui-même qui la fit, un soir où il me demanda si je voulais voir l'endroit où il vivait. Ce fut la première fois que j'allai chez lui ; la première fois, aussi, qu'il me permit de lire *Le Labyrinthe de l'inhumain*, que seuls Gombrowicz et Sábato avaient lu en Argentine. Je m'étais assise sur son lit pendant que lui-même lisait et corrigeait les derniers poèmes que j'avais écrits, et j'avais commencé *Le Labyrinthe de l'inhumain*. Au-dessus de son lit, l'horloge semblait agoniser à chaque mouvement de ses aiguilles. Chaque seconde écoulée lui arrachait un râle. Mais ce soir-là, même l'asthme de la pendule échoua à me tirer des pages du *Labyrinthe*. C'était un livre extraordinaire, malgré tout ce qu'Elimane me raconta ensuite à son propos, au sujet des plagiats et de ce qu'ils lui avaient valu en France. Oui, il m'a tout dit. Les plagiats – je ne les considérais pas vraiment comme des plagiats, d'ailleurs – importaient peu, puisqu'ils tissaient une grande œuvre. Cela a toujours été mon avis sur cette question. Cette nuit-là, la première nuit que je passai chez Elimane, je l'interrogeai beaucoup sur *Le Labyrinthe de l'inhumain* et l'accueil qui lui avait été fait en France. Il me répondit avec mesure, gardant ce qu'il estimait devoir l'être dans l'ombre. Mais au moins en appris-je un peu sur son passé. Ce n'était pas une confession ou une plainte : Elimane m'avait raconté cette partie de sa vie avec pudeur, sans affectation, même s'il était évident que cela le blessait encore. À deux ou trois reprises, le silence qu'il observa, ou un tremblement dans sa voix, trahit une émotion encore vive, mélange de colère, de honte, d'amertume.

Au bout de la nuit, avant de sombrer dans le sommeil à son côté, je compris : Elimane m'avait volontairement donné les raisons de sa présence, calmant ainsi les questions qu'il devinait en moi à son propos. Je le déduisis seule : il était venu en Argentine pour se remettre de l'amère expérience qu'avait été sa chute dans le milieu littéraire français. Ou bien pour l'oublier. C'était une explication satisfaisante : elle touchait à l'amour-propre, à l'orgueil, à l'estime de soi, à la dignité, à la fierté ; elle touchait à un ensemble de valeurs qui, bafouées, pouvaient pousser un homme à partir. Dans le cas d'Elimane, c'était d'autant plus convaincant que le livre qui lui avait valu le déshonneur comme homme, mais aussi comme écrivain, était un grand livre. Il ne le dit pas mais je le compris à l'époque ainsi : il était venu en Argentine comme on s'éloigne dans un geste d'amour-propre blessé. Je crois, *Corazón*, que c'est ce soir-là que je suis tombée amoureuse, non de lui, mais de la blessure permanente qu'était cet homme. Oui, c'est ce qu'était Elimane : une blessure ouverte, dont le sang s'écoulait toutefois vers l'intérieur. Une hémorragie interne. Un geyser renversé. Je ne voulais ni le soigner ni le sauver. Je ne le souhaitais pas et ne m'en sentais d'ailleurs pas capable. Ses ombres m'avaient séduite ; c'était tout. Il devint, comme Gombrowicz avant lui, mon amant.

Pendant quelques mois, je ne me posai plus la question, puisque je croyais avoir la réponse, ou une part de la réponse. Je me contentai de profiter des moments avec lui, de ses conseils, de son expérience. Il paracheva mon initiation littéraire et sexuelle, que Gombrowicz et Sábato avaient entamée.

À son retour de Berlin, Gombrowicz nous annonça qu'il rentrait définitivement en Europe. Il s'installait en France. Une petite fête fut organisée, où tous les amis du maître polonais, de jeunes poètes et poétesses de la ville pour la plupart, vinrent lui dire au revoir. Gombrowicz me demanda de dormir avec lui une dernière fois avant son départ. C'est-à-dire avant ma mort, dit-il. J'acceptai ; on fit donc l'amour toute une nuit (qu'il était cochon et lubrique et drôle et doux au lit !) puis, de manière tout à fait étrange, alors que nous prenions un café dans sa cuisine le matin suivant, il voulut savoir si j'avais demandé à Elimane la raison de sa présence ici. Cela m'étonna, car il m'avait lui-même, Gombrowicz, déconseillée de l'interroger. Je lui fis remarquer cette contradiction.

— Je te déconseille toujours de lui demander pourquoi il est là, dit-il, dans sa volonté habituelle du contre-pied. Mais je te conseille aussi d'exiger de lui la vérité. Ne le lâche pas. Je ne crois pas que ce soit le scandale du plagiat dans son roman qui l'ait mené ici. Ce n'est pas la seule raison, du moins. Il y a autre chose.

— Tu penses ?

— Penser ? Quelle horreur ! Non, je ne pense pas : je sens.

Ce fut tout ce que Gombrowicz accepta de me dire. Ensuite il partit pour la France, où il rencontra celle qui deviendrait sa femme, Rita, et ils s'aimèrent. Son départ affecta beaucoup Sábato, qu'on vit de moins en moins, d'autant moins qu'il avait commencé à écrire le dernier opus de son extraordinaire trilogie romanesque. Je rencontrais donc de nouveau Elimane seule la plupart du temps, dans les cafés ou chez lui. Ce que m'avait dit Gombrowicz le soir de nos adieux avait ravivé le doute dans mon esprit. Elimane continuait, de temps en temps, à s'absenter de Buenos Aires pendant des périodes plus ou moins longues. Ces absences répétées, au sujet desquelles il ne disait jamais rien, accentuèrent les questions que j'avais recommencé à me poser quant à la vraie raison de sa présence ici. Où allait-il vraiment ? Que faisait-il ? Qu'est-ce qui vivait au centre de son labyrinthe ? Je ne le connaissais pas. Sábato lui-même, qui était à Buenos Aires son plus vieil ami, ne savait rien de sa vie privée.

Certains jours, je jugeais ma préoccupation inutile. Était-il si important de découvrir les secrets d'un individu qu'on aimait ? Ne l'aimait-on précisément pas pour ce qu'il maintenait hors de notre curiosité ? Ce qui nous liait à lui n'était-il pas plus important que ce qu'on croyait qu'il dissimulait ? Ce qui me liait à Elimane, c'était, avant même le désir et l'amour, la littérature. Je m'en convainquais quand nous en parlions. Mais ce sentiment ne durait pas ; dès qu'Elimane rentrait dans le mystère de sa vie secrète, les soupçons reprenaient et me rongeaient. Et alors les derniers mots de Gombrowicz résonnaient de nouveau. Autre chose…

Je n'en pouvais plus de ces doutes. Ils me gâchaient ma relation avec Elimane. Je l'admirais autant que je le détestais d'avoir tracé autour de lui un cercle de feu. Alors un soir, tandis qu'il venait de rentrer d'un voyage de quatre jours en Uruguay, je franchis la ligne et m'exposai aux flammes. Je me lançai et lui demandai ce qu'il faisait vraiment en

Argentine depuis tout ce temps. Tu connais donc sa réponse :

— Tu recommences. Je croyais que tu savais pourquoi, mais je me suis trompé. Tu n'as pas interrogé Sábato et Gombrowicz à mon propos, quand vous vous voyiez pendant mes absences ?

— Si, lui dis-je. Mais Gombrowicz m'a dit qu'il ne savait pas, que ça ne l'intéressait pas, et que, d'ailleurs, je devrais éviter de te poser cette question pour ne pas te fâcher.

— Cela ne m'étonne pas qu'il t'ait dit ça. Même si je suis aussi certain, le connaissant, qu'il t'a encouragée à ne pas te satisfaire de mes réponses.

— Tu le connais bien.

— Et Sábato ?

— Ernesto m'a répondu à la fois l'inverse de Gombrowicz et la même chose que Gombrowicz : il m'a dit que je devais te poser la question directement si je voulais savoir.

— Cela ne m'étonne pas de sa part non plus.

— Je veux savoir. Pourquoi as-tu *vraiment* quitté la France pour venir vivre en Argentine ?

— Es-tu sûre de vouloir *vraiment* le savoir ?

— Oui. Pourquoi n'en parles-tu jamais ? Est-ce qu'il y a quelque chose ou quelqu'un que tu fuis ?

Elimane m'a regardée avec une grande intensité – j'eus de nouveau l'impression d'être devant le mur – avant de répondre avec calme :

— Je ne fuis rien. Je suis à la recherche de quelqu'un.

Bien que prise au dépourvu (je ne pensais pas qu'il répondrait) j'enchaînai donc avec d'autres questions sans lui laisser de répit, dans l'espoir que ma spontanéité le surprenne et prolonge le dialogue :

— Tes absences et voyages à travers le continent sont-ils liés à cette personne ?

— Oui.

— Tu ne l'as pas retrouvée, depuis toutes ces années ?

— Non.

— Qui est cette personne ?

Je savais cette fois-ci qu'Elimane ne répondrait pas, mais je voulais voir l'expression de ses yeux, de tout son visage, au moment où je l'interrogerai.

— C'est une femme ?

Il me regardait fixement, et je fus incapable de rien lire sur ses traits.

— Que t'a-t-elle promis ? Ou volé ?

Il se taisait, impassible.

— Peut-être que je me trompe et que ce n'est pas une femme, mais un membre de ta famille. Est-ce ton frère ? Ton enfant ? Ou peut-être ton père ?

Son visage demeurait clos et la clef se trouvait au fond du fleuve. Il se leva du lit et alla à la fenêtre, déjà ouverte. Il alluma une cigarette, s'accouda sur le rebord du cadre et fuma en silence en regardant quelque chose au-dehors, ou en ne regardant rien du tout, seulement la nuit. Mais peut-être aussi qu'il avait fermé les yeux. Il était si grand que son corps, ainsi penché, avait quelque chose de ridicule, quelque chose de l'albatros, le si fameux albatros empêché par ses ailes. Je sentais pourtant sa puissance : dans la largeur de son dos qui collait à sa chemise, je voyais tout le mal qu'il pouvait faire en se laissant aller à un mouvement incontrôlé. S'il ne déployait pas ses ailes, s'il les gardait serrées contre son âme, c'est parce que leur envergure aurait rempli la chambre, fait tomber des objets, créé un déséquilibre, une faille dans laquelle toute la chambre aurait pu tomber sans espoir de retour ni d'écrasement contre un fond. Sans le faire exprès il aurait pu toucher un organe vital, éventrer la nuit même. Il le savait et, en un sens, je le savais aussi. Il ne pouvait pas se lâcher, tout dire, se délivrer de ses pensées dans une confession. Il n'était vivant et ne préservait la vie des autres que parce qu'il gardait ses secrets.

Ses grandes épaules occupaient presque tout l'encadrement de la fenêtre. Dehors, on entendait les vociférations de gamins jouant au ballon dans les rues, les décharges, les *potreros* de Barracas. Les matchs s'y déroulaient à toute heure, même au milieu de la nuit, passionnés, rudes, violents, sans enjeu autre que l'honneur, qui est à cet âge le plus grave, peut-être le seul enjeu qui soit, en dehors du gain occasionnel de deux pots de lait que les enfants avaient achetés en se cotisant. De l'appartement du dessus, dont la fenêtre devait être ouverte, l'air d'un tango entra dans la chambre d'Elimane. On entendait des bribes de paroles entre deux vagues de cris d'enfants excités par leur partie de football. Il n'était cependant pas besoin d'entendre nettement pour savoir que la chanson, comme dans tous les authentiques tangos, parlait de la solitude des grands fonds humains, de l'impossibilité de retenir et encore moins ramener des êtres aimés, des moments d'innocence et de bonheur, des preuves effacées de la vraie beauté. On voyait aussi de la fenêtre la silhouette du stade de la Bombonera. S'il y avait eu match, on eût pu entendre s'en échapper les clameurs folles et les chants d'amour des supporters de Boca.

Je tentai une dernière fois de lui tirer un aveu :

— Que veux-tu à cette personne ?

J'ignore quelle a été l'expression de son visage, *Corazón*, je ne voyais que son dos. Je n'ai pas vu ses yeux. Mais son corps, en tout cas, est demeuré d'une immobilité marmoréenne ; et pendant une seconde – une seconde, pas plus, une seule seconde – j'ai eu la certitude et la sensation physique que tout s'était figé autour de nous : les aiguilles de l'horloge au mur, la trajectoire du ballon dans la rue, le tango en plein milieu d'un vers, le sang dans mes veines, et même la fumée de la cigarette d'Elimane avait semblé se suspendre dans la nuit autour de lui. Une seule seconde non pas hors du temps, mais *sous* le temps, et ensuite tout a repris son banal cours. Elimane est resté longtemps à la fenêtre. Il a fumé une deuxième cigarette. Puis il s'est tourné vers moi.

Je compris en le voyant que non seulement il ne me répondrait plus sur ce sujet, mais encore que je ne trouverais pas à l'avenir le courage de l'interroger sur son passé. Il souriait comme je n'avais jamais vu et ne revis ensuite jamais plus un visage humain sourire. La bruyante horloge cracha dix heures du soir de ses poumons détruits. Elimane avait toujours son terrible sourire sur les lèvres, et je me sentais incapable du moindre mouvement, gelée, malgré la chaleur ambiante. J'éprouvai un profond soulagement lorsque le sourire s'effaça de son visage.

— Allons dîner, dit-il. J'ai faim. Je connais quelques restaurants encore ouverts près des quais. Peut-être qu'une brise viendra du Rio de la Plata. Je rêve d'un vent doux et frais. L'enveloppe humaine est si pesante… J'aurais aimé être de l'air ; être, pour toujours, un vent léger et agréable, planant avec grâce au-dessus des choses et des êtres.

J-1

Il n'y a pas de calme avant la tempête.

Hier soir, pendant que nous faisions l'amour, j'ai regardé à l'intérieur d'une gouttelette qui coulait le long du corps d'Aïda. J'étais en dessous d'elle. Je cherchais son visage, mais sa position le dérobait à mes yeux. La vigueur de la cavalcade tendait avec brutalité son buste, et je voyais nettement l'arc sensuel de son dos. Ses longs cheveux me flattaient les cuisses et lui caressaient la naissance des fesses, le bas du dos. Dans cette tension je distinguai ses côtes, les plissures de son abdomen, le dessin de sa cage thoracique, les deux coupoles de ses seins. Entre ces deux dunes de chair, son menton s'avançait comme une petite pyramide. C'est là, à la pointe du menton, qu'apparut la goutte.

Elle glissa lentement et ressembla bientôt à une petite stalactite accrochée à la paroi du menton. J'attendis avec anxiété qu'elle en tombât. Un mouvement des reins plus intense d'Aïda la précipita sur sa gorge, et son odyssée sur ce corps commença. Quand elle s'engagea entre les deux seins, je commençai à discerner à l'intérieur d'elle, comme dans l'orbe d'une voyante, de confuses visions. Un homme suivait une femme dans une rue où ils étaient seuls ; et l'homme l'appelait, mais la femme ne se retournait pas, sans que je sache si elle l'ignorait ou ne l'entendait pas.

La goutte passa le plexus. Je vis l'homme courir, lentement d'abord, de plus en plus vite ensuite, vers la femme. L'homme, en courant, en continuant à crier, dans le silence de la rue, le nom de la silhouette qui ne semblait toujours pas l'entendre ou se décider à lui répondre, se mit à pleurer, et cette scène était si désespérée, elle me rendait si triste, que je crus un instant que j'allais pleurer aussi, et l'aurais sans doute fait si je ne m'étais pas secoué et retenu.

Le nombril approchait maintenant après que la goutte venait de traverser une forêt de grains de beauté sur l'abdomen d'Aïda, dont les mouvements devinrent plus patients, longs, précis, vitaux, ce qui, je le savais, annonçait toujours chez elle la jouissance. Je sentais les lents spasmes de son sexe autour de ma verge, et la crue grossissant en elle, et l'étoile blanche en elle qui allait bientôt exploser et éclabousser l'univers jusqu'en ses confins inconnus. Dans la goutte, dans la rue, la femme se retourna enfin, et son visage était beau, bien qu'elle parût surprise de voir cet homme qui courait derrière elle en criant son nom. L'homme arrivait presque à hauteur de la femme. Mais au lieu de ralentir pour s'arrêter, il continua à courir et à crier le nom d'une femme.

La goutte passa de très près au bord du gouffre du nombril mais n'y tomba pas. Elle glissait désormais vers le pubis. Aïda se pencha vers l'avant et ramena la tête près de mon visage, que recouvrit la masse brune de ses cheveux. Son corps se crispa dans une brutale contraction, elle colla son front au mien, ses mains se joignirent sous ma nuque, la serrèrent, et le cri qui jaillit d'elle à ce moment-là, le cri qui jaillit non de sa gorge, non de sa bouche, non de sa poitrine ou de son ventre, mais d'elle tout entière, s'accompagna d'un souffle qui me rappelait que j'étais et serais à jamais exclu de le comprendre, mais seulement admis à former son cortège ou son ombre.

La tête d'Aïda reposait sur mon épaule, son visage était collé à ma joue. La chambre s'accorda à nous : il me sembla que tout ce qui s'y trouvait recherchait les voies d'une respiration plus longue et apaisée. La femme dans la rue reprit son chemin. Devant elle, l'homme courait toujours et poursuivait et appelait une femme que lui seul voyait : son illusion.

Il n'y a pas de calme avant la tempête. La tempête réelle se précède toujours, elle est son propre émissaire ; elle souffle sans fracas, aussi silencieuse qu'une goutte qui arpente un corps de femme tendu par le plaisir ou la douleur. Puis elle passe, comme tout passe, dans une illusion d'immobilité éternelle. Rien n'a été détruit et pourtant plus rien ne tient vraiment debout.

Aïda m'a dit qu'elle ne serait pas disponible le lendemain, c'est-à-dire aujourd'hui. Elle devait préparer sa couverture de la grande marche.

— On s'y verra peut-être, si tu viens. On peut se donner rendez-vous quelque part. À la place de l'obélisque, par exemple. C'est de là que partira la marche. L'obélisque est bâti sur un grand socle de pierre. Sur cette pierre, est peint un lion. On peut se retrouver le 14, à dix heures, sous le ventre du lion.

On s'est embrassés. Je suis rentré chez moi. Ce matin, au réveil, je lui ai écrit :

— *J'irai manifester. Mais je ne serai pas sous le ventre du lion demain, Aïda. Ce n'est pas mon désir de toi que je suis en train d'assouvir ; c'est ma vengeance. Ce que je prends pour un désir d'un an n'est qu'un désir de te faire souffrir, de te faire payer de m'avoir abandonné. Je sais maintenant que j'en ai souffert. C'est fini. Je suis venu chercher ici l'écrivain qui m'apprendra celui que je veux être. Il est mon illusion. Mieux vaut qu'on s'en arrête là, avant que me revienne une autre illusion : ressusciter mon amour pour toi, alors que je ne ferai qu'en détruire le souvenir. Je suis désolé.*

Toute la journée, j'ai attendu sa réponse, qui n'arriva pas.

J'ai relu *Le Labyrinthe de l'inhumain* et la fin du livre m'a fait pleurer pour la première fois. Pourtant je la connais par cœur ; je l'avais déjà lue des dizaines de fois et en sortais toujours très ému ; mais jamais, avant cet après-midi, je n'avais pleuré. Dehors, tout est calme. C'était le calme avant la tempête de demain, la tempête du 14 septembre, enfin.

Fin juin 1966, avait dit la poétesse haïtienne à Siga D. qui, chez elle, à Amsterdam, me le racontait, la Révolution argentine renversa Arturo Illia. Le général Ongania prit le pouvoir et inaugura ainsi une nouvelle dictature militaire. L'université, les cafés, les bars, les cinémas, les clubs, les salles de concert : tous ces endroits subirent en premier et le plus durement la vague moralisatrice que le nouveau pouvoir lança sur le pays. C'était évidemment la jeunesse que les militaires cherchaient à contrôler. À l'époque, mes études à peine terminées, j'avais trouvé du travail au service juridique de la plus grande maison d'édition de Buenos Aires. La nuit, j'allais soutenir un couple d'amis rencontrés à l'université. Ils géraient un petit cinéma indépendant et je les y aidais comme ouvreuse. On projetait des œuvres d'avant-garde. Un soir, en 1967, on montra *Blow-up*, le film d'Antonioni adapté d'une nouvelle de Cortázar, que la jeunesse argentine lisait beaucoup à l'époque. Les militaires, qu'un délateur infiltré avait prévenus, débarquèrent, arrêtèrent plusieurs personnes (dont mes amis), saisirent toutes les bobines de films qu'ils trouvèrent, et décrétèrent la fermeture du petit cinéma. Le soir même, j'entrai ouvertement en lutte contre le pouvoir militaire.

On m'arrêta plusieurs fois car j'avais les cheveux à ras, ce que la junte considérait (de même que les jupes courtes) comme un signe de dépravation féminine. Je refusai de porter une perruque. Pendant deux ans je participai à des réunions politiques clandestines. J'en organisai moi-même dans des lieux secrets. Je collai des affiches, détournai celles du pouvoir, signai des pétitions, contribuai à des revues en lutte, distribuai des tracts, courus la peur au ventre pour échapper à des patrouilles, passai quelques nuits en prison. Mes parents m'en sortaient toujours, mais ne m'interdirent jamais de lutter. Ma mère avait connu l'oppression politique en Haïti. Elle me disait toujours qu'espérer qu'une dictature devienne moins violente parce qu'on ne lui résistait pas était une illusion suicidaire doublée d'une lâcheté.

Pour toutes ces raisons, je vis de moins en moins Elimane. La situation politique semblait le laisser indifférent ou, pire, l'ennuyer. Tout ce qui l'intéresse, tout ce qui l'a toujours intéressé et obsédé, m'étais-je alors dit, c'est retrouver la personne qu'il cherche. Il continuait sa quête et s'absentait toujours régulièrement de Buenos Aires. Soudain je trouvai Elimane égoïste, presque lâche. Ce à quoi il tenait n'était ni l'amour ni l'amitié (avait-il jamais considéré Sábato et Gombrowicz comme des amis ?). Il ne tenait qu'à ses secrets. Tout le reste, moi comprise, n'était qu'un décor inconsistant et factice, qu'il pouvait moduler, déplacer, enlever à sa guise comme sur une scène de théâtre.

Nous ne servions même pas, me disais-je, à adoucir ou tromper sa solitude. Au contraire, nous lui permettions de s'enfoncer plus loin en elle, en cette solitude qu'il aimait. Il ne nous voyait que pour mesurer combien elle lui était chère. Nous étions les faire-valoir de sa solitude. Il nous utilisait pour se rappeler (et nous apprendre) qu'il n'avait pas besoin de nous. Voilà ce que je pensais à l'époque.

Par honnêteté je le lui dis. Il me répondit qu'il me comprenait. Je cessai donc de le fréquenter. Entre février 1968 et septembre 1969, je ne le croisai qu'une fois, par hasard, dans la rue. Il m'avait fait un signe de la main. Je feignis de ne l'avoir pas vu. Ce soir-là, quand j'y repensai, je me dis d'abord que j'avais bien fait ; mais cette certitude se modifia peu à peu, et devint du regret, puis un intense chagrin. J'y repense encore aujourd'hui, *Corazón*, et la douleur de l'avoir ignoré est toujours là.

La lutte politique continua. Il y eut des violences mais elle continua ; des défigurations, des mutilations, des tortures, mais elle continua. Il y eut des morts. On lutta encore. L'année 1968 constitua pour moi, comme pour beaucoup de jeunes ailleurs dans le monde, mon éducation politique.

Pourtant, à partir de mai 1969, quand les révoltes prirent de l'ampleur et que la dictature montra les premiers signes d'un vacillement, je commençai à me sentir moins saisie par les événements. Une soudaine fatigue m'avait éteinte au moment même où je devais être le plus combative. Un vent de révolte commençait de souffler, ceux qui avaient lutté ces dernières années trouvaient dans ce sursaut populaire un motif d'espoir, le *Córdobazo* avait montré de manière spectaculaire et violente la résistance des humiliés, et moi je dépérissais. Je restais enfermée chez moi, à ne rien faire. Je suivais les manifestations, je les accompagnais par le cœur, mais n'y participais plus. Le goût de me battre ne m'était pas passé ; il lui manquait simplement un ingrédient que j'avais eu et que je n'avais plus. Mais j'ignorais lequel.

Je me brouillai avec la plupart de mes camarades de lutte, qui m'accusèrent de désertion. Ils me reprochèrent de n'avoir fait semblant de lutter à leurs côtés que pour expier la culpabilité d'une naissance bourgeoise. Certains me renvoyèrent à la condition de mon père. « Venant de la fille d'un diplomate américain, une trahison comme la tienne n'est pas étonnante. On se demande même pourquoi elle vient si tard. » Seul le couple qui possédait le cinéma d'avant-garde me garda son amitié. Mais ils avaient dû quitter Buenos Aires deux mois plus tôt, par crainte d'être arrêtés et torturés.

Une nuit de septembre 1969, alors que je préparais mon dîner, Elimane sonna chez moi, *barrio* Núñez. Je ne fus pas surprise quand je le vis. Je crois même que j'ai eu l'impression, avant d'ouvrir la porte, de m'apprêter à accueillir une vieille connaissance que j'avais invitée. Il tenait une bouteille de vin. Je le regardai sans rien dire pendant quelques secondes. Il ne parla pas non plus. Je ne sais plus ce que j'ai pensé. Peut-être : c'est triste qu'on ne se dise rien, ou : c'est beau qu'on ne se dise rien, ou, plus probablement : nous sommes là et il n'y a rien à dire. Je m'écartai et il entra. Une patrouille militaire remontait la rue. Je refermai la porte. Lorsque je me tournai, Elimane n'avait pas bougé, et il était si grand que sa tête touchait presque le plafond du couloir. Je repassai devant lui et le précédai dans le séjour. Il me donna la bouteille : Il faut l'aérer un peu.

J'eus l'étrange impression que sa voix était restée la même, et pourtant elle me parut déjà autre. Cette sensation qu'Elimane n'avait pas changé, mais qu'il m'était aussi inconnu, allait me suivre toute la soirée. C'était la première fois qu'il venait dans cet appartement. J'y avais emménagé en mars ou avril 1969, peu après avoir arrêté de le voir. Son regard allait de la bibliothèque aux tableaux accrochés aux murs, de l'abat-jour au piano, du téléviseur au buffet, d'une corbeille de fruits à un masque représentant le dieu Legba. Je le laissai finir sa silencieuse inspection et lui indiquai d'un geste un des fauteuils.

— Ce n'est pas Sábato qui m'a dit où tu habitais. C'est ta mère.

— Je m'en doutais, dis-je. Ernesto n'est pas encore venu ici, même s'il sait que j'habite maintenant dans ce quartier.

— Tu le vois moins, lui aussi ?

— Oui.

Il ne dit rien et s'assit. Je m'installai en face de lui et le regardai mieux. La sensation revint : physiquement, il demeurait tel que dans mes souvenirs. Mais il y avait quelque chose d'insaisissable qui avait bougé en son âme, d'un mouvement imperceptible, comme si on décalait de quelques centimètres l'emplacement d'un vase ou redressait de quelques degrés un cadre au mur.

Je lui proposai de rester dîner avec moi. On passa à table avec son vin. Il me demanda si j'étais toujours engagée dans la résistance au régime militaire.

— Un peu moins.

— Je crois que tu devrais te reposer un peu. Je te trouve fatiguée.

Je ne répondis pas. Il reprit :

— Je crois avoir retrouvé la personne que je cherche ici depuis vingt ans. Je vais la rejoindre. Après ce voyage, tout sera accompli, vraiment accompli cette fois, et je pourrai enfin rentrer. Ce sera alors le dernier voyage, le grand retour. Je suis venu te dire quelques mots, te lire quelques pages, te faire l'amour si tu en as aussi envie que moi, et te dire…

— … adieu, murmurai-je. Je sais.

J

La réponse d'Aïda n'est arrivée que le soir du 14 septembre, après les événements de la journée. Je fumais dans la cour de l'hôpital quand j'ai reçu son message :

— *La vengeance est un plat qui ne se mange pas. Ou s'il se mange, on ne le digère pas. C'est un plat qu'on vomit. Tu l'as vomi. J'espère que tu te sens mieux. Tu t'es déjà vengé, Diégane. Tu m'as rendu la gifle que je t'ai donnée il y a plus d'un an, c'est tout. On est quittes. Je sais désormais ce que ça fait : voir l'autre partir quand on aimerait qu'il reste. Un peu plus. À jamais. Te retrouver m'a fait comprendre que je ne t'avais jamais vraiment perdu. Au fond de moi, tenace, il y avait ton souvenir. Et plus que ton souvenir, il y avait l'espoir qu'un jour, peut-être, nous… Que c'était bête. Mais on est toujours bête.*

Je serai encore trois jours à Dakar. Je veux voir les suites de cette extraordinaire et prometteuse journée. J'espère que tu ne gâcheras pas tout en cherchant à me revoir. J'espère que tu es loin, déjà injoignable, sur la trace de cet écrivain qui te montrera la voie de celui que tu veux devenir. J'espère aussi que tu auras l'élégance de ne pas répondre à ce message. De ne pas m'expliquer. De ne pas te justifier. Si tu le faisais, si tu avais cette faiblesse sentimentale, la reconnaissance et la tendresse que j'éprouve pour toi en ce moment, tout l'amour que j'ai pour toi, se transformeraient – et je ne te le pardonnerais pas – en un profond mépris, ce sentiment lui-même méprisable, qui salit aussi bien la personne qui le professe que celle qui en fait l'objet.

Je pense n'avoir jamais écrit une phrase aussi longue que la précédente. C'est dire. Adieu.

J'ai lu plusieurs fois ce message dans la cour mal éclairée de l'hôpital. Plusieurs minutes ont passé, j'ai tenté de me retenir, mais n'ai pas pu m'empêcher d'écrire :

— *Je sais ta fierté, Aïda. Tu fais partie de ces êtres auxquels la consolation rappelle qu'ils se trouvent dans la position de la recevoir, comme un poison. Mais je ne veux pas te consoler. Je veux, même si tu ne le souhaites pas, t'expliquer. Je ne cherche pas à me venger. Je cherche à éviter de le faire dans le futur. Je nous sauve de l'autodestruction. Je…*

Tout ce que je retenais depuis un an veut sortir, Aïda. Je veux tout te dire : combien tu m'as manqué, combien j'ai souffert de me souvenir de toi, combien je, combien tu, combien nous, etc. Alors, je veux t'écrire un grand récit, mais je ne sais pas par où commencer. Les phrases se bousculent dans ma tête. J'épuise tous les registres, tous les styles, tous les tons, toutes les tournures.

Mais j'ai l'impression que chaque phrase, chaque mot frappent à côté de ce que je désire te dire. Je m'acharne et exige autre chose : plus de profondeur, de précision, de justesse. Les mots m'esquivent, ou s'esquivent : ils se dérobent à leur propre vérité. Ils fatiguent, s'affadissent dans la répétition de ma tyrannie. Chaque nouvelle tentative creuse un peu plus l'écart entre leurs possibilités réelles et la réalité de l'expérience intérieure. Mais ce n'est pas tant moi qu'eux-mêmes que les mots trahissent. Les mots se suicident.

Et bientôt, par fatigue ou par désespoir, mais peut-être aussi par simple nostalgie de la navigation solitaire, je cesse de m'accrocher à toi et regarde, de mon bloc de terre désamarré et flottant avec lenteur vers le cœur de l'océan, ou une île nouvelle, s'éloigner ta rive, ou ce que je prenais pour une rive mais qui n'était sans doute rien qu'un bout de terre autre, un atome en mouvement parmi d'autres mouvements d'atomes, et qui s'en va, comme je m'en vais, vers un cap sans coordonnées. Je ne me venge pas, Aïda. J'essaie de préserver ce que...

J'effaçai. Trop long. Trop ridicule. Trop affecté. La vérité était que je n'avais pas le cœur à cela. Cette journée avait vidé en moi toute envie de parler. Aïda avait raison : il fallait se taire.

À ce moment-là, Amadou, le frère de Chérif Ngaïdé, vint me rejoindre dans la cour de l'hôpital. C'est lui que j'avais prévenu en premier. Il était le seul membre de sa famille dont j'avais le contact.

— Il en a pour de longues années de convalescence et de reconstruction. Il ne sera plus jamais le même. Mais il est vivant. Grâce à toi. Toute la famille te remercie. Je te tiendrai au courant.

Personne n'imaginait qu'un homme comme Chérif aurait pu…

Amadou ne finit pas sa phrase mais je la compris. Il me serra la main avant de rentrer dans le bâtiment. J'écrasai ma cigarette contre un mur et écoutai la ville. Elle était étrangement silencieuse après avoir craché du feu les dernières heures. Elle sentait le métal chaud, le goudron fondu, la poudre. Dakar cherchait un peu d'air, après que les lacrymogènes et les fumées l'en avaient privé toute la journée. Le 14 septembre avait eu lieu. L'affluence avait été à la hauteur des prévisions : près d'un demi-million de personnes avaient battu le pavé à Dakar. Il y avait eu des heurts dans plusieurs quartiers, plus de cent blessés graves dont trois se trouvaient dans le coma, mais aucun mort. BMS avait déjà appelé à redescendre dans la rue le lendemain, pour définitivement faire plier le gouvernement. Celui-ci semblait dépassé par l'ampleur des événements, et avait invité plusieurs acteurs sociaux et les leaders de BMS à des négociations cette nuit même. Elle serait longue. Nul ne savait de quoi elle accoucherait.

J'ai eu de la chance. Celle, d'abord, de lire le mot de Chérif immédiatement après qu'il me l'avait envoyé. La chance, ensuite, que mon intuition fût juste. J'ai eu quelques secondes pour me décider. Et j'ai eu la chance que le temps joue en ma faveur.

Ce matin, vers neuf heures, alors que je m'apprêtais à sortir pour manifester, il m'avait écrit un long message sur ma messagerie Facebook : *Finalement, je manifesterai aujourd'hui. Je manifesterai pour expier ma faute, car c'est ma faute. C'est moi qui lui en avais parlé. Nous étions chez moi. On venait d'apprendre aux infos que trois cents jeunes Sénégalais étaient morts en mer en tentant de gagner l'Europe à bord de pirogues. Partir dans ces conditions, en sachant qu'on va probablement mourir : c'est du suicide, avait-elle dit. J'étais dans un tel état de fureur devant les maux et l'incurie de notre personnel politique que je me suis laissé aller à des paroles irresponsables. J'ai dit que dans un pays comme le nôtre, le suicide était un mode d'action politique horrible mais efficace, efficace parce que horrible, peut-être la seule protestation encore audible de nos dirigeants. Le suicide fait parfois basculer l'histoire : regarde Mohamed Bouazizi en Tunisie en 2011, regarde Jan Palach en Tchécoslovaquie en 69, regarde Thích Quảng Đức au Vietnam en 63, et je ne te parle pas, ici, du suicide mythique des femmes de Nder, qui ont préféré se tuer par le feu dans une case plutôt que de se rendre aux colons. Tous ces suicides qui ont provoqué un retentissement, frappé les esprits, eu une signification politique. Peut-être qu'il ne reste que ça aux populations de nos pays désespérés. Peut-être que c'est ce que les jeunes doivent faire : se suicider, puisque leur vie n'est pas une vie…*

J'avais lancé ces mots un peu en l'air sous le coup de l'émotion ; mais Fatima, elle, les a pris au sérieux et ne les a pas oubliés. Le jour où elle est passée à l'acte, quelques minutes avant, elle m'a appelé et m'a dit que j'avais raison : la troisième voie que nous cherchions était celle-là, celle du sacrifice : pas un sacrifice métaphorique ou partiel, mais un sacrifice concret, conscient, consenti, absolu : le sacrifice de la vie. Je n'ai pas compris ce qu'elle voulait me dire. Je ne l'ai compris que quand j'ai vu les images de sa mort. Et toi, tu comprends, Miñelam *? C'est moi. Indirectement ou directement, c'est moi qui lui ai inspiré ou soufflé son geste. C'est à cause de moi que Fatima s'est suicidée en ayant pris soin de diffuser en direct son immolation par le feu sur les réseaux sociaux. Un téléphone calé au bon endroit, la vidéo activée, et l'horreur. J'ai essayé de me dire, ces derniers jours, que je n'étais pas responsable. Mais c'est trop dur. Je vois Fatima chaque nuit. Je n'en dors plus. Je n'en peux plus. Je suis responsable. Il n'y a qu'une seule manière de payer. C'est de faire exactement le même geste. Adieu, mon frère. Tu deviendras un jour l'écrivain de talent que tu dois être. Je le sais. Je l'espère.*

Après avoir lu ça, j'étais resté cloué sur place, chez moi, pendant quelques secondes. J'avais ensuite essayé de rappeler Chérif, mais évidemment il n'avait pas répondu. Alors j'avais pris la voiture de mon père et roulé à tombeau ouvert vers son appartement, à Liberté 6. Je m'étais spontanément dit qu'avec le nombre de policiers et de gens qu'il y aurait dans les rues aujourd'hui, Chérif ne tenterait pas de se brûler vif devant l'Assemblée nationale, comme Fatima Diop, mais chez lui.

J'ai dû commettre un nombre incalculable d'infractions sur la route. J'ignore encore comment je n'ai renversé personne. À deux kilomètres de l'endroit où habitait Chérif, les foules qui commençaient à se rassembler pour marcher vers la place de l'obélisque devinrent trop denses pour que je continue en voiture. Je l'ai garée n'importe comment et j'ai poursuivi mon chemin en courant à m'éclater le cœur. À mon arrivée, dix minutes plus tard environ, le gardien de l'immeuble a d'abord refusé de me laisser entrer, mais il comprit vite que je ne plaisantais pas. Il m'a ouvert et m'a suivi lorsque je me suis lancé dans les escaliers. Chérif habitait au troisième étage, mais dès le premier j'entendis ses cris, et sentis l'odeur terrible de la chair brûlée. On dut se mettre à deux, le gardien et moi, pour défoncer la porte de l'appartement, alors que ses voisins commençaient à sortir, alertés par les cris, la fumée, l'odeur.

Chérif se roulait par terre, le corps en flammes. Il poussait des hurlements démentiels, que je ne pensais pas qu'un humain pût sortir de sa poitrine ; des hurlements qui n'exprimaient plus seulement une souffrance physique particulière, mais l'essence pure de la souffrance, ce qu'elle a d'illimité, d'aveugle, d'insensé et dont Chérif n'était plus, comme dans certains rites de possession ou de transe, que le médium convulsé. Au bout de quelques secondes, les cris exprimèrent une telle horreur que je les séparai du corps de Chérif. Cela ne pouvait pas venir de lui. Ce n'était pas lui qu'on entendait crier mais la douleur même ; l'absolue douleur qui tournoyait en lui, rugissant comme une bête prise dans un piège ou une divinité offensée au fond d'un océan. La souffrance ne se contentait plus de ravager les chairs de Chérif : elle voulait s'en évader comme d'une oppressante prison.

Le corps de mon ami était devenu trop exigu pour ce hurlement qui ne demandait qu'à croître, exploser, s'épandre et frapper tout ce qui se trouvait à sa portée.

La moquette sous lui commençait à prendre feu. Je me précipitai dans la chambre, arrachai les draps et les couvertures du lit et revins les jeter sur le corps de Chérif, dont les atroces cris avaient ameuté tout son étage. Pendant ce temps le gardien avait eu la présence d'esprit de courir dans le couloir pour prendre un des extincteurs de l'immeuble. Je tentais de couvrir entièrement le corps de mon ami avec les couvertures quand il rentra dans la pièce et actionna l'extincteur, déversant sur Chérif et moi un flot de mousse fraîche. Les voisins vinrent à la rescousse avec des seaux d'eau. En quelques secondes, la torche humaine fut éteinte.

Le corps gisait là. On n'entendait plus ses cris, mais une horreur bien plus insoutenable gonflait dans ce silence soudain, duquel elle suinta bientôt comme d'une plaie un liquide purulent : l'odeur de la chair humaine brûlée. L'air ployait sous elle et nous ployions sous l'air, gorge serrée et poitrine comprimée. Le corps gisait là. Des lambeaux calcinés de sa peau collaient au tapis. Les fumées piquaient les yeux. Je m'éloignai du corps et tentai de joindre une ambulance. On me dit qu'elles étaient toutes mobilisées par la manifestation en cours. Les sapeurs-pompiers, à cause de la circulation impossible, ne pouvaient arriver rapidement : eux aussi avaient à faire, avec tous les feux qui ne manqueraient pas de se déclarer dans la ville au cours de la journée.

C'est à ce moment-là qu'un des voisins, au milieu de la panique générale, dit qu'il y avait une clinique privée à quelques minutes. On ne disposait pas de civière. Trois hommes entreprirent donc de soulever Chérif, que les couvertures cachaient heureusement à notre vue. L'un voulait le prendre par les aisselles ; le deuxième soutenir sa taille ; le dernier porter ses jambes. Lorsqu'ils commencèrent la manœuvre, dans la lame vive et brève d'une vision d'horreur, j'imaginai le corps si abîmé, si décomposé, que les trois hommes ne pouvaient le tenir ; que les chairs s'effritaient sous leurs doigts ou étaient impossibles à décoller du tapis. Je fermai les yeux pour échapper à cette abominable éventualité. Elle n'advint heureusement pas. Les trois hommes réussirent à soulever Chérif du sol et sortirent aussitôt de l'appartement. Je les suivis. Nul parmi nous ne savait s'il était encore vivant. Ses bras inertes pendaient de part et d'autre alors qu'on le transportait. Je voyais la chair saisie à vif, répugnante, rouge et noire…

À la clinique, on le prit en charge dès notre arrivée. Je prévins aussitôt Amadou, qui était aussi passé par l'école militaire, et dont j'avais le contact. Il arriva une demi-heure plus tard, accompagné de ses parents. Une attente longue et silencieuse débuta alors. C'est au cours de celle-ci qu'Amadou m'apprit que Chérif s'était filmé, et que sa tentative de suicide était passée en live sur sa page Facebook, qui était très fréquentée, puisque mon ami y postait régulièrement des textes et vidéos d'analyses politiques et philosophiques. Il avait réussi à la faire supprimer, mais des internautes l'avaient déjà sauvegardée, et la partageaient sur différents canaux au mépris de toute décence. Amadou m'avait dit qu'on nous voyait, le gardien et moi (même si on ne nous reconnaissait pas dans l'agitation), défoncer la porte et entrer. Avant de s'asperger d'essence et de mettre le feu à son corps, Chérif, paraît-il, avait prononcé une phrase, une seule phrase en wolof : *Fatima lay baalu, na ma sama njaboot baal*, « Je demande pardon à Fatima, que ma famille me pardonne ». Je n'ai pas cherché à voir la vidéo.

J'attendis avec la famille de Chérif à la clinique. Trois heures plus tard, on nous annonça qu'on allait transporter Chérif à l'hôpital, dans un service spécifiquement dédié aux grands brûlés. Il se trouvait entre la vie et la mort, brûlé presque au troisième degré. Sa structure tissulaire, sur la partie inférieure de son corps, était presque entièrement détruite.

Cependant, dans les rues de Dakar, la grande marche du 14 faisait trembler la ville. La plupart des manifestants ignoraient encore le geste de Chérif. Certains, lorsqu'ils l'apprendraient, en feraient un geste de courage désespéré, de martyr. Peu songeraient à un geste de culpabilité, bien qu'il faille aussi du courage pour embrasser sa culpabilité et aller jusqu'au bout de ce qu'elle nous commande de faire. Voilà la leçon que mon ami, dans sa tragédie, me donnait : être courageux et faire ce qu'on avait à faire.

Et ce que je devais faire, par-delà la recherche de l'amour, de la légitimité politique et des déceptions auxquelles de telles quêtes pouvaient aboutir ou exposer, c'était continuer à suivre la piste d'Elimane, la piste de son livre. Ma vie, comme toute vie, ressemblait à une série d'équations. Une fois leur degré révélé, leurs termes inscrits, leurs inconnues établies et posée leur complexité, que restait-il ? La littérature ; il ne restait et ne resterait jamais que la littérature ; l'indécente littérature, comme réponse, comme problème, comme foi, comme honte, comme orgueil, comme vie.

Je venais de le comprendre, ou plutôt, de l'accepter, quand le texto d'adieu d'Aïda arriva.

J+1

Mon père accepta de me laisser sa voiture quelques jours. Il ne me demanda pas où j'allais. Ma mère non plus ne le fit pas, comme s'ils avaient deviné que je souhaitais maintenant m'occuper de la réelle raison de mon retour. J'espérais arriver avant la nuit.

Il m'a lu le début de ce livre inconnu cette nuit-là, avait dit la poétesse haïtienne à Siga D. Oui, cette nuit-là, *Corazón*. On avait fait l'amour, ou, plutôt, lui m'avait fait l'amour, fait l'amour jusqu'à ce qu'il me semble qu'il ne restait plus, de l'amour, ou de mon corps, ou de mon âme, qui étaient une même chose à ce moment-là, rien qu'il ne connût et ne me fit connaître. Puis il m'a lu les premières pages. Je crois que cet instant a été le plus beau et le plus triste à la fois de toute ma vie. Il donnait une réalité à l'adieu. Il m'a été aussi agréable que difficile d'écouter Elimane me lire ces pages. J'avais l'impression qu'il me lisait son testament. Pour la première fois depuis que je l'avais rencontré, je le sentis prêt à tout me dire si je le souhaitais, et c'est précisément cette disponibilité soudaine qui m'attristait. J'avais l'impression qu'il venait pour s'excuser d'être ce qu'il est, d'avoir été tel qu'il avait été. J'avais détesté sa nature, son silence, son passé de brumes et ses secrets. J'avais plus que tout désiré qu'il s'ouvre à moi. Mais pas ce soir-là, pas ainsi. Un homme si attaché à sa solitude ne quittait l'ombre que s'il sentait en elle un appel plus profond, le dernier appel. Alors il sortait une ultime fois, il se montrait. Mais ceux qui le connaissaient n'étaient pas dupes et savaient la vérité : il était déjà une part de l'ombre qu'il s'apprêtait à rejoindre pour de bon. Je ne voulais pas abuser de sa faiblesse, profiter d'un moment pareil, alors qu'il avait volontairement baissé la garde, pour le vider. Il était à ma merci ; je veux dire : son âme était à ma merci. Il aurait suffi d'une simple question pour savoir ce qu'il faisait là, l'objet de sa longue quête. Mais je n'ai rien dit. Tu te demandes sans doute pourquoi. Longtemps, je me le suis demandé aussi. Et je crois que c'était par pudeur, *Corazón*, par pudeur devant la vérité d'un homme. Ou devant sa douleur. C'est peut-être la même chose.

— Tu ne lui as donc posé aucune question ?

— Si : quelques-unes. Je sais qu'il est arrivé en Argentine en 1949 par bateau. Je sais qu'il a passé la guerre en France, d'abord à Paris, puis dans un village des Alpes, où il a participé à la Résistance. Je sais qu'il est brièvement revenu à Paris à la Libération, et qu'ensuite, pendant trois ans, il a voyagé dans différents pays de l'Europe affaiblie par la guerre : en Allemagne, au Danemark, en Suède, en Suisse, en Autriche, en Italie. Puis, en 1949, il est venu en Argentine. Je suppose que les années d'errance qu'il a passées en Europe après la guerre marquaient le début de sa recherche, qu'il a poursuivie en Amérique latine pendant trente ans. Il m'a raconté tout cela sans hâte, en me ménageant chaque fois un temps suffisant pour que je lui pose d'autres questions. Je suis restée dans ses bras toute la nuit. Au lever du jour, on a pris le café tôt. Il m'a embrassée et dit de ne pas abandonner la littérature.

— Et ensuite ?

— Il est parti. Il est parti et, quelques mois plus tard, on m'a proposé du travail à Paris, et moi aussi je suis partie. J'ai alors compris que cette nuit marquait la fin de son histoire avec l'Argentine. La mienne aussi. En y repensant, il y a une seule question que je regrette de ne lui avoir pas posée, peut-être la seule qu'il eût fallu : celle de savoir si son pays lui manquait… J'aurais voulu le lui demander, mais je ne l'ai jamais revu. Ce n'est pas faute d'avoir tenté, les années suivantes. D'abord, pendant les vacances que je prenais. Je quittais Paris, revenais en Argentine, et sillonnais Buenos Aires, ses bars à tangos, ses quais, ses quartiers pauvres. L'immeuble où il habitait à Barracas avait été rasé au milieu des années 1970. J'allais aussi dans les capitales des autres pays sud-américains. Je revoyais mon vieux maître Sábato à chacun de mes voyages, et nous parlions du passé, des soirées littéraires de l'époque où nous nous sommes connus, de Gombrowicz (que je ne pus revoir en

France, puisqu'il était mort en 1969, quelques mois avant mon arrivée). Nous parlions aussi toujours d'Elimane, inévitablement. Mais Sábato n'en savait pas plus que moi. Elimane lui avait fait ses adieux la nuit précédant la nôtre. Mais il ne lui avait laissé aucune adresse, aucune information, aucun indice sur l'endroit où il allait et aurait pu se trouver. Sábato ne l'avait jamais revu à Buenos Aires. Quand je lui demandais s'il ne trouvait pas étrange qu'Elimane soit passé dans nos vies toutes ces années et en soit sorti si facilement, Sábato me répondait que c'était bien étrange, mais il ajoutait que tous les hommes n'avaient pas besoin de compagnie. Tu connais la suite : j'ai fini par demander ma mutation à Dakar, pour y poursuivre mes recherches, et je t'y ai rencontrée, *Corazón*, mon petit ange…

Une fois le récit de la poétesse haïtienne fini, Siga D. m'a dit :

— Alors que la poétesse me racontait tout ça, j'avais passé en revue les personnes qu'Elimane aurait pu chercher si obstinément. Je n'en vois que trois, Diégane : Charles Ellenstein – son ami et éditeur –, Assane Koumakh – son père – et, pour finir, même si c'est invraisemblable, Mossane, sa mère. Je crois que la piste la plus crédible reste celle de son père. Assane Koumakh. On ne sait pas si Elimane a retrouvé sa tombe. Peut-être qu'Assane Koumakh n'est pas mort pendant la Première Guerre mondiale, et qu'il est parti, pour une raison qui n'appartenait qu'à lui, vivre en Argentine. Peut-être qu'Elimane l'a découvert et l'a suivi. Tout son mystère est peut-être celui d'une longue quête du père. Mais il se peut aussi qu'Elimane soit allé en Argentine à la poursuite d'une personne inconnue de nous, pourquoi pas une femme, par exemple, une belle femme qu'il aurait rencontrée pendant la guerre, ou après la guerre, et dont il serait tombé amoureux. Il faut l'envisager, Diégane. Il reste pourtant une grande question : pourquoi Elimane n'a-t-il pas continué à écrire à sa mère et à mon père ? J'ai une hypothèse : il a continué à leur écrire, pendant son exil, mais mon chien de père détruisait les lettres, comme il a détruit celle qui accompagnait l'exemplaire du *Labyrinthe de l'inhumain* qu'Elimane lui avait adressé en 1938. Après la disparition de Mossane, il a dû tenir Elimane pour responsable de sa folie et de leurs souffrances. Alors il a détruit ses lettres sans répondre. Elimane n'a peut-être jamais su que sa mère avait disparu. Je peux évidemment avoir tort sur ce point aussi. Peut-être qu'Elimane n'a plus écrit parce que, tout simplement, il ne voulait plus rien savoir de son passé. Peut-être qu'il voulait tout oublier. Mais je crois que c'est plutôt mon père qui détruisait les lettres qu'il envoyait. Voilà, Diégane : tu sais maintenant tout ce que je sais.

— C'est tout ? Vraiment tout ?

— Oui, c'est tout. Tu t'attendais à autre chose ?

Puis ce fut l'aurore d'Amsterdam.

Je sortis de Dakar vers quinze heures, alors que les manifestations se poursuivaient à la place Soweto, devant l'Assemblée nationale, où Fatima

Diop s'était tuée. Pour tout bagage, j'avais quelques affaires de rechange, un carnet de notes, *Le Labyrinthe de l'inhumain*, et mon disque des plus grandes chansons du Super Diamono. J'espérais arriver avant la nuit.

QUATRIÈME BIOGRAPHÈME

Les lettres mortes

Paris, le 16 août 1938

Chère mère, cher oncle,

Cela fait plus d'un an que vous n'avez pas eu de nouvelles de moi, et sans doute pensez-vous que je vous ai oubliés, comme le font tous ces gens de chez nous qui, une fois partis, effacent de leur mémoire leur passé, leur terre, leur famille. Les apparences m'accusent, mais il n'en est rien. Aussi, j'espère qu'après avoir lu ceci, vous me pardonnerez ce long silence. Il ne passe pas un jour sans que mes pensées volent vers vous, ni une nuit que je ne vous voie en rêve. Vous m'accompagnez partout. Surtout vous, mère. J'espère que vous me comprendrez à la fin de cette lettre.

Paris, le 13 avril 1917

Mossane, mon amour,

Plus de deux ans ont passé depuis mon départ. Pourquoi n'ai-je jamais écrit ? Parce que je ne voulais pas te faire pleurer. Parce que je ne voulais pas pleurer moi-même. Ce qui se passe ici ferait pleurer n'importe qui. C'est la guerre. Je pensais revenir vite, je te l'avais promis. Aujourd'hui, je ne sais pas si je vais revenir. Il fait froid. Il pleut. Il y a beaucoup d'Africains ici. On nous appelle les tirailleurs. On se parle. On se tient chaud. Mais la nuit, chacun redevient seul avec ses souvenirs, ses regrets, ses peurs. Chacun sait qu'il ne reverra peut-être jamais son pays.

Vous m'avez accompagné il y a un peu plus de deux ans, lorsque je suis parti avec le seul vrai ami que je me sois fait ici à la recherche de mon père, à travers le nord de la France. Ces deux dernières années, c'est lui que je cherchais. Je l'ai cherché pour moi ; mais je l'ai aussi cherché pour vous. Son absence a laissé dans le cœur de chacun de vous un abîme d'amour ou d'amertume que je n'ai jamais pu combler et dont j'ai été parfois victime. Quant à mon propre cœur, le fantôme de mon père y a creusé un gouffre de questions. Ce que vous m'avez dit de lui aurait dû me le faire haïr. Je l'ai haï. Mais on ne peut jamais vraiment haïr un inconnu ; encore moins s'il est notre propre père. Et ce résidu de haine cède la place à un sentiment, que je ne saurais nommer, maintenant que j'ai lu ses mots.

Tu me manques et notre enfant me manque. Pourtant, je ne le connais pas. Il doit avoir deux ans maintenant. Je ne sais même pas si c'est une fille ou un garçon. Mais, si je meurs ici, quelle image aura-t-il de moi ? Celle d'un père qui l'a abandonné ? Celle d'un héros mort à la guerre ? Celle d'un lâche qui a abandonné sa famille ? Que lui diras-tu ? Que lui dira mon frère jumeau, qui me hait tant ? Je ne sais pas. C'est cette incertitude, plus que la peur, plus que la guerre, qui me tue en ce moment.

Je ne hais pas mon père. Je ne le hais plus, du moins. Car j'ai eu un père, c'est vous, Tokô Ousseynou. Mon père biologique ne m'a jamais manqué, mais je voulais savoir quel homme il était, ce qu'il avait fait, ce qui lui était arrivé ; je voulais savoir l'état de son âme. Maintenant je sais : il avait peur. C'était donc un homme. Il a fait des choix et il a fini dans la peur, comme un enfant, en écrivant cette lettre. Ce n'était qu'un homme. À la fin, il a pensé à vous deux, et à moi.

Je voudrais vous tenir tous les deux dans mes bras. Je voudrais vous dire que je vous aime, mon enfant et toi. Je vous demande pardon. Pas pour être parti, mais pour avoir cru qu'on survivait facilement à une guerre. Je me trompais. On ne survit pas à la guerre, même quand on n'y meurt pas. Que je survive et revienne ou meure et reste ici, il y a quelque chose de déjà mort en moi. Tout ce qui reste vivant, c'est ton image, Mossane, et l'image de notre enfant que je ne connais pas. Mais je rêve de lui. Dis-lui que je rêve de lui chaque nuit, chaque jour, même pendant les combats. À Verdun, au milieu du feu et du sang, je rêvais de lui.

L'ami qui m'a accompagné est comme un frère pour moi. Lui aussi a perdu son père pendant la guerre. C'est pour ça qu'il me comprend. Il s'appelle Charles. Il m'a aidé dans ma quête. C'est lui qui a insisté pour que nous continuions à chercher une trace de mon père. J'étais désespéré, et lui m'a dit : allons encore dans ce village, Elimane, allons encore dans ce village, plus loin. Nous sommes donc arrivés dans ce petit village du nord de la France, dans le département qu'on appelle l'Aisne. Il n'est pas loin de l'endroit où a eu lieu la bataille du Chemin des Dames. Il y avait dans ce village un cimetière militaire. Mais il y avait aussi un petit mémorial de guerre. C'est là que j'ai trouvé cette lettre.

Dans quelques jours, nous allons commencer une grande bataille. Les Africains seront nombreux à attaquer. Les officiers blancs promettent une grande victoire, essentielle pour la France. L'heure de gloire est venue pour les troupes coloniales. L'heure de gloire a sonné pour les nègres. Heure de gloire, dans leur langue, signifie heure de mort, je crois. Je m'y prépare, même si on ne peut jamais se préparer à rien. Je voulais t'écrire cette lettre avant… avant quoi ?

Je n'ai aucun doute : il s'agit de mon père. Je ne sais pas pourquoi il n'a pas pu envoyer cette lettre. Peut-être qu'il ne l'a écrite que pour lui-même. J'espère que le père Greusard réussira à vous traduire fidèlement ses mots. Pour ma part, après les avoir lus, j'ai longuement pleuré, puis je suis rentré avec mon ami, et j'ai commencé à écrire le livre qui accompagne cette lettre. Il m'a fallu du temps pour le finir. C'est mon premier livre et je compte en écrire d'autres. Si le père Greusard n'a pas le temps de vous le traduire, je le ferai pour vous à mon retour. Car j'espère revenir bientôt et vous rendre tous les deux fiers de moi. Vous le serez, je vous le promets. Je ne reviendrai pas couvert de déshonneur ou de honte. Je reviendrai en étant quelqu'un : un écrivain. Priez pour moi.

Je t'embrasse, Mossane, mon amour. J'embrasse mon enfant. J'embrasse mon frère, quoi qu'il pense de moi. Pardonnez-moi. Priez pour moi.

Elimane Madag

DEUXIÈME PARTIE

La solitude de Madag

I

À Mbour, avant de bifurquer sur la route de Fatick, qui s'enfonce vers le centre du pays et le village d'Elimane, je m'arrête pour me ravitailler, faire le plein et prendre un peu de repos. J'achète à un vendeur ambulant une tasse de café Touba et consulte mon courrier électronique. Entre un mot de Stanislas qui me demande de mes nouvelles et une facture d'électricité, je trouve ce mail, envoyé la veille :

Faye,

Je t'écris de l'endroit d'où tous mes livres sont sortis bien que je me sois toujours refusé à cette idée : un puits inachevé. Je ne pensais pas le retrouver ici. Je croyais, d'espoir ou de crainte, qu'il avait été détruit depuis des années. Tout le reste a bien été détruit, ou oublié. La maison s'est effondrée ; il en reste de tristes murs que les fantômes mêmes dédaignent à traverser. Mais le puits inachevé, le puits de l'angoisse, lui, est encore là. Si j'étais mystique, je dirais qu'il m'attendait, qu'il savait que je reviendrais, et que cette certitude l'a fait résister à l'ensablement et à toute la saloperie humaine qu'il a dû voir depuis cette nuit-là. Mais je ne suis pas mystique. Le puits est encore là, c'est tout, et moi aussi je suis là.

C'est de l'intérieur que je t'écris, assis dedans comme à l'époque. Ma tête a beau dépasser du rebord du trou, j'ai beau avoir grandi, je m'y sens toujours aussi noyé dans l'espace et dans ma peur. C'est ici que j'ai cessé d'être un enfant (ce qui ne signifie pas pour autant que je sois devenu un homme, au contraire : j'ai compris plus tard que cette nuit-là, dans le puits, j'avais perdu toute chance de devenir vraiment un homme). C'est ici que je suis devenu une Bête en sueur. C'est aussi ici, pour sûr, que je suis devenu écrivain. La dernière fois que nous nous sommes vus, tu m'as demandé si je connaissais l'origine de mon écriture. Je t'ai dit oui sans aller plus loin. Je vais aller plus loin aujourd'hui.

Longtemps, j'ai cru que la raison pour laquelle on trouvait des sourds dans chacun de mes livres était la même qui expliquait l'origine de ma vocation (quel mot casse-pieds) d'écrivain : je pensais écrire pour me crever les tympans, ce que je n'ai pas su faire il y a vingt ans, à l'intérieur de ce puits. Jusqu'à peu, j'écrivais avec des mots sonores, pour qu'ils couvrent le tumulte horrifié de ma mémoire, et qu'ainsi je n'entende plus rien.

Car mes parents ne sont pas morts sous mes yeux. Ils sont morts dans mes oreilles. Ils continuent d'y claquer chaque nuit. Mon père avait commencé à creuser ce puits depuis deux jours, lorsque l'armée régulière est repassée par notre village en battant en retraite. Elle nous avait pourtant promis, en le traversant quelques semaines avant, qu'il ne fallait pas que nous nous inquiétions, qu'ils allaient remporter la bataille contre les bergers de la mort. Jusqu'à la veille, la radio annonçait que nos soldats non seulement leur résistaient, mais leur reprenaient chaque jour du terrain. On y a cru, en naïfs déjà baisés. On y a cru jusqu'à ce jour où une centaine de soldats dépenaillés, affaiblis, guenilleux, désarmés, se replièrent devant nous la queue perdue entre leurs jambes. Les uns couraient, les autres s'agglutinaient dans de vieilles Jeep qui roulaient à tombeau ouvert. Certains, impotents, pendaient aux flancs des ânes comme du linge mouillé sur un fil. Les villageois devinèrent la débâcle et commencèrent à faire leurs baluchons. Foutre le camp, vite.

L'un des troufions battus s'est rapproché de notre maison d'un pas qui ne sentait plus la terre sous lui. Je me rappelle encore son visage. Ce n'était pas la peur qui y régnait, mais l'ébauche de l'horreur : une esquisse calme et qui allait sans hâte, en une balafre oblique, de sa tempe à son menton. La diagonale du vaincu !... du bousillé !... de l'enculé !... Il passa devant notre maison tout spectre. Il ne faisait même pas semblant de fuir. On aurait dit qu'il savait que c'était inutile, perdu d'avance, puisqu'il était déjà mort-debout. Mon père lui demanda s'ils étaient encore loin, si on avait le temps de leur échapper. Le soldat l'avait regardé comme s'il lui avait parlé dans une langue diabolique. Il était resté silencieux de longues secondes, et je crois que mon père, en examinant ce fantôme de lui-même, avait compris avant qu'il lui réponde dans son langage :

— Mieux vaut vous tuez votre famille et vous vous tuez ensuite. Vaut mieux ça qu'être pris par eux. Ils vous bouillissent comme des agoutis ou du maïs. Ils seront là demain matin, peut-être cette nuit, peut-être dans une heure. Ils vous coupent votre main et vous l'enfoncent dans le cul. Mieux vaut ça. Je sais pas. Ils étaient sur nos talons. Mieux vaut ça. La mort est leur métier. Mieux vaut ça.

Il est resté là en répétant « mieux vaut ça ». Je me trouvais derrière mon père, accroché à lui. J'avais huit piges. Il m'a éloigné de l'entrée. Au milieu de la cour, il s'est accroupi, m'a pris les épaules, et jeté ce regard de l'adulte qui sait qu'il va mentir à un enfant, qui sait que l'enfant comprendra qu'il ment, mais qui lui ment tout de même (on finira bien par dire un jour qu'avant de l'être par la vie ou par des prêtres ou par des pédophiles et autres pervers, les enfants sont d'abord violés par leurs parents qui leur mentent). Mon père me dit : « Ne t'inquiète pas, il ne sait pas ce qu'il dit. » Vlan dans mon trou de môme. Si cet homme-là, fou, mais fou de la lucidité de l'horreur, ne savait pas ce qu'il disait, qui savait sur terre ce qu'il disait ?

Mon père est ressorti sur le seuil. Il y a eu un hurlement. Ma mère, qui préparait nos baluchons pour la fuite, est aussitôt sortie, paniquée. J'ai jeté un coup d'œil à travers le portail ouvert de la maison. J'ai vu, aux pieds de mon père, le corps du soldat. J'ai aussi vu, avant que ma mère ne me bande les yeux avec sa main, qu'il s'était tranché la gorge, et que le sang en jaillissait par saccades, bouillonnant chaud par terre. Mon père referma la porte et nous dit de rentrer dans la maison. Ma mère m'y a poussé avant de faire la même chose que mon père quelques secondes plus tôt : elle s'est accroupie et m'a regardé dans les yeux. Mais elle me dit autre chose que mon père : je veux dire qu'elle ne me dit rien, et que tout son cœur passa dans son regard : Il va falloir être courageux.

Mon père revint. Dehors, on percevait le bruit de la fuite. Il n'y avait pas de cris : seulement un grand martèlement de pas pressés, qu'interrompaient parfois des mots rapides et secs, qui allaient à l'essentiel, comme si on voulait garder la moindre parcelle de souffle. Mon père et ma mère se sont regardés, et je crois que dans ce regard ils se sont dit qu'on n'aurait pas le temps de fuir, ou que nous n'irions pas loin. La ville la plus proche était à quatre heures en voiture. Il y avait là une garnison militaire. Mais peut-être que celle-là aussi avait commencé à se replier. La petite sœur de ma mère habitait dans un des villages derrière la colline, à deux heures environ, vers l'ouest. Nous pouvions tenter d'aller chez elle, mais il y avait le risque de rencontrer en chemin les tueurs, qui encerclaient toute la région et étaient réputés être les maîtres des collines. Mes parents ont discuté en aparté, comme si je n'étais pas concerné, comme si je ne comprenais pas ce qui se passait. Ils se trompaient : je comprenais tout. Quand ils sont revenus vers moi, ils m'ont dit que nous ne partirions pas.

— Nous allons te cacher dans le trou que ton père a commencé à creuser, dit ma mère. Nous allons le recouvrir pour qu'on ne te voie pas. Tu dois rester là. Tu ne dois pas faire de bruit. Tu ne dois sortir que si c'est ton père, ou moi, qui venons te chercher. Tu as compris ?

— Oui, Ma.

— Tu as bien compris ?

— Oui.

— Pas de bruit. Pas de pleurs. Le silence complet. Ne sors sous aucun prétexte. Jusqu'à ce que je vienne te chercher.

— Oui.

— Et s'il y a des gens, si tu entends des voix que tu ne reconnais pas dans la cour, bouche-toi les oreilles. Bouche-toi les oreilles jusqu'à ne plus rien entendre. C'est clair ?

— Oui, Ma.

— Si tu ne le fais pas, tu vas voir avec moi ce qui t'arrivera. Je te corrigerai comme jamais, je t'arracherai la peau. Tu m'as compris ?

— Oui, Ma.

— Répète !

— Oui, Ma.

— Oui quoi ?

— Oui, j'ai compris. Je ne fais pas de bruit. Je ne bouge pas. Je ne dis rien. Je sors seulement si c'est toi qui viens me chercher. Ou papa.

— Et les oreilles ?

— Je me bouche les oreilles si j'entends des voix que je ne connais pas.

— Tu as intérêt à ne pas oublier.

Elle voulait paraître terrible et menaçante, mais elle pleurait. Ses mots ne m'effrayaient pas pour ce qu'ils ordonnaient (suppliaient, en réalité). Ils me pétrifiaient parce que je sentais le désespoir et l'amour avec lesquels ma mère me les disait. Je me mis à pleurer aussi, sans faire de bruit. Elle m'a serré contre elle, mon père s'est joint à l'étreinte, et nous sommes restés ainsi pendant deux ou trois minutes, sans un mot. Deux ou trois minutes, pour vivre ensemble toute la vie qu'on ne vivrait jamais mais qu'on aurait pu vivre ; deux ou trois minutes pour revivre ce que nous avions partagé jusque-là. L'étreinte unissait les deux directions de notre temps : par le souvenir, elle convoquait notre passé ; par l'espoir (mais un espoir qui finissait contre une impasse de sang), elle envisageait notre impossible futur.

Ensuite ma mère m'a déposé dans le puits inachevé avec de quoi manger (sans bruit) si j'avais faim. Elle me laissa aussi une lampe torche, car il ferait sombre. On s'est encore serrés dans nos bras ; on ne pleurait plus ; mais cette étreinte, beaucoup plus brève et silencieuse que la précédente, fut aussi plus douloureuse. Ensuite mes parents ressortirent, recouvrirent le trou de tôle, et rien ne fut plus visible. Je suis resté immobile et j'ai attendu. Au bout d'un temps, peut-être bref, peut-être interminable, peut-être même hors du temps, j'ai entendu des bruits de voiture, des voix, des rires, des rafales de mitraillette, des hurlements. La nuit s'est épaissie dans le puits. Je me suis bouché les oreilles.

La mort entra dans la cour escortée par ses enfants, et dit :

— Si quelqu'un vit là, qu'il sorte.

J'entendais sa voix malgré mes oreilles bouchées. La mort était avec moi dans le puits. Je la vis clairement, debout au milieu de notre cour, entourée de ses fils. Et je vis mon père sortir de la maison et s'avancer vers elle. À quelques mètres du groupe, il s'arrêta.

— Tu vis seul ? dit la mort.

Je me bouchai plus fort encore les oreilles. Je n'entendis pas ce que dit mon père. Peut-être qu'il n'avait pas répondu.

— S'il y a quelqu'un d'autre, dit la mort, si tu as une femme, par exemple, qu'elle sorte. On fouillera, de toutes les manières. Et on la trouvera, même si elle s'est réfugiée dans son propre cul. Ou le tien. Ou celui de Dieu. Je te le répète donc : tu vis seul ?

— Non, dit ma mère, et je la vis – je la vis – sortir et rejoindre mon père au milieu de la cour, sous les rires gras des fils de la mort, sous le regard sans émotion de la mort.

— Il y a des enfants ?

J'enfonçai de toutes mes forces mes doigts dans mes oreilles.

— Non, dit mon père. Nous n'avons pas d'enfants.

— C'est ce qu'on verra, dit la mort. La femme que je vois là a le ventre d'une qui a déjà enfanté. Mais si tu le dis, mon frère, très bien, pour l'instant. Nous allons faire vite. Il y a de nombreux nécessiteux. L'alternative est la suivante : soit vous vous

tuez, soit nous vous tuons. La décision vous appartient. Mais si vous choisissez que nous vous tuions, nous le ferons à notre manière.

— Pitié, dit une voix, mais je ne savais pas si c'était celle de mon père, celle de ma mère, ou la supplication ironique d'un des fils de la mort.

— Choisissez, dit la mort.

Il y a eu un silence, puis ma mère a crié « Non ! », et ce cri fut suivi par un coup de feu. Je compris que mon père avait tenté d'attaquer la mort, laquelle l'avait aussitôt abattu. Il devait savoir qu'il n'avait aucune chance, et s'était jeté sur les semeurs de sang avec l'espoir de périr.

— Ton mari a choisi. À toi, maintenant. Choisis.

Ma mère n'a rien dit et, au bout d'un long moment, la mort a dit :

— Tu as donc choisi de nous laisser te tuer à notre manière. Tu crois sans doute avoir une chance de survivre en nous laissant faire. Tu as raison de le croire. Il faut toujours croire qu'il y a une chance d'échapper à la mort. Autrement, cela ne vaudrait pas la peine de vivre. On va s'occuper de toi. On va te tuer.

J'entendais toujours, et pourtant j'avais enfoncé de toutes mes forces mes doigts dans mes oreilles. J'entendis donc les rires gras des enfants de la mort, j'entendis le bruit de leurs ceinturons qu'ils détachaient et jetaient par terre, j'entendis leurs commentaires sur ma mère, ses fesses, ses seins, son sexe, sa bouche. Mais je n'entendis pas ma mère. J'entendis ensuite les râles des hommes, leurs cris sauvages, les obscénités. Mais je n'entendis pas ma mère. Le temps a passé, puis la mort a dit :

— Ça suffit. Devancez-moi. Je vais finir.

J'ai entendu les ceinturons qu'on rattachait, les armes qu'on reprenait, les dernières injures jetées à la volée sur ma mère obstinément silencieuse, les crachats. Puis les fils de la mort sortirent de la maison et il n'y eut plus que ma mère et la mort.

— Je sais pourquoi tu ne cries pas, dit la mort. Je connais cette attitude. C'est l'attitude d'une mère qui veut protéger son enfant. Il y a un enfant caché quelque part dans cette maison. Je le trouverai. Mais avant, tu vas hurler. Tu vas supplier que je te tue. Je te tuerai après t'avoir fait hurler. Ensuite je trouverai ton enfant.

— Je vous en supplie, ai-je alors entendu ma mère dire.

— Ce n'est pas pour l'enfant que tu devrais t'inquiéter ou supplier, mais pour toi, pour ta vie. Ce que je vais te faire, dit la mort, sera plus douloureux qu'une balle dans ton sexe. Tu vas hurler. Jusqu'en enfer on t'entendra.

Et la mort a commencé son travail. Les hurlements de ma mère ont aussi débuté, et ils étaient si violents et inhumains, ils résonnaient si fortement dans ma tête, que je me suis évanoui. Lorsque je me réveillai, les hurlements avaient cessé, mais ils éclataient encore dans mes oreilles. Je pense que c'est à ce moment-là que j'ai compris qu'ils m'infligeraient, pour toujours, leur torture, et que la seule manière d'en atténuer le mal serait d'avoir dans ma tête des voix plus assourdissantes, des cris plus fous.

J'ai ouvert les yeux. Je n'étais plus dans le puits mais dans la cour. À côté de moi, il y avait deux formes humaines, inanimées : les corps de mes parents.

J'ai fermé les yeux. J'ai commencé à pleurer silencieusement.

— Elle a failli me tuer, dit une voix derrière moi.

C'était celle de la mort. Je me retournai. Je m'étais imaginé un homme effrayant, gigantesque et monstrueux. L'homme que je vis était petit et chétif, presque ridicule dans la banalité de son apparence, mais je ne doutai pas un seul instant qu'il fût la mort. Je le regardai, incapable de rien dire.

— Ta mère a failli me tuer, mais j'ai vu au dernier moment la lame du coutelas qu'elle venait de tirer de ses cheveux, alors que je la faisais hurler. Elle a frappé une seconde trop tard. J'avais déjà roulé sur le côté. Elle m'a regardé et a compris que c'était fini pour elle. Avant que je ne l'achève, elle s'est tranché la gorge. Voilà comment elle est morte. J'ai ensuite fouillé la maison, et je t'ai trouvé dans le puits inachevé, évanoui. Comment t'appelles-tu ?

Je n'ai rien dit.

— Ce n'est pas grave, fils, ton nom n'est pas important. Est-ce que tu as entendu les cris de ta mère avant de perdre connaissance ?

J'ai fait oui de la tête.

— Alors je ne te tuerai pas. Tu es presque mort, et ton agonie va durer longtemps. Adieu, jeune orphelin. Moi aussi je l'ai été, et je n'avais pas encore ton âge. Ça m'a donné une rage que rien ne peut éteindre. C'est ce qui me maintient en vie. Fais

pareil. Hais-moi, sois en colère, sois fort, deviens un guerrier, deviens un tueur, sème le sang, trouve-moi quand tu seras grand, et fais-moi payer la souffrance atroce que j'ai infligée à ta mère. Elle a souffert sous mes doigts comme rarement j'ai vu quelqu'un endurer la souffrance. Adieu, fils, adieu.

La mort m'avait dit tout cela d'une voix calme. Elle s'est chrétiennement signée puis, tout aussi simplement, elle est sortie et s'en est allée. Je suis resté seul dans la cour, entre les deux corps de mes parents, toute la nuit. Quand le jour s'est levé, je suis retourné dans le puits inachevé et j'ai attendu. J'attendais que la mort revienne me délivrer. Ou un miracle : ma mère. Aucune n'est revenue. Alors je suis sorti du trou, j'avais faim, j'ai laissé les corps dans la cour, et j'ai marché seul vers le village de ma tante, le village derrière la colline, dont je connaissais la route.

Je ne croisai personne en chemin, où je ne vis, ne sentis que la géante harmonie de la colline et le paisible souffle de la forêt. La mort avait fait halte à l'ombre de toute cette beauté, et la beauté ne l'avait ni ralentie ni attendrie. Au contraire, jamais la mort, je crois, n'avait mieux qu'ici été épanouie. Sous la beauté elle a exprimé son excellence. Sous la beauté elle a atteint sa perfection. Dans la beauté elle a démontré son génie. Qu'en déduire ? Ce théorème définitoire possible de notre condition : plus belle est la scène, plus entière est l'horreur. Que sommes-nous ? Une bague de sang dans un écrin de lumière – ou l'inverse. Et le diable nous glisse à son annulaire en ricanant.

Le village de ma tante avait aussi été attaqué. Je le compris en y entrant. La fuite était encore fraîche au sol ; la peur, partout dans l'air. Mais des gens étaient restés, ou étaient revenus après avoir fui, comme des boomerangs de chair, n'ayant nulle part où aller. Je trouvai ma tante dans sa maison. Je me jetai dans ses bras. Elle comprit. Je compris aussi : mon oncle : crevé ; mes deux cousines : crevée et crevée. On revint chez mes parents trois jours plus tard. Leurs corps avaient disparu. Il n'y avait plus que les taches brunes de leur sang sur le sable. On ne sut jamais l'endroit où ils avaient été enterrés (et par qui ?), ni même s'ils l'avaient été : des rumeurs dans la région parlaient de mages noirs qui ramassaient des cadavres pour leurs affaires dont le cours macabre mais fructueux explosait, vu la tapisserie de morts qui couvrait le sol du Zaïre.

Ma tante devint ainsi ma seule famille et moi la sienne. C'est avec elle que j'ai fui le pays pour gagner l'Europe. Mais c'est une illusion qui perdure : les gens comme moi ne quittent jamais leur pays. Lui, en tout cas, ne nous quitte jamais. Je ne suis jamais sorti du puits inachevé. Tout ce temps c'était en moi qu'il se creusait. J'y suis encore. C'est de là que je t'écris. C'est de là que j'ai toujours écrit. Et les hurlements y résonnent. Mais je ne me bouche plus les oreilles. Longtemps, j'ai écrit pour ne pas entendre. Désormais, je sais que c'est pour entendre que j'écris ou dois écrire. Je ne trouvais simplement pas le courage de me l'avouer. Le Labyrinthe de l'inhumain *me l'a donné.*

Il m'a appris ou rappelé ceci : le lieu du plus profond mal conserve toujours un fragment de la vérité. Ce lieu, pour moi, est aussi un temps : le passé. Je cherche à le traverser dans tous les sens possibles et à me laisser traverser par lui comme une volée de flèches ; j'aspire, me déplaçant autour de lui, à le saisir de perspectives multiples, à l'exposer sous toutes les lumières du jour et de la nuit. Je ne pense pas qu'il faille chasser les fantômes ; je crois qu'il faut rejoindre leur ronde autour du feu et, trempé de peur jusqu'aux os, en claquant des dents, en se faisant dessus, y prendre sa place et sa part, toute sa part de passé. Merde à l'injonction à la résilience ! Je hais ce mot lorsqu'il devient un mot d'ordre. Résilience ! Résilience ! Vos gueules ! Je désire la vérité de la longue chute, la vérité de la chute infinie. Je ne répare pas. Rien de ce qui a été vraiment détruit ne me paraît réparable. Je ne console ni ne me console. À ma ceinture, pend le phylactère le plus efficace contre le Mal : le désir de vérité, y compris lorsque la vérité est la mort. Je cherche les ruines des anciennes voies ensevelies. Leurs traces indiquent encore un chemin. Il ne figure sur aucune carte. Mais c'est le seul qui vaille.

Je sais que tu connais la phrase de Wittgenstein, la conclusion de son Tractatus *: « Sur ce dont on ne peut parler, il faut garder le silence. » Mais garder le silence ne veut pas dire renoncer à montrer. Voilà notre affaire : non pas nous guérir, non pas soigner, ou consoler, ou rassurer ou éduquer les autres, mais se tenir droit dans la plaie sacrée, la voir et la* *montrer en silence. Voilà pour moi la signification du* Labyrinthe de l'inhumain. *Tout le reste est un échec.*

Elimane voulait écrire une sorte de dernier livre ? Échec. Le monde est peuplé de derniers livres. Tous les grands textes sont des épitaphes possibles du monde. Le dernier livre de l'histoire ne cesse jamais d'être le prochain ; il a donc un passé long et déjà vieux devant lui.

Il voulait montrer l'énergie créatrice du mimétisme ? Échec. Sa tentative a tourné à l'artifice d'une construction brillante et érudite, mais vaine en fin de compte, tristement vaine.

Il voulait rendre hommage à toute la littérature des siècles qui l'ont précédé ? Mat. On a tenu pour un plagiat minable ce qui était une longue référence, et personne n'a vu qu'il était riche avant d'avoir emprunté quoi que ce soit.

Mais toutes ces désillusions dessinent pour nous une leçon, Faye. Au fond, qui était Elimane ? J'ignore sur quelles pistes ton enquête t'a mené ces dernières semaines. Mais je vois une réponse possible : Elimane était ce qu'on ne devait pas devenir et qu'on devient lentement. Il était un avertissement qu'on n'a pas su entendre. Cet avertissement nous disait, à nous écrivains africains : inventez votre propre tradition, fondez votre histoire littéraire, découvrez vos propres formes, éprouvez-les dans vos espaces, fécondez votre imaginaire profond, ayez une terre à vous, car il n'y a que là que vous existerez pour vous, mais aussi pour les autres. Au fond, qui était Elimane ? Le produit le plus abouti et le plus tragique de la colonisation. Il était la réussite la plus éclatante de cette entreprise, devant les routes goudronnées, l'hôpital, les catéchèses. Devant nos ancêtres les Gaulois ! Quel crime de lèse-Jules Ferry ! Mais Elimane symbolisait aussi ce que cette même colonisation avait détruit avec son horreur naturelle chez les peuples qui l'avaient subie. Elimane voulait devenir blanc, et on lui a rappelé que non seulement il ne l'était pas, mais encore qu'il ne le deviendrait jamais malgré tout son talent. Il a donné tous les gages culturels de la blanchité ; on ne l'en a que mieux renvoyé à sa négreur. Il maîtrisait peut-être l'Europe mieux que les Européens. Et où a-t-il fini ? Dans l'anonymat, la disparition, l'effacement. Tu le sais : la colonisation sème chez les colonisés la désolation, la mort, le chaos. Mais elle sème aussi en eux – et c'est ça sa réussite la plus diabolique – le désir de devenir ce qui les détruit. Voilà Elimane : toute la tristesse de l'aliénation.

Et je crois, Faye, que c'est le sort qui nous attend si nous continuons à courir derrière l'Europe, derrière l'immense littérature occidentale : nous serons tous, chacun à notre manière, des Elimane. Peut-être le sommes-nous déjà et, dans ce cas, cessons de l'être avant l'anéantissement. Il faut dégager de là, Faye. Nous devons tous foutre le camp de là. L'asphyxie approche. Nous serons gazés sans pitié, et notre mort sera d'autant plus tragique que personne ne nous aura acculés là-dedans : nous nous y serons précipités en courant, dans l'espoir d'y être célébrés. On nous transformera en savon noir. Nos bourreaux se laveront ensuite les mains avec, et se blanchiront davantage.

Ce n'est pas parce qu'il était considéré comme un plagiaire qu'Elimane a disparu ; c'est parce qu'il avait un espoir qui ne lui était pas possible, pas permis. Il se peut qu'il ait disparu par amertume ; mais j'espère aussi qu'il a fini par se rendre compte que cette mort dans les lettres françaises était ce qui pouvait lui arriver de mieux, s'il voulait se consacrer à sa vraie œuvre : celle qu'il ne créerait que pour lui.

J'ai pris une décision ces derniers jours, Faye : je ne reviendrai pas en France. Pas tout de suite du moins. Peut-être jamais. Ce que je dois écrire vraiment ne peut s'écrire qu'ici, à proximité de mon puits. Que ce dernier soit inachevé est ma métaphore existentielle : ma tragédie intérieure mais aussi le sens de mon avenir. Je dois creuser ce puits jusqu'au bout. Je dois continuer et terminer le puits de mon père. Ce ne peut être un repli sur moi, vu qu'il n'y a pas encore de moi formé. Tout ce que je croyais être moi n'était en réalité que la substance des autres en moi. Il est temps de l'extirper. Je ne retournerai pas à Paris, où on nous nourrit d'une main pour nous étrangler de l'autre. Cette ville est notre enfer déguisé en paradis. Je vais rester ici, écrire, former des jeunes, créer une troupe de théâtre, jouer en plein air, déclamer de la poésie dans les rues, dire et montrer ce que signifie être artiste ici, peut-être crever la dalle et mourir comme un pitoyable chiot de rue, écrasé par le réel déguisé en vieille guimbarde sans freins ; mais ce sera ici. Pour cela, je te serai toujours reconnaissant de m'avoir fait lire Elimane.

Je sais que tu ne seras pas d'accord avec ce que je te dis : tu as toujours considéré que notre ambiguïté culturelle était notre véritable espace, notre demeure, et que nous devions l'habiter du mieux possible, en tragiques assumés, en bâtards civilisationnels, bâtardise de bâtardise, des bâtards nés du viol de notre histoire par une autre histoire tueuse. Seulement, je crains que ce que tu appelles ambiguïté ne soit encore qu'une ruse de notre destruction en cours. Je sais aussi que tu trouveras que j'ai changé, moi qui estimais que ce n'est pas le lieu d'où il écrit qui fait la valeur de l'écrivain, et que ce dernier peut, de partout, être universel s'il a quelque chose à dire. Je le pense toujours. Mais je pense aussi, désormais, que ce n'est pas partout qu'on découvre ce qu'on a à dire. On peut écrire de partout. Mais savoir et comprendre ce qu'on doit écrire vraiment ne peut se faire de tout lieu. C'est en relisant le manuscrit du Labyrinthe *que je l'ai compris.*

Où que tu sois, Faye, j'espère que tu as trouvé ce que tu ne cherchais pas. Ce que tu tireras de tout cela sera beau, j'en suis sûr. N'oublie pas de me l'envoyer ici. Je te donnerai bientôt une nouvelle adresse. De mon puits, camarade, je te salue, et je salue mon sauveur qui sera peut-être aussi le tien : vive Elimane et vive son putain de livre.

Musimbwa

À la fin de ma lecture mon café est froid. Je vois Musimbwa, assis seul dans le puits inachevé. Je me promets, quand tout cela sera achevé, de lui écrire. Pas pour lui répondre sur tel ou tel point de son mail ; simplement pour lui dire que son geste est bête, fou, radical et courageux. Par sa lettre Musimbwa me lance un défi. Il me dit : Voilà ce que j'étais et voilà ce que ce livre a fait de moi. À toi, maintenant : montre-nous ce que tu as dans le ventre. Je remonte dans la voiture et me remets en route.

II

À quelques kilomètres de Fatick, je prends la direction du sud-ouest et pénètre au cœur du Sine. Un sentier de latérite s'enfonce dans le pays sérère. Le village de mes parents, qui est aussi mon berceau traditionnel, n'est pas loin. J'y passerai à mon retour saluer la famille que j'y ai encore.

Je me demande, comme j'avance sur cette piste étroite, ce qui a pu s'écrire quelque part, il y a longtemps, pour qu'aujourd'hui j'aille vers le village, voisin du mien, d'Elimane ; son village d'où est peut-être sorti *Le Labyrinthe de l'inhumain*, que j'ai découvert et lu loin d'ici, comme on découvre une chose décisive pour nous, une chose dont l'importance provient moins de la certitude qu'elle comptera dans notre vie future, que de l'intuition qu'elle y compte en réalité depuis toujours, avant même que nous ne l'ayons rencontrée, peut-être avant notre naissance, comme si elle nous avait attendus et attirés à elle. Oui, c'est ce sentiment que j'ai eu la première fois que j'ai lu *Le Labyrinthe de l'inhumain* cette nuit-là, au sortir de la toile de l'Araignée-mère. Depuis lors, j'ai serré le livre contre moi. Il m'a entraîné par crêtes et gouffres, dans l'espace et dans le temps, entre les morts et parmi les survivants. Et maintenant nous voici ou nous revoici au pays de nos origines.

Des enfants, des hommes, des femmes, à dos d'âne ou de cheval, en charrette, à pied, à motocyclette, bassine ou chapeau de paille sur la tête, s'écartent de la route, s'arrêtent, me regardent passer. Certains lèvent parfois la main en un salut amical ; mais plus souvent, ils demeurent stoïques. À la sortie ou à proximité de certains bourgs, des chiens m'escortent à la course, joueurs ou menaçants. Des taillis de branchages morts séparent les parcelles d'arachide des étendues d'herbe, où quelques dernières têtes paissent encore avant qu'on ne les rentre pour la nuit.

L'hivernage a été tardif et la pluie rare cette année : quelques champs de mil n'ont pas encore été récoltés – on vient tout de même de passer la mi-septembre. Les plants s'avancent jusque sur le bas-côté et balancent leurs bras sur la piste. Le bruit sec avec lequel ils fouettent le pare-brise ressemble à celui qu'émettent certains gros insectes échoués en plein vol contre une vitre. Les souvenirs d'enfance remontent de l'époque où j'attendais cette haie de chandelles impatiemment, comme si, avec elle, s'ouvrait un décor de conte.

Puis le paysage mue : champs et pâturages cèdent la place aux plaines salines. La perspective enfle aux flancs, s'affranchit de l'exiguïté habituelle de son cadre et s'arrondit de toute la beauté disponible. Le tableau toise le regard, le mettant au défi de l'embrasser tout entier. Peine perdue. C'est pour déborder l'œil, qui l'aperçoit toujours trop tard, que la beauté va ici. De part et d'autre de la route, quelques points d'eau miroitent ; ils proposent au soleil un dernier reflet avant son départ. J'approche d'un bras du fleuve Sine Saloum. J'approche le village. Dans dix minutes, j'y serai. Cette idée s'incarne soudain dans une réalité concrète, mesurable, visible. Je freine de manière brusque. La poussière s'élève et, lorsqu'elle retombe, l'immobilité des choses m'effraie. Vertige de la déréliction : il me semble que je suis seul sur terre, et que l'œil du monde me regarde. Je ferme les yeux dans un geste d'enfant apeuré.

Je les rouvre et les pose sur le livre. Je le regarde un long moment, et cet examen silencieux me dit de ne pas y aller, de rebrousser chemin et de rentrer chez moi. De quoi ai-je peur : de découvrir quelque chose ou de ne rien découvrir ? Une voix au fond de moi espère qu'Elimane soit revenu ici, ait écrit et laissé quelque chose ; une autre prie pour que ce soit l'inverse, qu'il ne soit jamais revenu dans son village, n'ait rien écrit après *Le Labyrinthe de l'inhumain*, et que son destin se soit achevé dans l'anonymat, comme une étoile s'éteint un jour parmi mille autres, aux confins du cosmos, sans autres témoins que les silencieux corps célestes qui l'entourent, l'escortent, l'enterrent parmi eux. Je reste longtemps ainsi, figé en apparence, agité à l'intérieur.

À ma droite, le crépuscule se déploie comme filmé au ralenti. Le fil aiguisé de l'horizon a d'abord tranché l'iris du soleil à l'horizontale, en son milieu exactement, comme chez Buñuel ; il s'est ensuite répandu, du lumineux œil crevé, une mer de cinabre que brochent de petits éclats indigo et bleus, profonds, presque noirs, qui croissent et muent ensuite en grandes tumeurs sur le corps du ciel. La nuit tombe avec douceur sur le monde, comme une feuille à la surface d'un lac.

III

La troisième personne que je rencontre depuis que je suis entré à pied dans le village, une jeune femme dans la vingtaine, me répond la même chose que les précédents habitants que j'ai croisés :

— Désolé, mais je ne connais pas la maison d'un Ousseynou Koumakh Diouf.

— Est-ce qu'il y a des familles Diouf ici ?

— Plusieurs. Je suis moi-même une Diouf. Ndé Kiraan Diouf. Mais Ousseynou Koumakh Diouf, ça ne me dit rien. Peut-être qu'on pourra t'aider plus loin.

Je la remercie, lui souhaite une belle soirée et m'éloigne. Quelques secondes plus tard elle me rappelle. Je me retourne :

— Cet homme est toujours en vie ?

— Non. Mais on m'a dit que je trouverais sa maison si je disais son nom.

— Il est décédé il y a longtemps ?

— Oui, bien avant ta naissance. Et la mienne aussi, d'ailleurs.

— Alors ma grand-mère le connaît peut-être. Elle peut te renseigner. Viens avec moi.

Je la remercie encore et la suis à travers quelques rues sans éclairage public, même si, de l'intérieur des cours, ou sur leurs devantures, des lampes électriques ou solaires donnent un peu de lumière. Ndé Kiraan, encore adolescente mais déjà femme, va sans hâte. Sa démarche balance à chaque pas entre la pesanteur et la grâce.

— Je m'appelle Diégane Latyr Faye.

— Bienvenue. C'est toi qui es entré avec la voiture tout à l'heure ?

— Comment le sais-tu ?

— Tout le village doit le savoir à l'heure qu'il est. On t'a entendu et vu venir de loin. Et je sais aussi de quel village sérère tu viens. Votre accent est facilement reconnaissable.

— Quel village ?

Elle se tourne vers moi et sourit. Mon ton de défi l'amuse.

— Tu me laisses ta voiture si je trouve ?

— Tu ne saurais pas la conduire.

— Qui parle de la conduire ? Je la vendrai.

Et avant que je réponde, elle dit le nom du village de mes parents. Je souris.

— *Laya ndigil*, tu as raison.

— Alors prépare les clefs de ma voiture, dit-elle.

Il y a dans sa voix quelque chose de doux et de moqueur. La facilité naturelle avec laquelle nous avons échangé me détend.

Nous arrivons quelques instants plus tard devant une maison à l'entrée de laquelle, comme un vigile ou une commère infatigable, une vieille femme semble monter la garde ou épier la rue. Ndé Kiraan me présente à sa grand-mère. Je salue, marque les signes de la politesse, m'enquiers de sa santé et de celle des proches. Ensuite seulement mon hôtesse me demande ce qu'elle peut faire pour moi.

— Je cherche la maison d'Ousseynou Koumakh Diouf, un homme qui a vécu ici il y a très longtemps. J'ai demandé à votre petite-fille, mais elle ne connaissait même pas ce nom.

— Elle n'aurait pas pu le connaître, m'interrompt-elle. À l'époque où Koumakh Diouf est mort, si c'est le Koumakh Diouf auquel je pense, et je crois que c'est lui, à l'heure où ce grand homme est mort, la mère de Ndé Kiraan – que Roog l'accueille entre ses mains – n'avait même pas l'âge qu'elle a aujourd'hui. Tu parles bien d'Ousseyou Koumakh Diouf, dont la tête était pleine, n'est-ce pas ?

— Oui, c'est lui.

— Il est mort il y a longtemps, très longtemps. C'était un homme, lui... Une vraie tête pleine. Tout ce qu'il a fait pour ce village... Il m'a soignée moi-même alors que je devais mourir.

— Mais qui est cet homme ? demanda Ndé Kiraan.

— Je te raconterai son histoire un de ces jours. En attendant, conduis ce beau jeune homme chez ta grand-mère Dib Diouf *fa maak.*

— C'est là ? fit Ndé Kiraan en me regardant. Il fallait le dire, plutôt que de me parler de cet homme.

— C'est vrai que c'est curieux, dit la vieille femme. Peu de gens savent encore qui était Ousseynou Koumakh Diouf. Seuls les plus âgés pourraient s'en souvenir. À l'époque, on disait *Mbin Koumakh*, chez Koumakh. Mais maintenant, on ne dit plus ainsi.

— Comment dit-on ?

La vieille femme sourit.

— La prochaine fois que tu te perdras dans le village, mon enfant, et que tu n'auras pas la chance de tomber sur ma belle petite-fille – elle est belle, n'est-ce pas ? – dis : *Mbin Madag*. Là, tout le monde saura. Même Ndé Kiraan saura. Madag… Une tête bien pleine aussi, celui-là. Peut-être même plus pleine que la tête déjà très pleine de celui qu'il a remplacé. Bon, je vous laisse y aller. Accompagne-le et reviens dîner, ma petite. Je ne vais pas tarder à servir. Au revoir, Diégane Faye.

IV

— Ma mère accomplit sa prière. Mais je lui ai dit que quelqu'un la demandait. Elle vous prie de l'attendre. Elle vous rejoindra ici après.

La jeune femme qui nous a accueillis, qui semble être amie avec Ndé Kiraan, m'installe donc sous un imposant kapokier. Ndé Kiraan me dit qu'elle reviendra plus tard récupérer les clefs de sa voiture. Les deux copines sortent ensuite de la concession, dans ces éclats de rire où la beauté des femmes, par ici, se suggère et s'entend. L'arbre domine le centre d'une vaste cour, au fond de laquelle quatre grandes cases forment un losange régulier. Un bâtiment peint en blanc, duquel s'échappent aussi les bruits quotidiens d'un foyer, occupe sur deux étages toute la longueur de l'aile droite. À gauche, à l'écart des autres habitations, une immense case coudoie une forme longue et effilée. Je me lève et m'approche. C'est une vieille pirogue de pêche, légère, de taille moyenne. L'obscurité ne me permet pas de voir les symboles peints sur la coque. Deux gros rondins de bois, à l'avant, soutiennent et stabilisent la carène. Les instruments de la navigation – une pagaie et une longue gale – reposent à l'arrière, appuyés contre la poupe. L'intérieur de l'embarcation est encombré de filets de pêche.

L'examen de cette pirogue me rappelle que je suis aussi dans une maison de marins. Pendant quelques secondes, alors, je repense à Tôko Ngor, à son frère Waly, dont je ne sais pas grand-chose, sinon qu'il fut, suppose-t-on, tué à la pêche par le crocodile géant. Je repense aussi à Ousseynou Koumakh, qui se destinait à être pêcheur avant de perdre la vue et de devenir fabricant et réparateur de filets de pêche. Peut-être ceux qui s'entassent dans la barque sont-ils les siens, des filets qu'il a fabriqués lui-même…

Un « *Ngiroopo !* » – le salut du soir – lancé avec vigueur interrompt mes spéculations. Sous l'arbre, une silhouette menue est debout et regarde dans ma direction. Ce doit être Maam Dib *fa maak*. C'est seulement à cet instant-là, alors que je me dirige vers elle, que je fais le rapprochement : Maam Dib doit être celle que Siga D. nommait Ta Dib dans son récit, l'une de ses marâtres, l'une des trois épouses – Maam Coura et Ya Ngoné étaient les deux autres, si je me souviens bien – d'Ousseynou Koumakh. J'arrive à sa hauteur, sacrifie au long mais essentiel rituel des salutations, et m'assieds lorsqu'elle m'y invite. Sa voix est douce, presque un murmure. Un voile lui recouvre la tête, et elle tient de la main droite un chapelet dont les perles scintillent dans le noir.

Elle me demande si j'ai dîné. Je dis que non, mais que je n'ai pas faim, ce qui est vrai. J'ai plutôt l'estomac noué. Elle me propose tout de même du lait, ce que j'accepte. Elle appelle un des enfants et celui-ci accourt aussitôt, puis repart vers le bâtiment à droite, d'où il ressort, une petite calebasse dans les mains. Il me la tend. Je remercie et porte la calebasse aux lèvres. J'ai perdu l'habitude de ce goût brut du lait frais, encore tiède, probablement trait une ou deux heures plus tôt. Enfant, lorsque je venais passer quelques jours de vacances dans le village de mes parents, je tirais moi-même le lait du pis de vaches qu'un de mes oncles élevait, et le buvais aussitôt avec gourmandise. Aujourd'hui, je grimace – m'a-t-elle vu ? Je laisse passer un petit silence, pour rassembler mes idées avant de dire à Maam Dib l'objet de ma visite. Mais elle me devance :

— Je sais pourquoi tu es là, Diégane Faye. Je ne vais pas te faire espérer plus longtemps : l'homme que tu cherches n'est plus là. Il nous a quittés l'année dernière. Ça a fait un an il y a une semaine.

Elle se tait et me regarde, ou m'écoute. Je ne trahis aucune émotion. Dans les toutes premières secondes qui suivent l'annonce, en vérité, je n'en ressens aucune ; aucune, du moins, ne me domine si fortement qu'elle puisse déborder de mon cœur et affleurer sur mon visage. Non seulement je ne suis pas déçu, mais je ne suis encore pas même déçu de ne pas l'être. Je m'étais préparé à toutes les situations et éventualités : ce que j'avais découvert ces dernières semaines m'avait incliné à le faire.

Mais je dois avouer que cette configuration-ci, qu'Elimane fût, pour quelque raison, *absent*, restait la plus probable. Celle, donc, qui me surprenait le moins. Au contraire, elle avait même quelque chose de naturel, de presque rassurant. Après tout, au cours de toute cette histoire, Elimane avait été absent, insaisissable. Apprendre qu'il était mort et que je ne le verrais pas était par conséquent dans l'ordre des choses, dans la logique même du destin de cet homme, ou de mon rapport à lui.

Au bout de quelques secondes, cependant, cette sorte de neutralité se dissipe, je comprends mieux la nouvelle qu'on vient de m'annoncer, et une vague de chaleur monte de mon ventre : ainsi donc, Elimane est rentré chez lui. Tandis que je n'avais jusqu'alors pas été très intéressé par cet aspect de son destin, apprendre que cet homme était mort chez lui, à cent deux ans, après avoir, pendant des décennies, cherché ailleurs quelque chose que j'ignore, m'émeut presque. On se tait toujours. Le feuillage du kapokier frissonne comme une brise balaie avec douceur la grande cour.

— Il savait que tu viendrais, dit Maam Dib, jugeant qu'elle pouvait reprendre. Il savait aussi que vous ne vous verriez pas. Il me l'a dit. Il m'a dit avant de mourir qu'un jeune homme inconnu viendrait un soir pour lui. J'ai tout de suite su que c'était toi. Je ne vais pas dire que je t'attendais ce soir. Mais je savais que tu arriverais ici bientôt. Il t'avait vu depuis longtemps.

— Vu ?

— Vu. C'est l'une des choses qu'il avait héritées de Koumakh : voir. Pas tout le temps, bien sûr. Et il arrivait qu'il se trompe. Mais il savait voir. C'est quelque chose qu'il a réappris à son retour ici, chez lui. Tu sais ce que signifie Madag, en sérère ?

— Oui, je le sais. Mais je pensais que…

Elle me coupe :

— Alors tu sais aussi que dans notre tradition, aucun nom n'est donné au hasard, ou pour la seule beauté du son. Le nom signifie quelque chose. C'est commun dans nos sociétés traditionnelles. Mais pour certaines personnes, le nom ne s'arrête pas seulement à signifier quelque chose. Il n'est pas seulement un symbole mais un signe pour l'existence. Il dit quelque chose de l'être, pas seulement de la personne, mais de l'être qui le porte. Il le guide. Il montre son chemin. Il annonce sa trajectoire ou ses facultés. C'est Madag qui m'a expliqué tout ça un jour, avec ses mots à lui que je répète. Madag : le voyant. Ici, on l'appelait comme ça. Il refusait qu'on s'adresse à lui autrement que par son nom traditionnel. D'ailleurs, hormis Coura, Ngoné, moi et quelques-unes parmi les anciens du village, personne ne connaissait son nom musulman, Elimane. Il a toujours été Madag, pas Elimane. Cette maison où nous sommes est connue dans tout le village, dans toute la région, sous le nom de…

— *Mbin Madag*.

— Oui.

On se tait encore. Je pense évidemment à Rimbaud, à la célèbre lettre du voyant, au sobriquet de

« Rimbaud nègre » qu'Auguste-Raymond Lamiel, le critique de *L'Humanité*, avait donné à l'auteur du *Labyrinthe de l'inhumain*. Désormais que je sais la grande errance qui a suivi son livre, cette comparaison avec Rimbaud prend une séduisante résonance. Mais je m'en veux aussitôt de réduire Madag à une sorte d'équivalent ou d'alter ego africain de Rimbaud, de nager dans mes références littéraires pour tout interpréter, quand tout être possède sa solitude et persévère en elle. C'est cette solitude qu'il faut voir : la solitude de Madag. Je reprends une gorgée de lait. Le goût en est toujours aussi étrange dans ma bouche et effacé dans ma mémoire.

— Maam Dib… j'ai une question à te poser.

— Je crois que tu en as plusieurs. Je t'écoute.

— En Europe, j'ai rencontré quelqu'un que tu as connu.

— Siga.

— Oui.

— Elle nous a reniés. On l'aimait. J'étais très proche d'elle, plus que Coura et Ngoné. Je n'aurais jamais cru qu'elle partirait ainsi un jour, sans plus jamais donner de nouvelles. Je ne veux plus entendre parler d'elle. Elle n'est jamais revenue. Pas même quand les deux autres mères qui l'ont élevée avec moi sont décédées. Et pourtant je lui avais fait écrire. Elle n'a jamais répondu. Elle a choisi de nous oublier. C'est fini. Je ne lui en veux pas pour ce qu'elle écrit. Ce n'est que de l'écrit. Je ne sais pas lire. Je ne comprends pas ce qu'elle écrit. Je lui en veux parce qu'elle est ingrate et égoïste envers sa famille. Si c'est d'elle que tu voulais me parler, je préférerais que tu ne le fasses pas.

— Ce n'est pas directement d'elle que je voulais parler. Mais d'une chanson qu'elle m'a chantée un soir. Elle dit que c'est toi qui la lui as apprise. C'est la légende du vieux pêcheur qui va en mer pour affronter la déesse-poisson…

Je me tais alors. Un cheval hennit dans la nuit. Le silence entre nous est pesant, d'autant plus grave que je devine l'amertume, la colère, la tristesse qui envahissent Maam Dib à ce moment-là. Elle se souvient de Siga D., de leur passé, de leur rupture. Je me sens coupable d'avoir rouvert cette plaie. Au moment où je m'apprête à m'excuser, elle commence à chanter la vieille comptine. Je la réécoute avec une attention recueillie jusqu'à la fin du dernier couplet, lorsque la pirogue traverse la ligne de l'horizon, accompagnée par le seul regard de Dieu. Puis Maam Dib se tait. Je lui demande après un bref silence s'il n'y a pas un dernier couplet.

— Un dernier couplet… ? dit la vieille femme, d'un ton qui trahit moins l'étonnement que l'amusement. S'il y en a un, poursuit-elle, qu'imagines-tu qu'il raconterait, Diégane ?

Je réfléchis un instant, puis réponds :

— J'imagine que le pêcheur revient un jour, longtemps après. Mais il n'est plus le même. On le dit à moitié fou, détruit à l'intérieur par ce qu'il a vu derrière l'horizon de l'océan. On raconte que la lutte avec la déesse lui a infligé des blessures que rien ne peut guérir. Il en fait des cauchemars la nuit. Il ne parle presque plus à sa femme et à ses enfants. C'est ce que j'imagine.

— Et ensuite ?

— Ensuite il disparaît un jour.

— Il meurt ?

— Non, il dit qu'il retourne auprès de la déesse-poisson.

— Pourquoi ? Parce qu'il est tombé amoureux d'elle ? Ou parce qu'il a perdu le premier combat et veut prendre sa revanche ?

— Je ne sais pas… Les deux sont possibles. Mais il est aussi possible qu'il veuille seulement reprendre la mer. La déesse-poisson n'existe peut-être pas, en réalité. Ou n'existe plus. Le pêcheur veut seulement partir.

Maam Dib reste silencieuse un moment, puis elle dit, et je sens un rire moqueur dans sa voix :

— Tu dis des contes, Diégane Faye. Madag avait vu ça aussi. Il m'avait dit : le jeune inconnu qui viendra sera un conteur. Mais non : il n'y a pas de dernier couplet. Je vais te dire ce que j'imagine, moi, s'il y avait un autre couplet. J'imagine que le pêcheur revient après des années. À son retour, il raconte à ses enfants son combat victorieux contre la déesse. Et tout finit bien. Les choses ne se terminent pas toujours mal. De nos jours, les gens s'attendent toujours à des fins tristes. Ils ne font pas que s'y attendre : ils veulent ces fins tristes. Tu sais ce qui explique ça ? C'est un mystère pour moi.

Je réponds que la tristesse prépare mieux à la vie, c'est-à-dire à la mort, et que la plupart des gens le comprennent très tôt. Ou je ne fais en réalité que le penser. En tout cas Maam Dib ne dit rien. Un moment de silence passe, puis elle me demande si je n'ai toujours pas faim.

— Je commence à sentir une petite faim, mais il ne faut pas t'inquiéter pour ça. J'ai de quoi manger dans ma voiture, elle est à l'entrée du village. Je peux aller tout chercher et…

— Tu m'offenserais si tu n'acceptais pas mon dîner. Et mon hospitalité pour ce soir. C'est ici que tu vas dormir. Va donc prendre ce dont tu as besoin pour la nuit dans ta voiture, et reviens pour dîner.

— J'irai prendre mes affaires plus tard. Je vais dîner d'abord. Merci, Maam Dib.

— Quelqu'un va t'apporter un plat. Je vais faire ma dernière prière pendant que tu manges. Après ton dîner, on finira cette discussion. Et ensuite j'irai me coucher. Je suis une vieille femme maintenant. Et les vieilles dames se couchent tôt.

Elle se lève et se dirige lentement vers le fond de la cour, où se trouve le losange de cases. Quelques minutes plus tard, une de ses petites filles m'apporte un bol de *sàcc fu lipp*.

V

Il est revenu en 1986, six ans après la mort de Koumakh. On était toutes les trois, Coura, Ngoné et moi, au cimetière, pour prier sur la tombe de notre défunt mari. Il est entré, et on a tout de suite su que c'était lui : c'était le portrait de Koumakh. Ce dernier nous avait dit que Madag était son neveu. Mais on aurait juré que c'était son fils. Ce qui accentuait la ressemblance, c'est que Madag était vieux. Il avait soixante-dix ans et son visage ridé nous rappelait celui de Koumakh les dernières années de sa vie. La seule différence, c'était la taille. Madag était beaucoup plus grand que son oncle. Il nous a saluées, et a prié à côté de nous devant la tombe. Ensuite, il nous a dit qu'il devait nous parler, nous dire qui il était. Mais Coura, la plus âgée et la première des épouses, lui a dit :

— Nous savons déjà toutes qui tu es. Koumakh – Roog le garde à ses côtés – nous a parlé de toi avant son départ. Tu es Madag.

Sur son dernier lit, Koumakh nous avait réunies dans sa chambre et nous avait raconté son histoire avec Mossane. J'étais la plus jeune des trois épouses. J'avais entendu des histoires qui dataient de l'époque où je n'étais pas née ou étais encore une enfant. Des histoires sur une histoire d'amour, de colère, de folie et de jalousie entre Koumakh, son frère jumeau qui avait disparu, et Mossane, la femme folle qui vivait sous le manguier du cimetière. J'ai grandi avec cette histoire. Les anciens la racontaient dans le village. Mais les versions étaient nombreuses. Elles se contredisaient parfois. Certaines d'entre elles disaient que Mossane était mariée à Koumakh, mais l'avait trompé un jour avec son frère jumeau. Koumakh aurait alors tué son frère, et Mossane serait devenue folle après ça. D'autres versions soutenaient que c'était Mossane elle-même qui avait tué le frère de Koumakh pour l'empêcher de dire à son jumeau l'adultère de sa femme. Il y avait encore des rumeurs qui prétendaient qu'Assane Koumakh, le frère jumeau de notre Koumakh, était allé faire la guerre et n'était jamais revenu, ce qui avait rendu folle Mossane, amoureuse de lui et non de son frère. Mais toutes ces versions avaient un élément en commun : elles mentionnaient à un moment ou à un autre l'existence d'un enfant. Un enfant qui n'aurait pas survécu et aurait provoqué la folie et le déchirement entre eux trois. Tantôt on disait qu'Ousseynou Koumakh était le père. Tantôt on disait que c'était son frère le père. J'ai entendu ces récits pendant mon enfance.

Koumakh a demandé ma main en 1957. J'avais vingt et un ans, lui soixante-neuf. C'était un homme respecté et redouté. Une tête pleine qu'on venait consulter pour tout. Devenir son épouse était un privilège. J'étais sa troisième femme. Coura, la première, avait trente ans. Ngoné, la deuxième, en avait vingt-quatre. Après moi, il a épousé Tening deux ans plus tard, en 1959. Mais Tening est morte en 1960, en donnant naissance à Marème Siga. Je raconte tout ça pour que tu prennes conscience d'une chose : toutes les épouses de Koumakh sont entrées dans sa vie alors qu'il avait déjà dépassé le milieu du chemin de son voyage ici-bas. Avant nous toutes, il avait eu une vie, et dans cette vie, il y avait eu une femme, Mossane. On ignorait ce qui s'était vraiment passé. Même Coura était trop jeune quand l'histoire entre Koumakh, son frère et Mossane a eu lieu. Elle n'en savait pas plus que nous. Il n'y avait que des rumeurs, jusqu'à cette nuit où Koumakh nous a dit les choses. Il ne nous a pas donné les détails de sa relation avec Mossane. Mais il nous a dit qu'il l'avait aimée, et que Mossane, elle, avait préféré son frère. Elle est tombée enceinte de lui peu avant qu'il n'aille en Europe pour la guerre. Il a dû y mourir puisqu'il n'est jamais revenu. L'enfant est né. C'était Madag. Elimane Madag Diouf. Koumakh l'a élevé comme son fils, avec Mossane. Puis, en 1935 – je n'étais pas encore née –, Madag est lui aussi allé en France pour étudier. Mais il a très vite cessé de donner des nouvelles, comme s'il ne voulait plus avoir de rapports avec sa famille. Ou comme s'il était mort. Son silence a rendu sa mère folle. Après des années à vivre sous le manguier, elle est partie. Elle a subitement quitté le manguier et on ne l'a jamais retrouvée. C'est à ce moment-là que la deuxième partie de la vie de Koumakh a commencé, quand il s'est retrouvé seul. Voilà ce qu'il nous a d'abord dit sur son lit de mort.

Maam Dib se tait. Je ne lui dis pas que Siga D. m'a déjà raconté tout ça, et que j'en sais probablement plus qu'elle sur les détails de cette histoire. Je ne veux pas l'interrompre, cependant. Je veux qu'elle raconte les choses à son rythme, à sa manière. Elle reprend quelques secondes plus tard :

Ensuite, Koumakh nous a dit qu'il avait eu une vision la nuit précédente. Il avait vu que Madag reviendrait. « Il reviendra quelques années après ma mort, avait-il dit. Je vous demande de l'accueillir, et de le laisser vous guider. Il sera plus âgé que chacune de vous. Il sera même plus âgé que toi, Coura. Suivez-le, écoutez-le, car je crois que sa tête est plus pleine que la mienne. Quant à moi, je discuterai avec lui par des voies qui ne vous sont pas accessibles, lorsque je serai dans l'autre monde. Et surtout, ne lui posez aucune question sur ce qu'il a fait, où il était, pourquoi il n'est jamais revenu. Tant qu'il ne vous racontera pas de lui-même les choses, ne lui demandez rien. » Voilà ce que Koumakh nous a dit à propos de Madag. Et dans la nuit, il s'en est allé.

Après sa mort, Siga est partie aussi et n'est jamais revenue. On avait parfois des échos de sa vie à Dakar. Des échos terribles et honteux. On voulait aller la chercher. Mais Koumakh nous avait interdit, dans ses dernières volontés, de tenter de la faire revenir. Elle doit revenir d'elle-même si elle le veut. J'ignore s'il avait vu le futur de Siga, mais à son propos, Koumakh avait toujours eu des paroles et des attitudes dures, très sévères. Siga n'est jamais revenue. Et nous, ici, au village, nous avons continué à vivre, en attendant le retour de Madag, que Koumakh nous avait annoncé.

Six ans ont passé après sa mort. Puis ce jour-là, au cimetière, Madag est revenu, habillé très simplement, comme tous les vieux de chez nous. Il n'avait comme bagage qu'une sacoche en cuir qu'il portait en bandoulière. Coura lui a dit que nous savions qui il était, et que nous l'attendions. Nous ne lui avons rien demandé de plus. Il nous a remerciées, avant d'ajouter qu'il nous rejoindrait à la maison (il se rappelait le chemin de cette maison où il avait grandi). Nous sommes revenues ici. Pendant tout le trajet, aucune de nous n'avait rien dit. Mais nous nous demandions toutes trois ce qui allait se passer, ce que Madag ferait, ce qu'il nous demanderait, ce qu'il dirait, ce que nous allions apprendre.

Il est revenu deux ou peut-être trois heures plus tard. Il a demandé si la chambre de son oncle était restée en l'état. On lui dit que oui : ça faisait partie des dernières volontés de notre mari : personne ne devait toucher à rien, on ne devait y entrer que pour nettoyer de temps en temps, mais toutes les affaires devaient rester à leur place, jusqu'au jour où Madag reviendrait. Il s'est donc installé dans la chambre de Koumakh, c'est la grande case isolée que tu vois là, à côté de la pirogue où tu étais tout à l'heure. C'est devenu la chambre de Madag.

À partir de ce moment-là, lui aussi a commencé une autre partie de sa vie, la partie avec nous. J'ignorais si c'était la deuxième ou la centième partie. Madag avait peut-être déjà eu plusieurs vies avant de revenir. Aucune de nous n'en savait rien.

On a craint au départ qu'il soit un homme difficile. On se trompait : la vie avec lui fut simple. Tout le monde l'a très vite respecté. Bien sûr, les rumeurs sur son passé ont resurgi dans le village. Mais globalement, tout le monde l'a traité comme un homme exceptionnel. C'était une tête pleine. Son savoir, sa connaissance du monde, son expérience du visible et de l'invisible, ses dons, l'ont élevé au rang d'autorité spirituelle. C'était le digne descendant de Koumakh. Nos enfants, qui étaient ses cousins et cousines par les liens du sang, l'appelaient Maam. Et c'est vrai qu'il avait l'âge d'être leur grand-père. Il a vite repris les activités de son oncle. Le matin, il faisait des consultations mystiques dans sa chambre – sa réputation, après quelques miracles dans le village (principalement des guérisons), s'était très vite établie, puis répandue. L'après-midi, ici même, sous cet arbre, il réparait ou tissait des filets de pêche pour les marins du village.

Ce n'était pas un homme très bavard, mais il nous rassurait. Malgré tout, on voyait que lui-même n'était pas toujours apaisé à l'intérieur. Dans son silence, j'entendais beaucoup de douleur. Des souvenirs amers. Nous le sentions toutes les trois. Mais aucune de nous n'a jamais osé l'interroger. On se souvenait des mots de Koumakh.

Mais surtout, on voyait en regardant Madag que lui poser des questions sur sa disparition l'aurait blessé. On ne savait pas par quoi il était passé. Il était resté si longtemps en exil – une moitié de siècle ! – qu'on se disait qu'il avait dû y laisser une part de lui. Tous ceux qu'il avait connus et aimés avant son départ étaient morts. Lui demander où il était pendant ce temps, c'était lui rappeler ce qu'il avait perdu en son absence. Ça revenait peut-être à lui reprocher cette absence. Alors on n'a rien dit.

Il n'y a que deux choses qu'il nous avait clairement interdit de faire. La première était d'entrer dans sa chambre quand il y était et que la porte était fermée. La seconde interdiction concernait les livres. Il ne voulait pas en voir à la maison. Il admettait qu'il y en ait, mais aucun ne devait traîner sous ses yeux. Ceux ou celles qui désiraient lire devaient le faire dans les chambres, ou à l'extérieur de la maison, ou pendant son absence. Pendant tout le temps qu'il a vécu ici, il ne s'est jamais approché de l'école, car il craignait d'y voir des livres.

Un jour, Latew, ma dernière fille – celle qui t'a accueilli quand tu es arrivé avec Ndé Kiraan – a été assez étourdie pour oublier ici, sous ce même arbre, deux livres qu'elle devait lire pour l'école. Madag est sorti de sa case et les a vus. J'étais un peu plus loin, au fond de la cour. J'ai vite compris ce qui se passait quand je l'ai vu à côté de la chaise où ma fille avait laissé traîner les livres. Madag tremblait. Avant que j'aie pu réagir, il a pris un premier livre avec une main. De l'autre, il a sorti un petit couteau qu'il portait toujours à la taille. Il l'utilisait pour réparer les filets de pêche. Il a tiré le couteau, donc, et il a lacéré le livre qu'il tenait. Il aurait pu le déchirer avec ses mains, mais c'est le couteau qu'il a utilisé. Il a poignardé le livre, il l'a tailladé. Les pages et la couverture. Il a fait ça lentement, sans se presser. Mais de chacun de ses gestes sourdait une sauvagerie absolue. Et ce qui rendait la scène effrayante, c'est qu'il se taisait. Il a tout détruit dans un silence profond. On entendait seulement les feuilles se déchirer. Très vite, la cour s'est remplie. Les enfants sont sortis, Coura et Ngoné sont sorties. Mais personne n'a osé intervenir. Nous étions tous tétanisés. On ne pouvait que le regarder faire. C'était la première fois que nous le voyions ainsi. Lui ne nous voyait pas. Ses yeux remplis de sang ne regardaient que les livres. Il a détruit le premier, puis il a pris le deuxième ouvrage. Il lui a réservé le même sort. Les bouts de papier tombaient par terre comme des feuilles de l'arbre. Ils formaient un tapis de taches blanches aux pieds de Madag. Il tremblait, mais ses gestes gardaient leur précision et leur violence. Ça a duré une heure au moins.

Après avoir déchiré la dernière page, il est resté tête baissée de longues secondes. Il respirait bruyamment, comme après un effort important. Ensuite il a relevé la tête et nous a vus, et nous on a vu qu'il pleurait. Sans rien dire, le visage déformé par la rage ou la souffrance, il est rentré dans sa chambre d'un pas lent, en tenant à peine sur ses jambes. Il a fermé la porte et n'est pas ressorti pendant près de deux jours. Et comme il avait interdit à quiconque d'approcher de sa chambre quand il s'y trouvait et que la porte était close, nous ne sommes pas allées le voir, pas même pour lui porter à manger.

Lorsqu'il est ressorti, il était de nouveau lui-même et la vie a repris son cours. Latew a voulu lui demander pardon, mais il l'a devancée et lui a dit qu'il ne voulait pas d'excuses. C'est même lui qui s'est excusé, avant de lui donner de l'argent pour racheter les livres qu'il avait détruits. Évidemment, personne n'a plus jamais oublié la moindre page ou un livre dehors. On n'a pas non plus demandé l'origine de cette haine des livres. On savait que ça avait à voir avec son long voyage de cinquante ans chez les Blancs.

Chaque soir, il allait au cimetière. D'abord, il restait devant la tombe de Koumakh. Ensuite, il s'asseyait sous le grand manguier, où on racontait que sa mère s'était assise pendant sa folie. Il y restait longtemps avant de rentrer. Mais il y a eu des nuits où il dormait là-bas, dans le cimetière ou devant le cimetière, sous le manguier. Tu imagines que ça a alimenté certains ragots qui disaient en secret que c'était un mage noir, ou qu'il se transformait la nuit en dévoreur d'âmes.

Une nuit, alors qu'il était rentré de là-bas un peu plus tôt que d'habitude, il a trouvé presque toute la famille ici même, dans la cour. Il est venu nous rejoindre, s'est assis et nous a parlé. Je n'ai jamais oublié et n'oublierai jamais ce qu'il a dit.

Je frissonne encore en me souvenant de sa voix quand il s'est confié.

Il a dit : Je sais que vous vous demandez ce que je fais le soir au cimetière. Je vais vous le dire : je prie pour mon oncle, pour mon père, pour des amis que j'ai perdus, et pour ma mère. Je prie surtout pour ma mère. Pour qu'elle me pardonne. Je n'arrive pas à la voir. Pourtant je l'ai cherchée partout : dans ce qu'on peut voir comme dans ce qu'on ne peut pas voir. Je l'ai cherchée dans le temps. Mais je ne la trouve pas. Je ne l'ai pas trouvée. C'est comme si elle n'avait jamais existé. J'espère qu'elle entend mes prières. Il faut qu'elle me pardonne. Je vous demande à toutes et à tous de prier pour moi. Pour que Mossane me pardonne.

Voilà ce qu'il a dit. J'ai alors compris que même si c'était une tête très pleine, Madag n'était pas un dieu. C'était un homme. Il vivait dans des souvenirs douloureux et avec des questions sans réponses. On pouvait avoir pitié de lui. Ce n'est que ça, l'homme : une créature qu'on peut prendre en pitié.

Maam Dib se tait encore. J'ai l'impression à ce moment-là qu'elle prie pour Madag. Je me dis soudain alors, en la regardant, que cette femme connaissait – comprenait – Elimane Madag beaucoup mieux que moi. Pas seulement parce qu'elle l'avait rencontré et qu'elle avait passé de longues années avec lui (le nombre d'années n'a rien à voir là-dedans), mais parce que, pendant un seul instant, elle avait eu accès à tout : sa culpabilité, sa faiblesse, son désir, sa solitude, son angoisse. Je pense depuis le début, parce que j'ai lu Elimane, que c'est du côté de la littérature que se trouve son secret ; qu'il a nécessairement à voir avec *Le Labyrinthe de l'inhumain* et le livre qui devait venir après celui-ci. Je lie tout le mystère de l'homme à l'écriture, lis les silences de sa vie avec mes lunettes obsessionnelles d'écrivain. Sont-elles aussi déformantes ? Il se peut qu'il n'y ait rien à trouver dans la littérature. Elle est un cercueil suspect, noir et brillant, mais il est possible qu'il ne renferme aucun cadavre. Siga D., Musimbwa, Béatrice, Stanislas, Chérif, Aïda, et maintenant Maam Dib, me l'ont tour à tour dit ou fait comprendre, chacun et chacune à sa manière, ces dernières semaines. Et peut-être Elimane Madag lui-même tente-t-il de me le dire depuis que je le suis. Mais s'il le fait, c'est par d'obscurs signes, à travers l'épaisseur du temps qui nous sépare. Une grande tristesse m'alourdit soudain. Maam Dib reprend la parole :

Coura est morte il y a dix-sept ans, Ngoné l'a suivie sept ans après. Je suis donc restée seule avec Madag. Ceux qui ne connaissaient pas l'histoire pensaient qu'il était mon mari. On s'en amusait souvent tous les deux. Les dix dernières années de sa vie, il cessa de réparer et fabriquer ses filets de pêche. Il ne faisait plus que ses consultations mystiques le matin. L'après-midi, il allait au fleuve et marchait le long de l'eau. Mais jusqu'à son dernier jour, il s'est rendu au cimetière et sous le manguier. C'est un mois avant sa mort, environ, qu'il m'a parlé de toi. Il m'a dit qu'un an après son départ, quelqu'un viendrait et voudrait parler de lui. Il ne connaissait pas le nom de cette personne. Il m'a simplement demandé de l'accueillir.

— Il n'a rien ajouté ?

— Il ne savait pas combien de jours tu resterais. Mais il m'a demandé de t'offrir l'hospitalité autant de jours que tu le souhaiterais, pour faire ce que tu aurais à faire ici.

— Il ne t'a pas dit ce que c'était ?

— Non. Je crois que je n'avais pas besoin de le savoir. Mais je suppose que toi, tu le sais.

Je garde le silence un instant et finis par répondre :

— Oui.

— Alors j'ai terminé.

— Attends : comment est-il mort ?

— Comment ? Le plus calmement du monde : dans son sommeil. Il a mis ses affaires en ordre, fait ses ultimes prières, guéri ses derniers malades. Il a béni la maison et toutes les maisons du village. Ensuite il s'est endormi, à plus de cent ans je crois. Il est enterré au cimetière du village, à côté de la tombe de Koumakh. On dirait des tombes jumelles.

Elle se tait quelques secondes avant de reprendre :

— On n'a même pas eu besoin d'annoncer le départ de Madag pour le royaume des ancêtres. On sait tous dans la région que, quand une lumière spirituelle s'éteint, ça se manifeste physiquement. Le jour de la mort de Koumakh, il a plu du matin au soir alors qu'on était en pleine saison sèche. Le lendemain de la mort de Madag, un voile de nuages noirs a couvert le ciel et caché la lumière du jour. Certaines personnes ont même prétendu que le soleil ne s'était pas levé ce matin-là. À midi, il faisait très sombre, comme si la nuit avait continué. On l'a lavé et enterré en fin d'après-midi. Il y a eu beaucoup de monde à ses funérailles. Tout le village était là, mais aussi de nombreux habitants des villages proches. Ils avaient tous compris, en voyant la nuit en plein jour, que c'était Madag, l'une des dernières têtes pleines du pays, qui partait. Ils étaient alors venus pour l'accompagner. Le soleil ne s'est relevé que quand la terre a recouvert son cadavre, vers dix-sept heures.

Elle marque une pause, j'attends qu'elle continue, mais elle ne continue pas. Maam Dib se lève, me regarde et, comme si elle devinait mon sentiment, me dit :

— Je ne sais pas ce que tu imaginais, petit conteur à l'imagination sans limites. Je ne sais pas ce qu'a été la vie de Madag avant son retour. Je devine qu'elle n'a pas été de tout repos. Mais il a eu une fin simple. Pas complètement heureuse ou apaisée, peut-être, mais simple. Et je crois que c'est déjà beaucoup pour quelqu'un comme lui.

À ce moment-là, à quelque distance, on entend les voix de Ndé Kiraan et Latew.

— Les filles reviennent, dit Maam Dib. C'est le signe que je dois aller dormir. Elles te tiendront compagnie pour le reste de la soirée. *Boo feet ndax Roog* Diégane Faye. *Ngiroopo*.

— *Bo feet* Maam Dib. Bonne nuit. Merci.

Elle se dirige vers sa chambre. Quelques instants plus tard, les deux jeunes femmes rentrent dans la cour. Nous partageons un moment de complicité autour d'un thé que Latew a fait. Lorsque, tard, je me lève pour aller récupérer mes affaires à la voiture, Ndé Kiraan propose de m'accompagner un bout de chemin. Elle va se coucher aussi et me dit qu'elle tient à s'assurer que je ne m'enfuirai pas avec la voiture qu'elle a gagnée après notre pari, quelques heures plus tôt. Latew m'annonce qu'elle va préparer ma chambre.

— Ce sera celle-là, me dit-elle en m'indiquant la grande case à côté de la pirogue.

Je n'en suis pas surpris. Je crois même que je savais que c'était là, inévitablement, que je coucherais.

— Ma mère a dû te dire que c'était la chambre de Maam Madag, poursuit Latew. Si jamais tu reviens et que je suis déjà couchée, je te souhaite bonne nuit.

Ndé Kiraan et moi partons. J'allume la torche de mon téléphone pour éclairer un peu le chemin. Sur le trajet, je lui demande où se trouve le cimetière du village.

— Le cimetière ?

Tout son étonnement passe dans le ton brusque, étonné, de sa voix. Quelques secondes s'écoulent et, comme je ne réponds pas, réitérant ou confirmant ainsi ma question, elle me dit :

— Il n'est pas très loin de l'entrée du village. Tu ne peux pas le rater. Quand tu seras à la voiture, lève la tête et regarde vers ta gauche. Tu devrais voir le feuillage d'un grand arbre. C'est le vieux manguier. Le cimetière est en face.

Je sens, comme je la remercie, qu'elle veut, sans oser le dire, me demander pourquoi je lui ai posé cette question.

— Je veux aller prier sur la tombe de Madag.

— Cette nuit même ? Tu n'as pas peur ?

— De quoi ?

— Je ne sais pas… Tu sais, Maam Madag n'était pas comme nous… En tout cas, sa tombe est facile à trouver. Dès que tu entres dans le cimetière, prends la première allée sur ta gauche. Au fond de l'allée, la tombe sera à ta gauche, à l'angle du mur.

Je la laisse devant chez elle. On se souhaite bonne nuit. Je vois l'inquiétude dans son regard quand on se quitte. Elle pense encore à la tombe. C'est une pensée que nous avons en partage, mais guère pour les mêmes raisons. Je vais à la voiture et récupère mes quelques affaires, ainsi que le livre. Je lève ensuite la tête : immobile dans la nuit, à ma gauche, la cime du manguier.

VI

Combien de temps as-tu passé sous le manguier de Mossane, assis à même le sol, à l'endroit où elle s'asseyait autrefois ? Et combien, dans le cimetière, recueilli devant les tombes jumelles ? Tu l'ignores, comme tu ignores la nature de ton sentiment profond. Est-ce à ce moment que tu t'autorises enfin, laissant plein cours à ta déception, à penser : tout ça pour ça ? Tout ce chemin, ces nuits d'insomnie et de lecture, ces nuits d'interrogatoire, ces nuits de rêve, ces nuits d'écoute et d'ivresse et de désespoir, pour aboutir à cette banalité : la mort ? Est-ce donc cela, rien que cela, la mort, la décevante vérité de toute vie ?

Tu as lu tes pages préférées du *Labyrinthe de l'inhumain* devant la tombe, comme un adieu. Tu es retourné à l'essence de ce qui t'a lié à son auteur toutes ces semaines : le texte. C'est en lui que tu l'as salué une dernière fois, et tu t'es enfin demandé le rapport que l'histoire du *Labyrinthe* entretenait avec la vie de son auteur. Maintenant que tu en connaissais quelques fragments, comment la reliais-tu à son livre ?

L'hypothèse qui t'apparut fut la plus évidente – une hypothèse de simples transpositions, d'analogies. Le Roi sanguinaire est Madag. Le pouvoir que ce Roi désire est l'équivalent du livre que Madag écrivait : *Le Labyrinthe de l'inhumain*. Pour obtenir ce pouvoir, le Roi sanguinaire doit écouter la prophétie, faire table rase du vieux monde, dont les personnes âgées du royaume sont la métaphore vive. Dans le destin de Madag, ce vieux monde est le monde de son enfance et tous ceux qui le peuplent : Ousseynou Koumakh, Assane Koumakh, sa mère. Pour être plus puissant, le Roi sanguinaire doit tuer le passé. Au nom de son livre, Madag a oublié le sien.

Tout est clair pour toi : la composition formelle du *Labyrinthe de l'inhumain*, les plagiats, les emprunts, tout ça ne devait pas obscurcir la vérité du cœur. Et la vérité du cœur de Madag, te dis-tu, la vérité de son livre, est l'histoire de l'ultime sacrifice d'un homme : pour atteindre à l'absolu, il tue sa mémoire. Mais il ne suffit pas de tuer pour détruire ; et cet homme, qu'il s'agisse du Roi sanguinaire du roman ou de Madag, avait oublié ceci : les âmes qui prétendent le fuir courent en réalité derrière le passé et finissent, un jour ou l'autre, par le rattraper dans leur futur. Le passé a du temps ; il attend toujours avec patience au carrefour de l'avenir ; et c'est là qu'il ouvre à l'homme qui pensait s'en être évadé sa vraie prison à cinq cellules : l'immortalité des disparus, la permanence de l'oublié, le destin d'être coupable, la compagnie de la solitude, la malédiction salutaire de l'amour.

Madag l'a compris après toutes ces années de fuite. Il a compris que *Le Labyrinthe de l'inhumain* non seulement ne mettait pas fin au passé, mais qu'il l'y ramenait encore. Il est donc revenu ici.

C'est du moins l'interprétation que tu as faite.

Tu as refermé le livre et jeté un regard fatigué sur le cimetière plongé dans l'ombre. Pendant un instant, tu as envié les morts. Ensuite tu es sorti et tu es rentré à *Mbin Madag*.

La cour est immobile et silencieuse. Latew est couchée depuis longtemps sans doute. Tu te diriges vers la chambre qui t'est réservée. À ce moment-là, au seuil de la case, tu songes à Siga D. des décennies plus tôt, s'apprêtant à y pénétrer pour recevoir le testament d'Ousseynou Koumakh. Tu te rappelles la description qu'à Amsterdam elle t'a faite de cette case : sa puanteur, sa saleté, sa pourriture. Tu te demandes si elles y règnent toujours, avant de te rendre compte de la stupidité d'une telle pensée. Tu entres.

Deux lampes solaires, l'une posée à même le sol à côté du lit, à gauche, l'autre sur un petit bureau, à droite, donnent de la lumière. Évidemment, aucune pestilence ne t'accueille. Bien au contraire, tu sens la délicatesse d'un parfum dont l'encensoir a dû être retiré il y a plusieurs heures, mais qui a signé dans l'air une douce et tenace empreinte. Tu regardes la hauteur du toit de paille, que soutiennent de grandes poutres convergeant vers la pointe de l'édifice. À côté de l'entrée, un grand canari t'accueille. Un pot en fer-blanc est renversé sur son couvercle. Tu as encore la pensée stupide de te dire que c'est peut-être le crachoir d'Ousseynou Koumakh. Sur les murs en terre cuite, ne sont accrochés que ce que tu devines être les instruments de divination des précédents locataires : tu vois des cornes, des colliers de cauris, une machette, la peau d'un animal inconnu, une sacoche fermée par une ficelle rouge, au bout de laquelle pendent des amulettes.

Tu t'approches du bureau, sur lequel il n'y a qu'une petite boîte en bois, sans couvercle. À l'intérieur, de grandes aiguilles, des bobines de filins de pêche, des rouleaux de fil de fer, des lames, deux petits couteaux : le nécessaire à tisser et recoudre les filets de pêche.

Tu t'assieds ensuite sur le lit et regardes longuement la chambre en pensant : je regarde ce qu'il regardait chaque fois qu'il s'asseyait sur son lit. Tu restes silencieux de longues secondes, en attendant un signe. Mais rien ne se passe. Tu te lèves et fouilles la chambre, à la recherche de quelque chose, n'importe quel signe auquel tu pourrais te raccrocher. Tu ne trouves rien sous le lit ; rien non plus dans le tiroir du bureau ou dans l'armoire. Il ne reste que la sacoche accrochée au mur. Tu détaches en tremblant la ficelle rouge qui la ferme. Un grand carnet en cuir, dont le fermoir est cassé, t'attend à l'intérieur. Voilà ton signe. Tu ouvres ce carnet et trouves plusieurs feuilles pliées. Tu les déplies.

C'est cette lettre.

Je te l'écris cette nuit, avant de m'endormir pour la dernière fois.

Les mots que tu viens de lire ne te surprennent pas vraiment, même si tu t'arrêtes quelques secondes pour penser à moi. Tu hésites à poursuivre la lecture de la lettre, dont tu comprends qu'elle prédit ton avenir et aussi ton passé immédiat. Tu comprends aussi que je l'envoie à mon futur.

Finalement tu continues à lire.

Dans ce grand carnet que tu tiens, il y a une partie du livre dont je n'ai jamais réussi à écrire la suite depuis de si longues années. Je n'ai jamais renoncé à écrire. J'ai bien tenté de le faire. Mais je n'ai pas eu la force du silence absolu. Le Labyrinthe de l'inhumain *et tout le souci qu'il m'a apporté n'ont pas suffi à me préserver de la faiblesse d'écrire. Je ne suis simplement plus arrivé à le faire. D'où mon amertume progressive, ces dernières années, devant tout livre achevé. Il me renvoyait à ma propre impuissance à finir le mien.*

Je vois d'ici que tu comprends maintenant ce que je souhaite et attends de toi.

J'aimerais savoir si tu accepteras mon humble prière, la prière d'un fantôme du passé. J'aimerais que tu publies ce manuscrit, au moins ce qui peut être publié. J'aimerais voir la fin de mon histoire, mais je suis fatigué. J'atteins, du temps où je t'écris, les limites de ma vision. Elle se brouille au moment où tu finis cette phrase.

J'écris celle-ci longtemps après la précédente, un poids diffus au cœur.

Pendant des années, dans mes visions, je me voyais tel qu'en ce moment, dans cette chambre, vieux, mais écrivant à cette table, dans un sentiment de légère tristesse. J'interprétais cette vision comme le signe que j'arriverais à terminer un jour le livre de ma vie après Le Labyrinthe de l'inhumain. *Je voyais dans ma tristesse celle qui étreint certains créateurs au moment où ils terminent une œuvre qui a nécessité qu'ils aillent au bout de leurs forces. Je me trompais. En réalité, et je le comprends en ce moment même, cette vision ne me montrait pas en train d'achever mon roman, mais cette lettre. La tristesse qui monte en moi maintenant ne traduit pas mon sentiment devant l'achèvement de mon livre, mais devant son inachèvement. Je ne finirai pas. J'ai cent deux ans et il m'aura manqué du temps. Le futur me manque. Ainsi finit tout devin : dans la nostalgie du futur. Ainsi finit le voyant : dans la mélancolie de l'avenir.*

Mais c'est une mélancolie qui peut encore être heureuse. Tout dépendra de toi. Je pars. Me console, comme je vais faire un pas dans l'ombre, l'idée que quelqu'un, toi dont je ne connais pas le nom mais dont je connais le visage, lira ce livre, et en tirera peut-être quelque chose. Je ne veux pas disparaître totalement. Je veux laisser cette trace, même si elle n'est pas complète. C'est ma vie.

Épilogue

Le crépuscule tombait et le fleuve se parait peu à peu de cuivre vieilli, comme si le soleil se dissolvait dans l'eau. J'y rentrai lentement et avançai.

J'ai lu plusieurs fois le manuscrit de Madag ces deux derniers jours. Le texte n'est pas une suite du *Labyrinthe*, mais un récit autobiographique proche, dans certaines pages, d'un journal intime. Il débute somptueusement. J'étais persuadé de tenir là le chef-d'œuvre véritable que je cherchais. Mais après quelques pages tout change : le livre s'égare et ne retrouve jamais sa voie, comme si Madag, au fil des années, des événements, de l'errance, n'était plus parvenu à tenir la promesse des premiers instants. J'ai lu certains chapitres avec un infini chagrin : j'y sentais la détresse d'un écrivain jadis grand, mais que ses moyens et son génie abandonnaient peu à peu. Je crois qu'il a très tôt compris ce qui lui arrivait, mais s'est obstiné. Parfois, oui, au milieu de paragraphes erratiques, je lisais quelques pages, quelques phrases, je voyais une image, un tableau, j'entendais une musique ; et dans ces moments, Madag me soulevait violemment de terre et me rappelait l'étoffe dont il était ceint. Mais ces fulgurances n'illuminaient que plus cruellement l'épaisseur de la nuit littéraire alentour, avant de s'éteindre.

Les dernières pages vraiment écrites sont datées de septembre 1969. Madag, alors à Buenos Aires, s'apprête à se rendre en Bolivie, où il pense avoir retrouvé l'homme qu'il pourchassait en Amérique latine depuis vingt ans : un ancien SS auquel il avait eu affaire, un certain Josef Engelmann. Ce dernier, avant de se réfugier en Amérique du Sud après la guerre, aurait rencontré Madag dans les années 1940. Madag écrit qu'en 1942, à Paris, Engelmann aurait arrêté et torturé son ami Charles Ellenstein avant de l'envoyer au camp de Compiègne, d'où il fut ensuite déporté à Mauthausen.

De 1969 à sa mort l'an dernier, soit près de cinquante ans, Madag est irrégulier dans son écriture. Il fait beaucoup de notations brèves, dont certaines sont illisibles. Il pense mettre rapidement la main sur Engelmann en Bolivie. Mais le nazi lui échappe pendant de longues années encore. Madag ne le retrouve qu'en 1984 à La Paz. Sans plus de précision, il écrit que tous deux mettent fin à leur vieille histoire dans des circonstances « répugnantes et impitoyables ». Ensuite il revient à Paris, où il vit presque deux ans, avant de rentrer au Sénégal, en 1986. Il dit peu de chose sur cette deuxième parenthèse parisienne. Il mentionne bien un bar, place Clichy, où il serait « quelquefois retourné seul, pour retrouver une sensation de [s]on passé ». Il ne nomme jamais ce bar. Ça pourrait être le

Vautrin. Mais ça pourrait aussi être n'importe quel autre bar de la place Clichy entre 1984 et 1986.

Une chose est claire : Madag n'a pas manqué de temps, comme il le dit dans la lettre qu'il envoie vers son futur. Il ne s'est simplement jamais relevé du *Labyrinthe de l'inhumain*. Il n'aurait sans doute jamais dû tenter de le faire. Il n'avait peut-être qu'une seule œuvre en lui ; une seule et grande œuvre. Il se peut qu'au fond chaque écrivain ne porte qu'un seul livre essentiel, une œuvre fondamentale à écrire, entre deux vides. Cette nuit, tout m'est apparu dans une calme évidence : il n'y avait qu'une chose à faire pour *Le Labyrinthe de l'inhumain*, pour Madag et pour le manuscrit qu'il a laissé.

Je l'avais pris avec moi. L'eau m'arrivait maintenant à la taille. Le carnet était déjà attaché à une lourde pierre. J'essayai de penser à quelque chose de solennel, une épitaphe, ou la dernière phrase d'un testament. Rien ne vint et je finis par jeter la pierre aussi loin que je le pus. Elle coula aussitôt, entraînant par le fond le carnet de Madag. Le silence revint, d'une insolente pureté. Je me fatiguai à la nage quelques minutes, puis retournai sur la grève et m'affalai à même le sable et les coquillages. Je repris mon souffle en regardant la nuit maternelle du Sine, sans être sûr de savoir si je me sentais triste ou soulagé.

Demain, je rentrerai chez moi et profiterai de ma famille. J'irai rendre visite à Chérif. Je penserai à Aïda et voudrai lui écrire. Je ne le ferai pas. J'appellerai Siga D. et lui promettrai une visite dès mon retour, car, contrairement à Musimbwa, je retournerai à Paris. Stanislas me demandera des nouvelles de la révolution populaire à Dakar et je lui dirai la vérité : qu'elle était déjà en passe d'être confisquée ou trahie, comme trop souvent. J'essaierai de revoir Béatrice Nanga.

J'attendrai, enfin, que Madag vienne. Je ne pouvais accepter sa demande. Publier ce qu'il y avait dans ce carnet aurait détruit son œuvre, ou l'égoïste souvenir que je veux en garder. Madag viendra me voir une nuit pour me demander des comptes, peut-être pour se venger, je le sais ; et son fantôme, en s'avançant vers moi, murmurera les termes de la terrible alternative existentielle qui fut le dilemme de sa vie ; l'alternative devant laquelle hésite le cœur de toute personne hantée par la littérature : écrire, ne pas écrire.

REMERCIEMENTS

Je remercie Felwine et Philippe pour leur confiance, la bienveillante exigence de leur regard, leurs encouragements constants et, surtout, leur amitié. Ma gratitude va également à toute l'équipe éditoriale : Benoit, Mélanie, Marie-Laure.

Je pense à ma famille d'ici et de là-bas : Malick et Mame Sabo, mes parents et mes exemples ; tous mes frères, dont je suis si fier ; Franck et Silvia, pour m'avoir accueilli comme leur propre fils (et beaucoup nourri le dimanche).

Merci à tous les astres de ma constellation amicale, dont les lectures, les suggestions, la générosité, la seule discussion ont défait, refait, parfait ce livre : Sami, Annie, Elgas, Laurent, Lamine, Anne-Sophie, Aminata, Aram, Khalil, Ndeye Fatou, Yass, ndeko Philippe, Fran, Abdou Aziz. Chacun de vous a sa part dans ce livre – l'inestimable part de l'amitié.

Je termine par Mellie, ma boussole, et celle de ce livre, qui se serait perdu dans la Nuit sans ta présence.

Table

Livre premier

Deuxième livre

Du même auteur :

De purs hommes, Philippe Rey / Jimsaan, 2018

Silence du chœur, Présence africaine, 2017 (prix Littérature-Monde – Étonnants Voyageurs)

Terre ceinte, Présence africaine, 2015 (prix Ahmadou-Kourouma ; Grand Prix du roman métis)

PAPIER À BASE DE
FIBRES CERTIFIÉES

Le Livre de Poche s'engage pour l'environnement en réduisant l'empreinte carbone de ses livres. Celle de cet exemplaire est de :
350 g éq. CO_2
Rendez-vous sur www.livredepoche-durable.fr

Composition réalisée par PCA

Achevé d'imprimer en janvier 2023 en France par
Maury imprimeur – 45330 Malesherbes
Dépôt légal 1re publication : février 2023
N° d'impression : 266976
LIBRAIRIE GÉNÉRALE FRANÇAISE
21, rue du Montparnasse – 75298 Paris Cedex 06

20/2361/4